TRACY REES

Diplômée de Cambridge, Tracy Rees a travaillé dans l'édition pendant huit ans avant de se tourner vers la psychologie. *L'Oiseau des neiges* est son premier roman (Presses de la Cité, 2017 ; Pocket, 2018), suivi par *Le Manoir aux roses* (Charleston, 2022 ; Pocket, 2023) et *Les Secrets de Silvermoor* (Charleston, 2023). Elle partage aujourd'hui sa vie entre Londres et le sud du pays de Galles où elle est née.

LES SECRETS DE SILVERMOOR

Également chez Pocket

L'Oiseau des neiges
Le Manoir aux roses
Les Secrets de Silvermoor

TRACY REES

LES SECRETS DE SILVERMOOR

ROMAN

Traduit de l'anglais
par Jessica Shapiro

CHARLESTON

Titre original :
THE HOUSE AT SILVERMOOR
Première publication par Quercus en 2020 au Royaume-Uni

ISBN : 978-2-266-34015-1
Dépôt légal : avril 2024

Pour Phil,
pour mes parents,
et en mémoire de mon grand-père, Leonard Rees,
mineur de fond dans le sud du pays de Galles.

PREMIÈRE PARTIE

1

Tommy

Été 1897

— Scusez-moi, maître.

La cloche venait de sonner, marquant la fin de notre dernier jour d'école. Les autres garçons avaient déguerpi en un clin d'œil. Pour eux, terminer leur scolarité signifiait franchir une nouvelle étape : l'occasion d'apporter un salaire à leur famille. Prendre la place des générations précédentes, relever le défi de notre héritage, voilà ce que signifiait devenir un homme dans le bassin houiller. Moi, je lambinais.

J'ai regardé Mr Latimer ranger son bureau et secouer la veste qu'il laissait accrochée à sa chaise pendant qu'il donnait ses leçons. De la poussière de craie blanche s'était déposée par-dessus celle du charbon que nous portions et respirions tous. On en avalait quand on se léchait les lèvres. Le mélange de blanc et de noir conférait à Latimer une apparence grise et terne.

Il a levé les yeux.

— Tommy Green. Vous êtes encore là, mon garçon ? Vous voulez quelque chose ?

— J'aimerais un mot, m'sieur, juste un peu de votre temps.

Latimer continuait à secouer sa veste et à aligner ses craies. Je gigotais, ne sachant ni trop quoi faire de mes mains ni quelle question poser. Je ne connaissais rien d'autre que l'extraction de charbon et les comtes. Que fallait-il demander ?

— Merci, m'sieur. C'est juste que, vous voyez, m'sieur…

J'ai inspiré un grand coup.

— Vous avez toujours eu la gentillesse de dire que je me débrouillais bien à l'école, m'sieur.

J'espérais qu'il me viendrait en aide. Qu'il interviendrait peut-être avec un : « Absolument, Tommy ! Depuis le temps que j'enseigne, jamais je n'ai vu de garçon aussi prometteur que vous. Dans les mines, vous gâcheriez votre talent… »

Mais il n'a rien dit. Il a essuyé le tableau noir, effaçant les proverbes et les vers d'où il avait tiré notre dernière leçon d'orthographe et de morale, et j'ai vu disparaître avec eux mes espoirs.

Toutes ces années, j'avais travaillé dur à l'école, où je m'étais attiré les éloges du maître. Et trois ans de suite j'avais remporté des prix que je m'étais vu présenter au catéchisme par le comte souriant, sous les applaudissements las de ma mère coiffée de sa capote. La plupart d'entre nous n'avaient jamais approché le comte de si près et, chaque fois, il m'avait serré la main et appelé un « garçon brillant ». La deuxième fois, alors que je me préparais à le saluer comme une vieille connaissance, il avait paru ne pas se souvenir que j'étais ce même « garçon brillant » que l'année précédente.

La troisième fois, son fils de six ans l'accompagnait. Le baptême du jeune lord Walter Sedgewick avait eu lieu le jour de mon cinquième anniversaire, et tous les villageois avaient été invités à Silvermoor pour les festivités, qui s'étaient achevées par un feu d'artifice. Cette coïncidence m'avait toujours poussé à imaginer qu'il existait entre nous une affinité. Nous avons également échangé une poignée de main ; il était aussi solennel qu'un petit juge. Je l'ai regardé droit dans les yeux. *Tu ne me reconnais pas ?* ai-je supplié en silence. *Tu as été baptisé le jour de mon anniversaire, on est liés l'un à l'autre*. Mais il avait simplement paru un peu effrayé. Lorsque j'ai lâché sa main, il a essuyé une trace de charbon que j'avais laissée sur sa manchette.

Je n'avais pas fait mes preuves qu'à l'école. J'avais aussi procuré satisfaction à mon père dans une dizaine de petits défis virils. J'avais tiré des lapins – et il m'avait frappé quand j'avais pleuré. À l'âge de neuf ans, j'avais passé toute la nuit enfermé dans l'abri à charbon – pour m'habituer à affronter seul l'obscurité, avait-il affirmé. Je m'étais tenu au-dessus de cadavres en plongeant le regard dans leurs yeux écarquillés – la mort abonderait autour de moi, avait-il déclaré.

J'avais rêvé – ô combien – de quitter Grindley et de partir loin. De rencontrer des gens qui s'occuperaient et parleraient d'autres choses que d'extraction minière. Je rêvais de pièces pleines de livres. Mais, chaque fois que ces espoirs s'échappaient de mes lèvres d'enfant, ils me valaient des coups de fouet de la part de mon père. J'avais donc appris à garder le silence.

Très jeune, ma rêverie favorite était qu'un jour le comte vienne dans notre petite maison sous prétexte que j'étais son fils perdu et le frère de Walter. Je serais alors allé vivre à Silvermoor, où j'aurais chevauché des poneys à longueur de journée. Mais, avec l'âge, j'ai compris que ce fantasme n'aurait pu se réaliser qu'au prix de la disgrâce de ma mère, ce que je n'aurais pu envisager que s'il s'était agi d'une tout autre personne.

Malgré mes efforts pour bien grandir, la vie m'avait ouvert le même nombre de voies qu'à tous les autres : une seule. Travailler à la mine. Du haut de mes douze ans, j'espérais donc follement échapper à mon destin.

Latimer s'attelait à la tâche suivante : replacer les livres dans le placard en bois faisant office de bibliothèque.

— Je me demandais juste, m'sieur, s'il y avait… si je pouvais… ?

Jamais je n'avais eu une envie si pressante d'aller aux toilettes, mais je me suis maîtrisé.

— Est-ce qu'il y a encore des choses à apprendre, m'sieur ? Et est-ce que je peux les apprendre ? Est-ce qu'il y a autre chose que je peux faire dans la vie, en dehors de la mine ? Vous pouvez pas m'aider, maître ? S'il vous plaît.

— Nous y voilà donc, a-t-il fini par répondre en enfilant sa veste. Plutôt bon quand il s'agit d'étudier les livres, peut-être, mais de toute évidence les leçons les plus importantes vous ont échappé : l'humilité, l'acceptation, le devoir. Vous êtes fils de mineur, Tommy, petit-fils de mineur. Leur manquez-vous de respect, manquez-vous de respect à leur profession ?

— Non, non ! me suis-je empressé de répondre. Pas du tout, m'sieur… Mais je sais qu'il existe un autre monde en dehors de Grindley. Je sais qu'y en a qui travaillent pas sous terre et je me demandais juste si je pouvais en faire partie. Je manque de respect à personne, m'sieur.

— Je vois.

Les mains jointes devant lui, il s'est attablé à ce bureau où j'avais passé des années à le regarder.

— Je suis navré d'avoir suscité en vous un tel orgueil, Green. Il est vrai que vous avez souvent été le premier de la classe, mais cela reflète surtout le manque dramatique d'intelligence des enfants de Grindley. Ce n'est pas leur faute, c'est une question d'éducation. Quelqu'un doit bien finir premier, Tommy. Dans une minuscule école de village où les plus simples d'esprit s'efforcent de comprendre les choses les plus élémentaires, cette personne-là, c'était vous.

J'ai senti le sang me monter à la tête, mais je n'ai pas pleuré ; encore une chose conquise grâce à mon père.

— Mais, m'sieur… Le comte…

Il m'a décoché un regard pénétrant.

— Quoi, le comte ?

— Il… il a dit que j'étais un garçon brillant quand il m'a donné mon prix.

Mr Latimer a ricané.

— Il n'allait pas vous traiter d'imbécile à une remise de prix. Ce ne sont que des politesses, Green, pas des paroles à prendre au sérieux. Tout est relatif, vous comprenez. Relatif.

Je ne saisissais pas mais m'y efforçais, ainsi que j'en avais l'habitude chaque fois que j'étais confronté à quelque chose de nouveau ou de difficile.

— Ça veut dire que je suis pas brillant, maître, que j'en ai juste l'air comparé à d'autres ?

Ses traits ont perdu un peu de leur colère.

— Green, mon garçon. Comprenez que le vaste monde est beaucoup plus complexe que vous ne l'imaginez. Ses monts et vaux ne sont pas pour les gens comme vous. Ici, vous êtes un élève modèle ; là-bas, vous ne seriez rien du tout. En un clin d'œil vous seriez écrasé aussi sûrement que l'ont été ces hommes dans la mine de White Arrow il y a plusieurs années. Le pasteur ne nous dit-il pas que nous naissons à la place qui nous appartient sur terre ? Doutez-vous du dessein de Dieu ?

J'en ai perdu ma langue, littéralement logée dans ma gorge, où elle formait une masse gluante et m'empêchait de déglutir ou de parler. Planté là, j'ai baissé la tête et rougi.

— C'est bien ce qu'il me semblait, a-t-il conclu comme si j'avais abondé dans son sens. Allez, ouste, mon garçon, et en reconnaissance de vos efforts au sein de cette salle de classe je ne parlerai pas de cela à votre père. Mais, si jamais vous abordez à nouveau le sujet, je veillerai à ce qu'il vous inflige une bonne correction pour vous débarrasser de ces idées.

Ce serait la pire de ma vie, je n'en doutais pas.

— Alors y a vraiment rien ? ai-je chuchoté. Pour moi ?

— Rien, a-t-il confirmé.

J'ai tourné les talons et quitté la classe pour la dernière fois. Quand je suis arrivé à la porte, ni bon sens ni sagesse n'ont pu m'empêcher de faire volte-face pour poser une ultime question.

— Et votre père à vous, m'sieur, il était quoi ? Instituteur, lui aussi ?

La brosse du tableau noir a fendu les airs avec une précision diabolique.

— Sortez, Green !

2

Tommy

Démoralisé, j'ai pris le chemin de la maison. M'entendre dire que je n'étais pas assez brillant pour mener une autre vie m'affligeait autant que la mort de mon frère Dan au fond de la mine, l'année précédente. Mais il me fallait me secouer avant que p'pa rentre. Il nous racontait souvent qu'autrefois, avant que la loi change, on envoyait les enfants travailler à la mine à l'âge de cinq ans. Et son ton laissait deviner une certaine nostalgie pour cette époque.

Quand je suis arrivé chez moi, mon frère John barbotait dans la baignoire en fer-blanc au fond du jardin.

— Ça va, Tom ? a-t-il demandé.

Ses habits avaient été emportés par Mercy, ma sœur aînée, qui se tenait devant le baquet à linge, et un caleçon long propre était suspendu au muret. Ceux d'entre nous qui travaillaient avaient interdiction formelle d'entrer dans la maison avant de s'être lavés.

Ayant ouvert la seule porte que nous utilisions, je me suis glissé dans la pièce du fond, où m'man préparait un plat avec du bacon. Le logement était plus décent à Grindley que dans beaucoup d'autres villages miniers. Nous avions deux pièces en bas, et plutôt grandes pardessus le marché. L'une d'elles mesurait même trois mètres cinquante sur trois mètres cinquante. Ernest et Alfie jouaient aux osselets assis par terre, et dans un coin ma sœur cadette Mary cousait, boudeuse. Elle n'avait jamais été une fille bien souriante, mais elle faisait vraiment la tête depuis que notre Jimmy, son frère jumeau, avait commencé à descendre au fond l'année précédente. Mamie épluchait des pommes de terre près de la cuisinière. Elle s'asseyait là toute l'année – elle sentait le froid.

— Où est Connie ? ai-je demandé à m'man en lui donnant un baiser avant d'arracher un morceau de la miche de pain qui refroidissait à côté d'elle.

Connie était la petite, ma préférée.

— Je sais pas, a répondu m'man, troublée. J'arrive plus à vous suivre, moi. Je perds la tête depuis que Dan est parti.

Ma mère, autrefois si calme et futée, s'était dégradée depuis que nous avions perdu Dan. Un voisin n'y aurait vu que du feu : elle continuait à cuisiner, à nettoyer, à recoudre nos boutons et à s'occuper de nous tous. Mais, à l'intérieur de notre petite maison, nous remarquions les changements. Elle était distraite et avait la larme facile. Elle oubliait des choses qu'elle n'aurait jamais oubliées avant, et nous savions tous qu'un peu d'elle avait disparu avec notre frère.

C'était le plus beau de tous. Mort à dix-sept ans à peine. Pas de grosse catastrophe, pas d'accident stupéfiant. Rien que Ned Vale, le boiseur qui travaillait derrière lui ce jour-là et n'avait pas suffisamment consolidé le plafond. Ou si, suivant à qui vous parliez. Une telle chose ne s'étant encore jamais produite avec les étais de Ned, peut-être qu'on n'y pouvait rien. Le plafond s'était effondré, écrasant Dan. Ned était inconsolable. Et c'est la seule fois que j'ai vu pleurer p'pa.

L'incident n'avait pas été relayé par les journaux, cela n'arrivait que lorsqu'un grand nombre de personnes perdaient la vie. Plus il y avait de morts, mieux c'était du point de vue des journaux, qui cherchaient à publier des articles à sensation. Pour les mineurs aussi, ces histoires avaient plus de poids lorsqu'il s'agissait de mener campagne pour l'amélioration de leurs conditions de travail. Mais de toute façon aucun journal n'aurait pu atténuer l'horreur de ce qui était arrivé, cent mètres sous terre, dans le noir, à une seule personne. La chute de pierres soudaine… Cela avait-il été rapide ? Dan s'était-il éteint en un instant ou était-il resté longtemps allongé là, certain que la mort arriverait ?

La porte s'est ouverte d'un coup et John est entré après son bain, suivi de Mercy qui, le visage rouge, paraissait avoir chaud, puis peu après de papy et Connie, qui tenait un petit seau et gloussait de joie.

— J'ai réussi, maman ! a-t-elle crié. J'ai attrapé un poisson !

Elle a fait un grand sourire en me voyant et m'a serré dans ses bras, son seau cognant contre ma jambe.

— Aïe !

— Pardon ! Regarde mon poisson, Tommy !

J'ai jeté un coup d'œil dans le récipient, au fond duquel gisait un tout petit vairon argenté.

— Je l'ai emmenée au ruisseau, a expliqué papy. Elle voulait participer au dîner.

— J'ai dit merci au poisson de se laisser attraper, a renchéri Connie en le flanquant sur la table d'un air triomphal. Et à son papa et à sa maman de me laisser prendre leur petit. Et au ruisseau de me laisser pêcher dedans.

— Où est-ce qu'elle va chercher des idées pareilles ? s'est étonnée ma mère, écartant le poisson d'un geste de la main.

Après dîner, les petits ayant grimpé l'échelle pour aller se coucher, et papy et mamie s'étant glissés dans leur lit pliant sous l'escalier au coin de la cuisine, nous nous sommes assis dans le salon, où m'man a joué doucement *His Mercy Shall Raise Me Up* sur l'harmonium. Mercy faisait du crochet. Mary a posé sa tête sur l'épaule de Jimmy, rassérénée d'avoir son jumeau auprès d'elle. George et John jouaient aux cartes. Ces brefs et paisibles interludes du soir comptaient beaucoup pour moi.

C'est alors que mon père a croisé mon regard et indiqué la porte d'un signe de tête, un doigt sur sa bouche en cul-de-poule.

— C'est l'heure de s'en griller une, a-t-il annoncé.

Il a pris sa pipe et s'est dirigé vers la sortie.

J'ai attendu un peu pour ne pas éveiller les soupçons, puis je l'ai suivi d'un pas nonchalant. Assis sur le muret, les jambes côté rue pour faire face aux autres maisons mitoyennes disposées en longues rangées parallèles à la nôtre, il tapotait le fourneau de sa pipe. Plus loin, d'autres voisins faisaient de même. Je me suis assis à côté de lui, tourné vers notre maison.

— C'est toi que j'emmène ce soir, a-t-il déclaré sans préambule. J'emmène plus Jimmy maintenant qu'il va au fond. La nourriture commence à manquer et j'ai besoin d'un coup de main.

J'ai gardé le silence, digérant l'information.

— En parle pas à ta mère, a ajouté p'pa inutilement. Chaque fois qu'un de ses enfants s'y mettait, m'man lui reprochait d'emmener ses fils braconner et d'avoir hâte de nous voir mourir. On finirait tous par se faire pendre ou fusiller, pestait-elle, mais là au moins on échapperait aux mines. P'pa ne lui prêtait pas attention, mais je crois que ça ne lui plaisait pas pour autant.

— Promis, lui ai-je assuré. À quelle heure ?

— Minuit. La lune est bonne, ce soir. Autant apprendre quand t'y vois clair. Maintenant va-t'en. Laisse-moi finir ma pipe.

À minuit, je me suis levé en douce. Les pieds d'Ernest étaient calés sous mon menton, le bras de John en travers de ma poitrine et ma propre jambe gauche coincée sous George, qui ronflait. Au diable les dangers du braconnage ; sortir du lit sans réveiller personne était ma première épreuve.

P'pa attendait dans la cour, le visage aussi sombre qu'à l'ordinaire, et nous nous sommes mis en marche sans un mot. Malgré tout, j'avais l'impression d'une grande aventure. Il aurait fallu un père bien pire que le mien pour qu'un garçon ne ressente pas de frisson à se hasarder au clair de lune en sa compagnie.

Braconner était illégal, bien sûr, et risqué, mais je jubilais à l'idée de remettre les pieds sur le domaine de Silvermoor. Le souvenir fabuleux de mon cinquième anniversaire ne s'était jamais estompé, et ma fascination secrète pour la noblesse n'avait pas diminué. Mais, arrivé à l'embranchement qui menait à Silvermoor, mon père a continué à marcher.

— Où on va, p'pa ?

— On peut pas aller à Silvermoor pour l'instant. J'ai eu une prise de bec la semaine dernière.

— Alors… ?

Il n'a pas répondu. Pas très loquace, mon père.

Nous avons parcouru quelques kilomètres en direction d'Arden, le village voisin. Quand je me suis rendu compte que le prochain grand domaine placé sur notre route serait Heston Manor, la peur m'a glacé le sang. Heston appartenait à la famille Barridge, les autres propriétaires de charbon de la région. Ils possédaient trois mines et faisaient trimer leurs hommes plus durement que des chiens. Quand, à Grindley, on se disait qu'on avait de la chance de travailler pour les Sedgewick de Silvermoor parce que d'autres étaient bien pires, on sous-entendait les Barridge.

Vingt ans plus tôt, le grisou, un des gaz toxiques qui rend la vie sous terre si dangereuse, avait provoqué une explosion dans une fosse des Barridge. L'ingénieur, un homme chevronné, avait fait part de ses inquiétudes sur ce tronçon de tunnel à Winthrop Barridge, qui lui avait enjoint de continuer. Des centaines d'hommes avaient été tués. J'ai du mal à imaginer qu'on puisse être aussi insensible. Tous ces morts, quel gâchis !

Et Winthrop Barridge n'avait pas payé un penny de compensation aux veuves. Dès le lendemain, on ordonnait aux familles de partir. Une multitude de femmes et d'enfants en deuil, sans nulle part où vivre et sans le moindre moyen de subsistance. On racontait qu'il avait une veine de charbon à la place du cœur.

Les femmes avaient protesté et campé en lisière de la propriété de Heston. Elles étaient allées voir un journal local, qui pendant quelque temps avait fait grand bruit au sujet des cupides et impitoyables propriétaires de mines. Barridge les avait indemnisées, et l'histoire avait été enterrée. Ces veuves et ces enfants avaient disparu, livrés à je ne sais quel sort tandis que Winthrop Barridge faisait venir de nouveaux travailleurs dans sa mine de Hepzibah et célébrait au champagne la naissance de ses jumeaux.

L'histoire synthétisait tout ce que nous savions au sujet du clan Barridge. Et voilà que nous nous apprêtions à braconner sur ses terres !

Heston était désert à cette heure. Peut-être Dieu avait-Il puni le vieux Barridge pour son cœur de charbon, car six ans plus tôt son fils aîné, l'héritier, avait connu une fin tragique. Passionné d'équitation, il avait été jeté à bas de sa nouvelle monture. Peu après, la famille s'était installée dans son autre demeure du Yorkshire, plus petite que Heston mais sans mauvais souvenirs. Chez nous, nous ne pouvions pas nous permettre d'affronter le deuil de cette manière.

Heston Manor était un endroit effrayant, clôturé, fortifié, sécurisé par des chaînes, et interdit. Les bois grouillaient de gibier mais on savait que, si les Barridge n'étaient pas là pour rôtir leurs lapins, ils ne voulaient pas que d'autres les attrapent non plus. Paulson, leur gardien, était un homme violent qui mettait tout son zèle à attraper les braconniers. J'avais entendu dire que l'endroit était truffé de pièges et que Paulson y patrouillait la nuit avec ses sbires et trois gros dogues noirs. Si mon père m'y emmenait, je pouvais supposer que ces rumeurs étaient excessives.

— Bon, mon garçon, a dit p'pa en s'arrêtant dans la pénombre. T'as entendu les histoires qu'on raconte sur cet endroit ? Eh ben, elles sont toutes vraies. Alors on se risque pas trop loin, y a un coin ou deux qu'ont l'air d'avoir échappé à l'attention de Paulson. Reste à côté de moi et fais ce que je te dis, t'entends ? Ce type te pendra par les chevilles s'il t'attrape.

J'ai hoché la tête, saisi à l'idée que nous étions sur le point de franchir une frontière aussi inviolable. Une haie haute, épaisse et hérissée d'orties et de ronces nous barrait le chemin, comme sortie d'un conte. Elle semblait animée de mauvaises intentions, mais p'pa m'a montré une petite zone où elle était moins dense. Des feuilles et des branches plus souples avaient été placées en travers, mais la clarté de la lune la faisait ressortir comme la calvitie du pasteur Tawney. Il avait beau peigner ses cheveux par-dessus, elle n'en était pas moins là. P'pa a écarté les branches et, d'un hochement de tête, m'a fait signe de m'y faufiler. Il m'a suivi et a posé sa main sur mon épaule pendant que je regardais autour de nous. Nous étions entourés d'arbres.

— Te fais pas d'idées, a murmuré p'pa tout près de mon oreille. On est pas à l'abri, ouvre l'œil. Si tu vois quelqu'un, même au loin, fiche le camp à toute vitesse. Ils ont des chiens comme t'imagines même pas. Les saligauds les plus rapides que j'aie jamais croisés. Y a deux chemins qu'on peut prendre. Je vais te montrer.

J'ai hoché la tête, tendu, mais sans doute pas autant que j'aurais dû. Il me semblait être dans un rêve. Nous avons marché moins d'un kilomètre le long d'un sentier très étroit qui serpentait entre les ronces. Dans les pièges de p'pa, nous avons trouvé deux lapins et un faisan. Son visage, baigné de cette étrange lumière blanche, arborait un air victorieux et déterminé. Nous avons jeté le gibier dans un sac, après quoi il m'a montré comment réarmer les pièges.

— Regarde ce pin, a-t-il dit. Le grand tout maigre à côté des gros buissons. C'est notre limite. Si tu tiens à ta peau va pas plus loin, jamais. Compris, fiston ?

— Oui, ai-je chuchoté.

Comme il lui arrivait rarement de nous appeler « fiston », je savais qu'il était on ne peut plus sérieux.

— Je vais te montrer pourquoi, a-t-il poursuivi en me menant vers le pin en question.

La lune avait disparu derrière un nuage. Lorsqu'elle a reparu, il a pointé quelque chose du doigt. Ne voyant rien, j'ai froncé les sourcils mais il m'a flanqué un coup sur la tête et j'ai regardé mieux. C'est là que je l'ai vue. Une ligne très fine, aussi fine qu'un cheveu, en travers du sentier. Sous le choc, j'ai dévisagé p'pa.

— C'est… ?

Il a hoché la tête.

— Le fusil est dans les buissons et ce fil le déclenche. Ça fait quatre-vingts ans que c'est illégal, mais Paulson en utilise encore. Des pièges aussi, y en a une tripotée ici. Alors où tu t'arrêtes, petit ?

— Au pin tout maigre à côté des gros buissons.

Il a opiné du chef.

— Allez, on y retourne. Passe devant et montre-moi que tu te rappelles le chemin.

J'avais une bonne mémoire du paysage et la lune brillait fort. Je n'ai failli m'écarter du sentier qu'une fois, et p'pa m'a flanqué un nouveau coup sur la tête pour que le bon chemin y reste gravé.

L'autre sentier nous a menés encore moins loin ; p'pa ne prenait pas de risques, restant bien loin des frontières périlleuses. Cette fois, ses pièges n'ont rien donné de plus qu'un écureuil. Il a juré dans sa barbe et jeté dans les fougères le petit corps brisé tout en me montrant combien il importait de recouvrir les pièges de feuillages afin de les dissimuler.

— On veut pas que Paulson se mette à surveiller notre terrain.

Puis il a tendu le bras.

— Cette butte, là-bas, la drôle de petite colline juste à côté du sentier, c'est là que tu t'arrêtes.

Je ne voulais pas savoir comment il avait découvert tout ça. P'pa a ramassé une grosse branche qu'il a lancée devant lui. Je n'avais pas remarqué le piège, caché par les fougères, mais j'ai aperçu son reflet gris quand il s'est refermé d'un coup sec. Ce n'était pas un petit piège comme ceux de mon père ; il était destiné aux braconniers, pas au gibier. Il y a eu un claquement retentissant et la branche s'est brisée en deux, faisant jaillir des éclats de bois. J'ai dégluti.

— Ça pourrait être ta jambe, a commenté p'pa, laconique.

Puis, avec notre petit butin durement gagné, nous sommes rentrés chez nous.

3

Josie

Avril 1898

Il y avait toujours eu un sentiment de rivalité entre Arden, notre village, et Grindley, cinq kilomètres plus loin. Je m'enorgueillissais bêtement de venir d'Arden parce qu'il avait un plus joli nom ; petite, je n'exigeais rien de plus de mon lieu de naissance. Avec le recul, mon indulgence me stupéfie. J'étais fille de mineur, je serais un jour femme de mineur, et c'était à Arden que je vivais. Tout a changé le jour où j'ai rencontré Tommy Green.

Ma sœur Alice se mariait. On m'avait chargée de cueillir des violettes qu'elle pourrait entrelacer dans ses cheveux, afin de faire ressortir le bleu barbeau de ses yeux. Alice et son teint parfait et son visage angélique ! Qu'est-ce qu'elle en avait à fiche de faire ressortir ses yeux ? Elle n'épousait que Fred Deacon, après tout. Il était trapu et basané, et je n'en aurais pas voulu même contre cinq livres. Elle disait qu'elle l'aimait mais je crois qu'elle aimait surtout le travail d'avocat en droit des brevets qui serait le sien à la mort de son père. Et le vaste cottage qui allait avec.

Nous étions fin avril. Ils n'avaient pas pensé à ça quand ils m'avaient envoyée chercher des violettes, si ? Les fleurs avaient disparu des chemins mais je savais où il en poussait encore. J'ai mis le cap sur ma cachette secrète, un petit coin de Heston, le vieux domaine des Barridge. Pour sûr ils m'auraient tuée s'ils avaient su où j'allais.

Les Barridge étaient les propriétaires terriens, notre aristocratie. Nos maisons, nos emplois, tout leur appartenait. Nos âmes aussi, affirmaient certains. Autrefois, les Barridge avaient vécu à Heston Manor, organisant des bals et des dîners et prenant part aux coutumes des gens richissimes. Mais à présent Heston était désert, abandonné et interdit.

C'était une chose que j'enviais aux gens de Grindley. Eux avaient des nobles à voir, à saluer de la casquette et sur qui papoter. Les nôtres étaient désormais trop loin pour tout ça. Je n'avais jamais vu de lord, ni de lady, ni de carrosse brillant. Seuls les hommes apercevaient parfois un Barridge car, malgré la distance et son âge, quel que soit le temps Winthrop visitait ses mines tous les jours sans exception. Ce qui n'était pas une bonne chose, disaient-ils.

Il avait dans le comté la réputation d'être un maître difficile. À l'époque, je ne comprenais pas vraiment ce que cela signifiait. Je savais que la famille n'était pas appréciée, mais qu'est-ce que ça pouvait me faire ? Ce n'était pas comme si j'allais croiser le chemin de l'un de ses membres.

J'ai flâné le long des sentiers, savourant le beau temps, jusqu'à arriver à une pente rocheuse qui s'élevait vers un vieux mur en pierre. Derrière se dressait un bosquet dont les arbres poussaient pour sortir. À un endroit, le mur s'était effondré, et l'ouverture avait été barrée par une clôture en bois, mais les planches avaient pourri et l'on pouvait se faufiler entre elles assez aisément. Je doutais que le gardien se préoccupe de cet enchevêtrement dense ; il avait à patrouiller sur assez de terrain, et ici il n'y avait que des ronces et des fleurs sauvages. Une fois à l'intérieur, je ne cessais de regarder au-dehors. À travers les planches, je contemplais du point de vue d'un propriétaire terrien la campagne qui s'étendait. Je profitais du calme, auquel je n'avais jamais droit à la maison, et, après un temps, je repartais.

À cette époque de l'année, les bois regorgeaient de jacinthes et de violettes plus vives qu'ailleurs parce que les gros arbres les protégeaient de la poussière de charbon qui flottait dans l'air. Il était rare de voir des couleurs pures, qui ne soient pas embrumées de gris. J'ai cueilli assez de violettes pour Alice et sa couronne et une brassée de jacinthes des bois pour moi, puis j'ai pris le chemin du retour. Ç'aurait dû être un matin sans histoires.

Mais c'est alors que j'ai croisé le gardien qui arrivait en sens inverse. Je ne l'avais encore jamais vu, mais je l'ai reconnu aussitôt à ses guêtres et à ses bottes, à son chapeau hérissé de plumes de faisan et à son fusil. Et à sa démarche assurée, foulant les sentiers comme s'ils lui appartenaient. Dieu merci j'étais de nouveau là où j'avais parfaitement le droit de me trouver.

— Bonjour, m'sieur, ai-je lancé sur un ton un peu guilleret.

— Où t'as trouvé ces fleurs, petite ? a-t-il voulu savoir.

J'ai rougi. Je le sais. Avec un teint comme le mien, on ne peut rien cacher à personne. Je déteste mes cheveux roux et ma peau blanche. Sans même parler de vanité, ils sont peu pratiques. Contrairement à moi, Alice, elle, pouvait mentir ouvertement et garder son teint de maïs mûr. Mais le gardien se soucierait-il d'une gamine de douze ans ?

Apparemment oui. Énormément.

— Tu les as volées à Heston ? a-t-il grondé.

J'ai soudain pris conscience que la vaste campagne silencieuse s'étendait autour de moi dans toutes les directions.

— T'es entrée sans autorisation, petite ? Réponds-moi !

— Elles sont pour le mariage de ma sœur, m'sieur ! ai-je baragouiné. Alice. Elle se marie à 13 heures. J'ai intérêt à y retourner ou ma mère va me tuer. Ravie de vous avoir rencontré, m'sieur. Au revoir.

— Pas si vite !

Il a tiré sur mon bras, et les jacinthes se sont répandues sur le sentier. Heureusement, les violettes, que j'avais rangées dans la poche de mon tablier, étaient à l'abri.

— Non ! ai-je crié, pétrifiée par tant de gâchis et par la mesquinerie de la situation.

— Comment t'es entrée ? m'a-t-il rugi au visage, toujours cramponné à mon bras. T'as pas lu les panneaux, petite ? Peut-être que tu sais pas lire. C'est écrit :

Défense d'entrer sous peine de poursuites. Qu'est-ce que t'en dis ?

— Je suis pas entrée sans autorisation ! ai-je gémi. Je vous jure !

— Alors où tu les as cueillies ? Il y a pas beaucoup de jacinthes dans la haie, si ?

— M'sieur, c'est rien que des fleurs !

— T'as aucun droit sur les fleurs de Heston. Alors je répète ma question : comment t'es entrée ?

— J'étais à Grindley, m'sieur ! Y a des jacinthes sur les sentiers à Grindley, allez-y voir.

Il m'a regardée d'un air sceptique.

— T'as marché jusqu'à Grindley pour chercher des fleurs pour ta sœur ?

— Oui ! Pour son mariage, m'sieur. C'est un grand jour.

Il a lâché mon bras.

— Comment s'appelle ton père ?

Tout en moi s'est figé. Nous savions quels ennuis ce genre d'hommes, auxquels la famille Barridge accordait sa confiance, étaient capables de créer pour les gens comme mon père. Je ne pouvais pas lui dire la vérité.

— Broad, m'sieur, Thomas Broad.

— Et toi, petite ?

— Lizzie.

— Eh bien, Lizzie Broad, tu ferais mieux de retourner à Grindley, n'est-ce pas, cueillir de nouvelles fleurs pour ta sœur. Celles-là sont fichues, maintenant, a-t-il dit en piétinant mes jacinthes, écrasant leurs tiges et enfonçant leurs charmantes clochettes dans le sol.

— Oui, m'sieur. Je ferais mieux. Si vous avez terminé, m'sieur.

— Que je t'attrape plus dans les parages.

J'ai tourné les talons et détalé en direction de Grindley, à l'opposé de chez moi. Au bout d'un moment, j'ai regardé par-dessus mon épaule. Il ne me suivait pas. Il avait quitté le sentier et grimpait la colline vers Heston. Malgré tout, j'ai dû parcourir un kilomètre au pas de course avant de m'autoriser à m'arrêter et à envisager de rebrousser chemin. Et c'est alors que je me suis mise à pleurer. Moi qui m'étais montrée si arrogante, j'avais peur et je me sentais bête. Mon Dieu, pourvu que cet homme ne se rende pas à Arden pour chercher un Thomas ou une Lizzie Broad ! Ni l'un ni l'autre n'existaient.

Jamais on ne m'avait arraché quelque chose que je voulais, et je me suis aperçue que c'était parce que je ne voulais jamais rien. Qu'on vous refuse une chose aussi insignifiante que des fleurs sauvages, il y avait à cela quelque chose de honteux.

Au bout d'une minute, j'ai entendu siffler, et un gamin d'à peu près mon âge est apparu. J'ai poussé un soupir agacé et passé ma manche sur mon visage mouillé. Personne n'était donc chez soi ou à l'église ce dimanche ? Fallait-il que tous arpentent les sentiers entre Arden et Grindley et se mettent sur mon passage ?

— Comment va ? a fait le garçon en tirant sur sa casquette.

— Bonjour, ai-je répondu, me donnant de grands airs parce qu'il venait de Grindley.

J'ignore pourquoi j'ai fait une chose pareille. Je suivais l'exemple des adultes, sans doute. Ils juraient toujours que ceux de Grindley étaient mous, que les Sedgewick, la famille pour laquelle ils travaillaient, étaient des mollassons, qu'une fille de Grindley devrait s'estimer heureuse d'épouser un type d'Arden. (Même si, de mémoire d'homme, ce n'était jamais arrivé.) Avec le temps, j'ai appris que les habitants de Grindley tiraient autant de fierté de leur origine que nous de la nôtre, une découverte qui m'a d'abord stupéfaite.

Il a souri comme si j'avais dit quelque chose de drôle, m'incitant à me bouffir encore plus d'orgueil. J'étais agacée, car j'avais vraiment besoin de faire demi-tour pour rentrer chez moi. Or, si je repartais dès à présent, je donnerais l'impression de suivre ce brave jeune homme. Et j'avais la certitude qu'il se croyait assez supérieur pour le penser. Quoique miteux et couvert de poussière de charbon, comme nous tous, il était beau. Il avait des yeux vert étang très légèrement globuleux – pas assez pour paraître étranges, mais assez pour être frappants. Des yeux de grenouille, me suis-je dit aussitôt ; ils lui donnaient une mine franche et interrogatrice. Il était élancé – ce qui dans la fosse ne devait pas s'avérer pratique –, avec des cheveux sombres bouclés et de grands airs. C'est la seule chose qui me soit venue à l'esprit, qu'il avait de grands airs. J'ai hésité, parce que je ne savais pas quel chemin prendre et que j'étais curieuse.

— Belle journée, a-t-il fait remarquer, et ses yeux saisissants ont dansé sur moi comme si j'étais un plaisir, ou une source d'amusement.

— Écoute, ai-je dit. Je vais être honnête. Il faut que je fasse demi-tour et que je rentre chez moi. Je dois y retourner pour le mariage de ma sœur, et ma mère va me tuer parce que j'ai mis trop longtemps. Mais maintenant te voilà et je veux pas que tu croies que je te suis. Je suis sûre que les filles de Grindley te trouvent très beau et tout ça, mais je viens d'Arden et on fréquente que les nôtres. Alors va pas t'imaginer des choses.

Sur ce, j'ai fait volte-face et me suis mise à marcher devant lui, sans voir comment je pourrais rester en tête. Ma taille on ne peut plus moyenne ne pouvait rivaliser avec la sienne.

— Tu veux que je reparte dans l'autre sens pour pas que tu croies que je te suis moi aussi ? a-t-il lancé avec effronterie.

J'ai reniflé.

— Je me fiche de savoir où tu vas. Allez, bonne balade.

Il a éclaté de rire, un bruit étonnant dans le calme de ce dimanche matin.

— Alors je poursuis mon chemin, vu que ça t'est égal, a-t-il déclaré en accélérant le pas pour marcher à côté de moi. Puisqu'on est compagnons de route, je crois que les présentations sont de mise. Je suis Tommy Green, de Grindley.

Je l'ai regardé du coin de l'œil, essoufflée mais ne souhaitant pas ralentir l'allure. À dire vrai, je ne voulais pas que ses grandes foulées l'éloignent de moi.

— Josie Westgate, d'Arden.

— Ravi de te rencontrer. Si ta sœur se marie et que ta mère veut que tu rentres, pourquoi tu prenais tes petites jambes à ton cou vers l'opposé d'Arden ?

— Je n'ai pas de petites jambes ! me suis-je récriée, m'arrêtant net, haletante. J'ai des jambes parfaitement normales pour une fille de mon âge.

— Une fille de… ? a-t-il demandé en s'arrêtant lui aussi.

— J'ai douze ans, Tommy Green, même si c'est pas tes oignons. Et pour ta gouverne je me dirigeais vers Grindley parce que je suis tombée sur le vieux gardien. Il fallait que je m'échappe. Et toi, tu poses toujours autant de questions ?

Il a poussé un soupir.

— Oui. J'en pose toujours autant. Tout le monde me le dit. Tu parles du vieux Paulson ? Celui qui porte des plumes et qui bouche le soleil ?

Je n'ai pas pu m'empêcher de glousser.

— Oui, c'est lui.

— Qu'est-ce qui lui prend d'embêter les jeunes filles ?

— J'avais des jacinthes…

J'ai hésité ; je n'avais parlé à personne de mes excursions dans le domaine interdit, alors pourquoi l'avouer à un parfait inconnu ? Pourtant, j'en avais envie. Nous sommes arrivés à l'endroit où mes belles fleurs gisaient sur le sentier, éparpillées et piétinées. Je les ai désignées d'un geste triste.

— Il a cru que je les avais volées à Heston. Il était vraiment fâché. Je lui ai dit que je les avais cueillies à Grindley pour me tirer d'affaire et il a répondu que je ferais mieux d'aller en chercher d'autres. Alors il a bien fallu que je prenne cette direction.

— Et c'est vrai ? a demandé Tommy en me dévisageant. Tu les a prises à Heston ?

Il paraissait à la fois intrigué, admiratif et inquiet.

— Tu vois là-haut ?

J'ai tendu le bras et il a suivi mon regard.

— Y a un espace dans le mur. Je vais pas loin, juste dans les bois, mais c'est calme et les fleurs sont magnifiques.

— Elles étaient magnifiques, a-t-il murmuré, ramassant deux ou trois tiges par terre avant de les jeter en constatant leur triste état.

— Sauf qu'il a appelé ça « voler », ai-je poursuivi, heureuse d'avoir quelqu'un à qui me confier. Et il m'a demandé le nom de mon père, alors je l'ai inventé, et maintenant j'ai peur qu'il aille à Arden pour exiger de voir Thomas Broad, alors que cet homme existe pas. Je vais devoir me cacher jusqu'à la fin de mes jours. Avec mes cheveux, difficile de passer inaperçue.

J'ai écarté de mon visage une longue mèche de cheveux et l'ai examinée. Aussi rousse ce matin-là que chaque matin.

— Oh, bravo, Josie Westgate, ai-je conclu d'un ton amer. Tu t'es mise dans un sacré pétrin.

Nous nous étions remis à marcher, harmonisant notre allure, à l'aise comme si la différence entre nos jambes n'avait finalement aucune importance.

— Eh bien moi, je te trouve courageuse, a-t-il fait observer. T'inquiète pas. Je parie qu'il voulait juste te fiche la trouille pour que tu retournes pas à Heston. Tu devrais pas y retourner, d'ailleurs, c'est un sale type qui bosse avec une équipe de sales types. Mieux vaut éviter de se frotter à eux.

— Et comment tu le sais, toi ?

— Ça fait des mois que j'y braconne. Mon père m'a raconté des histoires qui te feraient dresser les cheveux sur la tête.

J'étais horrifiée et impressionnée par sa témérité, et sidérée par sa franchise.

— T'as quel âge ? ai-je demandé.

— Presque treize.

— Au jour ?

Les garçons d'ici quittaient l'école à douze ans, travaillaient au jour jusqu'à l'âge de quatorze ans puis descendaient sous terre.

— Oui. À Crooked Ash.

— Et ça te plaît ?

— Si ça me plaît ? a-t-il ricané. Nan, y a rien qui me plaît dans tout ça. C'est mieux que ce qui m'attend sous terre, je le sais, mais si t'as rien de mieux à dire que : « Je vais probablement pas mourir aujourd'hui », ça en dit long, non ?

Je devais admettre qu'il avait raison. Son raisonnement était logique, pourtant je n'avais jamais entendu mon père ni mon frère Bert dire une chose pareille.

— Mais… c'est nos vies… ai-je soufflé tout en m'interrogeant sur son impudence. Enfin quoi, c'est ce qu'on fait, non ?

— Oui, a-t-il admis. Mais on n'est pas obligés d'aimer ce qu'on fait.

— Ah bon ?

— L'extraction de charbon, a-t-il rétorqué, adoptant le ton d'un instituteur s'adressant à sa classe, est une industrie puissante. Depuis des centaines d'années, elle rapporte de l'argent, beaucoup d'argent, à nos seigneurs et maîtres. À nous, pas tellement, je dois dire. C'est dangereux, c'est difficile, mais les maîtres ils se préoccupent pas de ça. Les gens simples comme nous s'attendent pas à mieux ; on saurait pas quoi faire d'une meilleure vie si on en avait une. On est élevés dans ce but, celui de risquer nos vies pour eux. C'est notre chemin vers la gloire.

J'en suis restée bouche bée. Il avait de sacrées envolées lyriques, ce Tommy Green de Grindley. Je n'avais jamais entendu personne parler ainsi, mais je savais reconnaître une pointe de sarcasme quand je l'entendais.

— La plupart disent que c'est un bon système, que c'est Dieu qui l'a voulu, et qu'il est parfait à cause de sa simplicité, a-t-il poursuivi. Moi, je dis que c'est un système à la noix et que les maîtres devraient penser bien plus aux hommes qu'ils tuent à la tâche, à ce qu'ils veulent et ce qu'ils sont capables de faire. Certains maîtres sont meilleurs que d'autres, et les vôtres sont les pires de tous.

J'ai ouvert machinalement la bouche pour défendre Arden, mais quelque chose m'en a empêchée. Je voulais savoir.

— Si c'est si mal, l'ai-je interrompu, pourquoi ils sont si nombreux à le faire ?

À l'école, quand on posait une question, on nous filait une claque et on nous traitait d'idiot. Mais avec Tommy je n'avais pas l'impression d'être idiote.

— Bonne question. Parce que les hommes doivent bien gagner leur vie. Il faut qu'ils puissent subvenir aux besoins de leur famille. Et toute leur enfance on leur a dit que c'était le seul moyen d'y arriver. Alors ils se demandent jamais de quoi d'autre ils sont capables.

À cet instant-là, je l'ai vu clairement.

— Mais toi si, Tommy Green, pas vrai ?

— Je me le suis demandé, oui. Mais on m'a soigneusement expliqué que j'étais rien d'autre que des bras pour tailler, des jambes pour porter et une tête à cogner contre un plafond en pierre logé profond. Donc le moment venu j'irai sous terre.

— Et t'as peur.

— Bien sûr que j'ai peur.

Jamais un garçon d'Arden n'aurait avoué avoir peur. Mais Tommy en parlait comme si c'était la chose la plus naturelle du monde. Et, à présent que j'y réfléchissais, en effet ça l'était.

J'ai posé la main sur son bras sans savoir pourquoi.

— Enfin, Tommy Green, ai-je fini par dire, est-ce que t'es un… un… ?

À la maison, j'avais toujours évité les discussions sur la politique. Quelle jeune fille s'intéressait à ce genre de chose ? Je préférais penser que nos vies n'étaient pas si horribles. Mais j'avais soudain du mal à me rappeler un mot que les hommes employaient parfois, un mot qui me semblait se référer au genre d'opinion qu'exprimait Tommy.

— Est-ce que tu es… révolution ?

Il me manquait une syllabe ou deux, je le savais, mais je ne parvenais pas à retrouver le mot exact.

Il a encore éclaté de rire. Pas d'un rire dédaigneux, contrairement à mon frère, mais bon enfant, comme si, malgré sa colère, il y avait en lui quelque chose d'intact.

— Oui, c'est moi tout craché, Josie. Une révolution sur pattes, une révolution à moi seul. Je changerais le monde si je le pouvais.

— Et tu le feras ?

— Non. Je suis qu'un garçon. Y a tout un système déjà en place, un siècle d'histoire derrière nous.

Je changerai rien. Je ferai mon travail, comme nous tous, j'accepterai mon sort. Sauf que j'aurais souhaité… Ah, laisse tomber.

— Quoi ? ai-je demandé.

Moi qui n'avais jamais souhaité, rêvé ni questionné, je mourais d'envie de connaître ses souhaits.

— Je te dirai une autre fois. Regarde, voilà Arden. Va au mariage de ta sœur et t'approche plus de Heston. Je suis sérieux. Cet endroit est mortel, t'imagines pas.

Il avait raison : nous apercevions le bas de la dernière colline, avant Arden, où se dressaient les petites maisons, l'école et le clocher de l'église. Les cloches sonnaient, annonçant le mariage. J'allais me faire écorcher vive.

— Bon, ai-je dit en tendant la main. Merci pour la leçon et bonne chance pour tes vœux, quels qu'ils soient. Salut, jeune gars de Grindley.

Il m'a serré la main et m'a décoché un grand sourire.

— Salut, jeune fille d'Arden.

J'ai relevé mes jupes et pris mes jambes à mon cou.

— J'aime bien tes cheveux, a-t-il lancé.

Ils se tortillaient autour de mon visage, pareils à des serpents rouges. Petit effronté. Il aimait mes cheveux, allons donc ! Alice était la fille aux tresses blondes, belle comme une princesse. S'il avait dit mes yeux, je l'aurais peut-être cru. Ils étaient aussi sombres que des prunelles et plutôt jolis, d'après moi. Mais personne ne m'appelait jamais « la fille aux beaux yeux sombres ». J'étais toujours « la rouquine ».

Lorsque je suis arrivée, les violettes s'étaient fanées dans la poche de mon tablier, et leurs pétales délicats étaient si foncés et humides qu'on aurait dit qu'ils pleuraient. Ma famille était déjà en route pour l'église. J'ai lancé les violettes à ma mère, qui m'a flanqué une belle gifle puis les a quand même entortillées à la hâte dans les cheveux d'Alice ; m'man rechignait toujours à changer de plan au gré des circonstances. Elle m'a arraché mon tablier, qu'elle a fourré dans un buisson afin de le récupérer plus tard. Elle m'a regardée de la tête aux pieds d'un air expressif, secouant la tête, honteuse. Après quoi elle a tiré un peigne de sa poche et l'a passé rudement dans mes cheveux, si bien que j'étais en larmes tout au long des psaumes. Alice a épousé Fred et elle était magnifique.

Plus tard, quand je suis allée chercher mon tablier dans le buisson, il s'est ouvert, révélant un bouquet de charmantes jacinthes aux couleurs éclatantes.

4

Josie

Une semaine après le mariage d'Alice, j'ai décidé, par pure obstination et curiosité, de retourner dans ma cachette secrète, mais la faille dans la clôture avait été découverte et réparée à l'aide d'un excès de planches et de clous. C'est donc Tommy qui est devenu mon nouveau secret.

Nous sommes encore tombés l'un sur l'autre, à plusieurs reprises, toujours par hasard. (Hasard augmenté par le fait que je le savais susceptible de sortir le dimanche et que mes propres promenades m'emmenaient systématiquement en direction de Grindley.) Je ne le voyais pas souvent, nos vies n'offrant guère de temps libre. Néanmoins, nous sommes devenus amis. Dès notre première rencontre, je suppose.

Généralement, je l'entendais siffler le long des sentiers sinueux avant de l'apercevoir. Puis il apparaissait devant moi : lourdes bottes, longues jambes, grand sourire, yeux verts de grenouille et folles boucles brunes. Sa vue ne manquait jamais de m'arracher un sourire.

Nous marchions, discutions et grimpions Silvermoor Rise, une colline qui surplombait nos deux villages. Elle veillait sur nous tandis que nous travaillions et menions nos vies, sa pente douce passant tour à tour du vert au gris au doré.

De notre promontoire habituel sur la colline, nous pouvions contempler le comté. Et voir, derrière nous, l'imposant carreau de Crooked Ash, où travaillait Tommy, et ceux de Hepzibah et Drammel Depth, les deux mines des Barridge, à l'ouest et au nord-est. Si nous faisions face à une fissure dans les collines où l'on n'apercevait pas de carreau, nous savions que White Arrow Drift (Barridge) et Horizon Drift (Sedgewick) se tapissaient, invisibles, sous les plis de terre. L'air était toujours voilé et sale, mais nous y étions habitués. C'était notre univers.

Nous parlions de toutes sortes de choses, en particulier des endroits où nous irions si nous en avions la possibilité. Tommy était obnubilé par les pays étrangers, et j'en ai appris plus sur le vaste monde grâce à lui qu'en toutes mes années à l'école. En classe, je n'écoutais jamais. Mais, quand Tommy me parlait d'Amsterdam ou du Pérou, je me souvenais sans peine de ses anecdotes. Discuter avec lui m'ouvrait un horizon plus radieux.

— L'Égypte, a-t-il soupiré lors d'une de nos rencontres. Les pyramides, le Nil. Les crocodiles. J'aimerais tellement voir un crocodile, Josie. J'imagine que ce sont les plus anciennes créatures de la Terre.

— Quel garçon étrange tu fais, ai-je dit avec un frisson. Ils aimeraient beaucoup te voir aussi… et te croquer menu menu.

— L'Inde, a-t-il murmuré. L'Inde, plus que tout. Des éléphants, Josie ! Des rubis gros comme des œufs !

Sa fascination pour les choses lointaines et exotiques était contagieuse. Au bout d'une semaine ou deux, je rêvassais moi aussi.

— Je crois que j'irai en Afrique dompter des lions, ai-je imaginé un jour. Je leur apprendrai à tirer des charrettes et à me transporter partout. Ils protégeront mes enfants et, la nuit, ils me laisseront dormir la tête sur eux, comme de gros oreillers dorés et moelleux.

Comment avais-je pu ne jamais penser à ce genre de chose avant ?

Nous parlions aussi de notre famille, de la vie au village et de nos nobles. Ils ne connaissaient pas notre nom mais tenaient notre subsistance entre leurs mains, et ils nous fascinaient.

Certains jours, nous grimpions plus haut encore pour contempler Heston. Nous apercevions pelouses et bois ainsi qu'un bout de toit, rouge et pointu, à travers les arbres.

— Ce lieu, il vaut une petite fortune, et pourtant il fait froid dans le dos, ai-je fait observer en frissonnant. Pourquoi ils sont partis ? Je sais que leur fils a été tué mais… à nous ça nous arrive tout le temps. Et on peut pas échapper au chagrin, il faut vivre avec.

Je commençais à ressembler à Tommy avec toutes mes pensées comme de mauvaises herbes. Une fois qu'elles se mettaient à pousser, plus rien ne les arrêtait.

— Oui, a-t-il soupiré. Exactement.

Il a regardé au loin et j'ai compris qu'il pensait à son frère Dan, mort à dix-sept ans, alors j'ai changé de sujet.

— C'est comment, Silvermoor, Tommy ? C'est beau ?

Il m'a alors parlé de son cinquième anniversaire et du baptême du petit lord.

— Des années plus tard, ça reste le plus beau jour de ma vie. Oh, tu aurais adoré, Josie ! Les mineurs avaient eu un jour de congé et tout le village avait été invité à Silvermoor ! Il y avait un festin et des tonneaux de bière et des jeux sur la pelouse, des tours de poney, des rires et de la musique. Et puis, tout à la fin, des feux d'artifice ! Des pluies d'argent et des fusées d'or, s'est-il exclamé en riant. J'ai jamais eu un si bel anniversaire, ça va sans dire ! J'étais tellement jeune, Josie, que je pouvais pas m'empêcher d'imaginer que tout ça c'était pour moi. Je me suis dit s'ils ont choisi le jour de mon anniversaire, y a forcément une raison. Mais la nuit est tombée et on est tous rentrés chez nous retrouver les mines, les baquets à linge, l'école, la poussière noire et le turbin…

Il a soupiré.

— À l'époque, déjà, je savais ce que je préférais.

Je suis restée un moment sans rien dire, imaginant la scène.

— Et la famille ? ai-je demandé. Tu as vu lady Amelia ?

— Oui, elle portait une robe couleur bleuet. Tu sais comment sont les femmes du coin, Josie : voûtées, les sourcils froncés et enveloppées dans leurs tabliers. Eh bien elle, elle était grande et gracieuse, avec des cheveux clairs et des yeux gris. Pourtant il paraît que le comte a eu beaucoup, beaucoup d'aventures. Mais comment c'est possible ?

J'ai haussé les épaules. Qui savait ce qui se passait dans la tête des hommes ?

— Le comte, il était splendide comme c'est pas permis, a poursuivi Tommy. Avec un grand sourire et une énorme moustache. Lady Flora a seulement quelques années de plus que toi, Josie, et lady Elizabeth quelques années de moins.

J'aurais aimé que les Sedgewick soient notre famille noble. En comparaison, les Barridge étaient de sinistres fripouilles. Des jumeaux de vingt et un ou ving-deux ans, des jumelles encore plus âgées – quel ennui ! – et un héritier décédé. Un maître cruel et une maîtresse qu'on n'avait jamais décrite comme étant belle. Jamais je ne verrais de jolie robe ou d'élégant carrosse.

— Je sais qu'y a des gens qui détestent les aristos, a repris Tommy. Des gens qui détestent tout ce qu'ils représentent et qui aimeraient les balayer. Mais ils voient les choses à l'envers. C'est nous qui devrions avoir une vie meilleure. Peut-être pas comme la leur, mais pas loin. On devrait pouvoir voir la lumière du jour, faire des choix et fêter des choses avec des feux d'artifice. Tout le monde devrait y avoir droit, non ?

Je n'y avais encore jamais pensé, mais à présent que Tommy en parlait ça ne me semblait pas trop demander.

— Si ça se trouve, t'es le fils du comte, ai-je suggéré, m'autorisant à divaguer. Peut-être qu'un jour il t'accueillera chez lui et alors tu deviendras Thomas Sedgewick et tu seras trop distingué pour m'adresser la parole.

On avait déjà vu plus étrange. Il n'était pas rare qu'un lord vienne courir les jupons dans les villages, même s'il disparaissait ensuite dans son grand manoir pour échapper aux conséquences de ses actes. Dans ces cas-là, les gens éprouvaient très peu de compassion pour la femme concernée ; à elle de se débrouiller avec le cadeau qu'il lui avait laissé. On ne la bannissait pas ni rien – après tout, qui pouvait dire non aux maîtres ? En revanche, on voyait vraiment d'un mauvais œil qu'elle se pavane ou, pis, qu'elle donne à l'enfant le prénom d'un membre de la famille aristocrate. Quand j'étais petite, j'avais entendu mon père dire que les origines fortunées devaient se retrancher derrière de simples Joe ou Molly. Il ne devait pas y avoir à Arden de petits Winthrop ou Clementina ; pas de Rufus ou d'Amelia à Grindley.

— C'est exactement ce que j'imaginais avant, a répondu Tommy, mais non. T'as pas rencontré ma mère, Josie, sinon tu saurais que c'est impossible. Et puis je suis le fils de mon père, y a pas de doute. On est complètement différents, mais ça se voit à sa bouche et à la façon que mes cheveux ont de tomber ici… J'ai bien ma place à Grindley, Josie, ce qui rend encore plus frustrant le fait que…

— … que tu y aies pas ta place, ai-je achevé.

5

Tommy

Le dimanche suivant, assis à l'église, je souriais dans ma barbe en pensant à Josie. Elle était comme une bougie, lumineuse et réconfortante dans la grisaille de mes journées, que je passais désormais à l'ombre du carreau gigantesque de Crooked Ash, absorbé dans la tâche fascinante du lavage de charbon. Outre cette houillère, le comte de Silvermoor possédait également une exploitation à flanc de coteau, Horizon Drift, et tous les gars de Grindley étaient destinés à l'une ou l'autre. En général, chacun suivait les traces de son père ; p'pa était à Crooked Ash, donc moi aussi.

Quand mes camarades de classe et moi avons commencé à travailler, le porion n'a pas eu besoin de nous expliquer ce qu'il fallait faire. Nous avions le charbon dans le sang ; nos pères et nos frères en parlaient sans cesse, avec fatigue, passion et fierté. Notre langue natale comprenait les termes « schlamm » et « roulage », « bâtiment de recette » et « escaillage ». Notre travail consistait à placer du charbon dans une cuve. Le bon charbon, le charbon propre, flottait et pouvait passer au triage. Celui qui coulait devait être retiré et concassé pour le débarrasser de toute poussière. Tout au long de la journée, nous restions debout sous notre auvent de bois, à laver et trier ; la soif de charbon était insatiable. Pas étonnant que l'amitié de Josie me tienne tellement à cœur.

J'ai respiré l'odeur fraîche et lustrée de l'encaustique qui transformait en zibeline l'acajou des bancs de l'église et regardé chatoyer au soleil les fines torsades des cheveux du pasteur Tawney. Leur blond vénitien faisait ressortir sa calvitie. *Il ferait mieux de laisser tomber*, ai-je pensé, *d'accepter l'idée qu'il se dégarnit.* Mais mes propres pensées m'ont consterné : s'il y avait bien une personne capable de comprendre le besoin de poursuivre une bataille perdue d'avance, c'était moi.

Mes rêves sommeillaient en moi. Je les avais enfouis si profond qu'ils finiraient sans doute par se changer en charbon eux aussi, mais ils n'en étaient pas moins là. Et ce jour-là je me suis aperçu que je n'étais pas le seul à en avoir.

Après l'office, nous avons été interceptés par Millicent Tawney, l'épouse du pasteur, une femme petite qui courait dans tous les sens comme un rouge-gorge affairé. Un concert de chœurs d'enfants du comté devait avoir lieu pour Pâques à Rotherham, nous a-t-elle informés de façon sémillante. Elle pensait que ce serait splendide – réjouissant ! – que Grindley y participe. Elle choisirait la musique et s'occuperait d'entraîner les choristes. Connie désirait-elle venir grossir les rangs ?

Connie a laissé échapper un gargouillis d'enthousiasme. Elle n'avait que six ans mais elle adorait la musique. Mamie lui chantait souvent des chansons le soir, et Connie les reprenait, imitant sans peine les mélodies. Personne d'autre dans la famille n'avait l'oreille musicale.

Bien entendu p'pa a râlé comme un veau, soucieux du coût et du dérangement, mais Mrs Tawney, toute minuscule qu'elle soit, a répondu à toutes ses objections jusqu'à ce que m'man s'exclame :

— Enfin, Jim, quel mal à ça ?

— Je veux pas que cette gamine se fasse d'illusions, a-t-il rétorqué. Ça va lui remplir la tête d'idées folles. Et elle a pas d'avenir là-dedans.

— Bien sûr que non, l'a rassuré m'man. Ce serait rien qu'une fois, Jim, juste pour s'amuser. C'est encore qu'un petit bout de chou.

Il a râlé encore jusqu'à ce que mamie, d'habitude tellement silencieuse qu'on l'oubliait souvent, pointe un doigt autoritaire sur lui.

— Il faut qu'elle participe, est-elle intervenue. J'aime bien entendre sa petite voix. T'as transmis ton absence de talent musical à tous mes petits-enfants sauf à elle, Jim Green, et je suis pas fière de toi. Alors elle participera, Mrs Tawney.

Dans l'effervescence générale, je crois que je suis le seul à avoir vu la lumière briller dans les yeux de Connie. Je la connaissais, cette lumière. C'était l'attrait des choses lointaines. Et, si elle en rêvait, je me demandais comment ma petite sœur s'en tirerait, coincée à Grindley.

6

Josie

Juin 1899

Les semaines se sont écoulées avec lenteur, puis les mois, laissant place à l'été de l'année suivante. Tommy m'avait changée du tout au tout. Il m'avait fait don des questions, des rêveries et du rire. Pourtant, son quatorzième anniversaire se profilait, et il avait l'impression que descendre dans la mine marquerait la fin de sa vie. Pas de celle qu'il connaissait ; la fin tout court. Il était habité par le pressentiment funeste qu'il mourrait dans la mine comme son frère Dan.

La plupart du temps il était si joyeux que le voir soudain morose me peinait. Et l'idée qu'il avait peut-être raison, que je risquais de le perdre, voltigeait en moi tel un oiseau affolé. Ma vie serait tellement plus pauvre sans lui ! C'est pourquoi nous essayions de nous remonter le moral, de nous détourner de ce qui nous attendait.

— Si tu avais le choix, qu'est-ce que tu ferais ? m'a-t-il demandé un jour.

— Il y a… l'agriculture, ai-je répondu. Je pourrais être crémière. Ou employée de maison. Euh…

— Gardien, garde-chasse, a poursuivi Tommy en fronçant les sourcils. Comment on fait pour décrocher ce genre de boulot, par exemple ? J'arrive pas à croire que Paulson soit instruit. Ça m'étonnerait qu'il soit plus intelligent que moi.

— Si ça se trouve, c'est de famille, comme avec nos boulots à nous.

— Si ça se trouve.

— Mais on parlait de moi, lui ai-je rappelé. Les filles peuvent pas être garde-chasse. Peut-être que je devrais monter sur scène !

Nous avons été pris d'un fou rire comme si je songeais à devenir une licorne.

— Je serais une danseuse de revue ! ai-je enchaîné, hilare. Avec des anglaises et des rubans…

— Et des culottes raffinées, a ajouté Tommy.

— Qu'est-ce que t'y connais en culottes pour dames ? l'ai-je sermonné, lui donnant une tape sur le bras.

— John a une carte qui vient d'un paquet de cigarettes. Lillian Sharpell dans les années 1880. Les orteils pointés et les jupes relevées. Je te verrais bien en culotte à froufrous, Josie Westgate, oh oui !

— Dégoûtant ! C'est bien vrai ce qu'on raconte. Les gars de Grindley sont des créatures abjectes !

Cela dit, Bert possédait une carte semblable représentant Patricia Lamar. C'était choquant, bien sûr, mais elle était si belle ! Plus belle encore qu'Alice.

Notre joie a été de courte durée ; l'avenir arrivait à grands pas.

— C'est quand, exactement ? ai-je demandé d'une voix douce.

Il fallait que je lui pose la question tant qu'on était encore là tous les deux. Tommy savait de quoi je parlais.

— Dans deux semaines.

— Deux semaines ?

Son anniversaire était très proche.

— Oui. Il me reste deux semaines de soleil. Ensuite, je descends dans l'obscurité. Et ce sera fini pour moi.

J'ai frissonné dans la lumière estivale, espérant qu'il ait tort.

7

Tommy

Au cours de ma dernière semaine de travail au jour, j'ai commencé à me sentir accablé et hébété. Il m'arrivait parfois de mettre à l'épreuve ces sensations juste pour en être sûr, comme on pousse de la langue une dent qui bouge. Je pensais à Silvermoor et je ne ressentais rien. Je pensais au petit lord et je ne ressentais rien. Je pensais au soleil, à la géographie, à l'art, qui ne feraient bientôt plus partie de ma vie et je ne ressentais rien. Quel soulagement ! Travailler à la mine serait peut-être possible pour moi.

Les deux années précédentes, j'étais passé du lavage de charbon à son tri pour différents marchés à l'aide de tamis métalliques, tâche tout aussi monotone. Ces derniers jours, numérotés et comme marqués de grands chiffres noirs, j'aurais pu tamiser même dans mon sommeil. D'ailleurs, ça m'arrivait souvent.

C'est d'un de ces rêves parfaitement terre à terre que mon père m'a tiré une nuit, fâché que je ne me sois pas réveillé avant minuit. Je suis sorti du lit en dérangeant tous mes frères, et nous nous sommes mis en route à vive allure. Mon père avait quarante-cinq ans mais il était fort comme un bœuf. Moi, au bout de deux kilomètres je haletais déjà.

— Attends, m'a-t-il dit, m'attrapant le bras devant notre entrée secrète. T'as quatorze ans demain et tu descends au fond lundi. C'est la dernière fois que tu sors la nuit, compris ?

— Oui, p'pa.

Tout le monde commençait le travail le premier lundi qui suivait ses quatorze ans. Mon anniversaire sonnerait le tocsin, ce ne serait pas une réjouissance.

— J'emmènerai Ernest la semaine prochaine. Il bosse au jour maintenant, c'est presque un homme.

— Oh non, p'pa… ai-je chuchoté tandis que la haie bruissait autour de nous. Pas Ern. Il est tout chétif.

La tape qu'il m'a donnée sur l'oreille n'était pas méchante, mais il l'a retenue pour que je ne crie pas par cette nuit silencieuse.

— Et qui tu veux que j'emmène d'autre ? a-t-il rétorqué d'une voix mordante. Alfie est encore un mioche. Tu préfères peut-être que je prenne Connie ?

À sept ans, Connie était toujours la prunelle de mes yeux. Une adorable petite créature à l'esprit pur comme un rayon de soleil. Le concert de Pâques qu'avait donné sa chorale avait eu lieu et ce serait le dernier.

— Non, p'pa, ai-je répondu avec lassitude. Bien sûr que non. Mais tu connais Ern.

Ern était fragile. Il fatiguait vite, attrapait un rhume un mois sur deux, parvenait à peine à soulever le seau de charbon…

— Il va falloir qu'il se remue, maintenant. Qu'il nous montre qu'il a l'étoffe d'un homme.

— Il fait pas exprès d'être faible, p'pa. Y en a qui sont comme ça. J'irai à sa place quelque temps jusqu'à ce qu'Alfie soit plus vieux. Ça me dérange pas.

Alfie était un petit bonhomme robuste, taillé pour la vie à Grindley au même titre que mon père.

Cette fois il m'a filé une vraie tape, et comme un cri m'a échappé il m'a secoué rudement. Il y avait longtemps qu'on n'avait pas eu de conversation où ce qui me semblait aller de soi mettait mon père en fureur.

— Toi, mon gaillard, a-t-il grogné, toi et tes idées farfelues ! T'as aucune idée de ce qu'est le monde. Tu seras infichu de passer toute une journée à la mine et de sortir ensuite la nuit. Tu verras bien quand t'y seras.

J'ai fait une dernière tentative pour mon frère.

— M'man aime pas qu'on aille braconner, et tu sais comment elle est avec Ern. Elle t'écorcherait vif, p'pa, et si quelqu'un risque d'être remué par les sorties c'est bien lui. Elle va le remarquer, je te le dis.

— Ah bon, tu me le dis ? À moi de te dire quelque chose, petit : je me taille. J'ai aucune envie de bosser avec toi ce soir. Vu que t'es un homme et que tu peux tout faire et que tu sais tout, ça devrait être du gâteau pour toi, pas vrai ? Alors reviens pas les mains vides.

Il s'est éloigné et a disparu dans la pénombre. J'ai poussé un soupir. Puis je me suis faufilé à travers la haie et me suis mis au travail. J'ai d'abord emprunté le sentier des pièges : un écureuil et deux lapins. J'ai jeté les lapins dans mon sac. Enfant, la vue d'un lapin mort, tendre, doux comme du velours et couvert de sang, me faisait pleurer. Depuis, je m'étais endurci. Nous avions besoin de manger. Ensuite j'ai fait demi-tour puis suivi le sentier du fusil et trouvé un faisan. J'étais content parce que p'pa le serait aussi. Arrivé à la hauteur du grand pin, à côté des buissons, c'est là qu'il s'est passé quelque chose. La nuit était plus dense que dense, mais soudain la lune est sortie, répandant sa lumière sur le sol. Je voyais luire le dangereux fil et m'est venue l'idée folle de le franchir.

C'est notre limite, m'avait dit p'pa la première nuit. Si tu tiens à ta peau, va pas plus loin, jamais.

Or je n'étais plus si sûr d'y tenir. Et je détestais ce vieux salaud. J'ai levé la tête, certain qu'un nuage ne tarderait pas à avaler la lune, mais elle continuait à briller, éclatante, comme pour dire « Vas-y mon garçon ».

— Quatorze ans demain, ai-je chuchoté.

Et, veillant à lever les pieds aussi haut que possible, j'ai enjambé le fil.

8

Tommy

Le sentier restait étroit, bordé de fougères qui débordaient dessus, et je marchais imprudemment, sans me soucier des pièges. Me fiant à la lune, j'ai pris un coude après l'autre et je me suis enfoncé de plus en plus profondément dans les bois, jusqu'à les avoir traversés et me tenir à la lisière, à contempler une vaste étendue d'herbe plantée de chênes majestueux. De l'autre côté, bien en vue, se dressait Heston, le manoir bâti sur la mort d'un millier d'hommes.

J'aurais dû partir tant que la chance me souriait. Mais, plus encore que l'envie de mourir, quelque chose me clouait sur place. L'histoire de cette bâtisse était poignante ; elle était l'image même de ce à quoi j'avais toujours aspiré, mais cette image avait mal tourné. Et ce serait formidable d'en parler à Josie.

Au clair de lune, ses toits rouges paraissaient d'un gris noir. À pignons, hautain, le manoir semblait démodé même à mes yeux ignorants, et plus ouvragé que Silvermoor, au style plus simple et plus classique.

Bien que je n'aie jamais vu de Barridge et n'en aie aucune envie, contempler ce manoir abandonné m'a permis de me représenter le drame. Le fils aîné, prisé non parce qu'il était le premier soutien de la famille, comme chez nous, mais pour des raisons d'héritage, de tradition et de fierté, fauché dans la fleur de l'âge. Les Barridge avaient fui. Leur douleur avait dû être profonde…

Les arches et les corniches, les cheminées et les pelouses, même la nuit, animaient la scène. Ils avaient dû mener grand train ! Des bals et des banquets, de la culture et des voyages… tout cela, délaissé. La maison avait dû déborder de vie comme à présent elle débordait d'ombres. L'idée des pièces vides, peuplées d'araignées, me faisait frissonner. Une grande partie des habitants de Grindley auraient pu y tenir sans peine, alors qu'à deux kilomètres à peine de ce manoir fantôme nous nous serrions dans des logements exigus.

Au moment où cette pensée me traversait l'esprit, j'ai vu un fantôme. Un homme blanc sur un cheval blanc qui dansait sur la pelouse. Là encore, j'aurais dû m'enfuir. Mais je n'y parvenais pas. J'étais comme pétrifié. Je me suis frotté les paupières, croyant à une hallucination. Un cheval dansant ?

Pourtant, lorsque j'ai regardé de nouveau, il était encore là. L'homme n'arborait pas de chapeau et ses cheveux clairs brillaient à la lueur de la lune. Il ne portait pas de veste, rien qu'une ample chemise blanche. Et le cheval ! Non seulement il dansait, mais il flottait au-dessus du sol. Entièrement blanc, avec une crinière blanche ondoyante. Sous mes yeux, il arquait l'encolure, pointait les sabots, tournoyait et se balançait au gré de figures complexes comme au rythme d'une musique d'orchestre invisible.

L'émerveillement l'emportait sur la peur. Je n'aurais jamais cru qu'un fantôme puisse être aussi beau. Qu'en penserait Josie ?

C'est alors qu'un bruit m'a glacé le sang. Des dogues. Qui aboyaient dans les bois et s'approchaient. Mon envie de mourir m'est passée. Pas question d'être mis en pièces par ces chiens. Cette apparition avait réveillé quelque chose qui sommeillait en moi depuis longtemps, ce qui chez moi était ému par la beauté et révérait les miracles. Mon âme, peut-être. J'ai fui.

La lune, mon guide, a tenu sa promesse. Jamais je n'ai été si rapide. Mes longues jambes se déployaient et mon cœur tambourinait tandis que j'entendais se rapprocher les chiens massifs qui démolissaient les broussailles sur leur passage. Au niveau du pin mince, je n'ai pas osé ralentir ; j'ai cherché le fil invisible mais je n'ai pu qu'en estimer la position avant de l'enjamber d'un bond, mon sac de braconnier cognant contre mon dos. Je me suis jeté à travers l'ouverture de la haie, m'arrêtant un instant pour remettre en place les branches et l'enchevêtrement de lierre avant de repartir. Bientôt, les battements de mon cœur se sont faits plus bruyants et les aboiements plus ténus, et j'ai compris que les chiens avaient cessé de me suivre.

J'ai ralenti l'allure ; je parvenais à peine à tenir debout. Heureusement, la distance qui me séparait de Grindley me permettrait de reprendre mes esprits et de réfléchir. Personne n'avait pu me voir ni me reconnaître entre tous ces arbres. Il y avait de fortes chances que je m'en tire impunément. Mais, une fois que les hommes auraient rattrapé les dogues et les auraient vus fouiner près du trou par lequel j'avais disparu, ils boucheraient l'ouverture et il n'y aurait plus de braconnage possible à Heston. P'pa serait furieux et je ne pourrais pas lui raconter le rôle que j'avais joué là-dedans.

Si p'pa n'avait plus la possibilité de retourner à Heston, puisqu'il rechignait à aller à Silvermoor on ne braconnerait plus pendant un moment : les événements de la nuit avaient peut-être sauvé Ernest. Peut-être le cheval pâle surmonté de son cavalier tout aussi pâle n'avait-il pas été un fantôme mais un ange étincelant.

9

Josie

Parfois, on se prend à réfléchir à certaines choses et voilà que la vie répond à nos questions ; c'est curieux. Peu après cette journée sombre où Tommy et moi nous étions interrogés sur ce que peuvent faire les femmes de leur vie, une chose inimaginable s'est produite. Le vieux Mr Embry, le gérant du magasin d'Arden, est mort. Enfin, sa mort n'avait rien d'inimaginable, c'était juste la fin de sa vie. Non, ce qui est extraordinaire c'est que sa plus proche parente était sa nièce. Une femme, donc. On l'a vue à l'enterrement ; elle venait de Leeds. On ne distinguait pas bien son visage derrière son voile noir et le mouchoir dont elle n'arrêtait pas de se tamponner les yeux, mais elle avait une silhouette svelte et droite et une démarche gracieuse. Au sujet de son héritage, tout le monde disait la même chose : que c'était vraiment dommage, un gâchis qu'il n'y ait pas un héritier mâle pour ce magasin. Qu'il allait finir dans les mains d'inconnus.

Depuis, j'ai appris que des femmes travaillent dans des magasins de village. Mais, à Arden, comme le regrettait Tommy, notre vision du monde était si étriquée que nous n'avions jamais entendu parler d'une chose pareille. Mr Embry avait toujours été le commerçant d'Arden, et le magasin de Grindley était géré par un certain Mr Goldworthy. À Steepley, le marchand s'appelait Mr Grunt. On le surnommait Grogne et je trouvais ça très drôle.

Les commerçants étaient donc des hommes et tout le monde regrettait Mr Embry, les femmes étant incapables de tenir un commerce.

Or il s'est avéré que miss Embry avait d'autres idées.

Le magasin a fermé deux semaines par respect pour le décès du vieil homme, et aussi pour des raisons pratiques : sa nièce devait quitter la ville avec ses malles avant de venir s'installer au milieu de nulle part. Puis l'Emporium Embry a rouvert, sous le même nom et avec les mêmes produits, mais une personne très différente trônait derrière le comptoir.

J'ai pris soin de m'y rendre dès le premier jour afin de me présenter. Miss Embry était à mes yeux une sorte de divinité, une citadine célibataire, indépendante et pas désagréable à regarder par-dessus le marché ! Elle avait des cheveux châtain foncé enroulés en une torsade lisse, et une jolie peau laiteuse. Elle m'a saluée avec gentillesse et a ajouté, au moment où je partais, qu'elle espérait nous voir devenir amies. En redescendant la rue après cette rencontre, j'étais radieuse.

Et voilà. Juste après m'être demandé ce qu'une jeune fille pouvait faire d'autre qu'épouser un mineur, devenir domestique ou travailler dans une ferme, une inconnue est arrivée parmi nous et m'a apporté la réponse : tout ce qu'elle voulait. Je mourais d'impatience de parler d'elle à Tommy.

Je suis sortie tous les dimanches mais ne l'ai pas croisé sur les chemins. D'ailleurs, je n'allais pas le revoir avant très longtemps.

10

Tommy

Elle était arrivée, ma première journée sous terre. L'extraction de fond, à Crooked Ash. À cent mètres de profondeur, pour être exact. J'attendais avec les autres d'entrer dans la cage, sabots aux pieds. Ma casquette plate était bourrée de papier journal, la seule protection que nous ayons pour nos pauvres têtes fragiles. J'agrippais ma gamelle garnie de tranches de pain à la confiture. En sous-sol, le sucre était le seul goût qu'on pouvait identifier à travers la poussière de charbon ; je l'avais appris de tous ceux qui étaient descendus avant moi. M'man me les avait données au moment où je partais, non sans me glisser d'être prudent. Le souvenir de sa voix était difficile à supporter.

P'pa ne travaillait pas à cette heure-là, et John et Georgie non plus. Jimmy si, mais nous n'avions pas échangé un mot. Je ne savais pas ce qu'il pensait de tout ça, il ne parlait jamais de la mine. Il ne parlait pas du tout, excepté à Mary.

Autour de moi, des garçons plaisantaient, cherchant à dissimuler leur nervosité ; des hommes marmonnaient, prédisant grèves et famine et évoquant quelque chose au sujet de la fosse de Hepzibah, plus loin. Je ne prêtais attention à rien. Je regardais dans le vague.

La cage est montée en cliquetant. Je me suis penché sous la grille et je suis entré avec dix-neuf autres. Puis on a abaissé la grille et refermé la porte de la cage. Nous étions serrés les uns contre les autres dans une atmosphère chargée d'émotion : entre la peur des nouvelles recrues, qui se demandaient si elles tiendraient le coup, et la supériorité désenchantée des hommes chevronnés, qui tenaient le coup depuis des années.

Il y a eu une secousse puis nous avons plongé. J'ai gardé la tête penchée en arrière, en partie pour éviter à mon nez de se retrouver coincé sous l'aisselle de Sam Kerrell, ce qui n'avait rien de plaisant, et en partie pour fixer la lumière du jour le plus longtemps possible. Son rectangle gris-blanc a rétréci à la taille d'une enveloppe. D'un timbre-poste. D'un point de lumière, puis il a disparu.

J'avais envie de pleurer tant la situation me paraissait injuste. Étais-je vraiment si excentrique de voir les choses ainsi ? J'ai jeté un coup d'œil aux autres par réflexe, pour voir si leur visage reflétait un peu de ce que je ressentais, mais bien sûr je ne voyais rien.

La cage a atterri dans un bruit sourd. Il y a eu un instant de silence. L'obscurité. Une obscurité telle qu'on ne peut se la représenter que dans les entrailles de la Terre. Une obscurité oppressante, à vous expulser l'air hors des poumons. En surface, je n'avais pas peur du noir. Mais là c'était différent. Cette obscurité-là pouvait rendre et avait déjà rendu des hommes fous.

Nous sommes restés silencieux un moment, puis des voix ont retenti. La porte s'est ouverte d'un coup sec, la grille est montée en cliquetant, et la main-d'œuvre a été libérée. Quelqu'un a gratté une allumette et je n'ai pas pu m'empêcher de penser au grisou et au puteux, ces gaz tapis dans le noir tels des serpents silencieux et mortels. Près du puits, bien sûr, il n'y en avait pas trop car l'air circulait. Puis on a allumé les lampes, qui ont projeté leur lueur vacillante dans l'obscurité.

Le porion nous a attribué nos tâches. Je finirais par être haveur, comme p'pa, mais, pour la plupart, les nouveaux commençaient par mener les poneys, une manière idéale d'apprendre les ficelles du métier. C'est ce que je m'attendais à faire ce jour-là, rassuré parce que j'aimais les animaux.

On nous a tous envoyés dans différentes directions mais Bulford, le porion, m'a retenu. Il a fait un signe de la tête et m'a emmené, tout seul. Est-ce que j'avais droit à un traitement de faveur parce que j'étais le fils de Jim Green ? Est-ce que j'allais avoir tout de suite de plus grandes responsabilités ? Quoi qu'il en soit, j'aurais préféré travailler avec les poneys.

Le tunnel que nous suivions descendait en pente. Il n'y avait pas la place de se tenir droit. Dans le noir absolu, mes sens picotaient comme ceux d'un animal et détectaient des choses qu'ils n'auraient pas dû pouvoir capter. Les millions de tonnes du Yorkshire pesaient sur moi, prêts à s'écrouler. J'ai touché les soutènements en bois au-dessus de ma tête et pensé à Dan. Il me semblait sentir le soleil scintiller sur l'océan, à des kilomètres de là, même s'il n'y a pas de soleil sous terre et si je n'avais jamais vu l'océan. Et la voix de Josie me taquinait : « T'as peur, Tommy Green ? »

Oh que oui. Non pas d'une chose en particulier : les dangers étant trop grands et trop nombreux, mon esprit les avait amalgamés en une seule et même menace et mis de côté. Non, j'avais peur de cette vie. D'être un humain qui vivrait comme un ver de terre. D'avoir un cerveau qui ne me servirait jamais. D'aimer les sentiers, la lumière et la pluie et de ne plus avoir le droit de les voir. J'étais tel un train qui aurait glissé sur la mauvaise voie et s'apprêtait à atteindre la mauvaise destination.

Le plafond devenant de plus en plus bas, je me suis courbé davantage jusqu'à me retrouver plié en deux, le dos brûlant sous l'effort. Je me demandais s'il ne valait pas mieux que je rampe, mais Bulford avançait à une certaine allure et j'aurais été incapable de ramper aussi vite que je marchais. Et de toute façon mes genoux m'auraient brûlé en lieu et place de mon dos. Tout ça avant même d'avoir commencé à travailler : le trajet vers la veine de charbon n'était pas rémunéré, on ne percevait pas de salaire pour ces trente minutes passées à tâtonner sous la terre. Nous avions le privilège d'effectuer ce trajet dans le seul but d'atteindre l'endroit où nous pourrions être rémunérés.

Mais ce premier jour les injustices du système étaient le cadet de mes soucis. À deux kilomètres et demi de la cage, Bulford s'est arrêté près d'un énorme tas de poussière et d'une rangée de berlines vides.

— Remplis-les, a-t-il ordonné. Je reviendrai te chercher à la fin de ton roulement.

Puis il a fait demi-tour, voûté et traînant des pieds tel un insecte grotesque. Je l'ai regardé partir, la lumière de sa lampe faiblissant à mesure qu'il s'éloignait, jusqu'à disparaître tout à fait.

C'était sans doute une plaisanterie. Comment pouvais-je passer neuf heures ici, tout seul, à déblayer de la poussière en silence ? Et si ma lampe s'éteignait ? Cette éventualité me terrifiait. Cela arrivait régulièrement mais j'avais présumé qu'on serait plusieurs et qu'on se débrouillerait entre nous. Ici, il n'y avait pas de solution de secours. Cette obscurité épaisse m'engloutirait et m'écraserait aussi sûrement qu'un éboulis.

Et si Bulford ne revenait pas ? S'il m'oubliait, s'il était tué ou m'abandonnait là par simple méchanceté ? Quand et comment repartirais-je ? Je n'avais aucun moyen de mesurer une durée de neuf heures, et si j'écourtais mon roulement je m'attirerais de gros ennuis. Comment retrouver mon chemin de toute façon ? La mine était un labyrinthe. Nous avions franchi d'innombrables intersections de galeries, toutes exactement pareilles. La profondeur et l'obscurité avaient effacé en moi tout sens de l'orientation. J'ignorais où se trouvait la cage. J'ignorais comment rentrer chez moi. Mon petit déjeuner, que m'man m'avait préparé avec amour le matin, est remonté précipitamment. J'ai vomi.

L'estomac vide, je me suis senti faible et pris de vertige. L'atmosphère étouffante et le silence dense, interrompus par d'étranges grincements et craquements, me poussaient à croire que le toit ne tarderait pas à me tomber sur la tête. Il me semblait impossible que la terre émette des sons pareils sans qu'un désastre se profile. Encore une fois, j'ai pensé à Dan.

Les heures étaient très longues au fond. Plus longues qu'en surface, c'est certain. Cet étrange phénomène, j'ai appris à bien le connaître. Une heure à la maison, ou dehors sur les sentiers, ou à faire les courses au village, tenait du vif-argent : elle disparaissait en un clin d'œil. Une heure sous terre était d'une bête traînante, feulant implacablement.

J'ai déblayé, pleuré et gardé les yeux rivés sur ma lampe vacillante. Je n'osais pas la poser par terre, de crainte de la renverser. Je n'osais pas la placer dans une niche, de crainte qu'elle ne tombe. Si je la posais loin de moi, je me sentais trop éloigné de sa lumière. Je ne cessais de la changer de place en un roulement incessant, cherchant une solution parfaite qui n'existait pas.

Tout ça pour un shilling.

Neuf heures plus tard, Bulford est revenu et m'a guidé vers la sortie. Pendant la montée, je me suis agrippé aux barreaux de la cage, incapable de rester debout. Je tremblais et pensais avoir perdu la tête. Les autres hommes m'ont regardé d'un air entendu. Pourtant, sur le chemin de la maison, je me suis aperçu que j'avais survécu. C'est la seule fois que j'ai été reconnaissant à mon père de l'enfance qu'il m'avait donnée.

J'ai appris par la suite qu'on passait tous par là pour le premier roulement. Il s'agissait d'un rite initiatique supposé endurcir. Personne n'en parlait jamais ; c'était le secret le mieux gardé des mines. D'abord fâché, je me suis ensuite réjoui de ne pas l'avoir su à l'avance : j'aurais été incapable de descendre, et alors que se serait-il passé ? J'ai donc perpétué à mon tour ce silence tacite, ne racontant pas cette journée aux plus jeunes garçons afin de ne pas augmenter leur crainte. Avant d'arriver à la maison, j'ai réussi à prendre un air courageux pour m'man. Et avant d'arriver à la mine le lendemain à prendre l'air coriace qu'on attendait du fils de Jim Green.

11

Tommy

Le deuxième jour, je m'occupais des poneys. Le rite de passage brutal présentait au moins un avantage : en comparaison, rien ne paraissait aussi difficile. Stan Baldwin, le responsable de l'équipe, nous a amenés aux écuries, un endroit curieux près du fond du puits de fosse.

Crooked Ash comptait cent quarante poneys ayant vécu autrefois en liberté dans les collines galloises. Leur nom était gravé au-dessus de leur box, et les écuries regorgeaient de rosettes qu'ils avaient remportées comme s'ils avaient appartenu à un monde bienveillant. Les voir confinés sous terre, dans le noir, me semblait à la fois étrange et cruel. Pourtant, on les traitait bien, car ils étaient de précieux atouts : notre productivité dépendait d'eux. Et très souvent nos vies en dépendaient aussi.

Ce jour-là, on m'a attribué un poney baptisé Mint qui travaillait là depuis six ans et était, selon moi, l'être le plus intelligent à avoir jamais parcouru ces tunnels. Il connaissait son boulot, Mint.

Grâce à Stan et à lui, j'ai appris les ficelles : comment guider les poneys verbalement, comment les amener à manœuvrer dans des endroits difficiles, comment leur demander de pousser les portes du museau. Les galeries étaient sinueuses et jonchées de débris. Elles montaient et descendaient. La hauteur du plafond variait considérablement ; il était fréquent qu'on s'y cogne la tête. Tout le long couraient des rails tranchants espacés de soixante centimètres ; dans le noir ils s'avéraient dangereux, même si j'ai vite appris à les connaître comme ma poche. Et, chaque fois que je voyais un soutènement de bois ployer sous le poids de ce qu'il portait, je pensais à Dan avec malaise.

Au bout de trois semaines, on m'a permis de dresser un poney. Stan disait que j'avais ça dans le sang. Le premier était un étalon blanc nommé Rogue, et chaque jour je lui présentais mes excuses de le préparer à une vie si misérable.

Une autre semaine s'est écoulée, puis une autre encore, et je savais que je n'avais pas vu Josie depuis longtemps. Je ressentais une fatigue et une douleur permanente, mais ce n'était pas pour cette raison que je ne la voyais plus. Nous aurions sans doute pu nous croiser entre Arden et Grindley comme d'habitude, sans l'avoir prévu ni s'être fixé rendez-vous, et passer un peu de temps ensemble. Cependant, quand je sortais de l'église le dimanche, je partais dans la direction opposée à Arden.

Si on m'avait demandé si j'évitais Josie, j'aurais répondu que non. Je ne choisissais pas consciemment de me diriger vers le sud ces dimanches-là. Mais j'étais sans doute habité par l'idée que je ne pouvais plus la voir à présent que ma vie était ce qu'elle était. Josie appartenait à l'« avant », cette époque où il y avait encore de petits instants de plaisir, et même des moments où je me sentais insouciant. Non plus que l'espoir, l'ambition ou la lumière du soleil, Josie n'avait sa place dans la vie d'un mineur. Avec ses cheveux d'un roux flamboyant, ses yeux sombres qui dansaient et son formidable sens de la rigolade, je la considérais comme une flamme sur laquelle je refusais de souffler.

Mes journées s'écoulaient dans l'obscurité. Désormais la plupart du temps je restais allongé dans une veine sous un surplomb de roche friable, maniant mon pic, taillant et frappant le charbon pour creuser devant moi. Au bout d'une demi-heure, j'avais l'impression que mon cou allait se casser, et au moment de rentrer mon corps m'était devenu étranger. Après une journée de torsions dans des positions contre nature, je souffrais de douleurs et de brûlures inimaginables.

Au fond, bien entendu nous n'avions pas de toilettes. Quand nous devions nous soulager nous faisions ce que nous avions à faire sur le bas-côté de la galerie. Uriner ne posait pas de problème. De toute façon l'humidité était si importante sous terre que nous pataugions dans l'eau jusqu'aux chevilles, uriner n'y changeait donc rien et c'était le cadet de nos soucis. En revanche, pour les affaires plus sérieuses, nous devions trouver un recoin pour que personne ne marche dedans. Puis nous plantions un bâton devant afin que les autres sachent qu'il fallait éviter l'endroit.

Un gars de notre équipe, Mikey Rawlins, avait selon lui un grand sens de l'humour et selon nous un culot de tous les diables. Il ne plantait jamais de bâton et n'hésitait pas à nous pousser dedans quand on passait près d'un endroit qu'il avait étrenné. Plus d'une fois je suis rentré chez moi avec ses offrandes collées aux sabots. Au moins, ça n'avait rien de personnel. Nous essayions tous de ne pas marcher à côté de lui, mais chaque jour l'un de nous n'avait pas le choix.

Parfois, les choses dégénéraient et c'était horrible à voir, car nous étions tous dans le même bateau, du moins en théorie. Car moi j'avais de la chance. J'étais grand et fort et mon père était respecté et craint. J'ai eu droit à quelques taquineries, parce que je « rêvassais » et que j'étais un « savant », mais rien de bien méchant. En revanche, le petit Benny Larkin, qui a commencé peu de temps après moi, a souffert. De petite taille, il ressemblait encore moins à un mineur que Josie. Pis, son grand-père avait travaillé pendant la grève de 1839, et dans le coin on avait la mémoire longue. Benny n'était pas né quand son grand-père avait pris cette décision impopulaire, pourtant il portait le déshonneur de sa famille.

Dès son premier jour, Bulford, le porion, a pris Benny à part. Il a allumé sa lampe et lui a baissé le pantalon pour qu'on puisse tous se moquer de lui. Je n'ai pas ri et Benny a pleuré.

Puis ils lui ont enduit le petit oiseau d'un mélange de boue et d'argile en lui disant que ça le ferait pousser. Pendant des mois, excepté moi tous les mineurs de l'équipe se sont permis des remarques sur sa virilité – ou sur ce qu'ils disaient être son absence de virilité. À la mine, l'inhumanité ne se bornait donc pas au système : elle se propageait à la façon dont nous nous traitions les uns les autres. Ça me faisait bouillir. Mais si j'avais ouvert la bouche j'aurais aggravé ma situation et celle de Benny.

Josie était d'une curiosité telle qu'elle voudrait tout savoir dans les moindres détails. Quelles histoires pouvais-je lui rapporter de la mine, à cette jeune fille ? Des histoires d'ombres, de merde et de honte ? Non. Hors de question. Voilà pourquoi je me dirigeais vers le sud chaque dimanche.

12

Josie

Septembre 1899

Durant tout le mois de septembre, j'ai erré au bord des larmes sans qu'elles coulent jamais. Je n'avais pas vu Tommy depuis plus de trois mois. Au début je me disais que c'était à cause de son nouveau boulot, qu'il était fatigué, qu'il n'avait pas le temps. Mais je ne comprenais pas vraiment. Je n'avais que treize ans et demi et, si j'avais entendu parler des mines toute ma vie, j'étais loin d'imaginer ce que c'était.

Je ne croyais pas Tommy heureux. Mais n'avait-il pas besoin qu'on lui remonte le moral ? Or n'étais-je pas celle qu'il lui fallait pour cela ? S'il avait vraiment tenu à me voir, si notre amitié avait compté pour lui autant que pour moi, il aurait trouvé un moyen, non ?

Je n'avais personne à qui en parler même si j'avais trois sœurs. Alice et moi n'étions jamais d'accord sur rien. À six ans, Tansy la blonde était trop jeune, et Martha la brune avait deux ans de plus que moi et la patience d'une sainte, mais elle était tellement gentille que je ne voulais pas l'accabler de mes malheurs. La simple idée de me confier à m'man me faisait rire. Nous ne nous entendions pas. Je ne me pensais pas douée d'une intelligence particulière comme celle de Tommy, et je n'étais assurément pas une beauté ; j'essayais juste de me faire une place. Pourtant, j'avais toujours l'impression d'être différente et m'man n'aimait pas ça.

— Tu te crois meilleure que les autres, hein ? me raillait-elle régulièrement.

— Pas du tout ! me récriais-je. Je sais très bien que je ne suis pas meilleure que les autres !

Au fil des années, je me suis aperçue qu'il y avait quelque chose de triste à ce qu'une fille cherche à apaiser sa mère de cette façon.

Plus je grandissais, plus nous passions de temps ensemble. Devenue l'aînée des célibataires de la famille, Martha se devait de suivre m'man comme son ombre dans la cuisine et devant l'âtre. Mais m'man aimait avoir toute l'aide possible. Elle se disait aussi que j'étais celle qui avait le moins de chances de se marier et que comme elle devrait me supporter toute sa vie il fallait que j'apprenne. À faire la lessive, à retirer les boutons des vêtements avant qu'ils passent à l'essoreuse, puis à les recoudre après. Je détestais ces tâches répétitives et abrutissantes, savoir que rien de ce qu'on faisait – boutons ou pas – n'avait de valeur durable. Au moins, contrairement à Tommy et Bert, les tâches qui m'occupaient ne me mettaient pas en danger, si ce n'est de perdre la boule.

J'ai vaguement appris à cuisiner, à frotter le sol, à balayer l'âtre, mais mes progrès étaient durement gagnés et ne m'empêchaient pas de garder « deux pognes gauches », comme disait m'man.

J'aurais aimé demander à miss Embry ce qu'elle pensait du fait que Tommy ait soudain disparu de ma vie, mais je craignais qu'elle ne me trouve pénible et ne me rendais donc au magasin que si j'en avais vraiment besoin. Je l'admirais et n'osais espérer qu'elle ait dit vrai et que nous devenions amies.

Un jour, alors que je m'apprêtais à quitter sa boutique avec une livre de farine, j'ai eu mon premier aperçu de l'aristocratie. Dire qu'elle n'était pas à la hauteur de mes attentes serait un euphémisme. Quand deux gentlemen m'ont bousculée pour entrer dans l'échoppe, je n'ai pas compris de qui il s'agissait. J'ai seulement songé qu'il était peu ordinaire de croiser des étrangers, vêtus de surcroît si différemment des villageois. Ma curiosité naturelle m'a clouée dans un coin, les yeux rivés sur leur dos tandis qu'ils s'approchaient du comptoir.

— Puis-je vous aider, messieurs ? a demandé miss Embry.

Comme j'admirais son élégance, sa façon de parler aux gens !

— Nous ne sommes pas venus acheter, a répondu l'un d'eux, juste jeter un coup d'œil.

— N'hésitez pas à faire un tour du magasin. Désirez-vous voir quelque chose en particulier ?

— Vous, ma chère, a répliqué l'autre. Nous avons entendu dire qu'il y avait un nouveau commerçant à Arden, une femme, et qu'elle était jolie. Alors nous sommes venus voir.

Je ne l'avais encore jamais vue bouche bée. Et à présent ce n'était plus la curiosité qui me clouait sur place, mais l'instinct. Elle ne devait pas rester seule avec ces hommes.

— En ce qui concerne la première affirmation, les rumeurs disent vrai, a repris l'un des hommes. Comme vous pouvez le constater, Willard, il s'agit de toute évidence d'une femme. Quel est votre avis sur la seconde ?

— Hum, a fait Willard. Jolie ? Oui, en effet. Yeux et cheveux sombres, très baudelairiens. Et vous, Jocelyn, qu'en pensez-vous ?

— Je crains de ne pas être convaincu sur ce point. Je ne la trouve point à mon goût.

— Nous savons que vos préférences se portent ailleurs, Joss, a ricané l'autre. En avez-vous assez vu ? Pouvons-nous partir ?

— J'en ai vu bien assez. C'était dans l'ensemble une expédition plutôt décevante. Peut-être pas pour vous toutefois.

— Je me réjouis de l'avoir constaté par moi-même. Un visage agréable, je le répète. Mais qui ne vaut pas la peine de revenir.

— J'espère bien ! Au revoir, miss Commerçante.

Miss Embry ne disait toujours rien.

Ils ont tourné les talons, se sont dirigés vers la porte et m'ont vue plantée là, agrippée à ma livre de farine. Grands et minces, ils avaient des pommettes saillantes et un nez pointu. Je les haïssais déjà. Leurs cheveux bruns étaient coiffés en arrière, dégageant leur front haut, et ils arboraient une moustache brune soigneusement taillée et huilée. Ils étaient identiques : il s'agissait des fils aînés de la famille, de Winthrop Barridge.

— Seigneur ! s'est exclamé Jocelyn Barridge. Regardez-moi ça, Willard !

J'ai tressailli. S'il pouvait parler de miss Embry avec un tel manque de respect, qu'allait-il dire de moi ? Je connaissais toutes les histoires d'aristocrates en quête d'un peu de nouveauté avec des villageoises et j'ai pris peur. Je ne m'imaginais pas leur plaire mais je n'avais jamais ressenti une telle malveillance.

Willard m'a regardée de la tête aux pieds avec une expression indéchiffrable.

— Vous avez vu ? a insisté son frère.

— Oui, a fini par répondre Willard. Oui, je vois. Ça alors. Qu'en pensez-vous, Joss ?

Jocelyn a ri et haussé les épaules.

— Oubliez ça, a-t-il dit. Oubliez ça.

Ils sont partis. J'étais si soulagée que j'en ai laissé tomber ma farine. Le sac a éclaté et de grands nuages blancs se sont soulevés, maculant le sol de la boutique.

— Oh, je suis désolée ! me suis-je écriée. Je suis vraiment désolée, miss Embry. Je vais nettoyer. Donnez-moi un balai.

— Allons bon ! m'a-t-elle réprimandée.

Elle m'a rejointe à la hâte et en marchant dans la farine elle a empiré les dégâts. Puis elle m'a serrée dans ses bras et je n'en suis pas revenue de ma surprise.

— Vous allez bien, ma chère ?

Quel plaisir d'être étreinte ! On ne me cajolait jamais.

— Oh, ai-je balbutié. C'étaient des hommes affreux, vraiment affreux.

— Tel père, tels fils, comme on dit.

Elle a retourné le panneau suspendu à la porte afin qu'il indique la fermeture de la boutique.

— Je vais nettoyer avant de laisser entrer de nouveaux clients, sans quoi ils me reprocheront leurs chaussures et leurs ourlets enfarinés.

Elle est allée chercher une pelle à poussière, une brosse et une serpillière et, pendant que je balayais la plus grande partie, elle lavait le sol derrière moi.

— Je n'ai jamais été aussi soulagée que l'on me trouve quelconque, a-t-elle fait remarquer en riant. Quelles ignobles créatures !

— Oh ! Comment ont-ils pu dire des choses pareilles sur vous, miss ? Vous êtes jolie. Vous êtes belle, même !

— Merci, Josie, c'est très aimable à vous. Je suis contente que vous le pensiez, mais eux ? Je crois que leur estime me donnerait davantage la chair de poule que leur mépris. Si jamais vous les croisez à nouveau, ne vous approchez pas, vous entendez ?

— Oh oui, miss. Je sais.

Une fois le sol propre, elle m'a donné une autre livre de farine sans me faire payer, un geste d'une bonté incroyable qui m'a évité une raclée de la part de m'man. Puis elle m'a encore serrée dans ses bras et je suis rentrée chez moi parcourue de frissons à l'idée de ces quatre yeux froids posés sur moi.

Seigneur... Regardez-moi ça !

Vous avez vu ?

Ça alors.

Comme si j'étais une bête curieuse ! Je ne voulais pas de leur admiration, pourtant je n'avais pas pu m'empêcher de penser que, si miss Embry était sans charme pour eux, je l'étais certainement aussi. Et ensuite je me suis demandé si Tommy avait cessé de se promener en direction d'Arden pour cette même raison.

13

Tommy

Un dimanche de septembre, je suis allé au ruisseau et j'ai marché vers l'ouest jusqu'à ce que le ruisseau devienne une rivière et que la rive herbeuse s'élargisse. Les arbres drapaient leurs branches au-dessus de l'eau, et j'ai pensé que ce devait être l'un des plus beaux coins du sud du Yorkshire. J'ai marché en m'efforçant de me convaincre que ces rares heures de loisir et de beauté suffiraient à donner un sens à ma vie.

Puis j'ai été tiré de ma rêverie par une petite voix fluette.

— Eh, ça va, Tommy ? Y fait beau aujourd'hui.

C'était Benny Larkin armé d'un seau et d'un filet, debout dans les hauts-fonds, son pantalon écossais remonté à mi-mollet sur ses jambes maigrichonnes.

— Ça va, Ben ? Tu pêches ton dîner ?

— Nan, je cherche des insectes et tout…

Il s'est interrompu, par crainte d'une raillerie sans doute, avant de reprendre comme s'il pensait que moi aussi j'étais étrange.

— J'aime bien voir les bestioles que Dieu a mises sur terre.

Je suis descendu sur la berge pour le rejoindre, et il a dégagé la couche de gaze du dessus de son seau pour que je puisse regarder dedans. Une libellule d'un bleu vif y scintillait, frissonnante, à côté d'une petite grenouille et d'un défunt bourdon. Tous paraissaient fanés par leur captivité ; je savais ce qu'ils ressentaient.

— Mademoiselle, rainette et cul-blanc, a poursuivi Benny avec jubilation. R'garde la demoiselle, Tommy, oh là là, cette couleur !

J'ai hoché la tête. La libellule brillait d'un éclat presque douloureux pour les yeux après une semaine dans la mine. Puis, en scrutant le visage fin et enthousiaste de Ben, quelque chose m'a frappé.

— T'as pas quatorze ans, ai-je murmuré.

Les parents envoyaient fréquemment leurs fils au fond un an ou deux avant l'âge pour avoir leur salaire plus tôt. Dans les mines des Sedgewick, ils s'en tiraient à bon compte parce que les directeurs ne connaissaient pas assez bien les familles pour s'en apercevoir. Dans celles des Barridge, ils s'en tiraient à bon compte parce que Winthrop Barridge s'en fichait. Il aurait pris leurs bébés s'il avait cru que ça ferait sortir le charbon plus vite.

Ben a secoué la tête.

— J'en ai onze, a-t-il avoué.

— Pauvre gars, ai-je répondu sans réfléchir.

Je ne voulais pas le prendre de haut, mais, franchement, des adultes qui importunaient un garçon de onze ans ! Dans quel monde vivait-on ?

— T'occupe pas de ce qu'ils racontent à la mine, lui ai-je dit. T'es un brave petit, Ben Larkin, et ailleurs il y a des gens qui pensent pas comme ceux du coin. Souviens-toi de ça. C'est pas chez toi qu'y a quelque chose qui cloche.

Je lui ai souhaité bonne chance dans sa quête d'insectes et d'animaux, et j'ai poursuivi mon chemin. Mon cœur s'était fendu de le voir là, avec son amour de l'histoire naturelle et une vie entière de cruauté devant lui. J'ai marché jusqu'au moment où j'ai entendu des cris et des rires, puis je me suis arrêté.

Des garçons sautaient d'un pont en pierre tout proche. Je les ai observés à l'ombre d'un chêne épais : le jeune lord Walter Sedgewick, fluet et clair de peau, jouait avec trois garçons plus âgés qui l'incitaient à des cascades de plus en plus périlleuses qu'il ne refusait jamais. On aurait dit un vairon agile et rapide.

Un des gars était beaucoup plus âgé, la vingtaine peut-être, et semblait avoir la charge des plus jeunes. S'il les taquinait et les défiait, il les empêchait aussi de faire n'importe quoi. Quand il a couru sur le pont, les autres ont arrêté de jouer pour le regarder : il faisait des plongeons absolument magnifiques, déclenchant des « Hourra ! » et des « Bravo, Cedric ».

J'ai souri, m'imaginant dire « Bravo, p'pa », ou « Bravo, Georgie » quand ils faisaient du bon travail à la mine. Il s'agissait donc d'un des cousins yorkais de lord Walter. Il y en avait deux qui rendaient souvent visite aux Sedgewick : Cedric Honeycroft et sa sœur, Clarissa ou Camelia, un nom qui commençait par *C*. Le jour où j'avais rapporté à Josie ce détail de la vie à Silvermoor, elle avait soupiré, des étoiles dans les yeux. « J'aimerais bien épouser quelqu'un comme Cedric, avait-elle murmuré. Je suis sûre qu'un Cedric irait pas gifler sa femme ni se plaindre du dîner. Et, si je m'appelais Camelia, y aurait rien qui clocherait dans ma vie. » Elle accordait toujours trop d'importance aux noms, Josie.

La scène formait un tableau si lumineux et joyeux que je ne pouvais m'en détourner. Les garçons s'envolaient du pont, réalisant un saut périlleux arrière avant de toucher l'eau. Ils ne portaient rien qu'un caleçon long. Sous le soleil, leur corps pâle ressemblait au mien avant : mince et discrètement musclé. Le corps des mineurs était différent. Du fait des tâches particulières que nous accomplissions nous avions des cordes et des nœuds de muscles semblables à des bernaches et situés à de drôles d'endroits. Lorsque ces garçons crevaient la surface de l'eau elle giclait, lançant dans l'air des perles étincelantes comme du cristal. Le contraste entre leur vie et la nôtre n'aurait pu être plus grand.

14

Tommy

Octobre 1899

Au fil des semaines suivantes, ce contraste ne m'a pas quitté. À Grindley, le pasteur Tawney nous a appris que, loin de là, une guerre avait éclaté dans la République du Transvaal. Un pays chaud et sec. L'Afrique. À tort ou à raison, je m'imaginais un paysage de hautes montagnes jaunes, de vallées profondes et d'oiseaux aux larges ailes tournoyant dans un ciel d'azur. Pendant que les nouvelles de ce pays nous parvenaient, j'allais et venais d'un pas traînant entre chez moi et la fosse, dans les brumes du Yorkshire et la bruine incessante.

L'automne progressait. Les mûres tombaient des buissons, du moins celles qui restaient une fois que les petits gourmands de Grindley en avaient fourré dans leur bouche violette d'énormes poignées et que les petites en avaient cueilli pour leur mère, remplissant des bols et des seaux afin d'en faire des tartes.

Un soir, Georgie est venu nous rendre visite. Il avait épousé Agnes Storr au cours de l'été et vivait désormais un peu plus bas dans notre rue. P'pa, John, Jimmy et lui parlaient de la fosse Wyard du côté de Maltby, une petite mine où les propriétaires avaient décidé de payer chacun deux pence supplémentaires par jour. Personne ne comprenait comment ils s'y prenaient puisque nos maîtres nous avaient dit combien leurs marges étaient serrées. Ils se creusaient la cervelle et émettaient des suppositions à ce sujet.

— Qu'est-ce que ça peut faire ? leur ai-je demandé. C'est pas comme si on allait déménager à Maltby. Aucun de nous n'ira nulle part. Même pour la somme colossale de deux pence.

Mon père n'appréciait pas le sarcasme.

— Ricane tant que tu veux, a-t-il répliqué sur un ton sec, mais c'est pas toi le responsable du foyer et c'est pas toi qui assures la subsistance de toute ta famille. Deux pence, ça fait une somme quand on la cumule jour après jour : douze pence par semaine ! Imagine ce que ta mère pourrait en faire.

— Oui, p'pa. Je sais. C'est juste que… rien.

— C'est juste que quoi ?

Il aurait mieux valu que je me taise. Je savais mieux que personne qu'il était inutile de discuter avec p'pa. Pourtant, je ne pouvais pas m'en empêcher. Depuis ce jour à la rivière, j'étais plus certain que jamais que les mines étaient un affront à la vie humaine. Et j'avais gardé le silence très, très longtemps.

— Enfin ça te paraît pas désolant ? Deux pence ? Pour une journée de la vie d'un homme ? Alors qu'il risque son cou, se casse le dos, trime comme un cheval de bât… ?

— Ah mais oui, t'es bien trop bon pour trimer, toi ! a fulminé mon père. Mais nous autres, on a été élevés pour tirer de la fierté de notre travail. C'est du travail qualifié, du travail honnête, on est les jambes sur lesquelles la nation s'appuie !

Cette expression, le comte l'employait chaque fois qu'il s'adressait aux villageois.

— Oui, c'est exactement ce que je dis ! Puisque ce travail est si indispensable, si honorable, il devrait mieux payer. Je suis pas le seul à être trop bon pour recevoir une somme dérisoire alors que je donne ma vie et mes forces. On l'est tous.

— T'entends un peu ton fils, a lancé p'pa à m'man avec dégoût.

— C'est ton fils à toi aussi, a-t-elle rétorqué avec douceur avant de se replonger dans sa bible.

— On renonce à tout pour descendre au fond ! ai-je insisté. À tous nos droits fondamentaux. La lumière du soleil, l'air frais, la possibilité de voir le monde…

— Ah ! Voir le monde, hein ? T'as un problème avec Grindley ? Nous, depuis des générations, ça nous a toujours suffi, mais môssieu voudrait voir le monde ! Allez, j'arrête d'écouter tes sornettes. La rébellion, voilà ce que tu vas prêcher maintenant. Si tu causes des ennuis à cette famille, Tommy Green, je te flanque une raclée de tous les diables, je te le garantis, et je me fous de ce que pourra dire ta mère.

À ces mots, m'man a arrêté de lire et a levé la tête.

— Vouloir avoir le choix, c'est pas se rebeller ! ai-je hurlé. Bon Dieu, mais pourquoi t'es aussi fermé ?

C'était une dispute explosive. Les filles avaient quitté la pièce à pas de loup. Puis les garçons. Seule restait m'man. Elle n'intervenait pas mais ne nous abandonnait pas non plus, ni l'un ni l'autre.

P'pa s'est levé d'un bond et m'a tiré par le bras pour que je me lève aussi. Il s'est arrêté une fraction de seconde quand je me suis trouvé à un cil de lui et qu'il s'est souvenu que je mesurais désormais sept centimètres de plus que lui tout en étant aussi costaud que lui. Mais il ne s'était jamais laissé intimider par la carrure des gens : aucun mineur ne lui avait jamais fait peur, alors ça ne commencerait certainement pas avec son propre fils.

— La vie est ordonnée d'une certaine façon ! C'est notre tradition, notre héritage. Peut-être qu'on a pas de jolies pierres tombales et des urnes au cimetière et peut-être qu'ils feront pas des statues à notre effigie pour l'abbaye quand on mourra. Mais on a notre place ici tout autant qu'eux. Il faut bien aller chercher le charbon et que les maîtres le vendent pour le bien de notre pays. Tout repose là-dessus.

— Alors qu'ils descendent le chercher, ai-je riposté.

Il m'a secoué jusqu'à ce que mes dents s'entrechoquent, et je ne me suis pas défendu parce que c'était mon père, mais je ne pouvais pas m'empêcher de parler.

— Dan est mort au fond, p'pa ! Ça pourrait arriver à n'importe lequel d'entre nous, n'importe quand ! Et tu remets rien en question ?

— Je t'interdis de cracher sur ton frère, a grogné p'pa d'une voix menaçante. Dan s'est jamais plaint, il a jamais rien remis en cause. C'était le meilleur de tous et t'as même pas la décence de suivre son exemple !

— Dan était le meilleur de nous tous, je le sais aussi bien que toi. Mais que des hommes passent leur vie sous terre sans qu'on se préoccupe de leur sécurité c'est mal. Ça j'en suis sûr.

Je me suis pris le poing de p'pa dans la figure, et j'ai cru que le coup m'avait fendu la pommette. J'ai traversé la pièce en titubant, trébuché sur une chaise et je me suis écroulé par terre.

— Jim ! Non ! a crié m'man.

La période qui a suivi a été très sombre. P'pa ne voulait plus me parler et m'man s'en lamentait chaque jour. Tout mon désespoir remontait à la surface, tel du charbon étalé sur un tapis roulant aux yeux du monde entier. Plus moyen de l'enterrer. Mais que pouvais-je faire d'autre que redoubler d'efforts ? Au travail, je surveillais mes pieds, je surveillais ma langue et je concentrais tous mes nerfs sur cette veine noire qui brillait dans la roche.

C'est alors que nous est parvenue la nouvelle. Les Barridge avaient loué une de leurs fosses à Tysen, une société de charbonnage. Ces exploitants miniers sévissaient depuis des décennies dans le sud du Yorkshire – des hommes d'affaires qui voulaient tirer profit de cette fabuleuse et inépuisable ruée vers le charbon. Nous n'en avions encore jamais eu si près de chez nous et n'avions jamais entendu dire qu'une famille de propriétaires terriens pouvait s'associer à une entreprise.

Travailler pour une société était encore pire que de travailler pour une famille. Au moins les nobles avaient-ils un sens de l'honneur et des responsabilités envers les terres qu'ils possédaient, transmises de génération en génération. Bien entendu, certaines familles comme les Barridge les négligeaient, ces responsabilités. D'autres, en revanche, comme les Sedgewick, ne délaissaient pas l'intendance. Cela ne changeait rien : nous étions toujours ceux qui accomplissaient le travail sous terre. Mais les conditions auraient pu être encore pires.

Les dirigeants d'une société, eux, n'avaient aucun sens de l'histoire et de l'interdépendance. Pour eux, il s'agissait seulement d'exploiter une opportunité. Et ce seraient ces hommes-là qui interviendraient et prendraient les décisions dans la mine en location. Nous avions entendu dire qu'ils comptaient réduire les salaires, puis creuser dans un rayon de dix kilomètres deux nouvelles fosses ; les mineurs toucheraient le même salaire de misère. Être employés par les Sedgewick nous procurait donc finalement un grand soulagement. Mais la mine louée était Drammel Depth, où travaillaient le père et le frère de Josie.

15

Josie

Novembre 1899

Depuis que nous avions appris pour Tysen, je supportais à peine de rester à la maison : la morosité avait envahi les lieux. Quand p'pa rentrait du travail, il s'affalait dans un fauteuil près de la cheminée et ne bougeait plus, ruminant les yeux rivés sur les flammes jusqu'à l'heure du coucher. Il y mangeait même son dîner, penché au-dessus de son bol comme si le simple fait de se nourrir risquait de le détourner de ses pensées. M'man s'est mise à déchiqueter du bout des dents la peau autour de ses ongles. Je ne l'avais encore jamais vue dans un tel état.

Seul point positif : elle me surveillait moins. Vu les épreuves qui nous attendaient, mes défauts étaient le cadet de ses soucis. Je me rendais au magasin deux ou trois soirs par semaine après le dîner. M'man ignorait combien de temps j'y passais. Jamais elle n'aurait songé qu'une personne comme miss Embry accepte de recevoir de ma part des visites de courtoisie. Mais, depuis l'incident avec les affreux jumeaux, nous étions bel et bien devenues amies. Deux heures tous les soirs et deux heures le dimanche, miss Embry et moi prenions le thé et bavardions ensemble.

Au bout de quelques semaines, elle m'a suppliée de l'appeler par son prénom, Dulcie, que j'aimais beaucoup. Tout semblait intéressant quand Dulcie en parlait, même les mines ; elle avait un don, comme Tommy. Contrairement à tous les autres, elle semblait ne pas croire que l'exploitation minière était une réalité inéluctable et immuable. L'industrie était sur le déclin, affirmait-elle. Le charbon britannique de qualité avait déjà été déterré et vendu, et toutes les industries d'export affrontaient depuis des décennies une concurrence venue d'Allemagne, d'Amérique et de France…

— Alors comment ça se fait qu'on continue ? ai-je demandé un soir.

— Notre positionnement est établi, nous bénéficions d'une grande expérience et encore d'un produit de haute qualité à l'heure actuelle. Nous tenons notre rang, Josie, mais cette vie-là ne durera pas éternellement.

J'ai cru que ma tête allait exploser ! Sans industrie du charbon que feraient les Barridge et les Sedgewick ? Sans industrie du charbon, quel intérêt auraient Arden ou Grindley ? Que deviendrions-nous ? En un éclair je me suis représenté des rangées de maisonnettes désertes, des baquets en fer-blanc vides valsant à travers les cours et une longue file d'hommes, de femmes et d'enfants quittant leur logement. Ça n'arriverait jamais, si ? Un autre avenir était inimaginable.

Sinon, sur une note plus réjouissante, Dulcie me décrivait le vaste monde, en l'occurrence des coins du Yorkshire hors de l'emprise de la famille Barridge. Leeds, bien sûr, sa ville natale, avec son immense galerie d'art, la vaste embouchure argentée de l'estuaire de Humber ou Hoyland Lowe, un ancien pavillon de chasse d'où, par beau temps, on apercevait la cathédrale d'York.

— Si vous la voyiez ! s'extasiait-elle. Elle est incroyablement belle et déploie de somptueux carillons pour appeler les fidèles aux vêpres ! York vous plairait tellement, Josie. Des murs se dressent tout autour de la ville, si ancienne qu'il y a des fantômes en tout genre : Vikings, Romains et que sais-je encore !

Je rêvais de la voir !

Mais, surtout, elle me lisait des histoires. Pas de ces paraboles ennuyeuses que nous entendions à l'école et dans lesquelles les enfants méchants rejoignaient le diable et les bons les anges. Des histoires comme *Les Mille et Une Nuits* et les contes de fées des frères Grimm, *Alice au pays des merveilles* (qui me plaisait quoique l'héroïne porte le prénom de mon insupportable sœur) ou *Les Quatre Filles du docteur March* (que j'aimais non seulement parce que l'héroïne portait le mien, mais aussi pour d'autres raisons).

Puis peu à peu c'est moi qui ai commencé à lire pendant que Dulcie écoutait et m'aidait lorsque je butais sur un mot. Un soir, un remue-ménage dans la cour a interrompu ma lecture.

— Encore des renards, a-t-elle grommelé en ouvrant les rideaux.

Puis elle a poussé un cri et mon cœur s'est emballé comme un poney.

— Il y a quelqu'un dehors ! s'est écriée Dulcie. Oh ! Que veut-il ?

Je n'ai pas pu m'empêcher de la rejoindre à la fenêtre malgré ma peur. Un être miteux se tenait près du mur. Constatant qu'il nous avait effrayées, il est sorti de la pénombre. À mon grand étonnement, j'ai reconnu Tommy.

— Ne vous inquiétez pas ! me suis-je exclamée. C'est Tommy. Je sais pas pourquoi il est là mais vous avez rien à craindre.

— Tommy ? a répété Dulcie en se ressaisissant. Il devrait entrer, peut-être a-t-il des ennuis ?

Elle a ouvert la fenêtre pour lui adresser son invitation. Puis elle s'est empressée d'aller à la porte de la boutique pendant que Tommy faisait le tour et que je me trémoussais d'impatience. Un instant plus tard, il se trouvait devant moi dans le charmant petit salon de Dulcie.

Je n'en revenais pas de poser de nouveau les yeux sur lui, cela faisait si longtemps ! Son visage était plus mince, son corps plus épais, ses boucles avaient été coupées à ras. Même s'il n'avait que quatorze ans et si sa nouvelle vie avait commencé depuis quelques mois seulement, il ressemblait à un homme. Le plus grand changement résidait dans l'expression de ses yeux verts. Avant, on y voyait un ciel dégagé, parfois troublé par un nuage au gré d'une pensée sombre. À présent, une tempête semblait s'y préparer ; le ciel était noir et figé.

— Oh, Tommy ! ai-je lancé. Je suis tellement contente de te voir ! Y a quelque chose qui va pas ?

— Non, rien. Je suis venu parce que… il était temps de te voir.

— Il est grand temps de me voir, tu veux dire. Je dirais même qu'il est plus que temps de me voir !

Je me sentais indignée, mais pas tant que ça. Je lisais sur son visage les raisons de son absence sans qu'il ait besoin de les expliquer.

— Je sais, a-t-il soupiré. Je le sais, Josie.

— Tommy, est intervenue Dulcie, asseyez-vous, je vous en prie. Aimeriez-vous manger ou boire quelque chose ?

Il en est resté bouche bée. Lui qui un instant plus tôt rôdait dehors en attendant que je parte se voyait à présent offrir un rafraîchissement.

— Vous embêtez pas pour moi, miss. Je suis vraiment désolé de faire irruption comme ça. J'avais juste besoin de voir Josie et je voulais pas aller chez elle ; je me suis dit que ses parents apprécieraient pas. Comme je l'ai vue venir ici, j'ai attendu…

— Vous auriez pu attendre longtemps, a-t-elle répondu à sa façon dansante. Josie et moi sommes de grandes amies et nous discutons très longuement. J'espère que ce sera le cas pour nous aussi, Tommy. Laissez-moi vous préparer du thé et du pain grillé.

Les grands yeux de Tommy se sont écarquillés à ces mots. De la nourriture ! Tandis que Dulcie s'éloignait à pas rapides, il a pris une chaise, gêné.

— On a beaucoup de choses à se dire, a-t-il soupiré.

— Et c'est entièrement ta faute, ai-je rétorqué avec malice. Mais je sais pas par où commencer.

— Tu es sûre que ça pose pas de problème ? a-t-il demandé en désignant d'un geste ce lieu où vivait une inconnue.

— Mais oui ! Miss Embry, ou plutôt Dulcie, est une personne adorable. M'man n'aime pas que je vienne ici, mais ils sont tous tellement préoccupés par les changements à la fosse que je pourrais me marier et quitter la maison qu'ils le remarqueraient pas. T'es au courant, j'imagine ?

Il a hoché la tête.

— C'est une des raisons pour lesquelles je suis venu. Ça et… j'ai un truc formidable à te dire. Je sais que je t'ai pas vue depuis longtemps mais…

— … mais c'est difficile, ai-je complété.

— Oui. Aller sous terre, c'est comme aller sous l'eau. Tu retiens ta respiration et tu descends. Je reprends mon souffle qu'une fois que je suis remonté. Il y a tellement de choses à raconter que j'ai pas envie de poser tout ça sur tes petites épaules. C'est aussi horrible que je le pensais, Josie, et même pire.

— Je le vois bien et je suis vraiment désolée, Tommy Green. Mais tu peux pas continuer à m'éviter comme ça. On est pas obligés d'en parler si t'as pas envie. Ou on peut en parler et tu t'apercevras que mes épaules sont plus costaudes qu'elles en ont l'air. Mais c'est pas parce que tu vas au fond qu'on doit arrêter d'être amis, sinon tu vas perdre plus que le strict nécessaire.

— Je sais. Oui, on se retrouvera comme avant, Josie, on se reverra le dimanche quand on pourra.

Il m'a décoché un grand sourire, m'offrant un aperçu du Tommy d'avant.

— Enfin, si t'es pas trop occupée à rendre visite à une amie plus raffinée que moi, bien sûr, a-t-il poursuivi.

— Espèce d'andouille ! J'ai bien le droit d'avoir deux amis, non ?

L'idée de passer de nouveau du temps avec Tommy illuminait ma vie plus vivement encore que les lampes à gaz de miss Embry avec leurs élégants abat-jour à glands. La compagnie de Dulcie m'avait remonté le moral ces derniers mois, et je n'aurais jamais su lui exprimer à quel point elle était importante à mes yeux. Mais Tommy faisait partie de moi. Être séparée de lui avait été terrible et le voir m'illuminait. Soudain je respirais mieux.

Miss Embry a mis longtemps à préparer le pain grillé. Je me suis dit qu'elle nous laissait l'occasion de parler seule à seul avant de se joindre à nous. Tommy et moi avons partagé des informations, pas des sentiments. Pour l'instant, nous revoir nous suffisait.

Dulcie est revenue, et Tommy a englouti son toast comme s'il voyait du pain pour la dernière fois. Il a très vite surmonté sa timidité à son égard. Ils ont commencé à parler des mines et des changements qui se profilaient à Arden, et bientôt il était animé comme jamais.

Puis l'heure est venue de nous séparer. Ma mère risquait de se fâcher et pour rentrer chez lui Tommy avait un long chemin à parcourir, suivi d'une dure journée de travail le lendemain. Nous avons remercié Dulcie et l'avons saluée à regret. Après quoi nous avons traversé ensemble le village silencieux, nous arrêtant au bout de ma rue.

— J'ai failli oublier ! a-t-il chuchoté. C'est une des raisons de ma venue.

— Ah oui, tu parlais d'un truc palpitant. Alors ?

— Les Sedgewick organisent un réveillon du Nouvel An à Silvermoor pour les habitants de Grindley. Je t'ai raconté la dernière fois, le baptême ?

— Juste une dizaine de fois.

— Eh bien, j'ai pas encore de précisions pour cette fête-ci, mais je sais déjà que ce sera…

Il s'est interrompu pour chercher un mot que nous n'employions pas très souvent :

— … magnifique, a-t-il dit en hochant la tête. J'ai pensé… que si tu voulais je pourrais sans doute faire entrer en douce une petite personne en plus. C'est pas comme si la famille nous connaissait au point de s'en rendre compte.

Un grand sourire a fendu mon visage. Une fête pour célébrer le nouveau siècle ! Avec Tommy ! Dans un majestueux manoir, au milieu de tous ces nobles dans leurs beaux habits ! Je ne pouvais contenir mon enthousiasme.

— Me faire passer pour une fille de Grindley ? l'ai-je taquiné. Oh, là là, je sais pas si j'en suis capable. Tu crois pas que les Sedgewick remarqueront ma condition supérieure ?

— Si, au premier coup d'œil. Mais je veux bien prendre le risque si tu t'abaisses à te mêler à nous pour cette soirée.

— Alors d'accord, ai-je gloussé avant de me jeter à son cou.

Nous sommes restés enlacés un long moment, rattrapant les mois perdus, puis je l'ai repoussé.

— Merci, Tommy. Je suis contente que tu sois venu.

16

Tommy

Avant le réveillon du Nouvel An à Silvermoor, Josie et moi nous sommes retrouvés plusieurs fois sur les chemins le dimanche. Parfois, quand il faisait mauvais, nous rendions visite à miss Embry dans son petit salon à l'arrière de sa boutique.

Un jour, Josie est même venue me voir à Grindley. Elle n'y était jamais allée. Il y avait peu de chances qu'elle me croise : mes horaires de travail changeaient en permanence. Et, même si jamais elle ne l'aurait admis, Arden n'était pas la porte à côté. Les deux villages étaient séparés de cinq kilomètres. Ça faisait donc une bonne trotte alors qu'elle n'avait pas beaucoup de temps libre avec toutes les corvées que lui donnait sa mère.

Mais ce matin-là elles s'étaient disputées. Josie lui avait enfin parlé de moi – filer en douce le dimanche après-midi était une chose, mais disparaître un soir entier pour le réveillon et revenir après minuit nécessitait quelques explications. Mrs Westgate s'était indignée d'apprendre que Josie fréquentait un garçon, de Grindley par-dessus le marché. Et lui avait défendu d'y aller. Josie s'étant opposée à cet interdit, Mrs Westgate l'avait chassée, et mon amie avait parcouru en trombe le chemin jusqu'à Grindley.

Après s'être renseignée, elle a appris que je me trouvais au fond mais que je serais bientôt de retour. Quoi qu'il en soit, quand je suis remonté, avalant de grandes goulées d'air comme à mon habitude, exténué et impatient de me plonger dans mon bain, j'ai été accueilli par une chevelure flamboyante et des bottes qui se balançaient sur le mur voisin. Je n'aurais pas été plus surpris d'apercevoir la reine Victoria.

— Josie ! Qu'est-ce qui va pas ?

Elle a sauté au bas du mur avec un grand sourire.

— Rien, Tommy Green, sauf que ma m'man est une sorcière et que j'ai pas le droit de rentrer à la maison aujourd'hui. Alors je suis venue ici !

John est arrivé du fond.

— Tiens, tiens, Tommy a une petite amie ? m'a-t-il taquiné en me poussant du coude. Tu nous en as rien dit, hein ? Petit cachottier !

— Sois pas idiot, John. Voici Josie Westgate, une amie à moi qui vient d'Arden. Josie, ce gros empoté c'est mon frère John.

Ils se sont serré la main.

— Je vais la divertir pendant que tu prends ton bain, a proposé mon frère. Tu peux pas te promener avec elle dans cet état.

Je n'avais pas particulièrement envie de la laisser en sa compagnie ; depuis peu il se prenait pour un charmeur. Non que je considère Josie comme plus qu'une amie, mais John avait raison, j'étais couvert de crasse. Ils ont arpenté la rue pendant que je prenais le bain le plus rapide de ma vie. Pas facile d'ôter la poussière de charbon. Je ne comprenais même pas comment elle parvenait à s'infiltrer dans certains replis. Quand j'ai eu fini, j'ai vidé la bassine de l'eau noire et je l'ai remplie d'eau fraîche.

— Dépêche-toi, John, ai-je crié en me précipitant dans la rue. Ton bain est prêt !

Il a décoché un clin d'œil à Josie.

— Il est pressé de vous avoir pour lui tout seul, hein ? Si j'étais vous je ferais attention, miss Westgate.

Miss Westgate, rien que ça !

Josie a souri.

— Alors, Tommy, tu me montres les splendeurs de Grindley ?

— Dans les moindres recoins, lui ai-je promis.

Dans la grand-rue, une foule nous a obligés à nous arrêter ; tous ceux qui ne se trouvaient pas au fond de la mine semblaient s'être attroupés autour de Goldsworthy.

— Qu'est-ce qui se passe ? ai-je demandé à Aggie Bradstock, une amie de ma mère.

— Ils sont là, a-t-elle expliqué, excitée comme une petite fille. La famille ! Et les cousins aussi, ceux d'York ! Il paraît que le jeune Mr Honeycroft s'intéresse beaucoup aux mines !

Josie en a eu le souffle coupé. À ses yeux, le déplaisant incident avec les jumeaux Barridge ne constituait pas une rencontre en bonne et due forme avec la haute, et voilà qu'elle allait voir tous nos aristos d'un coup ! Juste à ce moment-là, la porte de la boutique s'est ouverte avec un tintement, et lord et lady Sedgewick sont sortis, suivis d'une bardée d'enfants à la queue leu leu comme des canetons.

— Ça, c'est le petit lord, ai-je expliqué en montrant du doigt Walter et ses cheveux dorés, en tête de file. Ça, c'est lady Flora, lady Elizabeth et lord Humphrey, le plus jeune.

— Monsieur le comte est un homme à femmes, à ce qu'il paraît, a murmuré Aggie. Pas du genre à cracher sur une culbute avec une villageoise. Si une dame comme elle arrive pas à empêcher son mari de courir, franchement y a de quoi s'inquiéter…

En effet, lady Amelia était aussi belle et blonde que dans mes souvenirs. Elle avait des yeux gris sérieux, une robe bordeaux, un maintien élégant de statue. Le comte allait-il vraiment chercher des plaisirs ailleurs ?

Les yeux ronds comme des soucoupes, Josie enregistrait le moindre détail de leur accoutrement. Moi, j'avais de la peine pour ces garçons engoncés dans des gilets et vestons et tout le toutim, mais je voyais que Josie convoitait la robe rose foncé et l'élégante veste brune de miss Flora. Cette enfant était une vraie poupée, une beauté comme sa mère. Miss Elizabeth, elle, me faisait un peu penser à Connie avec ses cheveux bruns et lisses et son nez mutin. Sauf que jamais Connie n'aurait eu l'air si guindé et timide. Le petit Humphrey avait les jambes tellement courtes qu'il avançait à pas hésitants, même si lui aussi était tiré à quatre épingles. Bien entendu, c'est Walter qui me fascinait le plus.

Il marchait avec une dignité extraordinaire pour un enfant de neuf ans. À cet âge-là, les mômes de chez nous couraient partout en braillant, profitant de toutes les années qu'il leur restait avant d'aller travailler. Et, une fois qu'ils descendaient au fond, ils devenaient des hommes du jour au lendemain. Le petit lord était différent, à mi-chemin entre enfant et adulte, une étape que nous ne connaissions pas. De toute évidence, il avait l'habitude qu'on le dévisage, contrairement à son petit frère, au bord des larmes face à tous ces regards noirs de suie. S'il était déjà plein de dignité, Walter avait encore la démarche légère et libre de l'enfance. Il était mince et blond, mon strict opposé à tous les égards.

Le comte s'est arrêté et son clan s'est arrêté derrière lui.

— Bonjour, nous a-t-il dit en inclinant son chapeau.

Nous avons murmuré un salut, tirant sur nos casquettes avec respect ou faisant une courbette pour les femmes.

— Quel plaisir de revenir à Grindley ! a-t-il poursuivi. Je suis très heureux de vous voir. À bientôt.

De nouveau nous avons murmuré, tiré sur nos casquettes et fait la courbette.

Ils ont poursuivi leur chemin et, quelques instants plus tard, la porte de la boutique a tinté à nouveau, et les cousins sont sortis : Cedric, que j'avais vu à la rivière l'autre jour, et sa sœur dont le nom commençait par *C*. Josie a poussé un petit cri. Miss Honeycroft avait les cheveux aussi roux qu'elle. Une chevelure rouge vif qu'elle ne portait pas en tresses désolées mais bouclée et bouffante à l'extrême avec, de biais par-dessus, le chapeau le plus petit qui soit. Sa robe, rouge vif également, était en parfaite harmonie avec ses cheveux. Elle était audacieuse et vivante, et Josie en bavait d'admiration. Miss Honeycroft marchait bras dessus, bras dessous avec son frère, appuyée sur lui avec affection.

Contrairement au comte, Mr Honeycroft ne nous a pas adressé de salut dans les règles. Il s'est dirigé vers la petite assemblée, son époustouflante sœur dans son sillage, et s'est mis à parler aux gens. Nous avons essayé de nous frayer un chemin vers l'avant, mais les autres ayant fait de même nous n'avons pu qu'observer et tenter de saisir ses paroles.

— Quelles sont vos conditions de travail à Crooked Ash ? ai-je cru l'entendre dire. Êtes-vous satisfaits de votre emploi ?

Je ne parvenais ni à voir à qui il s'adressait ni à entendre la réponse. Quand ils sont partis, miss Honeycroft a levé sa main gantée et souri. Nous les avons regardés s'éloigner. Un mirage de couleurs, de lumière et de bonnes manières. Grindley semblait encore plus gris après leur départ. Puis la vie quotidienne a repris son cours, et nous nous sommes secoués avant de retourner à nos occupations.

Plus tard, Josie et moi avons trouvé en périphérie du village un coin tranquille où nous asseoir et discuter en paix, malgré le froid qui commençait à se faire sentir en ces derniers jours du siècle.

— Ah, les voir comme ça ! a-t-elle soupiré. Et en plus ils nous ont parlé ! Tu les as pas trouvés formidables, Tommy ? Moi ça m'a fait rêver. Qu'est-ce que je donnerais pas pour être cette miss Honeycroft ! Ou lady Flora. Imagine…

Elle est partie dans des envolées lyriques, après quoi je me suis dit que depuis des semaines que nous rattrapions le temps perdu je ne lui avais pas parlé de l'apparition que j'avais vue lors de ma dernière incursion à Heston Manor.

— Il flottait vraiment ? a-t-elle voulu savoir. Au-dessus du sol ? Comment ça, il dansait ?

Quand j'ai évoqué le moment où les dogues m'avaient pourchassé dans les bois, elle a été saisie d'horreur. Puis, une fois qu'elle a eu écouté mon récit dans son intégralité, elle est restée longuement silencieuse.

— Je vais te dire ce que ça signifie, Tommy Green, a-t-elle fini par déclarer. Ça veut dire que tu vas pas rester au fond.

J'aurais aimé que ce soit vrai.

— Qu'est-ce qui te fait croire une chose pareille ? lui ai-je demandé.

— Personne de ma connaissance a jamais vu des fantômes ou des anges. Personne s'est jamais approché d'aussi près des chiens de Paulson et s'en est sorti sans même se faire boulotter les chevilles. T'es pas comme les autres, Tommy. Je l'ai toujours su. T'avais raison à l'époque, quand t'étais encore à l'école. Y a une autre voie qui t'attend, même si je sais pas laquelle. Tu verras. Un jour.

17

Tommy

31 décembre 1899

C'était la fin de l'année et la fin de cent années. La veille du XXe siècle, nous remontions la longue allée qui menait à Silvermoor comme deux enfants ensorcelés. Le désenchantement qui m'habitait depuis peu et aussi les forces que j'avais acquises à la mine ont semblé s'évanouir en chemin, me laissant les jambes en coton face à l'émerveillement qui s'est emparé de moi à notre arrivée au manoir.

Bâti en pierre de Portland, il brillait d'un blanc nacré dans la lumière déclinante de l'après-midi. Le ciel contre lequel il se dressait était gris, et plus loin les arbres formaient une masse sombre. Il tombait une neige humide, plus proche de la pluie que de cristaux. Un hibou a plané devant nos yeux avant de disparaître dans les bois.

Tous les mineurs de Grindley et leur famille étaient là. Des nuées. Ma propre famille se trouvait quelque part dans la foule, mais Josie et moi l'avions délibérément perdue de vue. Mes sœurs avaient haussé les sourcils en la rencontrant, et ma mère avait dévisagé d'un œil plutôt désapprobateur cette jeune fille maigrichonne aux cheveux de flamme ; elle la jaugeait en qualité de belle-fille potentielle. Inutile de dire que ce n'était pas le cas, ils n'auraient pas compris. Quant aux parents de Josie, ils ne se réjouissaient toujours pas qu'elle sorte avec moi, et à Silvermoor de surcroît. Mais miss Embry avait intercédé en notre faveur, leur assurant que notre amitié était innocente et qu'il n'y avait rien à craindre. Nous ne pensions pas aux Westgate ce soir-là.

Malgré la neige fondue qui tombait dru et nous mouillait le visage, les portes d'entrée de Silvermoor étaient grandes ouvertes. On ne voyait de l'intérieur qu'une explosion de lumière. Dans d'élégants uniformes, une gouvernante et un majordome attendaient pour nous accueillir ; ils devaient avoir froid. Peut-être était-ce pour cette raison qu'ils paraissaient si irritables ! Ils nous ont examinés quand nous avons franchi le seuil, espérant éviter tout vol ou toute destruction.

— C'est encore mieux que la dernière fois ! ai-je chuchoté à Josie lorsque nous sommes entrés dans le vaste vestibule. On n'était encore jamais entrés.

Les plafonds étaient tellement hauts ! Et moi qui travaillais dans des espaces moins grands que moi ! Il y avait ici tant d'air entre mon crâne et l'énorme lustre que j'en avais le vertige ! Des fleurs, des fruits et des chérubins colorés et chargés décoraient chaque panneau mouluré du plafond ; je n'avais jamais vu des peintures au plafond. Josie m'a poussé du coude, et je me suis aperçu que j'étais resté admiratif et sans voix si longtemps que j'en avais le cou renversé.

C'est alors que m'est apparue une vision magnifique, la plus belle qu'il m'ait été donné de contempler après le cheval argenté de Heston. Un sapin de Noël d'au moins dix mètres de haut et dont la moindre aiguille paraissait couverte de boules de verre scintillantes, de paillettes et de bougies. Un ange ailé avec trompette et autres perfections ornait le sommet. Tous les enfants gravitaient autour, attirés comme par un aimant. On ne pouvait déjà plus s'approcher de l'arbre tant il y avait de petits assis et agenouillés devant.

— Pff, si c'est pas malheureux de jeter comme ça son argent par les fenêtres ! a grommelé Neil Smisby, notre voisin. Et en plus de nous le fourrer sous le nez, à nous qu'avons rien. On pourrait nourrir deux familles avec ce que ça coûte. T'imagines un peu avoir tellement d'argent que tu peux le claquer dans un truc aussi inutile ? Ils feraient mieux de nous filer à manger que de nous montrer un truc pareil.

Je n'étais pas d'accord avec lui. D'un côté, son raisonnement était irréfutable : la nourriture était plus utile qu'un sapin décoré. Pourtant, je n'aurais pas échangé cette vision contre tout le pain du monde. Cette image resterait gravée dans ma tête près du cheval fantôme, du jour du baptême, des garçons riches s'éclaboussant dans la rivière ensoleillée et des cheveux roux de Josie. Encore de quoi me torturer et me faire aspirer à la transcendance quand j'étais au fond. Mais je paierais ce prix pour me souvenir que la vie avait plus à offrir, même si je ne pouvais pas y accéder.

Plusieurs domestiques attendaient de prendre nos manteaux pour les poser sur des tables à tréteaux disposées le long d'un mur. Nous aurions un mal de chien à les retrouver plus tard, mais à l'intérieur il faisait chaud, et l'impression de ne pas être à notre place nous donnait plus chaud encore. La fille qui a pris nos vestes était aimable.

— Oh, j'aime bien vos cheveux, a-t-elle dit quand Josie a retiré son chapeau, un drôle d'ouvrage tricoté et beaucoup trop grand pour elle.

Josie l'a dévisagée avec méfiance, mais la fille a renchéri :

— Ils sont exactement comme ceux de miss Coralie.

— Miss… ? a demandé Josie.

— Miss Coralie Honeycroft, c'est une cousine de la famille.

Josie m'a regardé, interdite. Je savais ce qu'elle se disait. Quel prénom parfait ! J'ai souri.

— Allez-y, a repris la fille, qui devait nous trouver fort étranges. Il y a des boissons là-bas, et monsieur le comte vous accueillera quand tout le monde sera installé.

Les festivités avaient lieu dans l'immense vestibule et trois grandes pièces adjacentes que je ne savais pas comment appeler, ne comprenant rien à la différence entre salons et salles à manger. Il y avait de la bière dans une pièce, de la nourriture dans une autre, et des cadeaux pour tous les enfants dans une troisième. Échanges et négociations allaient bon train tandis qu'on troquait rubans contre ballons ou mouchoirs contre cerceaux. Lady Flora supervisait tout cela avec beaucoup d'humour. Je ne voyais pas Walter, que dans un recoin puéril et irrationnel de mon cœur je continuais à considérer comme un frère inconnu.

Le comte nous a accueillis debout dans l'escalier, et bientôt les gens ont commencé à danser ; miss Elizabeth et Mr Humphrey ont participé. Miss Elizabeth se débrouillait plutôt bien ; elle a dansé avec pas mal de gars du village. Mr Humphrey, lui, était encore trop petit pour faire grand-chose, mais son visage rond et rayonnant et ses gloussements contagieux contribuaient à la gaieté générale. J'ai aperçu mes sœurs dans la foule, radieuses face à tant de nouveauté. Si Josie et moi ne nous considérions pas comme des danseurs, à notre immense surprise nous avons découvert que nous étions capables de suivre les pas et formions un couple agile sur le vaste sol ciré.

Des heures entières se sont écoulées. À force d'ingurgiter bière et limonade, j'ai fini par avoir besoin d'aller aux toilettes, une situation embarrassante dans un tel lieu. Pourtant je ne pouvais pas sautiller la vessie pleine. N'osant pas demander mon chemin, je me suis précipité dehors, où la neige tombait dru à présent. De petits groupes se tenaient là, histoire d'échapper à la chaleur et au bruit de la fête, contemplant la neige et la lune. J'ai poussé un grognement et longé le flanc du manoir, ce qui m'a pris un certain temps vu la longueur du bâtiment. Puis j'ai contourné l'angle et me suis faufilé derrière un portail menant à un jardin clos. C'était un potager et je n'aimais pas l'idée d'arroser leurs récoltes de cette façon. J'ai donc poursuivi mon chemin en claquant des dents de froid et de frustration. Au-delà d'un autre portail, j'ai repéré un tas de compost et poussé un soupir de soulagement : c'était parfait.

Mais en quittant à la hâte le potager j'ai heurté de plein fouet un garçon mince aux cheveux clairs : le jeune lord Walter.

— Mon Dieu ! s'est-il écrié, déséquilibré.

Il était accompagné de deux chiens, une énorme bête hirsute au poil brun-roux et blanc et un autre aux jappements haut perchés d'animal frénétique trop petit. J'ignorais où il se trouvait jusqu'à ce qu'il s'attaque à ma cheville.

J'ai laissé échapper un cri, surpris par les mâchoires d'acier de cette petite créature, levé le pied et soulevé l'animal. Suspendu au cuir épais de ma botte, ses pattes battant l'air, il remuait furieusement la queue. De toute évidence, il était né pour tuer l'ennemi. Quand je l'ai reposé par terre, il a commencé à courir autour de moi en cercles minuscules et à aboyer comme un fou pendant que le gros chien grognait tout bas sans discontinuer.

Je suis resté planté là comme un idiot, effaré d'avoir bousculé un membre de la famille et honteux d'avoir été surpris à quitter un jardin où je n'avais pas le droit d'aller.

— J'vous demande pardon, m'sieur, ai-je fini par bégayer. J'avais besoin de prendre l'air et je vous ai pas vu. Désolé de vous être rentré dedans.

— Kiki ! a-t-il crié à ma grande surprise. Kiki, tais-toi ! Suffit, enfin, il ne va pas te faire de mal. Arrête ce vacarme ! Kiki !

Je n'ai pas pu m'empêcher de sourire : une menace prénommée Kiki me paraissait terriblement drôle.

— Toi aussi, Impératrice ! a-t-il ordonné. J'entends à peine ce garçon parler. Kiki, au pied !

Il a pris dans ses bras la petite chienne, qui s'est contentée de me montrer ses minuscules dents blanches tandis que, ayant cessé de grogner, Impératrice me reniflait avec prudence.

— Il n'y a pas de mal, m'a assuré le garçon. Du moins, tant que vous n'avez pas démoli le potager ou volé de courges.

— Oh non, m'sieur, non, je voulais juste jeter un coup d'œil. J'aurais pas dû entrer, je sais, mais j'ai pas fait de dégâts, je vous le jure…

— Non, je vous taquinais ! Vous n'avez évidemment pas volé de courges. Qui ferait une chose pareille ? Ce sont des légumes détestables. Et cela ne me dérange pas que vous jetiez un coup d'œil, même si j'ignore si mon père penserait la même chose. Vous venez du village, je suppose ?

— Oui, m'sieur. Merci, m'sieur, ai-je répondu en commençant à m'éloigner.

— Comment vous appelez-vous ?

— Tommy Green, m'sieur.

— Et vous travaillez dans les mines, Tommy ?

— Exact, à Crooked Ash.

Il a hoché la tête, les yeux rivés sur moi, souriant.

— Ce sera tout, m'sieur ?

— Oui. Non. Voulez-vous marcher un peu avec moi, Tommy ? Ou avez-vous trop froid ?

— Marcher avec vous, m'sieur ?

Il m'aurait demandé de faire la roue que je n'aurais pas été plus surpris.

— Si vous en avez envie. Je ne crois pas avoir jamais rencontré de garçon du village.

— Moi, vous m'avez rencontré, m'sieur !

Ça m'a échappé avant que j'aie eu le temps de réfléchir. Il a paru étonné et j'ai regretté d'avoir ouvert la bouche.

— J'vous demande pardon. C'était il y a quelques années, m'sieur, à la remise des prix de l'école. Mais vous étiez petit, vous vous en souvenez sûrement pas.

— Non, en effet. En revanche je me rappelle l'événement. J'étais à l'école avec mon père et beaucoup de gens nous regardaient. Faisiez-vous partie des lauréats ?

— Oui, m'sieur. Trois ans d'affilée.

— Je vois. Et poursuivez-vous vos études ? Venez, marchons un peu.

Par un fait étrange et onirique, nous avancions d'un même pas. C'était comme si à force de volonté j'avais donné vie à ce moment, l'aboutissement d'une vie entière de vœux pieux.

— Plus maintenant, ai-je répondu. On quitte l'école à douze ans, m'sieur, pour aller travailler. Après, on peut plus étudier. Mais on est contents d'avoir du travail, bien sûr, ai-je ajouté puisque c'était ce que nous répondions quand on nous posait la question.

— Bien sûr. Et je suppose que vous vous réjouissez d'être débarrassé des leçons ennuyeuses ? L'extraction minière est fascinante, j'imagine. Je vous admire tous terriblement.

Je suis resté sidéré.

— Ah non, m'sieur. Si je peux être honnête avec vous, j'étais pas content de plus aller à l'école. J'adorais apprendre. Je déteste être ignorant. J'espère que ce que je dis est pas déplacé.

— Je vois.

Il a eu l'air perplexe, alors je me suis tu.

— Elle, c'est Impératrice, et elle, Kiki, a-t-il déclaré.

— Vous leur avez choisi des noms parfaits. J'aurais pas trouvé mieux.

— J'aime beaucoup les chiens. Et vous, Tommy ?

— J'en connais pas assez pour vous répondre, m'sieur.

— Votre famille n'a donc pas d'animaux domestiques ?

— Non, m'sieur. On a déjà treize bouches à nourrir.

— Je comprends, a-t-il fait, hochant la tête d'un air sage. Mon père dit toujours que mes sœurs mangent assez pour nous mener à la faillite.

Je n'ai pas osé répondre. Je me demandais s'il était susceptible d'imaginer un seul détail de ma vie.

Lord Walter a reposé Kiki en la menaçant du doigt et lui intimant de bien se tenir.

— On ne mord pas le mineur ! C'est compris ?

J'ai éclaté de rire.

— Merci, m'sieur.

J'imaginais ce que diraient Neil Smisby ou les gars du village s'ils entendaient ce minot parler de nous de la sorte. Mais sa condescendance n'était pas intentionnelle. Il venait seulement d'un autre monde.

— Pourquoi vous êtes pas à la fête, m'sieur ? ai-je demandé. Votre frère et vos sœurs s'en donnent à cœur joie.

— J'avais envie de solitude ce soir, Tommy, a-t-il expliqué d'un air blasé. Je suis préoccupé par certaines choses.

— Ah.

Je n'osais pas demander. De près, il paraissait très jeune. Il était posé et parlait merveilleusement bien, mais il semblait innocent.

— Oui, a-t-il poursuivi. Mon père ne veut pas que j'aie un poney, et le mien est devenu trop vieux et trop lent. Je voudrais apprendre à sauter, mais papa dit que je dois me contenter de trotter avec Jolitrot en attendant d'être plus grand. Vous rendez-vous compte ? Papa n'est-il pas le pire des rabat-joie ?

— Peut-être qu'il vous fera pas attendre longtemps, ai-je murmuré. Peut-être que ce sera pas plus d'un an.

— Un an. Vous croyez, Tommy ? Dans un an j'aurai dix ans. Pensez-vous que ce soit le bon âge pour commencer le saut d'obstacles ?

— Je suis pas un cavalier, m'sieur. Vous aurez dix ans en juin, je me souviendrai toujours de la date, m'sieur, parce que votre baptême a eu lieu le jour de mon anniversaire. Alors c'est gravé dans ma mémoire.

— Cela ne m'étonne pas. J'espère que mon baptême ne vous a pas empêché de profiter de votre propre fête.

J'ai ri de nouveau.

— Non ! Chez nous on donne pas de fête pour les anniversaires, m'sieur. Votre baptême était le plus beau jour de ma vie ! J'ai adoré chaque minute.

— Oh, vous m'en voyez ravi. Tommy, pardonnez-moi si je vous semble impudent, mais j'ai l'impression que vous n'êtes pas fait pour la mine. Enfin, je suis sûr que vous travaillez bien, mais vous aimez les études, les fêtes, et explorer les potagers au clair de lune. J'ignorais que les mineurs accordaient de la valeur à ces choses-là. Pour ma part, je ne raffole pas des études, même si j'en ferai en surabondance, du moins jusqu'à mes dix-huit ans. Ma sœur Flora est la véritable érudite de la famille, un gâchis puisque c'est une fille. Les mineurs aiment-ils les leçons en général ?

— Certains oui et certains non, m'sieur. Mais… je suis souvent différent des autres.

— Ne pourriez-vous pas faire autre chose de votre vie ?

— Non, j'en ai pas les moyens. Pas d'argent et rien d'autre qu'un niveau scolaire élémentaire. Et puis mon père me tuerait. Il a besoin de mon salaire à la maison.

— Alors, Tommy, êtes-vous… malheureux ?

Je n'ai pas répondu tout de suite. Il y avait tant de raisons de se montrer diplomate. Mais je voulais dire la vérité et avec mes semblables je ne pouvais pas.

— Oui, m'sieur, très malheureux.

— J'en suis vraiment navré. Mais qu'y puis-je ? Je n'ai que neuf ans, a-t-il soupiré. Je suppose que nous devrions rentrer à présent. Papa ne sera pas content si je manque son discours et les cloches de minuit.

— Josie non plus.

— Josie est-elle votre amoureuse ?

— Non, pas du tout. C'est juste une bonne amie.

— Est-elle jolie ?

— Oui, je trouve.

— Alors je parie qu'elle sera votre amoureuse à l'avenir, a-t-il décrété avec un grand sourire de petit garçon. Tommy, j'ai aimé discuter avec vous.

— Moi aussi, m'sieur.

— Reviendrez-vous me rendre visite un jour ?

C'était ce que j'avais toujours désiré, mais ce qu'on espérait ne correspondait pas toujours à la réalité.

— J'en serais ravi, m'sieur. Ce serait formidable. Mais je devrais peut-être vous dire non. Votre famille apprécierait pas, j'en suis sûr. Ce soir, c'est différent parce qu'on fête le nouveau siècle. Mais d'habitude le seul moment où je travaille pas c'est le soir, quand vous êtes au lit, ou le dimanche, quand je vois Josie et que je fais mes corvées.

— Des corvées un dimanche ? s'est-il étonné en fronçant le nez. Votre vie ne me plaît pas trop, Tommy.

— Je pense pas qu'elle vous plairait, en effet.

— Mais peut-être un dimanche ? Vous pourriez amener Josie. Je serais heureux de la rencontrer.

— J'aimerais beaucoup accepter, ça me plairait énormément. Mais vous devriez d'abord demander à votre père. On voit peut-être pas où est le mal, mais ça veut pas dire que les autres y trouvent rien à redire. Demandez-lui, et s'il est d'accord je viendrai avec plaisir.

Il a poussé un soupir.

— Alors j'espère que père acceptera. Mes amis, les enfants Craymill, ont déménagé à Londres, et Cedric, mon cousin, vous savez, est beaucoup moins drôle depuis qu'il est adulte. Cela dit, c'est toujours un type fort sympathique. Mais son travail l'accapare, il passe son temps à s'occuper des mines et à écrire des lettres pour les réformer.

— Ah oui ? Comment ça ?

— Je n'en sais rien. Et dire qu'il grimpait aux arbres comme un chef !

Tout le chemin du retour, il a paru abattu par ce déplorable changement dans la personnalité de son cousin.

Devant la porte d'entrée, je suis resté en retrait et j'ai regardé l'immense foule rieuse l'engloutir. J'ai aperçu Josie, le visage illuminé par l'excitation, qui parlait à Connie, ma sœur cadette. Le petit Walter Sedgewick avait peut-être raison à notre propos, mais j'ai écarté cette idée, trop jeune pour penser à des choses pareilles.

Malgré tout, lorsque le discours du comte a pris fin, que chaque villageois a levé un verre de champagne et que les cloches ont sonné pour proclamer l'aube d'une nouvelle ère de l'histoire de l'humanité avec ses espoirs et ses intentions, j'ai embrassé Josie. Juste un petit baiser furtif.

18

Josie

Janvier 1901

La vie en ce nouveau siècle a été une douche froide. Tommy avait raison : le matin du Premier de l'an 1900, nous ne nous sommes pas réveillés libérés comme par miracle. À présent, une année supplémentaire venait de s'écouler, et le nouveau siècle n'était plus flambant neuf. La reine était morte et Edward VII avait accédé au trône ; ça ne changeait rien pour nous non plus. J'ai commencé à douter de la véracité de ce que j'avais dit à Tommy : peut-être n'y avait-il pas plus d'autre destinée pour lui que pour nous autres.

À Arden, le moral était toujours au plus bas. Le premier des nouveaux puits avait été creusé, et de nouveaux logements avaient été construits à la hâte pour les employés. On s'est contenté de les rattacher plus ou moins à Arden sans donner de nom au secteur. Les nouveaux venus affirmaient donc vivre à Arden alors que leurs maisons ne faisaient pas partie du village centenaire. En même temps, il fallait bien dire qu'ils vivaient quelque part.

Du jour au lendemain, notre petite population avait donc plus que doublé, et nous nous sentions impuissants : nous n'avions aucun contrôle sur nos conditions de vie. Notre économie domestique pouvait changer radicalement, notre village aussi, le tout au gré des décisions d'étrangers.

Il n'y a pas eu trop de frictions entre les nouveaux et nous. Nous étions tous épuisés. Mais ils n'ont pas été accueillis chaleureusement. Leur présence perturbait ce que nous avions toujours connu, et cela nous hérissait. Eux restaient sur leurs gardes, conscients que nous avions de bonnes raisons de leur en vouloir. Nous n'y pouvions rien ni les uns ni les autres et tentions de vivre comme deux communautés distinctes tout en étant les uns sur les autres. Cela dit, pour Dulcie c'était une aubaine : sa boutique attirait plus de monde et elle se réjouissait des revenus supplémentaires.

Bert était marié, à Franny May, même si elle ne ressemblait guère à Patricia Lamar. Alice a eu deux filles, des jumelles ; un coup dur qui ne me réjouissait pas. La jolie Martha, elle, se faisait courtiser pendant que Tansy brillait toujours dans ma vie domestique morose. Mince et blonde, elle flottait telle une aigrette de pissenlit dans notre monde sombre. Lorsque j'étais accueillie à mon retour de promenade ou de courses, c'était toujours par Tansy. Lorsque quelqu'un m'embrassait, c'était toujours Tansy, avec ses lèvres roses de chérubin. J'espérais que sa vie serait plus douce que la nôtre. Je ne supportais pas de me dire qu'elle finirait comme m'man.

En février, j'ai eu quinze ans et j'ignorais ce que la vie me réservait. Nul garçon d'Arden n'ayant témoigné le moindre intérêt pour moi, il était peu probable que je me marie et que je duplique notre vie dans une maison identique à deux pas de chez nous. J'habiterais sans doute inexorablement avec m'man.

Un dimanche d'avril, je me suis rendue à Grindley après le déjeuner mais je n'y ai pas vu Tommy. En revanche, j'ai découvert quelque chose d'inattendu. Un tronçon de la route montait progressivement avant de plonger de façon abrupte. À l'aller, il était amusant de dévaler la pente, mais au retour beaucoup moins de la gravir. Du haut de cette côte, j'ai aperçu une tache près du ruisseau, un rose carmin si vif qu'il semblait luire. Une robe. Et puis j'ai vu une chose qui m'a fait bouillir sur place : deux petits rustres pourchassaient miss Coralie Honeycroft. Ça ne pouvait être qu'elle. Qui d'autre aurait porté une robe pareille ?

J'ai couru aussi vite que me le permettaient mes petites jambes, comme le disait encore Tommy. De nouveaux venus, assurément. Si les garçons d'Arden n'étaient pas incapables de commettre des méfaits, tous savaient reconnaître la famille noble locale et connaissaient les conséquences d'une mauvaise conduite. Quand j'ai atteint le ruisseau, ils avaient disparu. Le long du sentier herbeux, il y avait un pont niché sous la colline. De pierre grise, rien de spécial, mais son emplacement le rendait joli. Ils se trouvaient probablement là.

En effet, j'ai entendu des voix.

— Non, je vous en prie ! Non ! criait miss Honeycroft tandis que des voix masculines s'esclaffaient.

Je redoutais ce que j'allais trouver, mais en fin de compte la situation n'était pas aussi fâcheuse que je l'avais craint.

— Quelle jolie petite poulette ! disait l'un d'eux. Qu'est-ce que tu fais si loin de la basse-cour ?

Et l'autre imitait le bruit des volailles :

— Cot, cot, cot…

J'ai levé les yeux au ciel. Franchement !

L'un faisait virevolter la capote de miss Honeycroft tandis que l'autre plaisantin avait attrapé son sac. Dans sa terreur, elle décrochait ses boucles d'oreilles de ses mains tremblantes, prête à leur donner n'importe quoi pour sauver sa peau. J'avais déjà eu affaire à ce genre de garnements, et je ne les croyais pas capables de commettre le pire. Ils ignoraient simplement les usages du coin. Ils pouvaient venir d'Irlande comme de Northumberland ou de l'autre côté de la mer ; les accents n'étaient pas mon fort.

— Alors, qu'est-ce que tu vas enlever d'autre pour nous, hein ? ont-ils demandé en riant à gorge déployée.

Ces imbéciles ne savaient sans doute même pas ce qu'ils insinuaient. Il fallait les faire partir, si possible sans être vue, car j'aimais me promener seule et je ne voulais pas avoir à craindre la vengeance de deux idiots du Nouvel-Arden. J'avais beau me sentir apte à occire une armée entière, j'étais une fille de quinze ans de taille moyenne.

J'ai ramassé une pierre et visé dans la pénombre, sous le pont. Je ratais rarement ma cible ; une compétence utile pour une rousse ayant grandi à Arden. On m'avait souvent chanté des chansons moqueuses, et ma patience avait toujours eu ses limites. Là, j'ai frappé un des gars en plein front et il s'est écroulé comme un faisan. Son camarade s'est retourné, alarmé, mais la lumière du soleil l'éblouissait et je l'ai bombardé de quatre ou cinq cailloux ; il a tourné les talons et s'est enfui en courant, laissant tomber la capote et son ami allongé par terre, sans se demander s'il était mort, ce que dans mon intérêt je n'espérais pas.

Je me suis empressée de rejoindre miss Coralie. Elle était recroquevillée contre le mur humide, et voir cette jeune femme pleine de vie tétanisée par la peur m'a brisé le cœur.

— Là, là, miss. Vous êtes en sécurité.

— Oh ! a-t-elle hoqueté. Merci, merci ! J'ai cru… J'avais si peur que…

— Pensez pas à ça, lui ai-je conseillé. Attendez d'être chez vous avec votre famille. Vous pouvez marcher, miss ? On devrait sortir de ce tunnel avant que l'autre se réveille. Je vais vous raccompagner chez vous, si vous voulez.

— Vous feriez cela pour moi ? Vraiment ? Comme c'est gentil ! Et comme vous êtes courageuse ! Est-ce vous qui avez jeté ces pierres ?

— Oui, miss. Regardez, votre sac est là…

Le rustre imitateur de poulets l'avait lâché quand je l'avais lapidé.

— Est-il… ? a-t-elle demandé.

Je me suis penchée sur lui, ma colère légitime se dissipant tout à coup. Avec le recul, j'ai eu peur de ce que j'avais fait. Mais la brute épaisse respirait encore et une grosse bosse pointait déjà sur sa tempe. Quand je l'ai poussé du doigt il a grogné, et ses paupières ont papilloté.

— Il survivra, ai-je estimé.

J'ai tendu sa capote à la demoiselle et l'ai guidée à la hâte vers le sentier, la voie principale entre Arden et Grindley. Je doutais qu'il nous arrive malheur à cet endroit.

— Oh, attendez ! s'est-elle exclamée. J'ai failli oublier ! Mon poney se trouve juste là, en bordure du chemin. Avec le choc, je n'y pensais plus.

Je ne connaissais rien aux chevaux, mais cette bête-là était plutôt jolie, brune avec des pattes blanches, des yeux joyeux et une touffe d'herbe dépassant de sa bouche caoutchouteuse.

— Oh, Maverick ! s'est-elle écriée en se jetant à son cou. Quelle mésaventure ! J'ai cru ne jamais te revoir, mon cher petit !

Sur ce, elle a éclaté en sanglots.

— Miss, lui ai-je dit en lui touchant le bras avec douceur. Je vous en prie. On devrait vraiment y aller. Vous, en tout cas.

— Et vous laisser ici ?

Elle a relevé la tête de la crinière de son poney pour me regarder. Ses yeux étaient rouges et son visage livide et marbré. Constater qu'elle me ressemblait comme deux gouttes d'eau quand je pleurais m'a procuré un certain réconfort.

— Jamais de la vie ! a-t-elle poursuivi. Montez derrière moi et nous rentrerons ensemble.

— Je sais pas comment on fait, miss, ai-je répondu en reculant d'un pas, les chevaux m'étant toujours apparus trop grands et imprévisibles. Je suis jamais montée à cheval, miss.

— Ce n'est pas un problème ! C'est moi qui le dirigerai et vous n'aurez qu'à vous asseoir derrière. Allons, vous avez promis de m'accompagner.

Elle s'est hissée en selle et a aussitôt paru plus calme, comme si là elle se sentait plus sûre d'elle.

— Je crains que vous ne deviez retrousser vos jupes et vous asseoir à califourchon, m'a-t-elle dit en me montrant l'étrier du doigt. Il est difficile de monter en amazone sans selle. Posez votre pied là… Non, non, le pied gauche. Voilà. Maintenant, sautillez un peu puis élancez-vous en passant votre jambe par-dessus le dos de Maverick.

Le temps que la bête parvienne au trot jusqu'à la grande allée de chênes de Silvermoor, j'avais pris plaisir à rebondir sur son arrière-train. Quelle aventure j'aurais à raconter à Tommy !

Un palefrenier est venu prendre le poney, et une domestique est sortie précipitamment.

— Miss, où étiez-vous passée ? s'est enquise cette dernière. Monsieur est mort d'inquiétude et m'a demandé de le prévenir dès que vous seriez de retour. Qui est cette jeune fille ?

— Merci, Dorcas. Vous pouvez dire à mon oncle que je suis enfin de retour et que j'aimerais lui présenter quelqu'un. Voici Josie. Elle m'a sauvée des griffes de fieffées fripouilles.

Eh ben dis donc, lisait-on sur le visage de Dorcas.

— Je vous apporte du thé dans la bibliothèque, miss ?

— S'il vous plaît. Et quelques-uns de ces merveilleux scones que prépare notre cuisinière. Josie mérite une douceur et cette mésaventure m'a ouvert l'appétit.

J'ai suivi miss Honeycroft dans la maison, me rappelant qu'une année auparavant j'y étais venue avec Tommy. Comme j'aurais aimé qu'il soit avec moi ! Nous aurions pu partager cette expérience.

La jeune miss m'a conduite à travers le majestueux vestibule, puis nous sommes entrées dans une pièce que je n'avais jamais visitée. Des livres tapissaient les murs bruns et il y avait quantité de meubles en bois ; des tables étincelantes, des chaises à l'aspect solennel, des étagères et un large bureau près d'une fenêtre. Miss Honeycroft s'est dirigée droit vers une petite table ronde couverte de verres et de carafes en cristal.

— Après la grande frayeur que nous avons eue, a-t-elle déclaré, c'est bien beau de prendre du thé et des scones, mais j'estime que ceci a valeur médicinale.

Elle m'a tendu un verre rempli d'un liquide doré que j'ai reniflé. Je n'avais jamais bu d'alcool hormis la bière de la fête, et je pouvais m'en passer. Mais miss Honeycroft a choqué son verre contre le mien puis l'a avalé d'un trait, les joues rosissantes. Moi, après une gorgée j'ai été prise d'une quinte de toux, et je crachotais et transpirais encore quand le comte est entré.

— Mon Dieu, Coralie, où étiez-vous ? Vous aviez dit que vous seriez de retour pour le déjeuner, nous étions inquiets.

Il l'a étreinte chaleureusement puis a gardé la main de miss Honeycroft dans la sienne. Quand je rentrais trop tard, moi, m'man me donnait une gifle.

— Je ne comprends rien à ce que me raconte Dorcas. Vous avez été attaquée par des vauriens… ?

Il s'est tourné vers moi et j'ai maudit mes yeux larmoyants. Après une courbette j'ai penché la tête, par vanité plus que par servilité.

Coralie s'est empressée de lui apprendre ce qui s'était passé et m'a attribué le mérite de sa vie sauve.

— Grand Dieu ! Miss… Westgate, n'est-ce pas ? Quelle jeune femme courageuse vous faites ! Je vous en prie, asseyez-vous. Ah, voici Dorcas.

Dorcas a transféré d'un plateau vers la table des pots en argent, des tasses en porcelaine, des assiettes fleuries, un plat de scones et des petits bols contenant de la crème, de la confiture et des tourbillons de beurre. Il y avait d'adorables petits couteaux et cuillères ; je n'en avais jamais vu de semblables. La vie domestique ne m'avait jamais intéressée – je mourais d'ennui quand m'man et Alice parlaient couvre-lits ou découpaient des napperons dans du papier journal –, mais si j'avais possédé de si jolies choses je m'y serais sans doute beaucoup plus intéressé !

Miss Honeycroft m'a servi du thé et tartiné des scones de beurre, de confiture et de crème, devinant peut-être que j'ignorais comment m'y prendre avec tout ce qui était posé sous mon nez. Lorsque le comte m'a demandé ma version de l'histoire je me suis sentie très intimidée. C'était une chose de bavarder avec miss Coralie sur le chemin, et une autre de palabrer devant le comte, chez lui, dans un faste déconcertant. Pour la première fois j'ai pris conscience des imperfections de mon langage en comparaison du leur.

— J'étais sortie me promener, ai-je expliqué avec précaution, parce que j'espérais retrouver un ami à moi que je vois le dimanche quand il a le temps.

— Oh ! s'est écriée Coralie. Je vous ai empêchée de voir votre amoureux. Vous lui présenterez mes excuses. Il doit être inquiet.

— Non, miss. On se donne pas rendez-vous. On sort si on peut, voilà tout. Et c'est pas mon amoureux, juste un ami.

— Je vous ai néanmoins causé beaucoup d'ennuis aujourd'hui.

— Pas du tout, ai-je murmuré. J'étais contente de vous aider. Bref, je descendais la colline du côté d'Arden quand j'ai aperçu miss Honeycroft, m'sieur. J'ai su que c'était elle à sa robe colorée et à ses cheveux… Je l'avais déjà vue et je m'en souviens parce que… enfin…

J'ai soulevé une mèche de mes propres cheveux et tous deux ont souri.

— J'ai remarqué qu'on la pourchassait et j'ai cavalé comme un beau diable – excusez mon langage, m'sieur. J'ai couru aussi vite que j'ai pu…

Je lui ai raconté comment j'avais jeté des pierres de façon plutôt inélégante et comment j'avais eu tellement hâte de la mettre à l'abri que nous avions failli oublier son poney.

— Qui étaient ces garçons ? s'est enquis le comte. Ils ne venaient pas de Grindley, si ?

— Non, m'sieur. Et pas d'Arden non plus, mais du Nouvel-Arden, comme on dit. Le coin qui a été rattaché à notre village pour le nouveau puits.

— Bien sûr. C'est tout Barridge de se montrer aussi efficace. Vous venez donc d'Arden ?

— Oui, m'sieur.

— Et les nouveaux logements, la nouvelle mine, vos congénères les considèrent-ils comme un changement positif ?

— Non, m'sieur. Au contraire. Les salaires ont chuté et notre village est deux fois plus grand qu'avant. On vit les uns sur les autres avec toutes sortes de gens qui connaissent pas nos coutumes. Je suis sûre qu'ils sont pas tous mauvais mais c'est pas facile de cohabiter.

— Barridge, est intervenue miss Honeycroft. C'est celui qui d'après Cedric aurait une veine de charbon à la place du cœur, n'est-ce pas, mon oncle ?

Il a hoché la tête, pensif.

— Beaucoup l'affirment, quoiqu'il vaille sans doute mieux ne pas parler ainsi de son maître devant la jeune Josie.

— En effet, je vous présente mes excuses, Josie.

— Pas la peine, miss. Je le connais pas, j'ai jamais vu ce monsieur. Je dirais pas de mal de lui pour cette même raison, mais la plupart des villageois ont aucune affection pour lui, maître ou pas maître. Encore moins depuis cette année. Mais je suis sûre qu'il fait de son mieux.

— Quelle jeune femme intelligente ! Et prévenante, a fait remarquer le comte.

Il paraissait surpris, peut-être parce que j'étais une villageoise, ou une fille, ou jeune.

— À la vérité, m'sieur, miss Honeycroft dit que je lui ai sauvé la vie mais je crois qu'elle courait juste le risque de se faire voler et insulter, rien de plus.

— Taratata ! a lâché Coralie. Même si elle dit vrai, mon oncle, son aide m'a été si précieuse que je lui serai éternellement redevable. Je ne suis d'ailleurs pas convaincue qu'elle ait raison. Elle ne les a pas observés de face et n'a pas pu voir leur visage grossier et la noirceur de leurs yeux. Je ne vous remercierai jamais assez, Josie.

J'ai de nouveau baissé la tête. Personne ne m'avait jamais dit que j'avais de la valeur. L'expérience était à la fois trop nouvelle et trop merveilleuse pour que je me sente à l'aise.

— Je suis entièrement d'accord, a répondu le comte. Miss Westgate, vous devez accepter une récompense.

Il s'est dirigé vers le bureau puis m'a tendu un billet.

— Dix livres représentent une bien faible compensation pour la vie de ma nièce, ou pour son bien-être, si vous préférez. Mais peut-être cela aidera-t-il votre famille à traverser cette période difficile ? Je doute qu'elle reçoive le moindre penny de la part de Barridge, a-t-il grommelé.

Il n'avait pas tort. Pourtant, je ne pouvais pas accepter.

— Non, non ! me suis-je écriée en écartant l'argent. Faites pas ça, m'sieur, s'il vous plaît. Je voulais juste aider. On peut bien s'entraider, non ? Si vous m'aviez vue me faire attaquer je suis sûre que vous m'auriez aidée aussi, pas vrai ?

— Oui, cela va de soi. Mais je suis un homme, et en position de force. Vous avez pris de très grands risques pour secourir ma nièce, miss Westgate.

— Mais j'étais contente de le faire, m'sieur ! Je suis juste venue m'assurer que miss Cor… miss Honeycroft rentrait chez elle sans encombre. Sauf qu'elle m'a demandé d'entrer manger des scones et j'ai cru que c'était sa façon de me remercier. Et j'avais tellement envie de goûter un scone…

— Que vous êtes bonne, mon enfant, a dit miss Honeycroft, qui avait à peine trois ou quatre ans de plus que moi. Un scone en guise de récompense ? Prenez l'argent de mon oncle, il le faut, car les temps sont durs à Arden ; mon frère ne cesse de l'affirmer. Et nous ne pouvons pas aider votre village puisque ce ne sont ni nos terres ni notre entreprise…

— … comme Barridge se plaît à me le rappeler, a ajouté le comte.

— J'insiste pour que vous le preniez, sans quoi je sortirai m'exposer de nouveau au danger. Qui plus est, j'ai une idée. Mon oncle, puis-je vous parler ? Josie, voulez-vous bien nous excuser un instant ?

Ils se sont retirés, me laissant seule dans la pièce opulente. Regardant autour de moi, j'engrangeais chaque détail pour le raconter à Tommy et le garder en mémoire. Puis une drôle d'impression m'a parcourue : j'étais sur les nerfs. Pas parce que je n'étais pas dans mon milieu, mais parce que quelque chose avait changé. Je n'avais pas besoin d'être la nièce d'un comte, ni d'avoir des terres et des domestiques ni une surabondance de bijoux. Pour la première fois, je prenais conscience d'avoir besoin de me sentir en sécurité et appréciée à ma juste valeur. Le luxe, c'était ça.

Face aux dix livres posées sur la table devant moi, j'ai poussé un soupir. J'aurais dû les prendre, je le savais, car ça pouvait soulager ma famille. Mais lorsque j'avais dit ne pas vouloir d'argent en échange du service rendu c'était la vérité. L'idée que cet argent revienne à mère m'avait déplu. Non que je ne veuille pas partager, mais tout aurait été dépensé en nourriture et en produits ménagers. Or cette récompense hors du commun pour une journée hors du commun, si je l'acceptais, je voulais en garder une partie pour une chose hors du commun. Et ça, jamais ma famille ne serait d'accord.

Le comte et miss Honeycroft sont revenus et se sont regardés.

— C'est votre idée, ma chère. À vous de l'exposer.

La jeune miss a hoché la tête.

— Bien. Josie, j'ai une proposition à vous faire. Sheila, ma femme de chambre, me quitte. Elle se marie et j'en suis très heureuse pour elle, mais beaucoup moins pour moi. J'ignore comment je vais me débrouiller sans elle. Je n'ai pas encore passé de petite annonce car je n'en ai pas le cœur, mais je suis certaine de recevoir de très bonnes candidatures de la part d'excellentes jeunes filles. Pourtant, ce seront des inconnues et cette idée ne me plaît pas. Envisageriez-vous de venir vivre avec moi à York et de travailler pour moi comme femme de chambre ? J'ai déjà l'impression que nous sommes amies. Je sais que ce n'est pas ce que recherchent la plupart des gens chez une domestique, mais moi c'est mon cas. Seriez-vous d'accord, Josie ? Qu'en pensez-vous ?

Je suis restée interdite. Impossible de prononcer le moindre mot. Je n'ai fait que la regarder.

— J'ai conscience que ce serait un grand changement pour vous, s'est-elle empressée d'ajouter, et bien sûr je n'attends pas une réponse immédiate de votre part. Mais, que je suis sotte, vous ne savez rien de ce poste ! La maison d'York n'est pas aussi grande ni aussi splendide que Silvermoor, n'allez pas vous imaginer cela. C'est une demeure modeste située à une bonne vingtaine de minutes de marche de la cathédrale. Elle est proche du champ de courses… Mais cela ne vous dira rien si vous ne connaissez pas la ville. Quoi qu'il en soit, c'est un bon poste… La maisonnée comprend mon père, mon frère et ma tante Catherine. Ma mère est décédée il y a des années. Nous avons quatre domestiques, dont Sheila. Voyez-vous, c'est modeste. Mais, si Sheila dit vrai, je suis un employeur modèle et la rémunération est juste. Vous n'aurez pas à vous soucier de votre manque d'expérience, une autre domestique vous formerait et je me montrerais très patiente. Cedric et moi venons souvent à Silvermoor, vous savez, si bien que vous partageriez votre temps entre les deux maisonnées. Sans doute pourrions-nous faire en sorte que vous rendiez visite à votre famille quand nous serions ici…

Elle parlait sans s'arrêter, comme si elle avait besoin de me convaincre. Comme si l'idée pouvait me déplaire ! Chaque fait qu'elle exposait faisait de la vie qu'elle me proposait mon rêve devenu réalité. À York, qui plus est, la ville dont je rêvais depuis que Dulcie Embry me l'avait décrite ! Je voulais y aller plus que tout ! Pourtant, si je ne voulais pas refuser, je savais qu'il le fallait. Alors je me suis mise à pleurer.

— Juste ciel ! Pauvre enfant, a dit le comte avant de se lever. Je vous laisse à vos négociations, mesdames.

Il est sorti précipitamment comme poursuivi par des chiens.

— Mon Dieu, Josie, qu'est-ce qui ne va pas ?

Miss Coralie m'a beurré un autre scone.

— Je suis navrée de vous avoir contrariée. Peut-être ne souhaitez-vous pas quitter votre foyer ? Je vous assure que rien ne vous y oblige. Si votre réponse est non, je comprendrai tout à fait.

— Oh, miss ! ai-je gémi en la dévisageant, pleine d'angoisse. Si seulement vous saviez combien j'aimerais venir avec vous !

— Vraiment ? Mais c'est formidable ! Alors venez, je vous en prie !

— C'est impossible, miss. Ce que vous venez de me proposer… C'est difficile à expliquer. Ça me dérangerait pas de quitter Arden, miss, ni ma famille. D'ailleurs, j'en serais même ravie. Et en plus je verrais York ! Je rêve d'y aller. Et j'aurais la chance d'apprendre et de rencontrer de nouvelles personnes…

— Si vous souhaitez apprendre, je vous aiderai, a-t-elle déclaré avec enthousiasme. Vous pourrez emprunter des livres, assister à des concerts en ville, car il y a beaucoup de musique à York et l'on y monte des spectacles à des prix très abordables…

— Oh, miss, arrêtez, je vous en prie ! C'est trop, c'est trop parfait mais je peux pas laisser Tommy. Voilà. Je l'ai dit. Je peux pas, je peux pas, je peux pas. Ma réponse est non, miss Honeycroft, même si je vous remercie de tout mon cœur de m'avoir offert une telle chance. Vous imaginez pas à quel point ça compte pour moi.

— Je vois. Tommy est l'ami que vous avez mentionné tout à l'heure ? Assurément, il ne voudrait pas que vous laissiez passer une opportunité qui compte autant à vos yeux ?

— Non, jamais. Mais si quelqu'un mérite une chance, celle de partir d'ici et d'apprendre des choses, c'est bien lui. Vous voyez, il est venu ici quand il avait cinq ans pour le baptême du jeune lord Walter et il a toujours rêvé de… de s'améliorer. Mais on lui a dit qu'il avait pas le choix. Il descend au fond depuis près de deux ans et ça lui sape le moral. Il fait son devoir, miss, c'est un bon travailleur, mais il est pas à sa place. Je peux pas partir avant lui. C'était son rêve avant que ça devienne le mien.

J'ai hoché la tête d'un air décidé et j'ai mordu à pleines dents dans mon scone pour me prémunir contre la perte de ma vie idéale, disparue avant d'avoir commencé.

Puis une idée m'a traversé l'esprit.

— Oh ! Miss Honeycroft ! Est-ce que Tommy pourrait venir lui aussi ? Je suis désolée, c'est insolent de demander une chose pareille, mais vous regretteriez pas. C'est un gars bien, miss, et qui en a dans la cervelle. Il remportait tous les prix à l'école – pas comme moi ! Il est fort et honnête et il vous plairait beaucoup. Il serait tellement reconnaissant ! Miss, il ferait tout ce que vous lui confieriez, ai-je promis en son nom.

— Josie, j'aurais été ravie de l'aider, je vous assure. Mais comme je vous l'ai dit nous sommes une maisonnée modeste. Nos quelques domestiques ont des fonctions spécifiques. Nous ne cherchons pas de valet de chambre. Je ne peux tout de même pas demander à mon père d'accueillir un inconnu et de le garder sans but.

— Non, miss, ai-je admis, attristée, et Tommy serait pas d'accord non plus.

Miss Honeycroft s'est mordu la lèvre.

— Êtes-vous certaine que ce soit la bonne décision, Josie ? Cela me paraît un sacrifice extravagant. En quoi votre refus aiderait-il Tommy ?

— En rien. Mais je peux vraiment pas, miss Honeycroft. Il a dû renoncer à tous ses rêves. Et moi, j'avais même pas de rêves avant de le connaître. Je peux pas l'abandonner à cette vie qui lui convient pas. Il faut que ses rêves deviennent réalité avant les miens.

Miss Honeycroft s'est levée avec un soupir. Elle s'est approchée du bureau et a écrit quelque chose. Je l'ai regardée faire, admirant sa grâce, la façon dont tombait sa robe carmin. Puis elle m'a tendu un morceau de papier.

— Mon adresse à York, Josie, a-t-elle dit du ton vaincu de qui n'aime pas la défaite. Je n'oublierai jamais la dette que j'ai envers vous. Si jamais vous vous trouvez dans le besoin, passez me voir, je vous en supplie, ou envoyez-moi un message par l'intermédiaire de Silvermoor.

— Merci, miss Honeycroft, ai-je répondu d'une toute petite voix.

J'ai glissé le papier dans mon corsage, près de mon cœur. Un symbole. Une planche de salut.

19

Josie

Le comte a tenu à me renvoyer chez moi dans la calèche des Sedgewick, conduite par un domestique prénommé Matthias. Je lui ai demandé de me déposer en dehors du village ; je n'étais pas pressée de retrouver la vie à laquelle je venais de me condamner. J'ai donc grimpé la côte et me suis assise là où Tommy et moi nous étions si souvent assis, puis j'ai contemplé le paysage, les doux creux et bosses vert et gris. Le ciel était d'une pâleur aqueuse, d'un gris strié de bandes de lumière acide. Ç'aurait été très beau sans les carreaux de mine, noirs et artificiels, intrusifs comme un pied glissé dans l'entrebâillement d'une porte.

J'ai enveloppé mes genoux de mes bras et posé la tête dessus. Ici, nous avions si souvent regretté que les gens comme nous n'aient pas le choix. Or, voilà qu'on m'avait proposé d'en faire un, et que je l'avais jeté par la fenêtre. J'avais eu tort. Mais je me consolais en me disant qu'accepter m'aurait paru tout aussi mal. Chaque instant du voyage vers York, de mon adaptation à une vie nouvelle aurait été gâché par l'idée de savoir Tommy pris au piège à Grindley, à trimer sous terre. Je ne pouvais en rien soulager sa vie quotidienne, mais j'étais la seule personne qui comprenne ce qu'il ressentait. Comment aurais-je pu lui faire une chose pareille ? Pis : et s'il avait un accident ? À Arden, j'en entendrais très vite parler, la rumeur se répandait comme une traînée de poudre. Je pourrais me ruer à Grindley pour être à son côté. Si je vivais à York, en revanche, et s'il lui arrivait malheur, comment pourrais-je le savoir ? Et comment partir si je promettais de m'occuper de miss Coralie ?

La brise froide a caressé mes épaules et je me suis secouée. J'étais déjà bien en retard et j'espérais que mon improbable explication et les dix livres du comte que j'avais fini par accepter apaiseraient ma famille.

Je n'ai jamais eu le cœur aussi lourd que lorsque j'ai franchi le seuil de notre maisonnette. Seules Martha et Tansy ont paru soulagées de me voir. Le visage de mes parents s'est assombri, ce qui a rendu plus vif le souvenir du comte se précipitant vers Coralie pour la serrer dans ses bras.

— Je suis désolée, ai-je dit avant qu'ils aient le temps de parler.

La bouche de m'man était déjà ouverte.

— Il m'est arrivé quelque chose aujourd'hui. J'ai sauvé quelqu'un et on m'a récompensée…

Je me suis affalée sur une chaise, rattrapée par ces émotions fortes.

— Tenez, ai-je poursuivi en leur tendant l'argent. Ma récompense. Je veux que vous la preniez, pour vous donner un coup de main.

Le billet a disparu avant la fin de ma phrase. P'pa me l'a arraché, l'examinant sous toutes les coutures, vérifiant qu'il s'agissait d'un vrai. C'était un homme au bord du désespoir, ce qui aurait dû me conforter dans l'idée que j'avais pris la bonne décision. Mais non. D'une part il y avait quelque chose de laid dans sa façon de l'examiner. Et d'autre part j'ai eu un mauvais pressentiment. À cet instant j'ai compris qu'on ne pouvait pas faire confiance à une personne désespérée.

Mais c'est la réaction de ma mère qui s'est révélée la plus choquante. Elle s'est levée d'un bond pour m'administrer une gifle.

— Espèce de garce ! s'est-elle écriée. Sale petite traînée ! T'as sauvé quelqu'un, mon œil ! Tu t'es vendue, oui ! Je parie qu'un beau gentleman avait une petite envie de trousser le jupon d'une fille des mines et qu'il a troussé le tien. T'es qu'une bonne à rien, j'ai toujours su que t'étais bonne à rien !

Elle a levé la main pour me frapper de nouveau mais je me suis écartée vivement. C'est Martha, Dieu la bénisse, qui a attrapé m'man par le bras et l'a retenue. P'pa contemplait encore l'argent avec un air d'extase mêlé de méfiance.

— M'man, arrête ! a ordonné Martha de sa voix forte et posée. Tu te trompes. Josie ferait jamais ce genre de chose et tu le sais. Alors arrête et écoutons-la.

— Je vais pas leur raconter maintenant, ai-je fulminé, les jambes tremblantes, les yeux rivés sur mes parents.

Je n'avais jamais été si malheureuse.

— Pas maintenant qu'elle m'a accusée comme ça ! Ma propre mère ! Tu me connais vraiment pas !

Je me suis enfuie de la maison, accompagnée par les pleurs de Tansy.

Martha m'a suivie. J'ai couru chez miss Embry, bien sûr, qui nous a accueillies, et c'est à elles que j'ai relaté mon histoire.

Une semaine plus tard, j'en ai parlé à Tommy. Ah, les choses qu'il avait à me dire !

Il m'a attrapée par les deux bras et, un instant, j'ai cru qu'il allait me secouer, même si je me doutais qu'il ne ferait jamais une chose pareille. La douleur et la perplexité que j'ai vues dans son regard m'ont fait regretter encore plus ma décision.

— Oh, Josie ! a-t-il soupiré. Tu sais donc pas que t'es la personne à qui je tiens le plus au monde ? Je donnerais n'importe quoi pour que tu sois heureuse. Et toi, t'as tout fichu en l'air pour moi ! C'est pas parce que je suis pas parti d'ici que tu dois pas le faire non plus.

— Je suis heureuse ! ai-je protesté avant de me radoucir. Oui, c'est vrai que j'ai tout fichu en l'air. Mais j'ai fait mon choix, Tommy. Je t'ai choisi toi. Arrivera un jour où tu partiras et alors je partirai aussi.

Mais, au fond de moi, je commençais à en douter.

— Enfin, Josie ! Si tu avais rencontré de nouvelles personnes, tu aurais peut-être entendu parler d'un poste pour moi ! Des amis des Honeycroft, peut-être, ou des voisins. Tu aurais pu être mes yeux et mes oreilles dans un monde meilleur ! On aurait continué à se voir quand les Honeycroft seraient venus à Silvermoor. Oh, Josie, tu veux pas lui écrire ? Lui dire que t'as changé d'avis ? S'il te plaît ! Sinon, j'ai peur que tu m'en tiennes rigueur.

Je pleurais et Tommy me suppliait et, sous le coup de l'émotion, il s'est oublié et a posé ses lèvres sur les miennes. C'était le plus tendre des baisers. Doux et chaud et plein de tout ce que nous souhaitions pour nous-mêmes sans pouvoir l'obtenir.

J'ai eu l'impression que le temps s'était arrêté et je me suis dégagée uniquement parce que nous étions debout dans la rue, en plein jour. Si m'man l'apprenait, cela la conforterait dans l'opinion qu'elle avait de moi. Pourquoi pensait-elle une chose pareille ? Je n'aurais su le dire. Je n'avais jamais attiré les garçons, contrairement à Alice, et je n'avais jamais eu le béguin pour l'un d'eux. Quoi qu'il en soit, ce n'était pas le moment de penser à m'man, mais de contempler mon adorable et merveilleux Tommy et, apparemment, de sourire comme une idiote. Je n'écrirais pas à miss Coralie. Avec ce baiser, Tommy avait accompli tout le contraire de ce qu'il avait cherché. Il était désormais encore moins probable que je le quitte.

20

Tommy

J'ai passé au moins deux mois sous le choc de ce que m'avait appris Josie. Une occasion en or, et elle l'avait laissée échapper. À cause de moi. J'y ai longuement réfléchi au cours de mes journées passées sous terre. J'imaginais la scène : Josie en train d'apprendre ses nouvelles tâches, d'arpenter les rues pavées, de respirer un air aux effluves de chocolat, d'écouter les cloches de la cathédrale. Elle le méritait. Ç'aurait changé sa vie. Parce que je n'avais pas trouvé d'échappatoire à la mienne, j'étais pour elle un boulet. Plus d'une fois j'ai été tenté d'écrire moi-même à miss Honeycroft, de la supplier d'embaucher Josie qu'elle le veuille ou non, quitte à l'enlever ! Mais je n'avais aucune raison de croire qu'un mot de moi serait reçu favorablement par la nièce du comte.

L'année précédente, une semaine après le réveillon du Nouvel An au manoir, un paquet était arrivé pour moi de Silvermoor. Je n'en avais encore jamais reçu. À la vue des armoiries estampillées sur le papier, mon cœur avait fait un bond. À l'intérieur, il y avait trois livres sur un garçon nommé Gerard Appleby qui vivait à la cour du roi Arthur. Ils paraissaient un peu simples pour quelqu'un de mon âge, mais je ne les en aimais pas moins. Une lettre les accompagnait, que j'avais dépliée avec impatience.

Cher Tommy (si je puis me permettre),

Je vous prie d'accepter ces livres en cadeau, avec mes compliments. Ce sont mes préférés et je suis sûr qu'ils vous plairont. J'ai fait ce que vous m'avez dit et j'ai demandé à mon père si vous pouviez me rendre visite, mais il a répondu que vous ne seriez pas un ami convenable. Je dois avouer que je suis déçu et que j'aurais aimé que vous ne m'encouragiez pas à poser la question. En plus il m'oblige encore à monter Jolitrot. Enfin, peut-être suis-je trop jeune pour que vous ayez envie d'être mon ami et n'en serez-vous pas vraiment mécontent. Je souhaitais vous écrire pour vous expliquer. J'espère que les livres vous plairont.

Importunément vôtre,

Walter Sedgewick

Je savais que le comte réagirait ainsi. Pourtant, voir son opinion exposée si brutalement, de la plume franche d'un enfant, était épouvantable. Je me sentais brûlant et tumultueux. Je n'étais pas convenable. Qu'en savait le comte ? Il ne me connaissait pas ! Je ne pouvais pas m'empêcher d'avoir honte, de me sentir offensé. En un instant j'avais compris pourquoi nos hommes en voulaient tant aux nobles. Une seconde j'avais été tenté de jeter les jolis livres au feu, mais cela ne me ressemblait pas.

Que l'enfant ait pris la peine de m'écrire et de m'envoyer un cadeau comptait beaucoup pour moi. Cela signifiait que, si notre société était imparfaite, ce dont j'avais pleinement conscience, Walter avait ressenti à mon égard une véritable amitié, dont son père était incapable.

Quelque temps plus tard, une chose étrange s'était produite. Alors que je rentrais chez moi un jour après le travail, j'avais croisé l'instituteur. Je ne l'avais pas vu depuis longtemps et ne m'attendais pas à discuter avec lui. Pourtant, à ma grande surprise, il m'avait appelé. J'avais cligné des paupières à travers l'épaisse couche de charbon qui me couvrait le visage ; il portait encore sa pellicule grise crayeuse.

— Bonsoir, monsieur Latimer. Comment ça va ?

— Bien, merci, et vous-même ? Comment se passent vos visites à Silvermoor ?

— Mes quoi, m'sieur ?

— Il paraît que vous vous êtes lié d'amitié avec le jeune lord Walter.

J'avais froncé les sourcils.

— Je rends pas de visite à Silvermoor, malheureusement. On vous a mal informé.

Il avait paru étonné, mais c'était une expression feinte, comme lorsqu'on accusait Alfie de voler et de manger de la nourriture qu'il avait effectivement volée et mangée.

— Ah, vraiment ? Cela me surprend. Je me suis trompé, alors. Bonne soirée, Tommy.

Je m'étais demandé comment il avait pu entendre parler de ça. Depuis, une année s'était écoulée et je n'y pensais presque plus, mais ça m'est revenu avec le récit de Josie. Voilà pourquoi je pensais que je ne lui rendrais pas service en plaidant sa cause auprès des aristos. Elle avait pris sa décision, même si ça ne me plaisait pas. Pas du tout.

DEUXIÈME PARTIE

21

Josie

Mars 1902

À la suite de l'offre d'emploi de miss Honeycroft et de mon noble refus, mes regrets étaient innombrables. Mais jamais autant que l'année suivante, au printemps de 1902.

C'était un dimanche de mars. Je n'avais pas cherché à retrouver Tommy, car son grand-père était malade. Le médecin avait été appelé, et Tommy était très pris par des problèmes familiaux. Donc, après l'église et les corvées dominicales habituelles, j'ai passé un agréable moment en compagnie de Dulcie, à bavarder et à l'aider à choisir des bricoles pour la boutique dans un gros catalogue de mercerie. Je serais restée, mais elle attendait de la visite de parents venus de Leeds qui étaient de passage, et je ne voulais pas les déranger.

Quand je suis rentrée à la maison, m'man et p'pa discutaient dur, assis devant la cheminée. Ils ont sursauté à mon arrivée. Je savais que je n'avais pas interrompu un intermède romantique ; à Arden on n'avait pas de temps pour ça. Ils me regardaient bizarrement, comme s'ils avaient peur de moi, ce qui était très étrange.

— Qu'est-ce qu'y a ? ai-je demandé. Tansy est malade ?

Notre petit ange toussait sans discontinuer depuis le début de l'hiver, et chaque fois ça me donnait des frissons. J'aurais fait n'importe quoi pour la protéger, mais quel pouvoir avais-je dans ce monde de famine, de poussière de charbon et de labeur acharné ?

— Non, elle va bien, a répondu m'man.

— Alors quoi ? Martha ?

— Tout le monde va bien, Josie. Il est temps qu'on s'occupe de ta situation, voilà tout.

— Tu veux parler… d'argent ?

— Oui, l'argent.

M'man s'est interrompue, peu encline à entrer dans les détails.

J'ai regardé p'pa.

— Qu'est-ce qu'elle veut dire, p'pa ?

Mon estomac se contractait de façon fort désagréable et ma peau me picotait. Une chose terrible était sur le point de se produire et l'air en était chargé.

— Ça doit être toi, ma grande, m'a-t-il expliqué comme s'il poursuivait une conversation à laquelle je participais depuis le début. T'es forte et futée. Martha est plus douce et de toute façon elle se fait courtiser. Je vais pas risquer qu'elle passe à côté d'une demande en mariage.

— Qu'est-ce qui doit être moi ?

Il a jeté un coup d'œil à ma mère, qui me fusillait du regard, les bras croisés sur la poitrine et les lèvres pincées.

— Y a pas d'autre solution, a-t-il repris d'un air impuissant. On a besoin de ce sirop contre la toux pour la petite et y a déjà pas assez à manger comme ça.

— Alors qu'est-ce qu'on va faire ? ai-je crié.

M'man a décoché à p'pa un regard méprisant à en faire pourrir les fruits sur l'arbre.

— Tu vas descendre au fond, a-t-elle craché. Voilà. On a besoin d'un autre salaire.

— Au fond ? ai-je répété lentement. Mais… je suis une fille !

— Oui, je sais. C'est moi qui t'ai donné naissance. Si on avait un fils, c'est lui qui irait. Mais on en a pas. Alors commence pas à faire des histoires et à te plaindre de ci et de ça. Je sais que ce gars de Grindley te monte la tête avec des idioties. Mais tu vas faire un effort pour aider ta famille, Josie Westgate, ou je t'écorcherai vive, tu peux me croire.

Un million de pensées se sont bousculées en moi. J'étais une fille et c'était illégal, mais je n'avais aucun espoir de les en dissuader. J'ai entendu la voix de Tommy dans ma tête, toutes les histoires qu'il m'avait révélées au fil des années. L'obscurité absolue, la douleur physique, la poussière de charbon qu'on avalait avec son pain. Le besoin de se soulager dans le tunnel avec les autres mineurs à quelques pas. Comment cela se passerait-il pour moi ? Et quand je serais indisposée ? Comment m'y prendrais-je ? Les moqueries des hommes, les épreuves de virilité, la force physique qu'il faudrait pour creuser et hisser et endurer les longues heures étouffantes…

Curieusement, je devinais que se débarrasser de moi, être séparée de moi par des tonnes de terre et de roche arrangeait bien m'man. Je ne m'étais pas montrée à la hauteur de ses attentes, mais il y avait entre nous quelque chose de plus, je n'aurais su dire quoi.

Peu importe. Pour l'instant, le plus pressant était d'éviter le pire, et deux échappatoires m'ont traversé l'esprit.

— J'aimerais bien travailler, ai-je déclaré d'une voix voilée. Je veux rapporter un salaire, vraiment. Mais il existe d'autres moyens, et probablement une meilleure paie. Je vous en ai pas parlé avant, mais y a quelque temps on m'a proposé un poste de femme de chambre. Vous vous souvenez du jour où j'ai reçu dix livres pour avoir aidé miss Honeycroft ? Eh bien, c'est là qu'elle me l'a demandé. Je suis sûre que si j'allais la voir…

— Raconte pas n'importe quoi ! m'a coupée m'man, plus méprisante que jamais. Comme si une dame voulait de quelqu'un dans ton genre, sale petite menteuse !

— C'est vrai !

Ma voix montait dans les aigus.

— Je jure que c'est vrai ! Laissez-moi aller à Silvermoor demain pour lui transmettre un message et vous verrez. Je gagnerai plus que dans la fosse et on sera plus riches !

— Mon œil, que t'aurais dit non ! m'a-t-elle raillée. Dis-moi un truc, jeune fille : si ta miss Honeycroft t'avait offert la chance de ta vie, pourquoi t'auras pas accepté ? Y a rien qui te retient ici, ça je le sais. Je vais pas m'imaginer que tu nous aimes tellement que tu préfères rester.

— Eh bien ça vaut pour toi aussi ! me suis-je écriée. Je pourrais crever au fond que t'en aurais rien à fiche.

De toute façon c'est vrai, et c'est une meilleure idée. Laisse-moi lui écrire.

— Ah oui, tu vas lui écrire, hein ? Tu vas lui transmettre un message, hein ?

Sa voix n'était qu'un ricanement.

— Ben ça alors, ce que t'es distinguée ! Tu décamperais sans réfléchir à deux fois. Et on verrait pas un penny de ta paie, je te le garantis.

L'injustice de ses propos m'a coupé le souffle.

— M'man ! Je vous ai donné les dix livres ! Je vous enverrai la moitié de mes gages, je te le promets ! Laisse-moi essayer, au moins, d'accord ?

— Chaque semaine compte, maintenant, ma chérie, a dit p'pa. Même si ce que tu dis est vrai, le temps que tu lui écrives et qu'elle te réponde il se passera une semaine et maintenant que Bert est marié on a besoin d'un deuxième salaire. Richardson t'attend demain.

— Il m'attend ?

J'ai sursauté, m'écartant d'eux à reculons sans m'apercevoir de ce que je faisais.

— Vous êtes fous ?

Pas le temps de me préparer. Pas le temps de prévenir Tommy ni Dulcie. Richardson était le porion. S'il m'attendait, cela signifiait que p'pa mijotait son coup depuis des jours et qu'il ne m'en avait pas dit un mot.

— Dulcie, alors ! Elle me donnera un poste dans son magasin. Laissez-moi lui demander tout de suite. Je pourrais commencer demain, je le sais, elle ne me laisserait jamais travailler au fond. Elle voudrait m'épargner ça !

— Ah tiens ? Elle voudrait t'épargner ça ? Donc elle veut ce qu'y a de mieux pour notre fille tandis que nous on est cruels et sans cœur, exact ?

— Eh oui ! Ça m'en a tout l'air.

— Oh, pauvre petite Josie, elle me fend le cœur ! Toutes ces bonnes gens qui veulent son bien alors que ses vilains parents la traitent comme un chien.

— C'est toi qui le dis, m'man, ai-je marmonné.

La gifle a été immédiate et cuisante, puis m'man m'a écartée brutalement de la porte d'entrée vers laquelle je me dirigeais à pas furtifs. Je me suis mise à crier et à donner des coups de pied mais m'man était forte, ça oui, elle était forte. Elle m'a poussée sur une chaise près du feu et s'est assise sur moi pour m'empêcher de me lever. Puis elle m'a tenu les bras le long du corps et a adressé un hochement de tête à p'pa.

Il nous a regardées d'un air las et est allé chercher les ciseaux de cuisine. Je ne comprenais pas ce qui se passait. Allaient-ils me poignarder ?

— P'pa ! ai-je crié. Pourquoi tu tiens tellement à ce que je descende alors que j'ai le choix ! Y a d'autres moyens !

— Josie, ma chérie, si miss Embry pouvait se permettre de payer un commis, elle en aurait déjà un. C'est un magasin de village. On sait tous qu'elle arrive à peine à joindre les deux bouts. Et on n'acceptera pas l'aumône.

— Alors miss Honeycroft… Si seulement vous me laissez…

— C'était y a un an ! Elle doit déjà avoir une nouvelle domestique.

— Tu travailleras pas pour cette famille, un point c'est tout, a tranché m'man d'une voix inflexible. Pas question. Ils te mettent des idées dans la tête, te font croire que tu vaux mieux que moi. Femme de chambre, mon œil ! J'imagine que tu lui as pas dit que t'étais la fille la plus empotée des environs de Sheffield ! T'aurais déchiré ses robes et brûlé ses cheveux et perdu ses babioles avant la fin de la semaine. T'as aucune élégance, ma fille. Les mines seront parfaites pour toi. Allez, Sam. Arrête de lambiner.

Alors mon père a relevé mes tresses et les a coupées, à ras de ma tête, en deux coups de ciseaux. M'man s'est mise debout. Elle a pris les ciseaux et m'a taillé rapidement ce qu'il restait tandis que le choc me clouait sur place. Elle m'a regardée et a hoché la tête.

— Juste au cas où Barridge te verrait, a-t-elle dit. Même si ça m'étonnerait que ça le dérange.

Je me suis levée d'un bond et me suis enfuie de la maison, en larmes.

22

Tommy

Un dimanche de mars, le crépuscule s'est infiltré dans notre maison, apportant la tristesse. Papy était proche de la fin et nous étions tous réunis. Il n'était pas encore à l'article de la mort, il restait un peu de temps. Mais passer des moments en famille avait pris de l'importance à nos yeux. Nous ne faisions rien d'inhabituel, nous chérissions seulement nos soirées, avec p'pa qui s'éclipsait pour fumer la pipe, les filles à leur ouvrage, m'man qui jouait de l'harmonium et Connie qui l'accompagnait en chantant.

Des coups insistants frappés à la porte d'entrée, que nous n'utilisions jamais, sont venus perturber cette tranquillité mélancolique. P'pa a froncé les sourcils et ouvert violemment.

— Vous êtes qui ? Qu'est-ce que vous voulez ?

En levant la tête, j'ai aperçu miss Dulcie Embry sans manteau ni chapeau. On aurait dit qu'elle était passée sans transition de son petit salon au pas de notre porte.

Ma famille ne se montrant pas particulièrement accueillante, je me suis dépêché de sortir.

— Qu'est-ce qui s'est passé ? ai-je demandé à miss Embry une fois dehors.

— Oh, Tommy, vous devez venir ! Ils lui ont coupé les cheveux ! Ils comptent l'envoyer au puits de Drammel Depth demain matin habillée en garçon !

Je suis rentré en trombe, j'ai enfilé mon manteau et ma casquette à la hâte, et je suis parti sans autre forme de procès qu'un « Je reviens » et un baiser déposé sur le front de papy.

Miss Embry avait emprunté son cabriolet au porion de Hepzibah. Tandis que nous cahotions le long des chemins sombres, elle me donnait plus de détails sur le drame.

— Attendez ! me suis-je écrié quand nous avons dépassé la route menant à Silvermoor.

Elle a freiné et nous nous sommes immobilisés devant les larges piliers de pierre marquant l'entrée de la propriété des Sedgewick. Le poney a renâclé et frappé le sol de son sabot.

— Josie craint rien pour ce soir ? me suis-je enquis. Elle descendra pas au fond avant demain et elle fera rien d'idiot d'ici une demi-heure ?

— Elle n'en aura pas l'occasion ! Elle était avec moi depuis deux minutes quand son père l'a récupérée de force, jurant qu'il allait l'enfermer. Je l'ai supplié de me la laisser mais il est resté de marbre. Josie était dans tous ses états. Elle ne cessait de crier : « Dites-le à Tommy, dites-le à Tommy ! » C'était désolant. Je n'ai même pas pris la peine de réfléchir à ce que vous pourriez faire, je suis partie.

— Vous avez bien fait, miss. Je vous en suis reconnaissant. Mais je crois qu'il serait sage de prévenir miss Honeycroft. Elle a dit à Josie de venir la voir si jamais elle était dans le besoin. Y a pas à tortiller : elle est dans le besoin.

— En effet.

— Allons au manoir. Miss Honeycroft y sera peut-être. Sinon, on pourra lui transmettre un message et repartir à Arden sans avoir perdu trop de temps.

Miss Embry a fait demi-tour et nous avons emprunté la large allée. Le moment était mal choisi pour une visite de courtoisie. Qu'un villageois rende visite aux maîtres sans y avoir été invité, et de surcroît à une heure pareille, était le comble de l'impolitesse. Mais miss Embry m'accompagnait et j'avais l'impression qu'elle me conférait un air respectable.

Nous avons sonné à la porte et attendu sur les grandes marches de pierre. En nous voyant, le majordome a paru horrifié. Miss Embry s'est empressée de présenter ses excuses et d'expliquer qu'il nous fallait parler avec miss Honeycroft de toute urgence.

— Miss Honeycroft et Mr Honeycroft ne sont pas là, a-t-il répondu. Ils se trouvent à York. Bonsoir.

— Attendez ! S'il vous plaît ! Sera-t-elle bientôt de retour ?

— Pas avant la fin du mois, madame, a-t-il rétorqué en s'apprêtant à nous refermer la porte au nez.

— Alors pourrions-nous lui faire parvenir un message ? Je vous en prie, c'est une question de vie ou de mort, pour une… une amie à elle.

— Tiens donc ?

Le majordome dégoulinait d'incrédulité. Moi, je me taisais, conscient que lui infliger mon accent villageois et mes manières de mineur ne servirait pas notre cause.

— Oui, parfaitement ! a insisté miss Embry avec une irritation que je ne lui avais encore jamais entendue. Si vous le voulez bien, monsieur Portis, nous aurions besoin d'un papier et d'un crayon pour lui écrire un mot que vous enverrez à York au saut du lit.

Le majordome a haussé les sourcils.

— Je vous demande pardon, miss, mais si l'« amie » de miss Honeycroft souhaite lui transmettre un message, je suppose qu'elle connaît son adresse et saura faire appel aux services postaux comme tout un chacun.

C'est alors qu'une voix s'est fait entendre dans le vestibule derrière Portis. Deux chiens, un très grand et un très petit, sont passés à côté de lui avec des grognements méfiants.

Portis a regardé par-dessus son épaule et expliqué la situation en prenant soin de marquer son incrédulité et de nous dépeindre sous un jour hostile. Miss Embry s'apprêtait à intervenir lorsque Kiki m'a reconnu et s'est précipitée vers moi. Je l'ai attrapée, sur quoi elle a pris soin de me lécher généreusement le visage avec la même énergie qu'elle avait mise la dernière fois à tenter de m'écorcher vif. Kiki était un chien fougueux.

Lord Walter s'est approché du seuil, curieux de voir ce qui avait attiré l'attention de son minuscule cerbère.

— Mais n'est-ce pas… N'êtes-vous pas… ? a-t-il demandé en plissant des yeux.

J'ai avancé d'un pas et retiré ma casquette, que Kiki s'est mise à ronger.

— Bonsoir, monsieur. On est vraiment désolés de vous déranger, mais comme miss Embry vient de l'expliquer c'est une question de vie ou de mort pour une amie très proche et amie de miss Honeycroft. On voudrait juste lui laisser un message, après quoi on s'en ira.

— Vous êtes Tommy Green, n'est-ce pas ?

— Oui, m'sieur.

— Eh bien, quel plaisir de vous revoir !

Il a franchi le seuil et m'a serré la main. Mon étonnement n'était rien comparé à celui du majordome. Désormais âgé de onze ans, lord Walter était presque un homme, du moins par son attitude et sa dignité. Son visage demeurait ouvert et bon enfant, et je savais que, dans un monde différent, nous aurions été amis.

— Portis, quand mon père sera-t-il de retour ?

— Pas avant minuit, lord Walter.

— Alors je m'occuperai moi-même de répondre aux besoins de ces personnes. Merci, Portis, je vais les recevoir dans la bibliothèque. Ils ne resteront pas longtemps.

Portis a fait une tête de six pieds de long. En un rien de temps, miss Embry avait écrit un message, l'avait glissé dans une enveloppe, et le petit lord avait juré qu'il partirait dès le lendemain matin par la poste. Il nous a raccompagnés au cabriolet, flanqué d'Impératrice et de Kiki.

— Tommy, cette amie dans le besoin… serait-ce Josie, par hasard ?

— Oui, m'sieur, en effet.

— Eh bien, quel que soit le problème, j'espère que Coralie pourra l'aider. Bonsoir, Tommy. Miss Embry.

Quand nous sommes arrivés à Arden, il faisait nuit noire. Les rues étaient désertes. Comme à Grindley, le dimanche soir les habitants se reposaient autour du feu.

— Et maintenant ? ai-je demandé.

— Je dois rapporter cette charrette à la fosse, sans quoi Hawkins ne me fera plus confiance, a répondu miss Embry. Voulez-vous m'accompagner ? Nous pourrions trouver une solution ensemble.

— Merci, miss, vous avez déjà été d'une grande aide. Il vaut mieux que je voie ce que je peux faire.

— Si vous avez besoin de moi, vous savez où me trouver. J'avoue que je n'ai pas très envie de me mêler davantage de cela ce soir. Le père de Josie semblait capable de tuer et je sais que sa mère est encore plus méchante que lui. C'est un vrai casse-tête, Tommy. Je leur ai promis de donner un poste à leur fille, qu'elle pourrait rester avec moi et que son salaire irait à sa famille, mais ils n'ont rien voulu entendre ! Je ne comprends pas cette façon de penser.

Moi, je la comprenais. J'avais passé toute ma vie à son contact.

— Ils voient ça comme une offense qu'une inconnue propose son aide, comme si vous aviez mieux à lui offrir que ses propres parents.

— Mais j'ai mieux à lui offrir !

— Oui, et c'est une honte pour eux, même s'ils l'admettront jamais parce que les mineurs ils ont rien d'autre que leur fierté.

— Quels égoïstes, ils ne voient pas plus loin que le bout de leur nez ! Mais, Tommy, qu'allez-vous faire ? Si vous parlez à ses parents ce soir, je crains que cela ne vous mène à rien.

— En effet, ils me portent pas dans leur cœur, ai-je admis à regret. Mais vous inquiétez pas pour moi, miss. Je trouverai une solution.

— Mon Dieu ! s'est-elle écriée quand je suis descendu de voiture. J'ai des visiteurs chez moi ! J'avais complètement oublié ! Quelle soirée, quelle soirée… !

Elle s'est éloignée en marmonnant.

J'ai descendu la rue silencieuse de Josie. Çà et là, des hommes fumaient la pipe dehors et me dévisageaient avec méfiance. Arrivé au bout, j'ai tourné à l'angle. Je ne pouvais pas traîner devant la maison de Josie et encore moins y entrer. Je me suis adossé contre un mur transversal et j'ai attendu que tout le monde soit rentré.

Dix minutes plus tard, la rue était déserte et je me suis approché de la maison à pas de loup. Par la fenêtre, je voyais Josie et ses parents se disputer. Elle était debout et sa mère, assise dans un fauteuil, faisait semblant de tricoter. De temps à autre elle se levait d'un bond pour flanquer une grosse gifle à Josie, qui ne cédait pas. Son père arpentait la pièce de long en large, répondant parfois à la diatribe de sa fille. Je ne distinguais pas les sœurs ; sans doute avaient-elles été envoyées à l'étage.

Voir Josie blessée et en pleurs, les cheveux taillés à la racine tel un garçon maigrichon me peinait. Et l'absence d'amour de ses parents me peinait encore plus. Mon père avait beau être inflexible, ma famille était plus heureuse. J'ai dû me retenir de me précipiter chez eux pour l'arracher à ces coups, à cette désaffection. Mais agir sans réfléchir lui aurait causé davantage de tort. J'étais un mineur. Je savais identifier une situation critique, un désastre imminent.

Elle leur appartenait – telle était la mentalité des gens du coin. Une mentalité ancrée même en moi. Chaque famille élevait sa propre main-d'œuvre, et les Westgate avaient manqué de chance dans leur ratio garçon-fille, un problème dont les filles pâtissaient souvent. Je n'avais aucun droit de leur dire de la traiter différemment, et encore moins de l'emmener avec moi. Pourtant j'allais le faire.

Martha, la seule qui soit calme dans la maison, a fini par descendre. Je n'entendais pas ce qu'elle disait, mais je savais qu'elle les suppliait. La mère a traîné ses deux filles à l'étage et est redescendue avec l'air d'une femme secouée par un vent violent. Un instant plus tard, au-dessus de ma tête, une fenêtre s'est ouverte en grinçant et j'ai aperçu une bottine familière puis une jambe blanche maigrichonne.

Pas encore, Josie, c'est trop tôt ! Je priais pour qu'elle entende mes pensées, mais bien sûr son empressement à s'échapper était plus fort que le bon sens. Lorsque l'autre jambe est apparue et que ses bottines ont tâtonné le long du mur, son père s'est précipité dehors. Je me suis caché derrière le hangar à charbon, un endroit exigu, sombre et infesté d'araignées. Il était trop concentré sur sa fille rebelle pour remarquer ma présence.

— Je te vois, espèce d'idiote ! a-t-il crié.

Quelques fenêtres du quartier se sont ouvertes.

— Rentre tout de suite si tu veux pas prendre ma main sur la figure !

Un instant plus tard, la porte du hangar s'est ouverte.

— Très bien, a déclaré Sam Westgate. Je t'enferme dans le hangar à charbon et tu sortiras pas de là, diablesse, va pas t'imaginer le contraire.

Josie a poussé un cri, puis il y a eu le bruit du charbon qui dégringolait sous ses pieds, puis celui des verrous qui se refermaient, un, deux, trois. Enfin, le père a traîné quelque chose de lourd à travers la cour et l'a poussé contre la porte. Il est rentré dans la maison et Josie a hurlé dans le hangar.

De l'autre côté de la rue, par les fenêtres ouvertes, j'ai entendu parler les voisines.

— Si c'est pas malheureux d'avoir à envoyer sa fille à Drammel Depth !

— Si c'est pas malheureux d'avoir une fille aussi désobéissante, tu veux dire ! Ah, ça, si Nancy haussait le ton comme ça avec moi, je te lui tannerais le cuir, tu peux me croire. Pas étonnant que Maggie Westgate fasse toujours la tête.

— Chut, t'es pas sérieuse, Mary ? La petite est tellement joyeuse, tellement pleine de vie ! Passer des années sous terre ? Pas étonnant qu'elle fasse une crise, pauvre chou !

— T'es sensible et naïve comme une oie blanche. Il faut qu'elle gagne sa vie. Elle se donne des airs mais elle mérite pas mieux, elle qui est « pleine de vie ».

— Bonne nuit, Mary.

J'ai entendu une fenêtre se fermer, puis l'autre, et je me suis approché de la porte du hangar à charbon. Il était encore trop tôt pour songer à l'ouvrir, mais je voulais que Josie sache que j'étais là. Ses coups de pied avaient cessé, et ses cris avaient laissé place à un long sanglot. Chut, lui ai-je intimé en pensée. Puis je me suis mis à siffler doucement mais les sanglots ont persisté. Ensuite les pleurs sont devenus des geignements et je me suis remis à siffler. *Hey Bonny May*, une mélodie qu'elle m'avait entendu siffler des dizaines de fois. Aussitôt les geignements se sont arrêtés. Elle savait que j'étais là. Tant mieux. Elle n'a plus fait un bruit. J'attendais dans le noir depuis deux heures mais ça ne me dérangeait pas. Je n'y voyais rien mais l'air qui soufflait du haut du coteau était frais. Aucune obscurité, aucun lieu exigu ne pourrait jamais rivaliser avec ma première journée passée au fond de Crooked Ash. Je me demandais parfois si je me remettrais un jour de cette épreuve.

J'ai vu la lampe s'éteindre dans la chambre des filles et le rideau se fermer devant la fenêtre du rez-de-chaussée. Le filet de lumière jaune qui en marquait le pourtour a disparu et j'ai continué à attendre. Dans la rue quelqu'un a toussé bruyamment puis craché. Des bruits de pas. Puis le silence. Enfin, quand j'ai estimé que je ne risquais plus rien, j'ai déplacé la bassine en fer-blanc qui bloquait la porte, grimaçant chaque fois qu'elle raclait contre un pavé. Je suis arrivé à la déplacer juste assez pour qu'une fille maigrelette puisse se faufiler par l'entrebâillement. La maison restait sombre et silencieuse. Les verrous rouillés ont résisté ; ils grinçaient et crissaient, un bruit qui dans le silence de la nuit me rappelait l'alarme de la fosse. C'était une tâche très longue. Et, plus je mettrais de temps, plus le bruit risquerait de réveiller les Westgate.

Lorsque le dernier verrou a cédé, mon cœur a manqué s'arrêter : un rideau a bougé à l'étage et un visage a regardé par la fenêtre. Heureusement ce n'était que Martha, qui m'a salué d'un geste de la main. Était-ce à elle qu'il incomberait de gagner le salaire que sa sœur ne gagnerait pas ? Sans doute pas. Ses parents la préféraient à Josie et elle serait mariée avant un an.

J'ai ouvert la porte de quelques centimètres et regardé à l'intérieur. Un chuchotement m'est parvenu.

— Tommy ?

— Oui.

J'ai tendu la main et senti Josie la prendre. Elle est sortie en trébuchant et est restée plantée dans la cour à cligner des yeux, baignée de larmes, tondue et couverte de poussière noire. Si nous ne faisions rien pour empêcher ça, c'est à cela qu'elle ressemblerait tous les jours. Mieux valait affronter tous les ennuis qui nous attendaient.

Je lui ai montré Martha à la fenêtre. Josie lui a envoyé un baiser, et sa sœur a posé une main sur son cœur avant de nous chasser d'un geste. Nous nous sommes enfuis et n'avons ni ralenti ni parlé avant de nous trouver assez loin sur le sentier. Là, elle s'est arrêtée et m'a pris dans ses bras.

— Merci, Tommy. Merci, merci, merci ! a-t-elle murmuré, éclatant en sanglots.

Je ne l'avais jamais vue pleurer et ça m'a causé un chagrin pur et spontané. Je l'ai serrée fort contre moi mais j'ignorais où l'emmener. Ses parents iraient droit chez miss Embry et les miens ne l'accueilleraient jamais, afin de ne pas avoir une bouche de plus à nourrir et de ne pas s'attirer d'ennuis. La seule solution serait de l'emmener à Silvermoor et, le lendemain matin, de supplier les Sedgewick de la garder jusqu'à l'arrivée de Coralie. Ce qui me paraissait hasardeux.

Alors que je l'étreignais, espérant trouver une meilleure option, j'ai entendu un bruit que je connaissais.

Un chien, pas très loin de là. Je savais exactement lequel : l'un des chiens robustes et vengeurs de Paulson.

J'ai posé un doigt contre les lèvres de Josie.

— Paulson, ai-je chuchoté.

Elle m'a dévisagé, horrifiée. Si Paulson tombait sur deux villageois à cette heure de la nuit, il penserait que nous avions l'intention de braconner sur les terres de Barridge. On racontait qu'il n'oubliait jamais un visage et, même si Josie avait perdu ses longs cheveux, ils étaient toujours aussi roux. C'était la pire déveine qui soit.

Les chiens approchaient. Peut-être apparaîtraient-ils au prochain virage ! Si nous commencions à courir, ils nous entendraient. D'un commun accord, nous nous sommes approchés de la haie et nous sommes faufilés à travers. Nous nous sommes regardés, les yeux écarquillés : dans notre hâte d'échapper à Paulson, voilà que nous nous retrouvions sur les terres des Barridge.

— Qu'est-ce qui se passe, Brutus ? a marmonné le garde.

Un cliquetis de chaîne : il a tiré sur la laisse du chien. L'animal grognait et geignait ; quelque chose clochait, il le savait. Nous n'osions plus respirer.

— Alors ? Y a quelqu'un dehors, où il est ? Allez, viens, je parie que c'est rien qu'un lapin, on y va.

Leurs pas se sont éloignés sur le sentier. Je me suis relevé et j'ai repris la main de Josie.

— Fais pas de bruit et reste derrière moi, ai-je chuchoté.

Nous étions à moins d'un kilomètre de l'ancien point d'entrée de p'pa. Si nous parvenions à franchir ces nouvelles planches, nous serions hors du domaine et à mi-chemin de Silvermoor. Mais il fallait se méfier des pièges qui faisaient la renommée de Heston. Si nous restions tout au bord, peut-être aurions-nous de la chance ; il fallait que Josie marche derrière moi. Avec un bâton j'ai tâtonné le sol devant moi à chaque pas, comme un aveugle.

Nous avancions lentement, mais nous avons fini par atteindre notre but. Cependant les nouvelles planches étaient solidement clouées et, tandis que je les examinais pour trouver un moyen de nous échapper, Josie observait les bois.

— Tommy, on peut aller voir le manoir ? a-t-elle chuchoté.

— T'es pas folle ?

— J'ai envie de le voir. Puisqu'on est là. Je veux voir le cheval qui danse.

— T'as pas eu assez d'ennuis aujourd'hui ?

Elle a haussé les épaules.

— Quand le vin est tiré…

J'ai poussé un soupir. Impossible de franchir ces planches, de toute façon. Je ne voyais rien de mieux à faire que revenir sur nos pas et ressortir par là où nous étions entrés, puis revenir sur nos pas, sur le sentier cette fois. À ce rythme, on sillonnerait le sud du Yorkshire toute la nuit ! Alors au point où nous en étions un détour ne changerait pas grand-chose. Et puis j'étais curieux. Je doutais que le cavalier blanc soit encore là, et ce n'était pas une nuit magique et baignée de lune comme la dernière fois. Pourtant…

J'ai ouvert la bouche, mais c'est Josie qui a pris la parole en premier.

— Je sais, je sais, je resterai derrière toi.

Lorsque nous avons atteint le fil de détente, je l'ai montré du doigt avec insistance pour m'assurer qu'elle l'avait vu et levé exagérément la jambe par-dessus. Elle m'a suivi. Nous avons traversé le bois entre les arbres frémissants. Un lièvre s'est arrêté pour nous observer avant de poursuivre son chemin à grandes enjambées et j'ai pensé à p'pa. Enfin, nous sommes arrivés en haut de la pente d'où j'avais aperçu le manoir et le cheval. La bâtisse était encore là, évidemment. Bien que la nuit soit plus sombre, sa silhouette massive et les dentelures complexes de son toit demeuraient bien visibles. Josie avait le visage gris de poussière et l'air émerveillé, mais nous avons cherché en vain anges et fantômes ; la nuit bruissait doucement et gardait ses secrets.

C'est alors que j'ai été frappé par la plus hideuse impression de déjà-vu que j'aie jamais ressentie. Des chiens aboyant et grondant dans le noir, non pas au fond du bois cette fois mais émergeant des arbres non loin de nous. Un homme, deux chiens, les yeux braqués sur nous. L'homme s'est penché ; ce n'était pas Paulson. Il a détaché ses limiers et nous avons pris la fuite.

Nous nous sommes précipités dans le bois, mais Paulson et Brutus nous barraient le chemin. Alors nous avons zigzagué à l'aveuglette et j'ai pensé aux pièges mais il n'y avait rien à faire. Nous passions d'entre les arbres à la pente herbeuse, et vice versa. J'avais perdu tout sens de l'orientation. Inutile de se cacher ou d'essayer de se montrer plus malins que les chasseurs. Haletants, le cœur battant, nous courions comme des fous sur les broussailles qui craquaient, et voilà que nous filions vers le manoir, une très mauvaise chose. Dans ce bois clairsemé, de jeunes arbres agitaient leurs branches minces et la canopée laissait entrevoir le ciel. Josie courait devant moi… puis elle a disparu. Volatilisée dans la nature.

23

Josie

Comme Alice dans le livre de Lewis Carroll, j'ai traversé la terre. S'agissait-il d'un gigantesque terrier de lapin ? Tout semblait possible dans cet endroit aussi étrange qu'improbable. J'ai atterri avec fracas et une douleur vive m'a vrillé la cheville. Un bruissement et un autre craquement, puis Tommy dégringolait et atterrissait à côté de moi.

Il s'est relevé sur-le-champ.

— Josie, t'es blessée ?

J'ai secoué la tête malgré la douleur à la cheville.

— On est où ?

Nous avons regardé en l'air. Là-haut, les gardiens piétinaient et j'étais persuadée qu'ils enverraient les chiens après nous, mais peut-être ne connaissaient-ils pas cette cachette, car après un moment d'hésitation les dogues sont repartis et le silence est retombé. Tommy m'a interrogée du regard et j'ai haussé les épaules. Qu'est-ce que j'en savais ? Heston était encore plus étrange que ce qu'on racontait.

Je me suis mise debout à contrecœur et j'ai grimacé.

— Ma cheville, ai-je expliqué en chancelant contre lui.

Il devait se dire que cette nuit ne finirait jamais. Et moi jamais je n'ai aimé Tommy autant qu'à l'instant où, la cheville déchirée de douleur et consciente que notre situation était désespérée, je l'ai vu se contenter de hocher la tête, de me tendre la main et de se remettre en route à mon rythme. J'ai compris alors qu'il ne m'abandonnerait jamais, qu'il ne me quitterait jamais et que peu de gens sur terre pouvaient compter sur quelqu'un comme lui. Depuis le jour où, un an plus tôt, il m'avait embrassée, il n'y avait pas eu d'autre signe, et je m'étais souvent demandé s'il pensait à ce baiser autant que moi.

Nous avancions avec une lenteur littéralement torturante, et je m'en voulais, mais ma cheville était méchamment démise. Le tunnel descendait en pente douce ; d'une façon ou d'une autre la vie semblait déterminée à nous mener sous terre.

Étions-nous tombés entre deux mondes ? Pourquoi les hommes de Paulson ne nous avaient-ils pas suivis ? Sous nos pieds le sol était meuble et le plafond tour à tour haut puis bas. Le tunnel s'est mis à monter.

— On s'éloigne du manoir, a murmuré Tommy. Si ça continue à grimper, on devrait bientôt sortir. On sera sûrement encore sur le domaine, mais avec un peu de chance on débouchera sur un sentier du côté de Skelton…

Loin devant, nous discernions une faible lueur qui a pris peu à peu une forme ovale, puis le tunnel s'est arrêté et nous avons pu nous hisser sans peine par l'ouverture. Elle donnait sur… un alignement de box en brique aux portes verrouillées. Des montagnes de paille, aussi hautes que le magot du Nain Tracassin, chatoyaient, dorées, à la lumière d'un brasero. Nous avons entendu le bruit d'un cheval qui renâclait et le claquement d'un sabot contre la pierre. Étions-nous dans une écurie ?

Dehors, quelqu'un a crié et nous nous sommes regardés, au comble du désespoir. Encore ?

Tommy a déverrouillé une porte et m'a entraînée à l'intérieur. Un grand cheval noir nous a dévisagés, surpris ; nous l'étions tout autant que lui. Que faisait cette magnifique bête dans l'écurie d'un manoir désert ? Se pouvait-il que les Barridge y résident en secret ? Et si on nous découvrait ? Difficile d'imaginer pire. J'ai frémi à l'idée des jumeaux hostiles au visage sévère, au sourire glacial et aux yeux intrusifs. Nous avons plongé dans la paille entassée dans un coin et entendu quelqu'un se déplacer entre les box, puis une voix.

— Bon, il nous a dit de vérifier ; c'est fait. Y a personne ici et je veux rentrer chez moi.

Une seconde voix a acquiescé. Les pas se sont éloignés et une porte s'est fermée. Le silence nous a enveloppés, et nous avons attendu un moment avant de secouer nos vêtements et de quitter le box. Alors nous nous sommes dirigés vers la sortie sur la pointe des pieds, le cœur battant la chamade, main dans la main. Et sommes tombés nez à nez avec un jeune homme qui quittait le box d'en face.

24

Tommy

— Ne dites à personne que je suis là, je vous en prie, a-t-il murmuré.

Je ne comprenais plus rien. Ç'aurait plutôt été à nous de lui dire cela ! Un instant plus tôt, j'avais vu en lui un gentleman, un maître. J'étais convaincu qu'il s'agissait d'un Barridge et que nous finirions pendus. À présent, je voyais mieux l'individu qui se tenait devant nous sur le sol pavé. Il était émacié et avait le visage très pâle, une longue chevelure démodée et portait une culotte et une chemise blanche à manches amples. Le plus étonnant étant son expression : plaintive, timide. Je n'avais jamais vu de noble nous regarder ainsi.

Une grosse tête blanche est alors apparue derrière lui, par-dessus la porte de l'écurie, et a poussé son épaule du museau. Un cheval fabuleux, en tout point identique à celui qui se trouvait derrière nous, sauf que l'un était noir comme le charbon et celui-ci aussi blanc que les étoiles.

— C’est nous qu’ils cherchaient, m’sieur, a expliqué Josie, pas vous.

— Non, je veux dire, à l’extérieur de Heston. Vous ne pouvez en parler à personne. Me le promettez-vous ?

Il entrelaçait ses doigts, les décroisait et les entrelaçait de nouveau.

Nous avons promis sans hésiter et il a paru soulagé.

— Tant mieux. Je n’avais pas envie non plus de voir les gardiens ce soir. Ils n’ont pas connaissance de ce tunnel.

— On s’en doutait, a répondu Josie. On est tombés dedans et ils avaient pas l’air de savoir où on avait disparu.

Ses yeux se sont posés sur moi puis sur Josie, et encore sur moi. Il ressemblait à une souris craintive se demandant si elle oserait manger quelques miettes.

— Êtes-vous des braconniers ?

Il ne semblait pas accusateur, simplement curieux.

— Non, m’sieur. C’est une longue histoire, mais on était en route pour Silvermoor. On a entendu Paulson et ses chiens sur le sentier et il est pas connu pour sa patience avec les gens comme nous. On est passés par la haie pour lui échapper, voilà pourquoi on s’est retrouvés sur vos terres, m’sieur… enfin, sur les terres de Heston. On vous demande pardon. C’est bien vos terres, m’sieur ?

Je commençais à me demander si nous avions bel et bien affaire à un Barridge. Peut-être n’était-il qu’un invité ou un lointain parent venu passer quelques nuits. Son comportement tenait plus du prisonnier que du maître.

Il a passé ses mains sur son visage comme s'il tentait d'en effacer la peur et la confusion. Trois souris apeurées, voilà ce que nous étions cette nuit-là, trois souris pétrifiées, nous jaugeant les unes les autres.

— C'est inacceptable, a-t-il déclaré.

Je ne comprenais pas en quoi cela répondait à ma question.

— Vous savez que cet endroit est dangereux, n'est-ce pas ? a-t-il ajouté.

J'ai pensé aux pièges à braconniers et au fil de détente. J'ai pensé à Paulson écrasant les jacinthes de Josie. J'ai pensé à la fortune des Barridge amassée grâce à cet accident au fond de la mine, jadis, à la mort de tous ces hommes. J'ai hoché la tête.

— Je suis navré que vous vous soyez retrouvés ici, a-t-il repris. Puis-je vous apporter mon aide ?

Josie et moi nous sommes regardés, stupéfaits. C'était là le plus extraordinaire rebondissement de la soirée.

— C'est… très gentil à vous, m'sieur, ai-je répondu avec précaution. On aimerait quitter le domaine de Heston dès que possible. Je veux pas vous causer encore plus d'ennuis, mais mon amie s'est méchamment tordu la cheville et on a perdu nos repères quand on s'est fait pourchasser…

— Vous attend-on à Silvermoor ?

— Non. Seulement… Eh bien, m'sieur, je dois mettre Josie à l'abri et c'est le seul endroit auquel j'ai pensé.

— À l'abri ? Êtes-vous en danger, jeune fille ?

Josie a baissé les yeux et déplacé douloureusement son poids sur son pied valide.

— Oui, m'sieur, d'une certaine façon.

Quelle situation étrange. Il donnait désormais l'impression d'être notre ami, proposant de résoudre nos problèmes sans même savoir en quoi ils consistaient ! Qui donc était cette curieuse personne qui hantait les écuries la nuit ?

Soudain, cela m'a sauté aux yeux et j'ai étouffé un cri. Les longs cheveux pâles, la peau très blanche, le cheval blanc. C'était lui, mon fantôme ! L'homme que j'avais vu sur son cheval, dansant au clair de lune près de trois ans plus tôt. Bien sûr, je ne le prenais pas réellement pour un fantôme – il se tenait devant moi en chair et en os. Ce devait être un Barridge, pourtant… son comportement rendait cette théorie improbable. J'avais tant de choses à lui dire, mais il paraissait encore craintif et je ne voulais pas l'effrayer. Cependant…

— M'sieur, je vous demande pardon, ai-je lâché, incapable de me retenir, mais qui êtes-vous ?

Ses yeux se sont emplis de larmes, comme si son identité était le plus lourd des fardeaux. Il a regardé les chevaux, paraissant espérer qu'ils s'expliquent à sa place.

— Je suis conscient que c'est le comble de l'impolitesse de ne pas me présenter, a-t-il chuchoté, pourtant…

— Vous êtes pas obligé de nous dire quoi que ce soit, est intervenue Josie.

Je me sentais dépité, mais les femmes savent toujours mieux déceler les besoins d'autrui.

— Vous nous connaissez pas, m'sieur, a-t-elle poursuivi, et vous nous proposez votre aide. Ça nous suffit.

— Je peux vous accompagner en bordure de la propriété, a-t-il suggéré. Il existe une sortie. Vous vous trouverez loin de Silvermoor. Mais, si j'essayais de vous rapprocher, nous serions obligés de passer devant la loge de Paulson. Or je préférerais ne pas m'y risquer.

— Nous non plus, ai-je marmonné.

Quoi qu'il en soit, je redoutais déjà de descendre au fond le lendemain matin. Je ne dormirais pas de la nuit, et une journée dans les mines sans aucun repos n'était pas seulement pénible, c'était dangereux.

— On sera contents de plus être sur la propriété, m'sieur. Vous en faites pas pour le reste.

Il a consulté une montre de gousset en argent.

— Il n'est que 23 heures, a-t-il annoncé. Les hommes patrouillent et font encore leurs rondes. Il vaut mieux attendre une bonne heure. Cela vous irait-il ?

Mon cœur s'est serré à l'idée de reporter le départ.

— C'est vous qui voyez, m'sieur.

— Me laisseriez-vous jeter un œil à votre cheville ? a-t-il demandé à Josie. Je ne prendrai aucune liberté et j'ai quelque expérience dans le domaine médical. Si vous devez vous appuyer dessus tout à l'heure, sans doute serait-il judicieux de la bander.

— Oui, m'sieur, merci.

Peut-être était-il médecin, donc. Il a attrapé un rouleau de bandage pour chevaux sur une étagère.

— Quelle impolitesse ! Puis-je vous offrir quelque chose à boire ? Du porto ? nous a-t-il proposé comme si nous étions dans un salon à l'heure de l'apéritif.

Je me suis contenté de le regarder.

— Merci, m'sieur, a répondu Josie.

Elle semblait bien plus apte que moi à accepter les événements tels qu'ils se présentaient. Après avoir été enfermée par ses propres parents, peut-être avait-elle toutes les raisons d'espérer mieux.

Notre singulier hôte a plongé la main dans l'auge des chevaux et en a retiré une bouteille en cristal contenant un liquide couleur rubis ainsi qu'un verre en cristal.

— Je n'ai qu'un seul verre, a-t-il déploré. Je ne reçois jamais de monde, voyez-vous. Auriez-vous l'amabilité de le partager ? Quant à moi, j'utiliserai… ceci !

Après avoir regardé autour de lui, il a pris le bol en bois servant en temps normal à mesurer les rations des chevaux, l'a frotté vigoureusement de sa manche volumineuse, puis a versé une dose généreuse d'alcool dans les récipients mal assortis.

— Voici Ebony, a-t-il déclaré en tendant le verre à Josie et en caressant le nez velouté du cheval noir qui en a henni de plaisir. Et voici Equinox, a-t-il ajouté en s'approchant du box du cheval blanc.

— Reposons-nous puis nous pourrons examiner la blessure.

Nous nous sommes tous tassés dans le box.

— Elle nous avertira si jamais quelqu'un arrive, a-t-il ajouté. Je vous en prie.

Il nous a fait signe de nous asseoir par terre et nous nous sommes exécutés. Josie a étendu ses jambes et il a respectueusement palpé la blessure à travers les jupes. Ils ont avalé tous deux une grosse gorgée de porto, puis il a commencé à lui bander la cheville. Ses doigts ne tremblaient pas et ne s'entrelaçaient plus ; ils paraissaient habiles et délicats. Josie s'est mordu la lèvre mais l'a laissé terminer en silence.

Après quoi nous nous sommes installés pour regarder les aiguilles de l'horloge égrener les minutes jusqu'à minuit. Le porto nous a fait du bien, je crois. Nous n'avions pas subi un seul choc cette nuit-là, mais toute une série. Aussi éphémère qu'ait pu être ce moment de calme, nous en avions besoin. Les gigantesques sabots d'Equinox – du moins gigantesques à côté de ceux des petits poneys agiles avec lesquels je travaillais au fond – grattaient doucement le sol pavé quand la jument se déplaçait de la porte de l'écurie à son filet à foin. Une petite fenêtre laissait filtrer un rayon de lune gris, et on entendait un hibou hululer dans les bois.

— Je n'ai aucun droit de vous demander quoi que ce soit puisque je me montre moi-même très évasif, a fait remarquer le gentleman, mais nous avons du temps devant nous, alors si vous souhaitez me raconter votre histoire je serai très heureux de l'entendre.

Josie lui a tout expliqué. La location de Drammel Depth, les difficultés croissantes que connaissait sa famille, la décision de l'envoyer à la mine. Elle lui a parlé de la violente dispute qui l'avait opposée à ses parents, de miss Honeycroft et de miss Embry. Elle lui a expliqué comment elle avait été enfermée dans le hangar à charbon et comment je l'avais secourue – sur quoi il a tendu le bras pour me serrer la main.

Josie avait enfin l'occasion de réfléchir à ce qui venait de lui arriver, et on aurait dit que raconter son histoire lui permettait de se sentir mieux, même si ça semblait l'épuiser. Ensuite, elle s'est affalée contre le mur et a fermé les yeux. Elle s'est endormie très vite et n'a pas bronché quand Equinox a penché vers elle sa magnifique tête blanche pour la pousser du museau.

Pendant que Josie dormait, le pâle inconnu et moi avons discuté de tout et de rien : des effets néfastes de l'industrie minière et du courage des chevaux, des endroits que nous aimerions visiter un jour et des splendeurs d'un bon livre – il en avait lu d'innombrables et moi neuf.

Il était plus de minuit. Fatigué moi aussi, je n'avais pas hâte de quitter ce havre de paix et je voyais bien que notre hôte savourait notre compagnie. Malgré tout, il a fini par se lever.

— Nous ferions mieux d'y aller, a-t-il annoncé à regret. J'ai beaucoup apprécié notre conversation, mais vous n'êtes pas en sécurité ici. Ce serait égoïste de ma part de m'attarder.

Tandis que je réveillais Josie, il a sanglé le cheval noir et l'a mené à un montoir.

— Ebony nous emmènera, nous a-t-il expliqué alors que nous faisions des adieux endormis à Equinox. Il sera invisible dans la pénombre et sans selle nous devrions tenir tous les trois.

En effet, Ebony était énorme. Il mesurait au moins un mètre quatre-vingts.

Notre hôte a enfourché le cheval et nous avons aidé Josie à s'installer devant lui. Puis je suis monté derrière et nous avons quitté l'écurie. Tout était calme, silencieux. Il a fait partir Ebony vers le nord et, au trot, nous avons filé dans la nuit. Au moins cet épisode-là s'est-il déroulé sans anicroche. En un rien de temps nous avons atteint la bordure de la propriété. Un étroit portail en fer fermé par des chaînes nous barrait la route, mais il s'est penché en avant, a soulevé les chaînes et le portail s'est ouvert en grand.

— Paulson n'est pas au courant, a-t-il expliqué. Il le croit bien verrouillé.

Je m'apprêtais à mettre pied à terre quand il m'en a empêché.

— Je vais vous emmener, s'est-il empressé de me dire comme s'il risquait de changer d'avis dans la seconde. Je n'ai pas le droit de partir… et s'ils me trouvaient… mais elle ne peut pas marcher. Vous croiseriez Paulson sur les sentiers et il faudrait tout recommencer. Ebony est rapide. Je vous emmène à Silvermoor.

J'avais souvent arpenté ce sentier. À toutes les saisons et de toutes les humeurs, à toutes les heures du jour et de la nuit, mais jamais à une telle allure. Notre ami a exhorté Ebony à prendre un petit galop fluide qui donnait l'impression de descendre une rivière ; les longues jambes de la jument dévoraient les kilomètres.

Au bas de l'allée de Silvermoor, notre bienfaiteur a levé les yeux vers les rangées de chênes, et ses épaules se sont voûtées.

— Je suis navré, je ne peux pas, a-t-il chuchoté, et j'ai remarqué que ses mains, qui avaient semblé si à l'aise sur les rênes, avaient recommencé à tressaillir.

— C'est pas grave, a répondu Josie, passant avec détermination une jambe par-dessus l'encolure d'Ebony. Vous en avez déjà tellement fait ! Merci du fond du cœur.

J'ai glissé au bas de la monture et aidé Josie à mettre pied à terre. C'était une descente disgracieuse mais qui lui a permis de ne pas se faire plus mal. Ensuite, j'ai tendu le bras et serré la main de notre sauveur.

— Elle a raison, m'sieur, vous nous avez tiré une belle épine du pied. Je vous en suis reconnaissant. Si jamais je peux vous rendre la pareille, je le ferai. Y a probablement rien que je puisse faire pour vous, mais je vous dois une fière chandelle.

— Dites-moi seulement que vous êtes mon ami, a-t-il répliqué d'un air grave. Il s'agit certainement d'une promesse en l'air, puisque nous ne nous recroiserons sans doute pas, mais j'aime l'idée d'avoir un ami quelque part. Deux amis.

— Vous avez toute notre amitié et notre reconnaissance, m'sieur. Je suis Tommy Green, de Grindley.

— Et moi, a ajouté Josie en lui serrant la main à son tour, je suis Josie Westgate, d'Arden.

Il a longuement hésité avant de diriger Ebony vers Heston d'un pas lent. Puis il a regardé par-dessus son épaule.

— Manus, a-t-il dit. Mais n'oubliez pas : n'en parlez à personne.

25

Tommy

Cette nuit-là, nous avons dormi à l'abri des chênes, sur la pelouse devant Silvermoor. Cet endroit me semblait toujours divin. Sans dogues démoniaques ni spectres ni pièges mortels. En revanche, il faisait un froid terrible. J'ai drapé mon manteau autour de Josie, et nous avons dormi dans les bras l'un de l'autre et passé le reste de la nuit dans un confort limité mais une relative sécurité. Lorsque le soleil s'est levé, disque blanc derrière le voile gris qui couvrait perpétuellement notre ciel, le comte est sorti avec ses deux chiens, et je me suis levé en trébuchant pour aller à sa rencontre.

Naturellement, il était stupéfait de découvrir un inconnu chez lui à une heure pareille, mais je me suis empressé de citer le nom de miss Honeycroft et de lui rappeler la promesse qu'elle avait faite à Josie. J'ai dû lui présenter mes excuses quinze fois en trois minutes. Il s'est montré perplexe, notamment parce que ses chiens m'ont accueilli comme un vieil ami. Réveillée par nos voix, Josie nous a rejoints en boitant. Avec ses cheveux ras et son visage sale, elle avait une drôle d'allure. S'il ne paraissait ni impressionné ni heureux de nous voir, le comte n'était pas un homme méchant, et après tout Josie faisait peine à voir.

— Vous feriez mieux d'entrer pour expliquer ce qui se passe, a-t-il soupiré. Pas à moi mais à la gouvernante. Elle s'occupera de la fille.

J'ai poussé un soupir de soulagement.

— Merci. Mais si vous pouvez me promettre qu'elle risque rien j'aimerais laisser Josie ici. Je commence à 8 heures.

— Vous travaillez à la mine ? Comment vous appelez-vous ?

P'pa n'apprécierait pas.

— Tommy Green, m'sieur.

J'ai été surpris de voir que mon nom lui disait quelque chose, quoiqu'il ne semble pas ravi de l'entendre.

— Tommy Green, Tommy Green, a-t-il marmonné en me dévisageant les sourcils froncés.

J'aurais préféré ne pas avoir passé la nuit dehors, ne pas avoir les yeux gonflés, ne pas avoir les cheveux pleins de feuilles. J'ai baissé la tête et vu une petite chenille qui rampait le long de ma manche gauche. Je l'ai détachée avec douceur et posée dans l'herbe comme si un tel changement pouvait me donner une allure plus respectable.

— J'ai l'impression d'entendre votre nom plus souvent que celui de n'importe quel autre villageois, m'a fait remarquer le comte. Pourquoi tout le monde parle-t-il de Tommy Green, j'aimerais le savoir. Eh bien, autant que je le découvre par moi-même. Venez donc.

— Monsieur ! J'en serais ravi, vraiment, mais Mr Bulford me mettra les tripes au soleil si je loupe une journée, et p'pa aussi si je perds ma paie… Pardon de parler aussi franchement, m'sieur.

— Je ferai prévenir Bulford et vous obtiendrez votre salaire pour cette fois, puisque c'est à cause de moi que vous serez absent. Venez.

Nous l'avons suivi jusqu'à la maison main dans la main comme deux enfants fatigués, bien que nous ayons tous deux seize ans à présent. J'étais trop épuisé pour savoir si les décisions que j'avais prises étaient raisonnables, si j'avais amélioré ou empiré la situation en venant à Silvermoor. Tout ce que je savais, c'était que j'avais éloigné Josie de ses imbéciles de parents et que je ne pouvais pas encore souffler parce que, si j'avais mal jugé des choses, on pouvait la renvoyer chez elle et alors le combat devrait reprendre.

Le comte nous a fait entrer dans la bibliothèque où Walter m'avait permis d'écrire mon message la nuit précédente. Je savais que Josie était déjà venue ici aussi. S'il l'avait reconnue, il n'en montrait rien. D'un autre côté, sans ses tresses si caractéristiques, elle avait une tout autre allure. Elle ne cessait de porter les mains à sa tête comme pour ajuster une casquette invisible et, chaque fois, ses yeux s'emplissaient de larmes. Elle n'avait jamais été vaniteuse, mais elle avait sa fierté.

— Bien, a déclaré le comte une fois que nous avons été assis.

On ne nous a rien proposé à boire.

— Expliquez-vous.

Nous avons échangé un regard et j'ai commencé à parler. J'ai relaté l'histoire depuis le début, exactement comme Josie l'avait racontée à Manus dans l'écurie. Quand j'ai évoqué le nom de miss Honeycroft, il l'a dévisagée.

— Je vous ai déjà rencontrée ! s'est-il exclamé. C'est vous qui avez secouru ma nièce, n'est-ce pas ?

— Oui, m'sieur.

— Bonté divine ! Je n'en avais pas la moindre idée. Je suis navré, mon enfant, vos cheveux…

— Ils les ont coupés, m'sieur, a-t-elle répondu. Tommy vous l'a dit. Pour me déguiser en garçon.

— Oui, bien sûr. Poursuivez, Tommy Green.

J'ai omis de parler de notre incursion sur le domaine des Barridge. Après tout, nous l'avions promis à Manus. En résumé, nous avions donc fui Arden et nous étions rendus directement à Silvermoor, où nous avions passé la nuit sur la pelouse. J'ai insisté sur l'idée que miss Honeycroft voudrait sans doute sauver Josie de Drammel Depth, même si j'étais le seul de nous trois à ne l'avoir jamais rencontrée. Et j'ai ressenti un immense soulagement quand le comte a acquiescé.

— Ma nièce est censée revenir le mois prochain, a-t-il dit. Sans doute plus tôt à présent que Walter lui a envoyé votre mot. Je sais exactement comment elle s'occuperait de Josie et je dois donc faire de même si je tiens à échapper à son courroux. Mon enfant, seriez-vous d'accord pour rester dans les quartiers des domestiques pour le moment ? Cela donnera à votre cheville l'occasion de se remettre et vous pourrez aider Mrs Roundsby en effectuant quelques tâches faciles. Je ne vous paierai pas, mais vous aurez droit au gîte et au couvert et vous serez à l'abri du danger. Puis, au retour de ma nièce, vous pourrez convenir avec elle d'une solution sur le long terme. Qu'en pensez-vous ?

— C'est la chose la plus gentille que j'aie jamais entendue, a répondu Josie d'une petite voix, les yeux brillants. Merci, monsieur. Je suis pas une fille de Grindley, vous êtes pas obligé de vous occuper de moi…

— En dehors du service que vous avez rendu à ma nièce, lui a-t-il rappelé.

— Oui, c'est vrai. En tout cas, je peux pas vous dire à quel point j'avais pas envie d'aller au fond. C'était comme si un grand puits de terreur m'avalait avant même d'y avoir mis les pieds.

— Eh bien, n'y pensez plus. Coralie ne laisserait jamais faire une chose pareille. Si je le permettais, elle… me mettrait les tripes au soleil, est-ce bien là l'expression ? Je vais appeler Mrs Roundsby.

La gouvernante était un personnage plus sympathique que le valet de chambre, mais pas de beaucoup. Quoi qu'il en soit, quand le comte lui a expliqué la situation, son visage s'est adouci. Miss Coralie était adorée à Silvermoor, et toute la maisonnée connaissait l'histoire de la courageuse habitante d'Arden qui l'avait secourue. Un bain et un bon repas d'abord, a-t-elle annoncé, après quoi il y aurait de l'argenterie à polir.

Josie s'est levée pour l'accompagner.

— Merci, m'dame, a-t-elle dit. Je vous suis vraiment reconnaissante.

Mrs Roundsby a eu l'air de se radoucir encore. Josie s'est alors tournée vers le comte.

— Je vous ai déjà remercié, monsieur, mais ça me paraît pas assez. Merci cent fois. Merci jusqu'à la fin de mes jours.

Puis elle est venue s'agenouiller devant moi, a pris mes mains dans les siennes et les a embrassées.

— Et surtout merci à toi, Tommy, a-t-elle ajouté d'une voix étranglée. Sans toi, je sais où je serais en ce moment. C'est grâce à toi que je suis en sécurité.

J'ai posé ma tête sur son crâne roux. J'ai embrassé ses cheveux ras et je me suis rendu compte que j'ignorais quand je la reverrais. Le comte nous avait accordé bien des faveurs mais je doutais fort qu'il me dise : « Tommy, mon garçon, faites ici comme chez vous le temps que votre amie sera parmi nous et rendez-lui visite chaque fois que vous le désirerez. »

— Venez, ma fille, je n'ai pas toute la journée, a lancé Mrs Roundsby, et Josie s'est levée.

Le choc causé par les derniers événements rôdait encore dans son regard, et je savais qu'elle ne se permettrait pas de refuser à nouveau l'occasion d'améliorer sa vie, pas même dans mon intérêt. Je m'en félicitais. Elle avait besoin de consolider son poste, de s'assurer que les mines et Arden ne puissent plus la réclamer. Mon occasion à moi ne s'était pas encore présentée, mais elle arriverait un jour, me suis-je dit tout en regardant Josie s'éloigner en boitillant. Du moins, je l'espérais.

Quand nous nous sommes retrouvés seuls, le comte m'a raccompagné dehors, et nous avons continué à discuter dans l'allée. Il s'est avisé que j'étais le même Tommy Green qui avait discuté avec son fils Walter lors de la fête du nouveau siècle et à qui Walter avait envoyé des livres. J'ai confirmé ses dires. Il a ajouté avoir l'impression de m'avoir déjà vu et a voulu savoir si nous nous étions déjà rencontrés. Je lui ai parlé des remises de prix de l'école – les trois.

— Ah oui ? a-t-il répondu, perplexe.

Je ne voyais pas pourquoi cela le surprenait tant. Après tout, il savait que les garçons du village remportaient des prix.

Puis il m'a demandé ce que Bulford dirait de moi s'il l'interrogeait sur mon travail et ma personnalité.

J'osais à peine espérer qu'il songe à me proposer un nouveau poste.

— Sans vouloir me vanter, m'sieur, il dirait beaucoup de bien de moi. Il dirait probablement que je travaille bien, que je suis poli et que je fais ce qu'il y a à faire. Je suis fort et les autres savent qu'ils peuvent compter sur moi, m'sieur.

— Ah oui, a-t-il répété, déconcerté.

Il semblait plutôt gentil, pour un aristo, mais peut-être avait-il du mal à accepter l'idée qu'on puisse avoir une bonne opinion d'un jeune travailleur.

— Tiens, tiens. C'est intéressant. Vous savez, j'imagine, que je pourrais interroger Bulford à votre sujet pour vérifier vos dires ?

J'ai froncé les sourcils.

— Je maintiens tout ce que j'ai dit, monsieur.

— Je vois. Bien, mon garçon, vous tenez à peine debout. Je vais demander à Matthias de vous raccompagner chez vous. Assurez-vous de dormir le reste de la journée. Vous aurez besoin de récupérer pour votre prochaine journée de travail, sans quoi vous pourriez compromettre la sécurité des autres.

Il m'exaspérait ; je connaissais mieux que lui les dangers de la mine. Et il ne me proposait pas de poste mais assouvissait sa curiosité. Je l'ai tout de même remercié. Au moment de partir, je n'ai pas pu m'empêcher de le questionner au sujet d'une chose qui m'avait préoccupé toute la soirée. Un soupçon qui grandissait en moi, même si ça n'avait aucun sens. Manus.

— M'sieur, je peux vous poser une question ? L'aîné des Barridge, celui qui est mort, comment il s'appelait, m'sieur ? Vous le savez ?

Il m'a regardé d'un air méfiant.

— Pourquoi donc ? Vous ne cherchez pas à causer des problèmes, n'est-ce pas ? Vous ne vous mêlez pas de ce qui ne vous concerne pas, si ?

On aurait dit mon père.

— Non, m'sieur. C'est juste que Josie et moi, hier soir, pour passer le temps, on parlait de cette triste histoire et on se souvenait plus de son nom.

Il a hoché la tête.

— Un bien triste événement, en effet. Je vais vous répondre, puis vous rentrerez chez vous. Il s'appelait James.

— Ah.

J'avais tort. Et j'étais étrangement déçu.

— James Manus Barridge, a ajouté le comte. Pauvre jeune homme !

26

Josie

Avril 1902

Trois semaines plus tard a commencé ma nouvelle vie à York. Au début, je n'en revenais pas.

Je m'attendais chaque matin à me réveiller dans la maison familiale, au lit avec Martha et Tansy, étouffée par leurs cheveux, m'man criant quelque récrimination au rez-de-chaussée. Mais je m'éveillais au tintement des cloches de la cathédrale, qui franchissait portails et ruelles pour arriver jusqu'au Mount.

Chaque jour, à York, une fois levée je restais un moment devant ma fenêtre avant de m'habiller. Juste un instant ; je menais une vie de domestique et n'avais pas le temps de paresser. Pourtant c'était une vie meilleure à bien des égards. Peut-être cela n'aurait-il pas été le cas dans une autre maisonnée, mais les Honeycroft étaient de bons employeurs, et Mrs Crane, la gouvernante, était une femme honnête. J'avais eu beaucoup de chance d'atterrir là.

Bien entendu, miss Coralie avait remplacé depuis longtemps Sheila par une nouvelle femme de chambre, une fille aux yeux de poisson prénommée Sarah. Mais elle lui a donné congé et m'a embauchée à sa place. Ce geste paraît plus cruel qu'il ne l'était en réalité ; miss Coralie n'avait rien d'une personne sans cœur. J'ai appris plus tard que Sarah n'avait pas convenu dès le début, sa jeune maîtresse n'ayant jamais réussi à s'attacher à cette fille récalcitrante et sombre, quoique apte. Apte aussi hélas, d'après Mrs Crane, à subtiliser des cuillères en argent de l'office. Les Honeycroft l'auraient renvoyée sur-le-champ si Sarah n'avait pas pleuré toutes les larmes de son corps.

Sa sœur, qui vivait à Ripon, avait une jambe endommagée, avait-elle expliqué. Un médecin pouvait l'aider mais il coûtait cher, voilà pourquoi elle avait volé. Quand miss Coralie m'a trouvée à Silvermoor avec ma foulure à la cheville et mes cheveux pareils à des plumes cuivrées, elle s'est attelée aussitôt à trouver un nouveau poste à Sarah. Au bout de quinze jours, la fille était partie travailler à Ripon, dans une plus grande maison et donc pour un plus gros salaire, et elle pouvait rendre visite à sa sœur le dimanche. Ma jeune maîtresse possédait une énergie extraordinaire quand il s'agissait de faire bouger les choses.

Voilà comment j'ai trouvé ma place à Gravenagh House, dans la prestigieuse rue du Mount, à York. C'était le printemps, la saison idéale pour ce nouveau départ si capital. Je m'octroyais donc ce bref moment de détente à la fenêtre au début de la journée. Je contemplais le jardin carré planté d'arbres fruitiers aux feuilles sombres qui, comme je l'apprendrais quelques mois plus tard, donnaient des prunes. Composé d'une pelouse soignée et de topiaires fantaisistes, il était cerné de murs en pierre au-delà desquels j'apercevais des bouts de jardins et de toits. Au cours de ces premières semaines, des crocus violet et or flamboyaient dans tous les coins. L'ensemble était à la fois assez ordinaire et assez différent de tout ce que je connaissais jusqu'à présent. La vue simple et belle de cette maison de ville m'émerveillait, et j'en éprouvais de la gratitude. Et aussi de la culpabilité.

Les humains sont des créatures déconcertantes : je menais une vie meilleure que je n'aurais pu l'imaginer, et chaque jour je luttais contre la culpabilité. De me sentir davantage chez moi ici qu'à Arden, de me sentir plus heureuse et plus en sécurité avec miss Coralie qu'avec ma propre mère, et surtout d'avoir trouvé une issue alors que Tommy non. Je tentais d'atténuer ce sentiment en écrivant à Tommy tous les soirs après mon travail et en envoyant chaque mois l'intégralité de mon salaire. Ce qui n'a pas plu à miss Coralie lorsqu'elle l'a découvert.

— Non, Josie, m'a-t-elle réprimandée. C'est le début de votre nouvelle vie. Votre vie. Vous n'êtes pas une invitée mais une employée. On vous paie en fonction du travail que vous fournissez. Vous êtes encore jeune, mais un jour vous devrez prendre votre retraite. Comment vivrez-vous si vous avez donné tout votre argent ?

J'ai cru que ma tête allait exploser. Être indépendante et choisir mon propre avenir ? Gagner de l'argent sans exigences ni devoirs ? Je n'y étais pas préparée. Miss Coralie et moi venions de mondes différents. J'ai essayé de lui expliquer que chez moi j'appartenais à mes parents, et que par conséquent l'argent que je gagnais leur appartenait aussi. À la maison, je leur aurais remis ma paie en guise de contribution aux frais de la famille. Mais elle s'est contentée de secouer sa jolie tête.

— Vous ne vivez plus à Arden, Josie. Vous ne vivez plus chez eux et ils ne vous fournissent plus le gîte et le couvert. Moi si. Pensez-vous que vous devriez me remettre votre paie ? Vous ne faites plus partie de la communauté minière. Vous êtes une employée de maison, et les domestiques gèrent leurs affaires d'une tout autre façon.

J'ai ressenti des frissons de ravissement et de peur. Vous ne faites plus partie de la communauté minière ? Avais-je vraiment réussi à m'échapper ? En avais-je vraiment le droit ?

J'ai appris à accomplir mes nouvelles tâches : coiffer les cheveux, réparer des vêtements plus élégants les uns que les autres, repasser des sous-vêtements immaculés. J'ai appris à connaître les gens qui m'entouraient, leur tempérament et leurs habitudes : miss Honeycroft et son frère, leur père et leur tante, ainsi que les autres domestiques, Mrs Crane, gentille et intelligente, May, la timide bonne, et Norman, le valet de pied, un homme sympathique qui faisait également office d'assistant aux deux gentilshommes.

Ensuite, j'ai appris à connaître la ville. J'ai d'abord craint de m'aventurer seule dehors. Si Arden n'avait eu aucun secret pour moi, j'ignorais comment lire un plan ou demander mon chemin pour me débrouiller et cela m'effrayait. Mais je devais faire les courses pour miss Coralie, et donc savoir où se trouvaient le bureau de poste, la librairie, la mercerie, la confiserie, miss Coralie accordant beaucoup d'importance à la confiserie. Alors, très vite, j'ai cessé d'avoir peur des rues pavées où des calèches passaient en trombe parmi des foules animées. Tout en mémorisant le chemin de Gravenagh House au cabinet médical, ou de la boulangerie à la bijouterie, je découvrais d'autres lieux : la cathédrale, le champ de courses, la salle de concert. Tous étaient magnifiques au-delà des mots dont j'usais dans mes lettres à Tommy.

Dans ce nouvel environnement et ce nouveau rôle, il y avait également mon chez-moi, et la question de mon avenir. Tommy me manquait à chaque minute et je me faisais du souci pour lui. Aucun doute : je l'aimais, et cela m'inquiétait car j'ignorais s'il ressentait la même chose, et surtout si j'allais le revoir. Que la vie m'ait sortie avant Tommy du bassin houiller me semblait injuste.

Un autre sujet me préoccupait : la détermination de mes parents à s'opposer à un autre destin pour moi, à préférer m'envoyer à Drammel Depth. C'était ce qu'ils avaient voulu pour moi, ce qui à leurs yeux me convenait. Toutes ces pensées tourbillonnaient dans mon esprit quand je marchais dans les rues d'York, et aussi le soir, à la dernière heure avant le sommeil, lorsque j'écrivais à Tommy.

Jusque-là, je n'avais jamais considéré mon environnement familial comme néfaste. Je ne m'entendais pas avec m'man mais n'avais jamais pensé qu'il puisse s'agir d'une situation inhabituelle ou tragique. Pourtant, à présent que je voyais de quelle façon lord Sedgewick s'adressait à Coralie et à Cedric, de quelle façon leur père et leur tante se comportaient avec eux à Gravenagh House, cela prenait une autre tonalité. Et, si Tommy entretenait lui aussi une relation difficile avec son père, sa mère, elle, semblait être une personne beaucoup plus douce et chaleureuse que la mienne. Certes, tout le monde est différent, mais la façon dont mes parents m'avaient annoncé que j'irais travailler au fond sans même avoir envie de m'épargner pareil sort me posait question. Chez nous on n'était pas du genre sentimental, et bien sûr jamais ils n'auraient pleuré ou ne m'auraient couverte de baisers pour faire passer leur décision. Ils avaient agi à l'extrême inverse : quand ma mère m'avait expliqué ce qu'ils envisageaient pour moi, son visage n'exprimait pas une détermination triste à l'idée de cette nouvelle douloureuse, mais de la satisfaction. Et même presque… un mot de chant de Noël m'est venu à l'esprit, étrange et déplacé : de l'exultation. Le soir où j'ai pris conscience de cela, j'ai laissé échapper un soupir, et trois énormes taches d'encre sont tombées de ma plume sur la lettre de Tommy. Elle aurait été ravie de me voir au fond. Mais pourquoi ?

27

Tommy

Été 1902

En mai de cette année-là, nous avons appris que la guerre des Boers avait pris fin. Le Transvaal faisait désormais partie de l'Empire britannique. Je rêvais encore d'Afrique, de troupeaux de zèbres sillonnant les plaines, de gens à la peau sombre si différents d'ici et que j'aurais adoré découvrir. D'après mes souvenirs d'école, le Zambèze était le quatrième plus grand fleuve d'Afrique. Le Nil était le plus long et je rêvais aussi d'Égypte : Moïse dans les joncs, dromadaires au pas feutré et aux lèvres caoutchouteuses, palmiers, eau bleue, désert doré…

Le Zambèze se jetait dans l'océan Indien et, plus que n'importe quel autre pays, je brûlais de découvrir les Indes, pour la bonne et simple raison que je ne parvenais pas à les imaginer. Il me semblait parfois qu'il m'aurait suffi de tendre l'oreille pour entendre leur chant, leur musique, ou d'inspirer à fond pour sentir leurs effluves. Mais je restais vissé à Grindley…

Josie vivait désormais à York et, si notre amitié se poursuivait par correspondance, cela me laissait du temps libre le dimanche. Comme cette fille me manquait ! Je sortais quand j'en avais l'occasion puisque j'avais un besoin vital d'air et de lumière du jour. Je grimpais la côte et me remémorais nos discussions et nos rires. Mais sans elle le paysage me laissait insensible.

Mes yeux se posaient tristement sur les cieux pâles striés de nuages, les silhouettes noires des oiseaux, les rochers escarpés qui perçaient l'herbe et régnaient sur la lande. J'endurais les vents qui se déchaînaient comme d'immenses déités aptes à nous terrasser. Je me suis dit que, si Dieu était tel que l'affirmait le pasteur, s'Il nous jugeait de façon impitoyable, alors nous étions sans doute plus proches de Lui à cet endroit qu'à n'importe quel autre. Mais, si le divin ressemblait plutôt à l'idée que je m'en faisais, une force lumineuse et stimulante propre à nous guider, ce lieu était abandonné de Lui.

Le dimanche, j'allais aussi à l'église, dans l'espoir de chercher du réconfort auprès de Dieu. Mais je ne trouvais pas celui auquel je croyais. Les sermons du pasteur Tawney parlaient tous de devoir et de dévotion. « La religion des travailleurs », voilà ce qu'on appelait « méthodisme ». Qu'est-ce que ça voulait dire ? Je semblais être le seul à me demander pourquoi les travailleurs auraient dû avoir une religion différente des autres hommes.

Pourtant, j'écoutais attentivement et je réfléchissais à ce que j'entendais. Cette croyance en aidait beaucoup à concilier individualité et vie sous le joug ou tragédies. Toute ma vie, on m'avait dit que Dieu avait créé un monde merveilleux où chacun avait son rôle à jouer, qu'Il nous avait façonnés afin que nous fassions exactement ce que nous faisions.

Pour un comte ou un propriétaire minier, il était sans doute fort plaisant de croire une chose pareille. De même pour un pasteur, dont la subsistance dépendait des comtes. Mais, pour un mineur, ça n'avait rien de bon. C'était même franchement malheureux.

J'ai décidé d'aller voir miss Embry, une dame instruite. Elle avait aidé Josie à améliorer sa lecture et son écriture et m'y aiderait aussi, assurément. Je négligeais mes rêves depuis trop longtemps.

Je n'avais pas remis les pieds à Arden depuis le départ de Josie. Cette nuit de grande aventure ne remontait guère à plus d'un mois, mais elle me semblait appartenir à une autre vie. Deux jours plus tard, Sam Westgate était venu frapper à notre porte en quête de sa fille. Nous avons pu lui dire en toute honnêteté qu'elle n'était pas chez nous. Il n'a pas fallu longtemps pour lui faire faire le tour de notre petit logement et confirmer nos dires. Quant au reste, nous avons menti comme des arracheurs de dents.

Ayant appris que j'avais manqué le travail le lendemain de la fugue de Josie, Sam en avait tiré les conclusions logiques (et exactes). Mais, chose étonnante, mon père avait corroboré mon histoire, expliquant que j'avais eu une poussée de fièvre.

— Mes fils s'amusent pas à battre la campagne avec des donzelles, a-t-il déclaré. Votre fille a causé que des ennuis à Tommy et je suis pas déçu qu'elle ait pris la tangente. Pas surpris non plus si vous aviez l'intention de l'envoyer au fond. C'est pas un endroit pour une gamine, mais ça vous regarde.

Mon père a fait montre d'une telle probité, d'une telle autorité de chef de famille que Sam Westgate est parti vaincu.

Au début, quand il a eu vent que j'avais manqué le travail, p'pa était prêt à me fouetter. D'autres avaient perdu leur gagne-pain pour moins que ça. Mais le comte avait tenu parole : il avait réglé les choses avec Bulford, qui les avait réglées avec mon père. P'pa a été stupéfait que le comte en personne se soit impliqué dans mes affaires. Le départ de Josie l'arrangeait bien ; une source de distraction de moins pour moi. Il n'avait pas menti en se disant heureux d'en être débarrassé. L'incident a donc été clos. Du moins à Grindley ; pas à Arden.

Peu après mon dix-septième anniversaire, je suis allé moins souvent à l'église, pour rendre visite à miss Embry certains dimanches. Sans la moindre hésitation elle a accepté de parfaire mon éducation, de m'aider à améliorer ma façon de parler et de développer ma connaissance du monde. Il s'agissait de quelques heures le dimanche, mais c'était un répit, un trésor mental pour retourner à la mine.

Après cinq visites à miss Embry, Sam Westgate et trois de ses amis m'ont attaqué sur le sentier.

— Je vais t'apprendre à me voler ma fille ! a-t-il soufflé tout en m'enfonçant sa botte dans les côtes. Je vais t'apprendre à me piquer un salaire qui m'est dû ! À cause à toi, je peux plus nourrir ma famille !

Je savais que c'était faux. Josie lui envoyait encore chaque mois une part de sa paie, et une somme plus importante que ce qu'elle aurait gagné à la mine. Martha travaillait à présent au jour à Hepzibah – comme beaucoup de jeunes femmes et de femmes plus âgées, il n'y avait aucun mal à cela – et lui rapportait donc un petit supplément. Et, bien sûr, il avait une bouche de moins à nourrir. Mais un grief imaginaire peut s'emparer d'un homme tout aussi fortement qu'un grief réel, et Sam n'était pas doté d'une grande moralité. Il aimait tenir les autres pour responsables de ses malheurs et, d'après les rumeurs, avait commencé à dépenser le surplus au White Rose, à Steepley. Quel gâchis pour cet argent durement gagné par Josie !

Je ne m'attendais ni à cette attaque ni à pareille brutalité ; je faisais les frais des frustrations de Sam, auxquelles s'ajoutaient la réduction des salaires, des conditions de travail inhumaines, un sentiment d'impuissance. Tout cela pleuvait sur mon corps sous prétexte d'un châtiment justifié.

— Et tu lui as fait quoi quand tu l'as emmenée, hein ? a hurlé Sam, manquant perdre l'équilibre tant ses coups de pied étaient violents. J'ai toujours su que c'était une sale putain, comme sa mère ! J'ai toujours su qu'elle tournerait mal ! Je vais t'apprendre, moi, comment ça se passe à Arden quand un type fait mal tourner une fille !

Comme s'il la vengeait ! Comme s'il se souciait de l'honneur de Josie ou de sa dignité, ou même de son bien-être ! Je me suis défendu bec et ongles, mais à quatre contre un je ne pouvais pas avoir l'avantage.

— Et t'avise pas de remettre les pieds à Arden ! ont-ils craché avant de s'enfuir. Sinon on finira le travail.

Une pluie fine s'est mise à tomber. Je suis resté par terre, en sang et tuméfié. Bizarrement, allongé là, j'étais moins taraudé par la question de savoir si j'allais vivre ou mourir que par l'idée de ce qu'allait dire mon père. Et puis, comment arriverais-je à travailler dans cet état ?

28

Tommy

J'ai été en arrêt une semaine et bien sûr je n'ai pas touché ma paie. De toute évidence, mon père avait envie de me filer une bonne correction à son tour, mais cela m'aurait rendu invalide plus longtemps et aurait donc été contre-productif.

Allongé dans mon lit, je réfléchissais à l'attaque de Sam Westgate. Je comprenais quelles raisons l'y avaient poussé : en lui prenant sa fille, je lui avais pris son bien, et pour un homme possédant aussi peu de choses il s'agissait d'un préjudice important. J'avais semé le doute sur ses aptitudes de père, de chef de famille, d'aîné. Ce qui revenait à déclarer publiquement que j'avais plus de jugeote que lui, d'où la nécessité de me punir. Pourtant, il me manquait une pièce du puzzle. Ses actes me troublaient moins que ses paroles. « J'ai toujours su qu'elle tournerait mal. »

Pourquoi diable Josie aurait-elle mal tourné ? Je ne connaissais personne d'aussi franc et joyeux. Elle n'avait jamais courtisé qui que ce soit, jamais badiné, il n'y avait en elle aucune duplicité. Puis je me suis souvenu qu'il avait ajouté : « J'ai toujours su que c'était une sale putain, comme sa mère ! »

Quelle idée de dire une chose pareille en présence d'autres villageois ! Je n'avais jamais vu ni entendu quoi que ce soit qui justifie de telles accusations à l'égard de Maggie Westgate. Et puis, quand une femme avait une aventure ou rejoignait le lit conjugal sans être vierge, d'ordinaire on ne le criait pas sur les toits. Même si tout le monde était au courant, le cocu n'en montrait pas le moindre signe en public. Sam avait perdu la tête ce soir-là. Et plusieurs de ses collègues l'avaient entendu traiter sa femme de sale putain. Outre son humiliation à elle, Sam ne parviendrait jamais à leur faire oublier la sienne ! Qu'est-ce qui avait pu le pousser à parler d'elle ainsi ?

J'avais toujours considéré Maggie comme une femme dure, guère aimante envers ma chère Josie, peu imaginative et peu sympathique. Mais lascive ? Volage ? Passionnée ? Non. Chaque fois que Josie évoquait sa mère, elle la décrivait près de l'âtre, devant l'essoreuse, ou à manier l'aiguille entourée de ses trois filles. Quand aurait-elle pu trouver le temps de mal agir ?

« J'ai toujours su que c'était une sale putain, comme sa mère ! » J'avais reçu cette assertion comme un seau d'eau glacée. Était-il possible que… ? Avait-elle… ? Se pouvait-il que Josie ne soit pas la fille de Sam ? L'antipathie de Maggie à son égard m'avait toujours paru extrême. Puis une autre idée m'a traversé l'esprit, me coupant le souffle. Les cheveux roux de Josie. Exactement de la même couleur que ceux de miss Honeycroft. Le comte de Silvermoor et ses nombreuses conquêtes. Nous avions passé des heures à imaginer que lui et moi avions un lien de parenté, mais si c'était plutôt Josie ?

Bien entendu, nous ne lui étions sans doute apparentés ni l'un ni l'autre. Les paroles de Sam n'étaient peut-être pas fondées et Maggie n'avait peut-être jamais fait ce dont il l'accusait. Et, dans le cas contraire, ç'aurait pu être avec n'importe qui. Pas forcément un aristo ; il n'y avait pas qu'eux à être avides de plaisir. Mais ces cheveux… D'autres que Josie et miss Honeycroft ont les cheveux roux, me suis-je dit. Et ils n'ont pas tous de liens.

Je ne pouvais pas faire part de mes soupçons à Josie. D'abord, ils ne reposaient sur rien. Et comment lui confier ce que m'avait dit son père ? Ses parents lui avaient déjà fait assez de mal. Elle menait une vie meilleure et était enfin heureuse. Je devais oublier cette histoire. Nous avions passé l'âge de jouer aux identités secrètes et aux naissances mystère.

Une nuit, une poignée d'habitants de Grindley se sont rendus à Arden pour menacer Sam afin qu'il ne lève plus jamais la main sur moi. Ils n'ont pas eu recours à la violence – la plupart des mineurs respectaient trop les difficultés de leurs confrères pour les empêcher de travailler – mais le message est passé.

Inutile de préciser que j'ai eu interdiction absolue de retourner chez miss Embry. P'pa a dit que je n'avais pas à fréquenter des commerçantes au-dessus de ma condition. Pourquoi m'attirais-je toujours des ennuis en allant où il ne fallait pas ? m'a-t-il demandé avant de cesser de me parler pendant un mois.

J'avais beau rester allongé comme un sac de patates, en mon for intérieur j'étais un taureau en furie. Pourquoi me refusait-on chaque chose que je désirais ? Tout en dormant et en guérissant peu à peu, je m'apitoyais sur mon sort en fulminant.

C'est alors que nous avons appris la pire des nouvelles qui soit. Arnold Moore, un gars du village, avait été tué par un coup de grisou. Le petit Benny Larkin était revenu sur ses pas pour le sortir de là, mais Arnold était déjà mort, et Benny avait succombé lui aussi. Deux des nôtres avaient disparu. Deux familles balafrées par le deuil. À l'église, le pasteur Tawney a proclamé qu'ils étaient morts pour la bonne cause. Ah oui ? Vraiment ?

Oui, Benny avait agi avec héroïsme, et je me demandais ce qu'ils trouvaient désormais à redire à son sujet, ces types qui avaient fait de sa vie un enfer. Quand je pensais à l'existence qu'il avait menée, j'en avais le cœur brisé. J'ai pensé aux hommes qui lui baissaient le pantalon et se moquaient de lui. J'ai pensé à son visage illuminé par les reflets du soleil sur la rivière quand il m'avait montré son seau.

Benny avait rêvé d'autre chose, et Arnold sans doute aussi. Mais ils n'avaient pas eu le choix. Mourir en faisant ce qu'un autre vous disait de faire, était-ce là une bonne cause ? Quelle ironie que Benny se soit fait traiter de mauviette, dénigrer et harceler alors qu'il était si courageux !

Mes deux seules sources de réconfort durant cette période ont été ma sœur Connie et les lettres de Josie. Nous nous comprenions, Connie et moi. Elle cherchait la joie et la beauté dans un monde où il y en avait peu. Un nouveau concert devait avoir lieu, des années après le premier, et nous avons tous été agréablement surpris que p'pa ne cherche pas à l'empêcher d'y participer. Mrs Tawney l'ayant complimentée et lui ayant dit qu'elle avait une voix remarquable pour une si jeune personne, Connie a eu droit à un solo. Lorsqu'elle nous l'a raconté, p'pa a répondu sèchement qu'elle devenait vaniteuse. Il avait tort, bien entendu : même après le concert, quand elle a reçu encore plus d'éloges, ça ne lui est pas monté à la tête. Mais elle a commis l'erreur de nous annoncer espérer devenir chanteuse. Quand un troisième concert a été évoqué, p'pa lui a interdit d'y prendre part.

— Voilà que Madame se fait des idées ! Je m'en doutais ! a-t-il grogné.

Cette semaine-là, je me suis reposé. J'ai écrit à miss Embry afin de lui expliquer pourquoi je ne pouvais plus lui rendre visite et j'ai reçu une aimable réponse que p'pa m'a arrachée des mains avant que j'aie fini de la lire pour la jeter au feu. Puis il a fait de même avec le reste du papier à lettres que j'avais acheté au magasin du coin après avoir longuement économisé. Pendant quelque temps, je n'ai donc pas pu écrire à Josie ; je savais qu'elle s'inquiéterait.

Être coupé de toute forme de communication avec le monde extérieur m'était douloureux. P'pa ne cherchait pas à se montrer cruel, mais il ignorait que faire de moi. Mes actes imprévisibles et mes penchants inexplicables continuaient à germer telles les pousses d'un haricot magique, et il ne cessait de les trancher à coups de hache métaphorique, espérant les empêcher d'envahir sa vie et de provoquer le chaos. Pourtant, s'il pouvait trancher les branches une à une dès qu'elles apparaissaient, et même abattre le tronc, il ne pouvait rien contre les racines.

Confronté à l'extinction, n'importe quel être se défend ; c'est la nature. Si en apparence je tolérais ce sabotage permanent, ma fureur ne faisait qu'augmenter. Le maître d'école ne voulait pas m'instruire, le pasteur ne voulait pas débattre, Walter n'avait pas le droit de me voir et voilà que je ne pouvais même plus rendre visite à miss Embry. Tous ceux qui auraient pu cultiver mon esprit se trouvaient hors de ma portée. Je n'avais plus aucun moyen de recevoir un peu de félicité. J'étais à court d'options. Jusqu'à ce que je prenne conscience qu'en fait non, peut-être pas.

Le dernier jour de ma convalescence, je suis sorti me promener. J'avais encore mal mais il me fallait réhabituer mon corps à bouger. J'étais crispé et maladroit, ce qui dans la fosse ne m'aiderait pas, ai-je expliqué à mes parents.

— Va pas t'attirer des ennuis ! m'a crié mon père tandis que j'enfilais mes bottes.

C'est la seule chose qu'il m'ait dite cet été-là.

— Va pas là où t'as rien à faire et parle pas aux gens à qui t'as pas à parler, compris ?

— Promis, p'pa, ai-je répondu.

Et je me suis mis en route vers Heston Manor.

Je me suis arrêté en chemin à l'école de Grindley, déserte à cette heure. J'ai ouvert la porte du placard qui servait de bibliothèque et sorti un livre au hasard, arraché la page de garde et reposé le livre. Après avoir griffonné un message sur la page, je l'ai pliée et adressée à Manus. Puis j'ai marché jusqu'au portail de Heston avec son enchevêtrement de chaînes et de cadenas, celui qu'avait ouvert Manus pour nous mettre à l'abri. J'ai levé la main et démêlé les chaînes pour entrer. Qu'est-ce qui m'a pris ? Ça ressemblait à de la résignation, comme si ma vie ne comptait plus pour moi, mais il y avait autre chose. Un feu glacial qui voulait défier Paulson, Barridge, p'pa, Sam Westgate et les autres. Alors venez, me suis-je dit. Si vous voulez mon âme, venez vous battre pour l'obtenir. J'ai remis les chaînes et traversé le bois en plein jour.

Curieusement, c'est la seule fois où j'ai foulé ces terres sans le moindre incident. La journée, les hommes de Barridge n'avaient pas besoin de guetter les braconniers et le domaine était vaste. Il se pouvait que je croise quelqu'un, mais aussi que je ne croise personne. J'ai retrouvé sans peine le chemin de l'écurie. Ebony et Equinox s'y trouvaient tous deux, leur tête curieuse se profilant par-dessus la porte de leur box telles de gigantesques pièces d'échecs. Je leur ai caressé le museau et suis allé leur chercher une petite poignée d'avoine en guise de friandise.

Puis j'ai cherché l'entrée du tunnel par lequel Josie et moi étions arrivés. Elle était si difficile à trouver que je me suis demandé si j'avais rêvé la scène. Mais, sous une épaisse couche de paille, dans un box vide j'ai fini par découvrir une trappe. J'ai attendu dans l'espoir que Manus vienne, en vain.

Au bout d'un temps j'ai renoncé, accroché le mot au filet à foin d'Ebony et retraversé le bois, puis franchi le portail avec autant d'insouciance que si j'avais été un visiteur régulier. Après quoi je suis rentré chez moi.

— Où t'étais ? m'a demandé m'man d'un air craintif quand je suis arrivé. T'es parti sacrément longtemps !

— Je suis allé à la rivière du côté de Crowhill Farm, ai-je répondu en l'embrassant. Pas de quoi s'inquiéter.

Puis j'ai dîné et je me suis couché.

29

Josie

Juillet 1902

Je vivais à Gravenagh House depuis trois mois. Mes cheveux étaient encore courts mais je ne ressemblais plus à un poulet déplumé. Ils repoussaient vite, avec de légères boucles qui n'y étaient pas avant, et encadraient mon visage de façon assez respectable. Pourtant, j'avais hâte qu'ils soient de nouveau longs. Je commençais à prendre du poids. J'avais de longues journées de travail et je ne restais jamais à me tourner les pouces, mais la nourriture était bonne et abondante, et je prenais plaisir à dépenser dans les chocolateries d'York le peu d'argent que je mettais de côté pour moi. Je n'avais jamais eu accès à ce genre de chose avant, ni les moyens de me les procurer. La première fois que j'ai goûté le parfait chocolat-citron de Mrs Hendrix, j'ai failli être aveuglée de joie. Si miss Coralie avait raison et si je devais économiser pour l'avenir, j'étais en train de grignoter allègrement mon fonds de pension.

Chaque fois que je passais devant un miroir, je ne me reconnaissais pas. Courbes et boucles, un peu de rouge aux joues là où j'avais, jusqu'à présent, été plus blanche que blanche, et la robe propre et élégante d'une femme de chambre qui se respecte. La fille de mineur maigrichonne, avec son tablier, ses tresses et ses sabots, avait disparu. Du moins en apparence.

Quand une journée s'écoulait sans que j'aie reçu de lettre de Tommy, je ressentais de la douleur et la crainte qu'il ne lui soit arrivé quelque chose. Lorsque j'en recevais une, je m'illuminais de plaisir, avant d'être suffoquée par l'idée effroyable que, s'il était en vie deux jours plus tôt au moment de l'écrire, il ne l'était plus forcément. À Arden, jamais je ne m'étais inquiétée ainsi au quotidien.

Puis je n'ai plus eu de nouvelles de lui pendant des semaines. J'étais dans tous mes états, comme affligée d'une plaie béante. Je m'efforçais de ne pas penser au pire ; il n'avait pas beaucoup d'argent et ne pouvait se payer le luxe d'acheter du papier et des timbres, me disais-je. Cela n'avait pourtant jamais été un obstacle pour lui. J'en suis même venue à penser qu'il avait rencontré une fille, ce qui m'a fait l'effet d'un coup de poignard. Mais j'en doutais. Notre amitié était trop forte pour qu'il m'abandonne si tel était le cas. Et puis il m'en aurait parlé. Restait donc la possibilité d'un désastre, ou d'autre chose.

Je peinais à accomplir les tâches qui jusque-là m'avaient enchantée. À côté des corvées qui m'avaient incombé chez moi, mon travail à York semblait élégant. Oui, je devais coudre. Mais il ne s'agissait pas seulement de retirer des boutons afin qu'ils ne finissent pas broyés dans l'essoreuse puis de les recoudre ; je brodais, ou cousais des ornements sur des chapeaux ou des roses de soie sur des gants. Dans un but : celui de rendre le monde plus beau, ou du moins de rendre plus belle miss Coralie, ce qui produisait le même effet. Et, oui, je devais faire le ménage, mais seulement pour que sa chambre reste jolie. Mes yeux se sont vite habitués aux manteaux de cheminée en marbre, aux chandeliers en porcelaine et aux aquarelles délicates. C'est à ça que le monde doit ressembler, me disais-je avant de penser avec mélancolie à Tommy, qui avait toujours rêvé d'une vie plus élégante.

Un jour, je n'ai plus supporté de rester dans l'ignorance. Je me suis levée comme d'habitude et, de la fenêtre, j'ai contemplé le jardin trempé de rosée et drapé de toiles d'araignées semblables à de minuscules colliers de perles. Nous devions nous rendre à Silvermoor trois semaines plus tard pour y passer quinze jours ; Coralie, son frère, Norman le jovial valet de pied devenu mon ami, et moi. En temps normal, cette perspective m'aurait emplie d'une joie folle. À présent, à mon plaisir se superposait un douloureux doute. Il me fallait demander aux Honeycroft de se renseigner.

Miss Coralie n'a pas paru surprise par ma requête. Chaque fois que j'étais démoralisée en l'absence d'une lettre de Tommy, elle le devinait. Apparemment, mon visage s'allongeait et mes épaules s'affaissaient. Elle a donc fait passer le mot, et un domestique de Silvermoor a été envoyé aux nouvelles à Grindley. Puis, un soir, miss Coralie m'a conviée au petit salon, où elle se trouvait avec Mr Cedric.

— Il se porte bien, ma chère, a-t-elle déclaré tandis que je me hâtais d'entrer, craignant le pire. Vous n'avez aucune raison de vous inquiéter.

— Oh, miss, merci !

Je me suis oubliée au point de m'affaler dans le siège le plus proche, une méridienne de brocart bleu pâle. Et me suis aussitôt relevée d'un bond comme si je m'étais assise sur des charbons ardents ; ils ont éclaté de rire.

— Asseyez-vous, Josie. Ce n'est que nous, a dit Cedric de ce ton langoureux à la fois charmant et trompeur.

S'il avait l'air d'un jeune homme aisé ne se préoccupant que de fêtes et de jeunes demoiselles, Cedric avait l'esprit vif et l'intention de se présenter au Parlement. Ce n'était pas par curiosité et désœuvrement qu'il rendait visite aux villages miniers, mais mû par un désir sincère d'améliorer les choses. Il affirmait que l'industrie du charbon clochait à tant d'égards qu'il savait à peine par où il lui faudrait commencer.

— Merci.

Je me suis affalée de nouveau.

— Je suis tellement soulagée que je n'ai plus de jambes. Merci beaucoup de vous être renseignée, miss. Pourquoi ne m'a-t-il pas écrit ?

— D'après ce que nous avons appris, il y a eu une sorte… d'incident, et il n'a pas pu travailler pendant une semaine. Son père était très fâché. Je crois qu'il lui a confisqué son matériel d'écriture et, par conséquent, votre ami n'a tout simplement plus les moyens de prendre la plume, voyez-vous. J'ai écrit à Walter pour lui demander de lui envoyer du matériel, mais son père risque de l'intercepter. Ne vous inquiétez donc pas si vous ne recevez toujours pas de nouvelles.

— Quel genre d'incident ?

Ils ont échangé un regard.

— Apparemment, il a reçu une vilaine correction de la part de certains villageois, a expliqué Cedric. Un désaccord. Mais tout a été arrangé et il n'y a pas de quoi s'alarmer.

— Des hommes de Grindley ? ai-je interrogé.

— Des hommes d'Arden. Il rendait visite à la commerçante, si je ne m'abuse, et ils… s'y sont opposés.

J'ai compris tout de suite.

— À cause de moi. Ils pensent qu'il leur a volé une des leurs, pas vrai ? Oh, ai-je ajouté en voyant la mine de miss Coralie. C'était mon père, hein ? Lui et ses copains à la noix ? Ils ont attaqué Tommy parce qu'il m'a aidée, c'est ça ?

— Je le crains, a répondu Cedric, mais cela ne se reproduira pas. Tommy ne s'approche plus d'Arden et évite les ennuis. Ils se sont fait comprendre. C'est terminé.

Je l'espérais. Mais les villages avaient la mémoire longue.

— Ah, si seulement il pouvait venir ici ! ai-je soupiré.

— Je sais, Josie. Mais nous n'avons pas la place, vous comprenez ?

— Oh oui. Je voulais pas dire… Vous m'avez tous rendu de si grands services. Si seulement il pouvait avoir une chance, lui aussi. Si un de vos amis cherchait un employé, vous pourriez m'avertir, s'il vous plaît, pour que je lui en parle ?

— D'après ce que vous nous avez dit de lui, j'aurais aimé l'embaucher moi-même, m'a confié Cedric. Lorsque j'entrerai en politique, il me faudra un commis, et peut-être Tommy fera-t-il l'affaire. Mais j'ai encore du chemin à parcourir, Josie. Je suis trop jeune, voyez-vous. J'ai besoin de plus d'expérience. Et de plus d'argent ! Mais oui, j'ouvrirai l'oreille. Et, la prochaine fois que nous irons à Silvermoor, peut-être pourrai-je lui parler en personne. Ainsi, si je dois le recommander, ce sera d'après mon expérience personnelle.

J'ai senti mes yeux pétiller. Un commis ! Oh, Tommy n'en reviendrait pas !

— Merci, m'sieur, c'est très aimable à vous. Tommy serait ravi de vous rencontrer.

La chance tournait, je le savais. En attendant, il n'avait plus qu'à rester en vie.

30

Tommy

Travailler est devenu plus difficile après mon passage à tabac. Bien que j'aie largement récupéré, chaque partie de mon corps restait douloureuse. Abattre la hache, soulever les outils, me pencher et marcher des kilomètres avec des crampes aux jambes, tout cela faisait encore plus mal que d'habitude. J'accomplissais chacune de ces tâches avec précaution ; or à la mine la méthode douce n'était pas vue d'un bon œil.

— Il aime pas trimer, ai-je entendu plaisanter les hommes sans plaisanter tout à fait.

Dans le coin, c'était la pire insulte qu'on puisse lancer : vous étiez moins qu'un homme, vous ne faisiez plus partie de la tribu. Ils savaient que j'avais été blessé, mais peu leur importait ; au fond du puits, tout le monde devait y mettre du sien quelles que soient les circonstances. J'en avais conscience, et je faisais des efforts. Mais parfois mes épaules tressaillaient de façon involontaire, ou ma cheville lâchait sans raison. Et je n'y pouvais rien. Pour l'instant, je n'étais plus aussi fort qu'avant, alors que ma force avait toujours compensé mes différences et m'avait valu les égards de ces mêmes hommes. Malgré tout, il me suffisait de penser au visage de Josie la nuit où je l'avais sauvée pour savoir que si c'était à refaire je n'hésiterais pas.

Un jour, Bulford est venu me surveiller à la lueur vacillante de sa lampe tandis que je maniais la hache et me baissais pour éviter les débris qui pleuvaient du plafond. Je m'attendais à une réprimande, mais il est reparti sans rien dire et le lendemain j'ai été envoyé aux écuries. Bulford, qui pensait me rendre service, m'avait réaffecté quelque temps aux poneys. Tay Chandler ayant tout juste commencé à travailler comme haveur, son poney, Flinty, avait besoin d'un meneur. Flinty était un brave petit que j'avais moi-même dressé. Je me réjouissais d'être de retour, mais j'avais oublié que dans les mines la facilité n'existait pas.

Les tunnels, avec leurs montées raides et leurs descentes à pic, pouvaient s'avérer fatals pour un meneur inexpérimenté ou inattentif. J'avais de l'expérience, mais l'esprit ailleurs ; à Silvermoor, à York, à Heston. Je n'arrêtais pas de penser à James Manus Barridge.

C'était de la folie et néanmoins parfaitement logique. J'ai rassemblé tout ce que j'avais entendu dire au sujet de ce Barridge. On racontait qu'il avait été un cavalier chevronné, pourtant il était mort dans un accident d'équitation. Je me suis souvenu de Manus flottant au-dessus de la pelouse sur le dos d'Equinox, et du cheval qui accomplissait d'improbables prouesses. On racontait que Manus avait été un merveilleux érudit particulièrement doué pour la médecine. Je me suis souvenu de ses mains nerveuses devenues sûres d'elles au moment d'inspecter la blessure de Josie et de lui bander la cheville. Je connaissais la vérité : le défunt héritier des Barridge n'était pas mort, il vivait secrètement à Heston.

Mais pourquoi ? Que les Barridge aient simulé la mort de leur fils aîné était inconcevable. N'est-ce pas ?

Plus d'une fois, Flinty m'a poussé du nez quand je n'avançais pas assez vite, ou a refusé de bouger quand je le guidais distraitement dans la mauvaise direction. Il se montrait plus tolérant envers moi que les hommes. Dans la fosse, il était dangereux, très dangereux d'être distrait.

Les poneys pouvaient tirer jusqu'à cinq berlines pleines, soit une tonne et demie au total. Si un tel chargement échappait à votre contrôle, c'était la fin : poney écrasé, dos cassé, meneur découpé en lamelles par les roues en acier. Pourtant, je ne parvenais pas à forcer mes membres réticents à retrouver leur adresse coutumière. Je trifouillais et cafouillais et haïssais Sam Westgate de m'avoir rendu si vulnérable alors qu'il savait ce que cela signifiait au fond du puits.

Papy est mort. Son état s'était amélioré au cours des derniers mois, et nous avions commencé à souffler un peu, mais il a fini par nous quitter quand même. J'ai pleuré ; ça commençait à devenir une habitude. P'pa m'a filé une gifle, mais son propre visage était empreint d'une telle tristesse que je me suis presque senti proche de lui. Papy avait la soixantaine, un âge avancé pour un homme de chez nous. La nuit avant sa mort, nous avions beaucoup discuté, de sa vie et de toutes les choses pour lesquelles il éprouvait de la reconnaissance.

— Je suis vraiment fier de tous mes petits-enfants, avait-il déclaré, et surtout de toi, Tommy, même si t'es quelqu'un de curieux. Pour moi, t'es comme le chant du merle. Je suis heureux d'avoir connu ta mamie, bien sûr, et d'avoir un fils si brave. Oui, je sais que tous les deux vous vous heurtez comme le marteau et le charbon. Mais c'est un brave fils, un brave homme. Malgré tous les enfants qu'ils ont eus, ta mère et lui nous ont fait une place dans cette maison. Ils voulaient pas qu'on finisse à la rue quand j'ai dû arrêter de bosser. J'ai eu une longue vie, Tommy, un travail honnête et de l'amour à la pelle. Et je t'en souhaite autant, même si je suis plus simple que toi et que t'auras besoin de plus.

J'avais posé ma tête contre la sienne. En effet il avait le visage d'un homme satisfait, ce qui était réconfortant. Je savais que mamie ne lui survivrait pas longtemps. Sans lui elle paraissait frêle comme la brume. L'un sans l'autre était impensable.

Il a été enterré au cimetière du village ; nous étions tous présents. Après les funérailles, j'ai marché vers une nouvelle étape de ma vie, sans l'une des personnes que j'aimais. J'ai suivi la rivière, dépassé l'endroit où Benny m'avait montré sa libellule, jusqu'au pont où j'avais regardé jouer Walter et ses amis. Il n'y avait pas de petits lords en train de s'éclabousser, ni de Benny accroupi dans les hauts-fonds. Benny était parti, papy était parti. Je suis rentré chez moi d'un pas lent, le cœur alourdi par la perte de bonnes gens. Le lendemain, malgré notre chagrin, nous retournions sous terre.

31

Tommy

La raclée infligée par Sam et ses compères a eu des répercussions en cascade. Hormis Flinty, personne d'autre ne se trouvait au fond avec moi pour constater mes performances de débutant. Mais les haveurs et boiseurs qui attendaient mes berlines savaient que quelque chose clochait. Ils étaient payés à la tonne. Leur salaire dépendait donc de la vitesse à laquelle je pouvais faire aller et venir les wagons. Sur cette portion de mine, le trajet faisait un tout petit peu plus d'un kilomètre et demi, et la température atteignait les 32 °C. Je n'étais pas rapide.

Il arrivait que les hommes tabassent un garçon s'il n'apportait pas le charbon assez vite. Al Crace et Ed Stoneley en mouraient d'envie, je le voyais, mais je n'étais plus un garçon. Si je n'étais pas au meilleur de ma forme, je le serais de nouveau et j'étais plus grand et plus fort qu'eux. De plus, tout le monde avait peur de mon père. Je surnageais donc, mais la tension montait.

C'est alors que j'ai reçu un message stupéfiant, adressé simplement à *Tommy Green, village de Grindley*.

Cher Tommy (si je puis me permettre),
Merci pour votre aimable correspondance. Je me demandais si vous me feriez l'honneur de me rendre visite à minuit un soir de la semaine prochaine, à votre convenance. Peut-être pourrais-je vous offrir un petit rafraîchissement dans les écuries. Ebony et moi vous attendrons chaque soir une demi-heure à la grille afin de vous escorter en toute sécurité.
Votre dévoué,
Manus

J'ai souri. Le défunt héritier de la plus riche famille du comté m'invitait dans un manoir interdit à boire du porto dans une écurie. La situation la plus étrange qu'on puisse imaginer, enroulée dans la langue la plus conventionnelle qui soit. Une invitation pareille à nulle autre. J'ai brûlé le mot. Moi, fréquenter un Barridge ? P'pa serait ravi, n'est-ce pas ?

Les journées se sont éternisées jusqu'au lundi. Je peinais et feignais d'être plus fort que je ne l'étais, mais Al et Ed s'agaçaient de plus en plus.

Le dimanche, je suis resté à la maison pour me reposer, au grand soulagement de mes parents. Et, le lundi, je me suis glissé hors du lit à 23 heures, me promettant de rentrer à 2 heures au plus tard.

À minuit moins le quart, je suis arrivé devant la haute grille étroite. J'ai agrippé les barreaux et jeté un coup d'œil dans l'enceinte, ne sachant pas si je devais retirer les chaînes ou attendre là. Un instant plus tard, une silhouette imposante est apparue de derrière les arbres : Ebony. Manus m'a laissé entrer et fait grimper derrière lui sans un mot. Nous avons chevauché à vive allure jusqu'aux écuries. Il a verrouillé la porte derrière nous, puis a regardé partout pour s'assurer que nous étions seuls – comme dans les romans de cape et d'épée. Ensuite, il m'a mené dans le box d'Equinox avec autant d'élégance que le comte de Silvermoor faisait entrer les gens dans sa bibliothèque. Deux seaux retournés nous attendaient ; il m'a serré la main et m'a remercié d'être venu. Une fois que j'ai été assis à mon aise, il est allé chercher non seulement du porto mais aussi un peu de jambon froid et deux parts de gâteau. Il y avait des assiettes en porcelaine et des couverts en argent. Je me suis souvenu d'une histoire que miss Embry nous avait lue un jour, à Josie et à moi, au sujet de garçons qui faisaient un festin de minuit dans un pensionnat.

Quoique dévoré par la curiosité, je me suis efforcé d'imiter sa courtoisie maniérée. Après avoir mangé et bu un peu, il m'a dit combien il avait été heureux de recevoir mon mot mais m'a supplié de ne plus prendre le risque de venir aux écuries.

— Si vous souhaitez communiquer avec moi, coincez votre message dans les chaînes de la grille. Je vérifierai régulièrement. Et vérifiez vous aussi, car je vous répondrai de la même manière. Cette fois, j'ai profité d'une pile de courrier qui attendait d'être envoyée par les domestiques : j'ai glissé votre lettre dedans. J'ignorais si elle vous parviendrait. Je ne saurais vous dire à quel point Paulson se montrerait impitoyable s'il vous trouvait ici.

— Je le sais, ai-je répondu. J'aurais pas dû, mais… c'était une journée étrange. J'ai eu quelques ennuis et j'avais pas les idées claires.

Il a hoché la tête.

— Vous avez de vilains bleus, Tommy. Un accident ?

— Non, m'sieur.

— Une rossée ? J'en ai reçu quelques-unes moi aussi. Si j'avais su, je vous aurais apporté de l'arnica. Pensez-vous revenir me rendre visite bientôt, Tommy ? Je pourrais vous en procurer, dans ce cas. C'est un remède de grand-mère, d'origine allemande. Je le trouve très efficace. Je m'en sers pour traiter les ecchymoses, les bosses, les lésions cutanées…

— Vous êtes médecin, m'sieur ?

— Pas de profession, mais en effet j'ai commencé une formation et gardé un vif intérêt pour le sujet. Certes, j'ai connu un succès modeste dans le traitement d'oiseaux et d'animaux, mais je n'ai pas eu l'occasion de pratiquer sur des patients humains.

Le défunt héritier Barridge, brillant dans de multiples domaines, dont l'équitation et la médecine…

— Vous avez dit que vous aviez pas le droit de sortir, m'sieur. Vous vivez ici ?

Il a pris une très grande inspiration et s'est redressé sur son seau.

— Exact, Tommy. J'ai décidé que je pouvais vous faire confiance et que nous pouvions être amis. Ai-je raison ?

— Oui, m'sieur, vous avez raison. Je trahirai pas vos confidences. Même si je sais pas pourquoi vous voudriez d'un ami comme moi.

J’ai pensé au mot de Walter : *Mon père a répondu que vous ne seriez pas un ami convenable.*

— Ah, mais je ne veux pas d’un ami comme vous, je vous veux pour ami. Vous me semblez être un jeune homme on ne peut plus honnête et quelque peu insolite, deux qualités que j’affectionne. Je suppose que vous faites référence à notre différence de rang et d’éducation ?

J’ai acquiescé.

— Eh bien, en premier lieu, mon rang est si étrange, et même si unique que toute comparaison est nulle et non avenue. En second lieu, je n’ai jamais compris ni approuvé les distinctions. Je suis une de ces personnes subversives et dangereuses qui prisent les gens pour ce qu’ils sont, pour leur personnalité et leurs qualités plutôt que pour leur naissance, leur sexe, leur richesse ou leur couleur de peau.

Il s’est interrompu et a poussé un soupir.

— Je vous choque ?

— Je pense exactement comme vous, m’sieur. Racontez-moi votre histoire, s’il vous plaît.

C’est donc ce qu’il a fait. Il était, comme je l’avais déjà deviné, le fils aîné de sir Winthrop Barridge, terré dans une propriété supposément déserte. Une situation des plus étranges.

— Mon père ne m’a jamais aimé, m’a-t-il expliqué. Une grande partie de mon enfance, il a pensé que j’étais l’enfant d’un autre. Ma mère avait eu une aventure et il m’en croyait le fruit. Dès l’âge de six ans, mon apparence prouvait pourtant le contraire. Si nous ne nous ressemblions à aucun autre égard, notre similitude physique était indéniable. La couleur de mes yeux et de mes cheveux est à l'opposé de la sienne puisqu'il a les cheveux et les yeux sombres, mais nos joues présentent ces mêmes sillons qui donnent à croire qu'on nous a tailladé la peau. Nous avons aussi les narines et le menton dessinés de la même façon. Si chez mon père ces traits paraissent arrogants et cruels, je crois qu'ils ne produisent pas le même effet chez moi.

Assurément. On n'aurait pu imaginer terme moins approprié que « cruel » pour évoquer le visage de Manus. « Éthéré » lui correspondait mieux, un mot que miss Embry m'avait appris. Il paraissait doux et étrange comme si le monde était trop solide et trop réel pour lui.

— Mais le doute est tenace. Mon père aurait dû s'en défaire, mais l'habitude de me haïr était devenue la norme. Il ne pouvait plus s'en débarrasser. Lorsque mes frères sont nés, des jumeaux, comme vous le savez, il a enfin savouré la joie et la fierté simples de la paternité qu'il n'avait jamais ressenties avec moi. Deux fils aussi semblables à lui par leur tempérament que je le suis par l'apparence. Deux héritiers ! J'étais désormais de trop. Dès leur plus jeune âge ils ont aimé le tir, la chasse et le sport. Moi je préférais lire, peindre et monter à cheval, mais sans chiens. J'aimais disparaître dans les bois et me fondre dans la nature. J'aimais dessiner les arbres, les mousses et les bêtes que je rencontrais quand mon père et mes frères ne cherchaient qu'à les tuer. Heston regorge de leurs trophées. Non par dizaines, Tommy, mais par centaines. J'essaie de ne pas les regarder. Quand je viens ici, je passe directement de mes quartiers au tunnel pour courir vers l'écurie puis repartir. Le reste du manoir me fait l'effet d'une coquille trop grande, emplie d'objets déplaisants. J'ai une chambre à coucher, une salle de bains et un petit bureau adjacent. Parfois je me rends à la cuisine pour parler avec les domestiques, qui me trouvent très étrange.

Il a gardé le silence un moment. Il paraissait si triste. J'ai songé avec stupeur à sa curieuse vie et j'avais encore des milliers de questions. Pourtant il ne s'agissait pas d'un récit fantastique mais du quotidien d'un homme. Je n'ai pas pu m'empêcher de l'interroger.

— Le tunnel, m'sieur, qu'est-ce que c'est ? Ça ressemble pas à une vieille galerie de mine.

— Non, en effet. Je l'ai trouvé par hasard il y a fort longtemps. En consultant de nombreux tomes de notre histoire familiale, j'ai appris qu'il avait été commandé par un ancêtre excentrique qui préférait les animaux aux humains et souhaitait un accès direct de ses chenils à ses écuries. Ce vieil Ansell Barridge, a-t-il ajouté tristement, je le comprends très bien. Les chenils n'existent plus, mais l'entrée du tunnel est proche de la maison, cachée par une épinaie, et je peux l'emprunter sans me faire remarquer. Puisque j'ai souvent du mal à dormir, la nuit la compagnie des chevaux me réconforte.

— Et le trou par lequel on est tombés, c'est une sorte de lucarne ?

— J'imagine, bien que je ne l'aie jamais remarquée auparavant. Après votre apparition, cette nuit-là, j'ai inspecté toute la longueur du tunnel, et il semblerait que ce soit le seul. J'espère que les gardiens n'y tomberont jamais, sans quoi mon secret sera dévoilé.

Il s'est tu, puis a repris le récit de son enfance.

— En Willard et Joss, mon père voyait des fils qu'il comprenait et dont il tirait de la fierté, contrairement à moi.

J'ai attendu en m'interrogeant. Un père pouvait-il renier son fils et simuler sa mort simplement parce qu'il s'intéressait au dessin botanique ?

— En grandissant, tout est allé de mal en pis. Je suis l'héritier – ou du moins je l'étais. Cela irritait mon père et ne lui convenait pas du tout. Selon lui, c'était le monde à l'envers. Je ne comprenais rien à rien et ne faisais rien comme il le fallait. On attendait de l'héritier Barridge certaines choses auxquelles je persistais à ne pas me plier. Sur le plan sportif, je lui faisais honte. Non que je ne sois pas fort, Tommy ; je le suis. Mais je ne suis guère apte aux sports d'équipe. Je n'ai jamais aimé voir une armée de costauds me foncer dessus pour attraper un ballon. Je ne souhaite ni ressentir ni infliger de douleur inutile. Oh, je pourrais raconter un millier d'histoires pour vous aider à comprendre l'immense fossé qui s'est creusé entre nous, mais nous n'aurions pas assez de temps. Je me contenterai de dire qu'un héritier et son père doivent s'accorder sur plusieurs sujets importants pour que tout se déroule bien. Or je ne m'entends avec Winthrop Barridge absolument sur rien.

J'ai hoché la tête ; je comprenais tout à fait. Les différences entre père et fils, ça me connaissait.

— Nous n'étions pas d'accord sur le choix de ma future épouse. Du moins, de celle que je voulais pour épouse. Je vous parlerai d'elle une autre fois, Tommy. Nous n'étions pas non plus d'accord sur les amis que je fréquentais ni sur la façon de traiter animaux et domestiques. Nį, sujet absolument explosif, sur les mines et les gens qui y travaillent pour nous. Oh, Tommy, estimez-vous heureux de vivre à Grindley !

Estimez-vous heureux, quitte à dépendre de quelqu'un, que ce soit des Sedgewick, car Hepzibah et Drammel Depth sont…

Il a frissonné et pris sa tête dans ses mains.

J'ai mangé encore un peu de jambon. Il était délicieux, assaisonné d'une façon que je ne connaissais pas. Manger un mets nourrissant contribuait à m'ancrer dans la réalité. Car à tout autre point de vue il me semblait évoluer dans un livre de contes.

— Vous êtes allé au fond ? me suis-je enquis. Vous avez vu les mines ?

— Oui, et les villages alentour : Arden, Steepley, Craddon. Je ne crois pas que ce soit une bonne chose, Tommy. Cependant, mon père se définit par les mines, par l'extraction et la vente de charbon, par la construction de son empire houiller. Critiquer son mode de vie, son gagne-pain, c'est le critiquer lui. Je n'ai jamais eu l'intention d'être une menace pour lui, bien entendu, mais j'en suis devenu une par les seules opinions que j'exprimais devant les mauvaises personnes. Il s'imaginait de quelle façon je dirigerais son empire à sa mort, et ce n'était pas ce qu'il avait en tête. J'étais donc un problème. Qu'il a résolu de la manière la plus créative qui soit.

— Mais vous pouvez rien y changer ? Comment il peut vous dépouiller de tout ce qui vous appartient ? Vous garder prisonnier ici ? C'est fou ! Vous avez droit à cette fortune, à cette place ; c'est la loi !

— Il ne s'est jamais vraiment soucié de la loi.

J'ai pensé aux pièges à braconniers dans les bois, à Josie avec ses cheveux rasés, et j'ai compris qu'il avait raison.

— La fortune m'importe peu. Seulement je ne veux pas non plus de cette vie-ci. Elle présente certes des avantages – les chevaux, le calme et la tranquillité, un confort que vous apprécieriez, mon ami –, mais je ne suis pas libre. Peut-on appeler cela une vie ? C'est une question que vous vous êtes sans doute souvent posée…

— Oui, chaque jour ! Mais j'ai du mal à… imaginer votre vie, m'sieur. Moi, beaucoup de personnes me comprennent pas et alors je me sens encore plus seul. Mais j'ai pas le choix. En revanche vous, si vous vous fichez de l'héritage, pourquoi vous partez pas ? Pourquoi vous allez pas commencer une nouvelle vie loin d'ici, comme vous l'entendez ? Vous avez peut-être pas de fortune mais vous avez été élevé en gentleman. Vous avez votre éducation et vos compétences… Avec ça, vous pourriez vous créer une vie.

— Vous parlez avec une telle envie, Tommy, mais ce sont là vos propres désirs. Je ne suis pas seulement prisonnier de mon père et de son besoin étrange de tout plier à sa volonté. Je déteste l'avouer à ceux qui risquent leur vie chaque jour mais… je suis un lâche.

— Non, c'est faux, ai-je répondu instinctivement.

Il a paru surpris.

— Oh, je vous assure que si ! Tant que je continue à mener cette vie, je reste à l'abri. Ici, je ne suis pas mis à l'épreuve ; je n'ai pas à me comparer à d'autres ni à prendre le risque de ne pas me montrer à la hauteur. Je n'ai pas à m'engager, par l'esprit et le cœur, à rompre tout à fait avec ma vie d'avant en devenant un autre. Ma vie d'avant était difficile et imparfaite, mais elle a rompu avec moi, m'a expulsé et déclaré mort. Ce n'est pas moi qui ai rompu avec elle. Alors je me plie à la volonté de mon père en restant ici et en gardant son secret. Le monde me croit mort et enterré alors que je suis le secret le mieux gardé du Yorkshire et que je demeure, pleinement et absolument, James Manus Barridge, de Heston Manor.

32

Tommy

Le lendemain, à minuit, j'étais retourné rendre visite à Manus. J'avais la tête bourdonnante et lourde, et étais préoccupé par ce que j'avais appris sur lui. Ses confidences m'avaient coupé le souffle. Non seulement la révélation incroyable qu'il m'avait faite, mais aussi la façon dont son expérience se superposait à la mienne, comme si le contour de l'une avait été calqué sur l'autre, deux formes identiques aux détails et couleurs différents.

Je n'avais pas eu le temps de lui poser toutes les questions qui me taraudaient, et ç'aurait été trop pour lui, je le voyais bien. Il n'avait cessé de s'agiter pendant son récit. Ses mains étaient si nerveuses qu'il aurait pu tresser des paniers. Je voulais en savoir plus sur la femme qu'il avait espéré épouser et ce qui lui était arrivé, et aussi ce qu'il avait vu dans les mines des Barridge.

Je voulais savoir ce que pensait sa mère de l'éviction de ce fils gênant ; d'ailleurs, était-elle complice du mensonge ? Le croyait-elle mort elle aussi ou était-elle au courant ? Je voulais l'interroger au sujet de la nuit de la vision surnaturelle. De toute évidence, il s'agissait bien de l'homme qui chevauchait Equinox au clair de lune, mais comment avaient-ils pu flotter et danser ainsi ? D'autre part, j'avais peine à croire que son père ait pu agir ainsi. Manus avait à ses yeux des valeurs gênantes ; deux tempéraments incompatibles. Il devait exister en Grande-Bretagne un très grand nombre de familles dans cette situation. Elles ne s'amusaient pas pour autant à simuler la mort de leur fils.

Tandis que je menais Flinty le long des galeries, mes pensées revenaient sans arrêt à ce que Manus avait dit sur les choses qui le retenaient prisonnier. Je les comprenais sans peine… Les mêmes choses me retenaient sous terre pour un shilling par jour, alors que je trouvais que ce n'était pas une vie. J'affirmais que les raisons en étaient ma famille, le besoin, les maîtres, le manque d'opportunités, et il y avait là un fond de vérité. Mais ce qu'avait dit Manus s'appliquait à moi mot pour mot.

À la mine, je n'étais pas mis à l'épreuve ; je n'avais pas à me comparer à d'autres et à prendre le risque de ne pas être à la hauteur. Je n'avais pas à m'engager, à rompre tout à fait avec ma vie antérieure pour devenir une autre personne. Ma vie était difficile et imparfaite, mais elle m'était familière, et je n'avais pas rompu avec elle. Je me pliais à la volonté de mon père en restant ici. Je demeurais Tommy Green de Grindley.

Comme par enchantement, je me suis rappelé avec une précision étonnante ce jour lointain où j'avais terminé l'école. Je me suis revu debout dans la salle de classe, à tordre ma casquette et regarder Mr Latimer s'affairer. Je me suis souvenu de paroles que j'avais oubliées depuis longtemps, quoiqu'elles aient agi sur moi telles des chaînes.

« Le vaste monde est beaucoup plus complexe que vous ne l'imaginez. Ses monts et vaux ne sont pas pour les gens comme vous. Ici, vous êtes un élève modèle ; là-bas, vous ne seriez rien du tout. En un clin d'œil vous seriez écrasé… » Bon sang ! Depuis tout ce temps je bouillonnais, jurais mes grands dieux que je voulais partir, mais en réalité j'avais peur d'échouer.

La vie ne viendrait pas me chercher au fond de la fosse. Rien ne viendrait me chercher ici. Ni la lumière, ni l'espoir, ni la chance. Au fond, il n'existait que les voies taillées dans la pierre destinées à extraire le charbon.

J'avais attendu qu'on me tende la main, et peut-être n'y avait-il rien d'inhabituel à cela. C'est ce que nous voulons tous. Mais les Honeycroft n'avaient pas de poste à me proposer. Walter était un garçon comme les autres, incapable de tenir tête à son père, et miss Embry une femme solitaire dans un monde où il était difficile d'être une femme solitaire. Le pasteur Tawney était restreint par ses croyances sans doute plus que n'importe lequel d'entre nous ; après tout, elles constituaient son gagne-pain. Et Latimer… Eh bien, je me demandais quel était son problème, à lui.

Tout cela m'avait paru signifier que je n'étais pas encore prêt à partir, que je devais rester et attendre. Mais je ne voyais plus les choses ainsi. J'avais désormais le même âge que mon frère Dan quand il avait été tué sous terre ; qu'est-ce que j'attendais, exactement ?

Je terminerais ma journée de travail, après quoi je partirais tenter ma chance. Je la créerais moi-même.

Je devais avoir effectué la moitié de ma journée quand c'est arrivé. Nous descendions en pente raide, nous éloignant du puits. Flinty a regimbé et mon cœur s'est serré ; les poneys sentaient toujours avant nous quand quelque chose clochait. Aussitôt les berlines ont commencé à glisser, et le hennissement aigu de Flinty a fendu l'obscurité. Je me suis écarté des rails et j'ai tiré sur sa tête pour qu'il s'en écarte lui aussi.

— Pousse-toi ! Pousse-toi ! ai-je hurlé.

En un éclair, j'ai imaginé toutes sortes de désastres sanglants. Les berlines écrasant Flinty, lui brisant le dos. Moi tailladé par les roues tranchantes. Je ne pensais qu'à dégager mon poney de la trajectoire des wagonnets emballés.

Flinty s'est poussé. Les berlines, vides, ont continué à foncer. La première a dévié quand Flinty a quitté les rails, et les autres sont venues la percuter en contrebas. Elles ont produit un bruit affreux lorsqu'elles ont volé en éclats, et l'idée des dommages infligés au matériel minier m'a inquiété. Entraîné par le poids des berlines, le pauvre Flinty a trébuché et chuté.

— Oh, ça va aller, mon bon Flinty, me suis-je écrié, la peur dans la voix. Ça va aller, Flinty, bouge pas, mon grand, je vais te libérer.

J'ai posé ma lampe à bonne distance, indiciblement soulagé qu'elle ait résisté à la secousse, et me suis précipité vers Flinty. Il se tortillait, cherchant à se redresser, mais l'espace était exigu et son harnachement le retenait.

Quand je suis arrivé près de lui, il s'est immobilisé. Il savait que j'essayais de l'aider. J'y voyais à peine mais je n'osais pas approcher davantage la lampe. Le moindre sursaut de Flinty pouvait la faire tomber et c'était inconcevable. La tâche s'est donc avérée infernale : Flinty était brun foncé et le harnachement aussi, le tout dans l'obscurité. Au toucher j'ai réussi à défaire une boucle puis l'autre jusqu'à le libérer. Après quoi il a fallu l'aider à se relever dans cet espace étroit au plafond bas, entre une pile de berlines fracassées et des rails traîtres. Nous nous sommes agités dans tous les sens, nous cognant la tête tour à tour, puis je l'ai empêché de se couper sur une roue. Comme il me faisait confiance, nous avons fini par réussir et sommes restés debout, la respiration lourde. Les wagonnets étaient vides, c'était une chance ; pleins, ils auraient signé notre arrêt de mort.

Ce genre d'accident se produisait quand un meneur loupait ses enrayures, ces morceaux de métal ou de bois qu'on plaçait dans chaque roue pour lui permettre de freiner. Je ne travaillais pas formidablement bien ces derniers temps ; j'avais la tête ailleurs. Mais j'avais une certitude absolue : je n'avais pas loupé mes enrayures. Je les avais fixées juste avant d'amorcer notre descente. C'était une seconde nature chez moi.

En revanche, avant de partir, Ed Stoneley m'avait pris à part et demandé si je pouvais aller un peu plus vite. Il arborait un rictus affreux et j'avais respiré pour garder mon calme. Je lui avais répondu que je ferais vite, oui, que mes blessures étaient guéries et que j'aurais repris mes forces en un rien de temps. J'avais veillé à rendre ces paroles menaçantes et à soutenir son regard ; il n'oserait pas lever la main sur moi. Lorsque j'avais rejoint Flinty, Al Crace, un acolyte d'Ed, était en train de caresser sa crinière. Une scène étrange : Al n'était pas un ami des bêtes.

— Bon p'tit gars, avait-il dit en s'écartant de mon chemin avec un sourire mielleux qui ne lui ressemblait pas du tout.

Je comprenais à présent qu'Ed avait détourné mon attention pour laisser à Al l'occasion de décrocher mes enrayures. Pas toutes, si j'en croyais le temps que les roues avaient tenu. Sans doute seulement deux, mais cela avait suffi. Quelle cruelle bande d'imbéciles destructeurs ! J'ignorais ce qui m'enrageait le plus : l'idée qu'ils soient trop lâches pour m'attaquer de front ou qu'ils se contentent de découper Flinty en morceaux pour régler leurs comptes imaginaires avec moi. Je ne savais pas encore ce que je leur ferais en sortant.

— Très bien, mon grand, ai-je déclaré d'une voix calme. Allons-y. On fiche le camp d'ici, et pour ma part je reviendrai jamais.

Nous nous sommes mis en route et je ne pensais plus qu'à mon nouveau plan : retourner au puits, asséner un coup de poing en pleine figure à Al puis à Ed, ensuite ramener Flinty à son écurie et lui donner des friandises pour lui dire au revoir. Marcher jusqu'à la cage et pour la dernière fois remonter vers la lumière du jour. Rentrer chez moi, me baigner et me changer, dîner puis parler à p'pa. Lui annoncer mon départ, d'homme à homme, lui expliquer que, dès que je gagnerais ma vie, je leur enverrais de l'argent qui lui montrerait à quel point mon salaire de mineur avait été pitoyable. Il me raillerait et me dirait de ne pas faire de promesses que je n'avais aucun moyen de tenir.

Mes pensées zigzaguaient telle une libellule. Je pouvais aller à Silvermoor demander au comte de m'accorder un prêt. Ou me rendre à York, où se trouvait Josie. À Leeds, où miss Embry avait de la famille avec laquelle elle me mettrait peut-être en contact. À Barnsley, la ville industrielle – le travail ne manquait certainement pas là-bas. Après avoir cru que je n'avais pas le choix, voilà qu'il s'en présentait un nombre incalculable juste parce que mon esprit avait franchi la barrière de ce qu'auparavant j'avais cru impossible. Mon père ne m'adresserait pas la parole pendant vingt ans, et alors ? La moitié de mon village affirmerait que je faisais une erreur, et alors ? La liberté n'avait pas de prix…

Flinty a regimbé de nouveau. Quoi encore ? Il a poussé des hennissements aigus et insistants et mon estomac s'est noué.

— Qu'est-ce qui va pas, mon grand ? ai-je demandé, apeuré.

C'est arrivé en un instant : un immense craquement pareil à un coup de tonnerre, puis, telle une pluie torrentielle tombant soudain du ciel, le plafond s'est écroulé sous mes yeux horrifiés. Flinty a pris la fuite mais moi j'étais trop épouvanté pour bouger. Je suis resté planté là à regarder l'obstruction, la galerie remplie du sol au plafond, l'éboulement avancer vers moi, plus lentement et de façon moins spectaculaire à présent, mais tout de même, la mine me tombait sur la tête. Exactement comme je l'avais toujours prédit. J'avais dix-sept ans. Le même âge que Dan quand ça lui était arrivé. L'histoire de la famille Green se répétait.

33

Josie

Je me sentais scintiller comme Noël. La maison du Mount était sens dessus dessous ; miss Coralie faisait ses bagages. Nous retournions à Silvermoor !

J'ai grimpé et dévalé l'escalier cent fois afin de chercher ses bottines dans le vestiaire, repasser ses robes, prendre à la cuisine les douceurs dont elle aurait besoin pour se sustenter au cours du voyage. Le trajet en calèche ne prenait qu'une demi-journée, mais miss Coralie raffolait tout autant que moi des friandises.

Il était tôt. Les brumes estivales se levaient, glissant au-dessus des jardins, et le soleil commençait déjà à brûler. Des pies jacassaient, des grives chantaient et l'air était empli de joie. Je débordais d'impatience ; j'avais l'impression que les tâches ne finiraient jamais, que nous ne serions jamais prêtes, que les valises devraient être ouvertes « une toute dernière fois » jusqu'à la fin des temps. Mais, enfin, la voiture a été chargée, nous nous sommes assises dedans, et Mrs Crane a agité la main en signe d'adieu.

Nous avons suivi la longue rangée de maisons géorgiennes dont la nôtre faisait partie, avec leurs colonnes lisses et leurs allées pavées engageantes. Nous avons longé les terres marécageuses et lisses comme l'eau du Knavesmire, leur vert pâle sous la lumière du soleil. Puis nous avons quitté York, parcourant la campagne en direction de Silvermoor et de Tommy.

Nous avons discuté agréablement en chemin. Les conversations étaient toujours plaisantes quand miss Coralie et Mr Cedric se retrouvaient ensemble. Notre présence, à Norman et à moi, ne les gênait pas. Bien des familles nous auraient fait voyager séparément, mais pas les Honeycroft.

Norman et moi nous entendions à merveille. Il était instruit mais discret, et nous avions, à deux reprises, assisté ensemble à des concerts. Les concerts me passionnaient. Norman avait une amoureuse à Acomb et ils prévoyaient de se marier l'année suivante. Quand il m'a parlé de leur projet, j'ai regretté que Tommy et moi n'ayons pas le même. Mais il nous restait un long chemin à parcourir avant d'en arriver là, si tel était le cas un jour. Tommy n'était même pas encore sorti de la mine.

À l'approche de notre destination, je me suis tue. Nous traversions Arden, Heston Manor, les sentiers où Tommy et moi avions marché, parlé, façonné notre magnifique amitié. Je me suis dévissé le cou pour tenter de l'apercevoir. Sans succès, bien sûr ; il n'y avait aucune raison pour que Tommy soit dehors à cette heure de la journée. Mais les souvenirs étaient si forts et si chers qu'il me semblait impossible qu'un garçon bouclé aux yeux de grenouille et une jeune fille aux tresses rousses ne s'y promènent pas éternellement.

Quand nous avons tourné pour emprunter la somptueuse allée de Silvermoor, d'autres souvenirs m'ont assaillie. Moi marchant main dans la main avec Tommy à la veille du nouveau siècle, boitant à son côté en cette nuit fatidique où il avait réussi à me sortir d'Arden, à m'éloigner des gardiens de Heston et à me mettre à l'abri à Silvermoor. Je me rappelais même le baptême de lord Walter, quand Tommy avait cinq ans, alors que je n'y avais pas été présente. Il l'avait si bien décrit que son souvenir était devenu le mien. Et lui ? Me voyait-il à chaque détour ? Le souvenir des précieuses heures que nous avions passées ensemble était-il ce qu'il y avait de plus lumineux dans sa vie ? Ce qui nous distinguait l'un de l'autre commençait-il à s'estomper si bien que ses souvenirs étaient les miens et mon bonheur le sien ?

34

Tommy

Le silence était absolu, interrompu de temps à autre par un mystérieux grincement ou craquement émis par les profondeurs de la terre. Il me semblait cependant entendre des centaines de bottes de mineurs traverser les décennies d'un pas lourd et me pousser vers cet inévitable présent.

Des rochers m'avaient projeté au sol et me clouaient sur place. J'ignorais ce qui était cassé ou écrasé, je savais seulement que j'avais mal et que j'étais prisonnier. Derrière moi, du bout des doigts je sentais un autre corps chaud. Flinty ne m'abandonnerait pas. Il était revenu mourir à mon côté.

Par miracle, la lampe a continué à brûler un temps, posée bien droite sur le sol de la galerie. Trois autres événements étaient inévitables dans cette zone effondrée des tréfonds de Crooked Ash : la lampe allait s'éteindre, Flinty allait mourir et moi aussi. Dans quel ordre se produiraient-ils ? La lampe s'est éteinte en premier, comme je l'avais deviné, et je suis resté allongé dans ce noir qui me hantait depuis le premier jour.

Je sentais dans la poitrine une douleur physique causée par quelque blessure que je n'aurais su déterminer, mais aussi une douleur spirituelle : celle d'avoir gâché ma vie. Les révélations du matin m'étaient parvenues trop tard. Si seulement j'avais ouvert les yeux un jour plus tôt ! Si seulement je m'étais rendu compte que je n'avais pas besoin d'attendre qu'on m'offre une chance ! Si seulement j'avais compris qu'il ne fallait pas craindre l'échec ! Coincé au fond dans le noir, j'ai pensé à tant de choses.

À Dan, bien sûr, en me demandant s'il en avait été de même pour lui, une longue et lente attente de la fin. Et aussi à mes autres frères, en récitant un million de prières pour leur protection.

J'ai pensé à Josie, lumineuse comme une bougie, en me demandant quand et de quelle manière elle apprendrait ma mort. Au monde extérieur, situé au-dessus de ce puits profond et grossier. À ce paysage dans sa gaze d'obscurité, notre héritage d'hommes harnachés…

Et j'ai pensé à p'pa, aux disputes que nous avions eues au fil des ans et au fait que nous ayons toujours été en désaccord. Il ne comprenait pas pourquoi je ne voyais pas les choses comme lui, pourquoi moi je ne parvenais pas à me faire au joug. Je ne le comprenais pas moi-même, d'ailleurs. Tout ce qui m'avait fasciné avait toujours été hors de notre monde. Me dire que ma place était ici et que ça devait me suffire était pour moi aussi peu naturel que de me déboîter la jambe. Pourtant, si une personne me retenait là, c'était bien p'pa. Notre amour était compliqué, mais je m'apercevais que je l'aimais, que malgré tout j'admirais sa façon d'être, la sincérité de sa vie, qu'il soit le plus respecté et le plus craint d'entre nous, d'une intégrité sans faille et d'un courage absolu. Mon père était un homme impressionnant et j'aurais aimé le lui dire. S'il ne comprenait pas mon ambition, moi je comprenais sa fierté.

35

Josie

En une heure nous étions installés. Les Honeycroft prenaient le thé avec leur tante et leurs cousins. Le comte était sorti régler des affaires de comte. J'avais droit à un peu de temps libre, que j'ai d'abord mis à profit en me rendant à la cuisine pour déjeuner. Certains domestiques de Silvermoor, comme Dorcas et Mrs Roundsby, étaient heureux de m'accueillir. D'autres, comme Portis, non ; de toute évidence ils ne parvenaient pas à se défaire de la première impression qu'ils avaient eue de moi, une fille de mineur sans finesse qui ne méritait pas de travailler pour les Honeycroft. Je m'en fichais. J'avais conscience que beaucoup de gens auraient préféré que je reste à ma place. Mais les Honeycroft m'avaient montré qu'il y avait une autre façon de voir les choses, et c'était celle que j'avais choisie. J'ai donc décoché un grand sourire à Portis et commencé à manger.

J'avais tellement hâte que Mr Cedric rencontre Tommy ! Je me débrouillerais pour tout mettre en œuvre ! Peu importait qu'il ne puisse rien promettre.

Une fois qu'il le rencontrerait, il l'adorerait et ferait son possible pour le sortir de la mine. Je le savais.

Alors que je songeais à sortir demander des fleurs fraîches pour poser un bouquet au chevet de miss Coralie, une petite bonne nommée Sylvia est venue me chercher. Miss Coralie m'attendait au salon.

Tommy ! C'était forcément Tommy ! J'ai couru, lissant mes cheveux, arrangeant ma robe, me demandant ce qu'il penserait de moi.

Il n'était pas là ; c'était Mr Cedric. Miss Coralie voulait discuter avec moi de mes visites à Tommy, des moments où elle aurait besoin de moi, etc. Tous trois avons donc élaboré des projets dans la plus grande gaieté jusqu'à ce que l'arrivée soudaine du comte nous interrompe.

— Mon oncle ! s'est écriée Coralie en l'étreignant dans un tourbillon de soie verte.

— Nous voici de nouveau prêts à vous embêter et à boire votre meilleur cognac, s'est écrié Cedric, assis sur le canapé, en joignant le geste à la parole.

Mais le comte ne les a pas accueillis avec les effusions habituelles et n'a pas paru me remarquer. Son visage était gris et ses cheveux anormalement ébouriffés. Était-il souffrant ? Il a donné à Coralie un baiser distrait puis s'est dirigé à grands pas vers la table des boissons. Peut-être craignait-il en effet que Cedric finisse son meilleur cognac.

— Ma chère Coralie. Cedric. Bienvenue. Navré de ne pas être plus démonstratif, mais un effondrement s'est produit à la mine. Après des années sans incident, on oublie à quel point c'est épouvantable. Apparemment, un mineur est resté coincé.

— Tommy ! ai-je crié en bondissant de mon siège, si bien que le comte a renversé de son cognac sur ses manchettes blanches comme neige.

— Mais que… ? Oh ! Josie, n'est-ce pas ?

— M'sieur, c'est Tommy, pas vrai ? Je sais que c'est lui, je le sais.

Coralie a passé un bras autour de mes épaules.

— Allons, Josie, attendez, je suis sûre que non. Est-ce lui, mon oncle ? Est-ce Tommy ?

— Malheureusement, je l'ignore. Je n'ai pas obtenu de nom. Je suis allé voir Bulford, mais il n'était pas à la réunion. Il règne là-bas le chaos le plus total. Quel incident horrible. J'ai proposé mon aide mais ils n'ont rien voulu savoir. Ils aiment régler les choses à leur façon. Ils sont en train d'assembler une petite équipe de secours, mais bien évidemment personne ne peut prédire les dégâts avant d'arriver sur place. Ils pensent que seul cet homme est prisonnier, ainsi qu'un poney.

La pièce tournoyait autour de moi et tout me paraissait très lointain. J'ai lutté ; m'évanouir n'aiderait en rien mon ami.

— Oh, miss ! ai-je chuchoté. Tommy travaille avec les poneys cette semaine. Il me l'a dit dans sa dernière lettre.

Mes jambes se sont dérobées sous moi, mais miss Coralie m'a maintenue debout d'un bras ferme autour de mes épaules.

— Asseyez-vous, Josie, m'a-t-elle ordonné en me traînant jusqu'à un fauteuil. Cedric, donnez-lui du cognac. Mon oncle, il faut que nous en ayons la certitude. Comment pouvons-nous obtenir des renseignements ?

— J'y retourne de ce pas et je ne reviendrai pas avant de savoir. J'emmène Beauty et je fais au plus vite.

— Je dois y aller, ai-je dit en avalant le cognac d'une traite et en reprenant suffisamment mes esprits pour me redresser. Je vous en supplie, miss, laissez-moi partir ! Il faut que j'y aille.

— Non, a tranché Coralie avec détermination. Nous irons ensemble. Maverick peut nous porter toutes les deux.

— Et j'irai aussi, a déclaré Cedric. Je le déterrerai moi-même s'il le faut.

36

Tommy

Chaque fois que la terre émettait un de ses grincements, je me préparais à un nouvel éboulement, celui qui m'écraserait en un instant. J'ignorais s'il fallait le craindre ou l'espérer. Au cours de mes premiers jours au fond, ces bruits m'avaient énormément troublé. Impossible de les entendre sans penser que le monde se désagrégeait. Mais j'avais fini par m'y habituer, comme on s'habitue à presque tout à force d'y être confronté. Allongé là dans l'attente de la mort, j'ai pensé aux allées et venues de quelque démon des Enfers. Peut-être venait-il me chercher.

Pendant longtemps, le souffle faible de Flinty contre ma nuque m'a apporté un peu de réconfort. Mais, ne le sentant plus depuis un moment, j'en ai conclu qu'il était mort et j'ai éclaté en sanglots à l'idée de ce brave petit poney qui avait passé sa vie à monter et descendre, tirant derrière lui des berlines de charbon pour finir tué dans l'exercice de ses fonctions. Nul n'était indispensable.

Je me suis demandé si l'effondrement du plafond était dû à la vibration causée par la collision des berlines ou s'il se serait produit de toute façon. En d'autres termes, la faute incombait-elle à Crace et Stoneley ? Je ne parvenais pas à lever la tête, toutes mes forces semblaient m'avoir lâché. Je ne parvenais pas non plus à bouger les jambes, mais je n'aurais su dire si c'était parce qu'elles étaient coincées ou en raison d'une blessure. En revanche je pouvais tendre les bras, bien que ce soit douloureux. En arrière, ma main droite touchait le pelage rêche de Flinty. À ma gauche, j'ai trouvé ma gamelle, vide. Mon sandwich se trouvait quelque part sous les décombres.

J'ai eu une idée et ai tâtonné à la recherche d'un morceau de schiste dur avec lequel j'ai tenté de graver des lettres dans le fer-blanc du couvercle de ma gamelle. Allongé dans une position inconfortable et travaillant à l'aveuglette, j'ignorais si les marques que j'inscrivais ressemblaient à ce que j'avais en tête. Mais cela m'a permis de passer un peu le temps.

Les heures s'écoulaient avec lenteur et j'avais si chaud que je me suis mis à délirer, ou peut-être était-ce la faim ou la soif, ou la proximité de la mort. J'entendais marcher des mineurs fantômes, hurler des démons et pleurer la terre.

Derrière moi, Flinty s'est mis à hennir. J'ai tenté de l'appeler mais je n'arrivais pas à articuler son nom. Moi qui l'avais cru mort ! Il a commencé à se débattre et à donner des coups de pied, puis a émis encore et encore dans l'obscurité un son aigu, perçant. Après quoi sa tête a heurté le sol et j'ai su que cette fois il était vraiment parti. Des larmes ont tracé des sillons dans la poussière qui couvrait mon visage. C'est alors que j'ai entendu un nouveau bruit, le plus étrange d'entre tous. *Tap, tap, tap*.

Un démon aurait fait un bruit plus sinistre, rauque ou traînant. Trop faible pour réfléchir davantage, j'ai continué à graver ma gamelle. Peut-être m'endormirais-je ce faisant et n'aurais-je pas à souffrir mes derniers moments.

Tap, tap, tap. Un bruit persistant. Il s'obstinait, sans la moindre variation de volume ni de rythme, et paraissait aussi hésitant qu'un enfant timide frappant à une porte. Ma parole ! Ce mystère irrésolu comptait-il me titiller jusqu'à mon dernier souffle ? Mais soudain j'ai entendu des voix et j'ai su que je n'avais pas expiré et que ces voix m'étaient familières.

— Du calme, Stan. Garde la tête baisée. Vas-y doucement.

— Je sais, Jim. Tu vois quelque chose ?

— Pas encore. Mais j'ai entendu un cheval, je t'assure.

J'étais tout à coup pleinement éveillé, n'osant espérer si près de la fin. Mais de toute évidence il s'agissait d'une équipe de sauvetage. Mon père et Stan Baldwin.

— Ferme-la, Adam Slater ! ai-je entendu dire Bulford un instant plus tard. Je me fous que tu croies que les recherches sont vouées à l'échec. On reste jusqu'à le trouver, mort ou vif.

Slater a dû répondre que la première option était plus probable, car la voix de mon père a résonné.

— Pars, si c'est ce que tu crois, Slater. Vas-y, on a pas besoin de toi. Va astiquer des bibelots avec bobonne.

— P'pa ?

Je n'avais pas réussi à articuler le nom de Flinty, mais celui de mon père, si.

— P'pa ? Je suis là.

Ma voix était faible.

Un silence.

— Qu'attendez-vous, monsieur Green ? est intervenue une voix que je ne connaissais pas. Chaque seconde est vitale, nous devons poursuivre.

— Oui, je sais, m'sieur, c'est juste que j'ai cru entendre…

Tap, tap, tap.

J'avais la gorge à vif et j'ai pensé que je ne serais plus capable que de prononcer quelques mots de plus. Je les garderais pour plus tard, quand ils seraient vraiment utiles. Les trois petits coups ont continué, et de temps à autre des remarques filtraient à travers la roche. Je tendais l'oreille, espérant saisir une variation du bruit qui indique qu'ils se rapprochaient, mais le volume restait le même. C'était à la fois frustrant et rassurant : cette approche lente et hésitante m'a convaincu que le bruit était réel et non le fruit de mon imagination. Ils devaient avancer avec précaution ; rien n'était plus dangereux qu'une mine après un effondrement. Un souffle dans la mauvaise direction et tout pouvait s'écrouler, les écrasant à leur tour. C'était arrivé à Horizon Drift un an plus tôt. Trois morts dans l'effondrement, douze dans le sauvetage.

— Je suis persuadé d'avoir entendu un poney ! a insisté p'pa.

Il bouillait de rage. Ce ton, je le connaissais trop bien.

— Ici, peut-être ? a suggéré la voix si différente des autres, l'homme que mon père appelait « m'sieur ». Les gravats semblent moins denses.

J'ai eu une idée : taper mon morceau de schiste contre la gamelle. Aussitôt de l'autre côté les coups se sont arrêtés.

— M'sieur ! Vous avez entendu ?

— Oui, j'ai entendu.

— Stan ?

— Oui, moi aussi. Tommy ? C'est toi, mon gars ?

— Tommy ?

La voix de mon père était si proche qu'il semblait m'avoir parlé à l'oreille. Et soudain l'espoir est revenu. De revoir mon père et de serrer encore une fois ma mère dans mes bras. De revoir mes frères et sœurs et Josie et Manus… Ma vie ne m'avait jamais paru si pleine de choses précieuses.

— P'pa ! Je suis là ! ai-je crié de la voix irrégulière d'un garçon tout juste sorti de l'adolescence.

Et il m'a entendu.

— Tien bon, fiston, tiens bon ! On arrive. Doucement, Stan, il est juste là. Faut y aller tranquillement. Éclaire par ici, oui, voilà.

Le monticule de roche et de schiste a commencé à s'effriter et à bouger. Je me suis recroquevillé, le cœur battant la chamade. S'il me tombait dessus maintenant… Mais non. Quelqu'un a retiré une pierre, puis une autre, déblayant peu à peu le terrain jusqu'à ce que le trou soit assez grand pour me permettre d'apercevoir la lumière d'une lampe, puis des mains tâtonnant dans les pierres avec précaution et perçant un passage. D'autres pierres ont été enlevées et, enfin, par l'ouverture j'ai vu le visage de mon père, plus sombre que jamais. Il s'est frayé un chemin jusqu'à moi.

— Tommy !

— Sois prudent, Jim, lui a lancé Stan.

Un avertissement inutile : mon père était prudent de nature. Il n'a fait aucun mouvement brusque. Il a repassé le bras par l'ouverture et rapporté une lampe, regardé autour de lui et observé le poney mort et les contours de la moindre pierre qui m'entourait. Puis il m'a regardé moi.

— Tommy, a-t-il dit à voix basse comme si les mots pouvaient me briser. T'es blessé où ?

— Je sais pas, p'pa.

Il a hoché la tête et s'est accroupi à mes pieds puis a entrepris de dégager les débris avec autant de précautions que lorsqu'il se déplaçait dans les bois pour braconner. J'ai compris que je sortirais vivant. Cet homme pouvait prendre les cerfs par surprise, se faufiler tel un fantôme entre les pièges du vieux Paulson. Quand il le voulait, c'était un homme invisible qui ne laissait aucune trace. Le poids qui pesait sur mes jambes a soudain disparu et p'pa s'est approché de moi. Il a posé sa main calleuse sur ma joue.

— Tommy, a-t-il répété. Mon garçon.

— Oui, p'pa, c'est moi.

— Tu peux t'asseoir ? Vas-y doucement.

J'ai essayé mais j'étais trop faible. Il a soutenu ma tête, relevé mon dos, et je me suis retrouvé assis. Mais me lever était trop m'en demander.

— Stan, entre, a-t-il ordonné.

La jambe gauche de Stan est apparue par-dessus le barrage de pierres, suivie du reste de son corps.

— Faut qu'on le porte pour sortir, lui a expliqué mon père. Bulford est prêt ?

— On est prêts, Jim, a répondu de l'autre côté du mur la voix du porion.

P'pa m'a pris par les épaules et Stan par les jambes et ils m'ont fait passer tête la première par l'ouverture, où Bulford et un autre homme m'ont récupéré et ont commencé à avancer avec lenteur et prudence le long de la galerie. À deux hommes devant et deux derrière ils m'ont porté longtemps, deux par deux chacun à leur tour, tandis que je perdais et reprenais connaissance.

Enfin, nous avons atteint le fond du puits. Je peinais à croire à cette vision merveilleuse : la cage et tous les hommes qui attendaient autour, munis de lanternes.

— Ils l'ont ! a crié quelqu'un. Il est vivant !

Ils m'ont étendu précautionneusement sur le sol de la cage. P'pa est entré avec moi et a abaissé la grille, laissant derrière lui tous ceux qui m'avaient secouru et cela m'a surpris. Quand on a commencé à monter, seuls, il a penché la tête vers moi et éclaté en sanglots.

— Mon garçon, a-t-il gémi. Mon cher, mon merveilleux garçon !

J'en ai été si stupéfait que je n'ai pas pu répondre. Le temps qu'on atteigne la surface, ses yeux étaient de nouveau secs et son visage de marbre.

37

Josie

Nous avons attendu là au moins trois heures, et je crois que pendant tout ce temps j'ai retenu mon souffle. Tout froid entre la famille de Tommy et moi s'était dissipé depuis longtemps quand le cri annonçant qu'il était en vie nous est parvenu des profondeurs de la terre. Je me suis rendu compte que j'avais agrippé la main de sa sœur Mary, pourtant si peu enthousiaste quand elle me voyait d'habitude. Le soulagement m'a envahie, chaud et épais comme la mélasse que la cuisinière de Gravenagh House utilisait pour le croquant aux cacahuètes destiné à Coralie. Puis ce sentiment s'est solidifié et fissuré. Vivant, mais dans quel état ? Je me suis efforcée de ne pas imaginer Tommy blessé, peut-être à vie. Alors de nouveau j'ai retenu ma respiration. Lorsque la cage a atteint la surface et que nous avons vu son père penché sur son corps inerte, j'ai fondu en larmes.

Tout le monde s'est attroupé autour d'eux et Tommy a levé la tête vers nous, ses yeux verts embués scrutant les visages qui se profilaient au-dessus de lui. Le comte a pris les choses en main, ordonnant aux gens de reculer, demandant qu'on lui expose les faits et, un soupir de soulagement ayant semblé parcourir la foule, j'en ai déduit que pour l'heure les nouvelles n'étaient pas si mauvaises. Je me suis effondrée dans les bras de Coralie, qui m'a dit que j'avais été courageuse, même si personnellement je n'avais pas cette impression.

Quand la cage est remontée une seconde fois dans un bruit de ferraille, libérant le reste de l'équipe de sauvetage, Coralie m'a confiée à Mercy et a couru vers Cedric. Bulford s'est approché des Green et leur a donné les biens de Tommy qui avaient survécu à l'incident – sa casquette, dont le rembourrage de papier journal avait disparu, et le couvercle de sa gamelle. Sa mère a passé ses doigts sur les deux ; je savais ce qu'elle pensait. À quoi pouvait servir du papier journal face à ces tonnes de terre ? Était-ce une vie d'envoyer son fils dans un endroit pareil sans rien d'autre que du pain et de la confiture ? Ces questions restaient en suspens.

Elle a froncé les sourcils, retourné le couvercle pour l'examiner à la lumière blafarde du soleil. Sans un mot, elle me l'a tendu et je l'ai étudié à mon tour, surprise. Des lettres étaient gravées dessus. J'avais entendu parler de ce genre de chose, d'hommes mourants qui laissaient des messages pour leur femme ou leurs enfants. Des griffures, une superposition de courbes et de lignes, recouvraient le fer-blanc – de toute évidence il n'avait pas pu voir ce qu'il faisait. Pourtant, deux mots se détachaient lisiblement, des lettres grossières et tremblantes, mais distinctes : *Josie, je*...

Alors qu'il avait cru sa dernière heure venue, ses pensées avaient été pour moi.

38

Tommy

La lumière du soleil baignait mon visage, l'air frais ébouriffait mes cheveux et une foule m'entourait, constituée de toutes les personnes que j'avais rencontrées au cours de ma vie. M'man était là, bien sûr, qui pleurait de joie, et presque tous mes frères et sœurs ; seul le petit Alfred manquait à l'appel. M'man lui avait sans doute demandé de rester à la maison avec mamie au cas où les nouvelles seraient mauvaises. Josie était là, et miss Coralie aussi. Quand la cage est remontée avec le reste des hommes, cette dernière a poussé un cri perçant et couru dans les bras d'un jeune homme noir de charbon et couvert de sueur : le « m'sieur » avec qui mon père avait parlé lors du sauvetage était Mr Cedric Honeycroft en personne.

Le comte lui-même était présent. Il refusait que j'aille à l'hôpital de Rotherham ; il a déclaré qu'il fallait m'emmener à Silvermoor, où son propre médecin s'occuperait de moi. Ma mère n'a cessé de répéter en boucle « Merci, monsieur, merci, monsieur ». Mon père, lui, n'a rien dit. Mais, avant qu'on me monte à bord de la calèche, il a serré ma main si fort que j'ai craint qu'il l'ait cassée.

J'avais envie de lui parler de ma décision de ne plus jamais redescendre, mais je n'ai pas pu. Je ne voulais pas profiter de cette brève et lumineuse faille émotionnelle pour obtenir sa permission ou sa bénédiction, ni tirer parti du fait qu'il soit momentanément méconnaissable. Ou peut-être craignais-je tout bonnement de gâcher la réalité pure et simple de l'instant. Mon père m'aimait. Il venait de me sauver. Pour l'heure, je ne voulais rien d'autre.

Je suis resté allongé seul dans la calèche pendant qu'on planifiait la suite et prenait des décisions. Pour finir, deux personnes m'ont accompagné à Silvermoor : Josie et ma mère. Mon père a emmené mes frères et sœurs annoncer chez nous la nouvelle à Alfie et à mamie. Quant aux autres hommes, ils se sont organisés comme ils le pouvaient pour terminer le travail et réparer les dégâts.

Ma mère me faisait penser à un ange. Son front plissé par l'inquiétude et prématurément ridé avait été lissé par le soulagement. Elle était magnifique. Et, si je ne rêvais pas, elle tenait la main de Josie, qui paraissait plus radieuse et plus pétillante que jamais. J'avais très mal et si soif que je pouvais à peine respirer, et j'étais en état de choc. Ce qui ne m'a pas empêché de voir tomber ses cheveux en vagues rousses sous son menton, malgré le ruban blanc qui les retenait en arrière. Elle était plus grande et plus en chair qu'avant son départ. Ses joues luisaient et ses yeux scintillaient ; elle avait même une fossette à la joue gauche. C'était une femme à présent, jolie comme un cœur dans sa robe rayée gris et blanc, quoique à force d'avoir pleuré son visage soit marbré de rouge et de blanc, ce phénomène qu'elle détestait tant.

Le comte, sa nièce et son neveu ont dû galoper sur tout le chemin, parce qu'ils sont arrivés avant nous à Silvermoor. Tandis que Cedric envoyait son valet de pied lui faire couler un bain, Coralie a aidé Josie et m'man à préparer le mien et à me mettre au lit avant l'arrivée du médecin. C'était un moment étrange : une succession rapide de gens et d'événements autour de moi, passif. Je me sentais à la fois reconnaissant de chaque instant parce que je n'avais pas perdu la vie, et extrêmement désireux de me reposer.

39

Josie

J'avais toujours senti que la mère de Tommy était une brave femme, notamment parce qu'il parlait d'elle de façon élogieuse. Mais, jusque-là, les rares fois où je l'avais rencontrée, ses qualités s'étaient retranchées derrière une barricade de soupçon et de réticence. Je n'en prenais pas ombrage ; j'étais une étrangère et chez nous il en allait ainsi. Mais, au cours de mon séjour à Silvermoor avec les Honeycroft, pendant que Tommy récupérait dans une chambre d'amis, cette barricade est tombée.

Il a d'abord dormi sans arrêt, alors que nous restions assises ensemble à son chevet. Au début, je m'excusais d'entrer dans la chambre lorsqu'elle s'y trouvait. Je préférais la laisser en tête à tête avec lui et craignais qu'elle ne me trouve irrespectueuse ou présomptueuse ; chez nous, offenser une personne était aussi facile que s'enrhumer en février. Mais, chaque fois, elle m'invitait à entrer d'un signe de la main, et très vite il m'a paru naturel d'être à son côté, comme l'une de ses filles.

Peut-être était-ce parce qu'il avait écrit sur le couvercle de sa gamelle. Ou parce qu'elle avait vu combien je l'affectionnais. Ou encore parce que Tommy dormant à poings fermés ne me tenait guère lieu de compagnie.

Nous avons parlé à voix basse de choses anodines : nos villages et nos familles, le travail que j'aimais tant à York, nos petits souvenirs de Tommy. Et nous l'avons regardé, avec ses bleus et ses coupures, sa peau pâle et les longs cils reposant sur ses pommettes pendant son sommeil. J'avais hâte qu'il rouvre ses yeux vert étang afin d'y voir à nouveau des miroitements.

Depuis un moment déjà il était pour moi plus qu'un simple ami. Pour la première fois j'avais l'occasion de le contempler à l'envi et j'ai été étonnée par les réactions de mon corps. Si je regardais son bras posé sur la couverture, je ne pouvais m'empêcher de désirer qu'il m'enveloppe. Ses boucles fauves, j'avais envie de les toucher, autant que de passer mes doigts sur sa barbe de trois jours. Quand je regardais son visage, des kyrielles de conversations et d'escapades me revenaient à l'esprit. Cette proximité par la pensée en appelait une autre, physique, un désir aussi puissant que je sois à son chevet ou à des centaines de kilomètres de lui.

Ses lèvres me rappelaient le baiser qu'il m'avait donné quand je lui avais raconté avoir refusé la proposition de Coralie. À ce souvenir, mes jambes tremblaient tandis que je papotais timidement avec sa mère. Sa bouche était parfaite, je le remarquais à présent ; Michel-Ange n'aurait pas dessiné courbes plus exquises. J'avais envie d'y poser mes lèvres. Ces sensations nouvelles m'inquiétaient ; j'ignorais si elles étaient normales. Si seulement j'avais pu voir Dulcie, je l'aurais consultée à ce sujet. J'adorais Coralie, mais une telle conversation avec mon employeur était impensable.

Au fil des jours, je me suis dit que c'était sans doute le choc. J'avais failli le perdre et le soulagement prenait de drôles de formes ; ça finirait par disparaître, au même titre que les cauchemars et l'angoisse que je ressentais au réveil avant de revenir à la réalité pour passer la journée avec ce refrain plaisant dans la tête : Tommy va bien, Tommy va bien.

40

Tommy

Jamais je n'avais fait l'expérience d'un si bon et si profond sommeil. Sans les jambes et les bras de mes frères par-dessus les miens, sans leurs pieds sous le nez. Un grand lit rien que pour moi, revêtu de lin parfumé de lavande et doux comme des nuages. Silence et obscurité ininterrompus en lieu et place de celle, écrasante, des mines. Une obscurité tendre, pleine de sécurité. J'en ai émergé en clignant des yeux, émerveillé. Lorsque j'ai tenté de me redresser, j'ai découvert mes côtes et mon poignet bandés et, ce faisant, j'ai réveillé Josie et m'man assises dans des fauteuils de chaque côté de mon lit. Elles se sont aussitôt précipitées pour s'occuper de moi.

Au bout du compte, je suis resté deux mois à Silvermoor. Deux côtes fêlées et un poignet cassé, mais aucune blessure aussi grave que le choc de l'accident. Il m'a fallu longtemps pour reprendre de l'appétit, me sentir de nouveau moi-même, et surtout pour que les cauchemars cessent. Par miracle, mes jambes étaient intactes. Dans la galerie, il m'avait été impossible de les bouger parce qu'un morceau de charpente les retenait prisonnières, mais elles n'avaient subi que des blessures superficielles qui avaient rapidement guéri.

Le comte ayant tenu à ce que son médecin continue à me suivre, la douleur de ma poitrine a été traitée sans plus de complications. Il a également insisté pour que, pendant ma convalescence, je reçoive la moitié de ma paie, que je faisais aussitôt parvenir à p'pa. Mais tout cela restait sans commune mesure avec mon grand projet : trouver du travail et leur envoyer des sommes inimaginables. Cette position de dépendance me mettait mal à l'aise.

Lors de la seule conversation que j'ai eue avec le comte au cours de cette période, je lui ai parlé avec franchise de ce projet.

— Je devrais pas toucher ma paie, monsieur, me suis-je efforcé de lui expliquer parce que ça m'aurait gêné de ne pas le faire. J'y retournerai jamais. Vous êtes plus responsable de moi.

Il a paru pensif.

— Très bien, Tommy, j'accepte votre démission au nom de Mr Bulford. Mais conservons cette mesure. Vous avez fourni un excellent travail trois années durant à Crooked Ash, et auparavant deux ans au jour. Vous avez subi ces blessures sur votre lieu de travail, et cet accident vous empêchera de trouver un nouveau poste pendant un moment. Conservons donc cette mesure.

— Pourquoi, m'sieur ? Enfin, je vous remercie, sincèrement, mais vous faites pas ça pour tout le monde.

— Non. Je dirige un système imparfait, comme ne cesse de me le faire remarquer mon neveu. Mais je fais de mon mieux, et votre père est un de nos meilleurs éléments depuis de nombreuses années. Je me sais redevable à votre famille tout autant qu'à vous. De plus, je vous ai injustement jugé. J'ai écouté les rumeurs au lieu de faire appel à mon propre discernement. Voyez donc cette mesure comme une sorte de compensation. Sans compter que votre amie intime est la femme de chambre de ma nièce, que mon neveu s'intéresse à votre avenir et que mon fils éprouve de l'affection pour vous… Pour être honnête, Tommy, même si j'en avais envie je ne pourrais pas vous tourner le dos. Je me dois donc de m'en remettre à la fatalité.

J'ai ri et l'ai remercié à nouveau.

— De quoi il s'agit, m'sieur, quand vous dites avoir écouté les rumeurs ? Quelqu'un a dit du mal de moi ?

Il a poussé un soupir.

— Vous vous souvenez peut-être que, il y a quelques années, mon fils Walter souhaitait se lier d'amitié avec vous ?

Bien sûr, je m'en souvenais. Ça m'avait beaucoup touché.

— Eh bien, je n'étais pas tout à fait contre l'idée qu'il ait un ami villageois. Walter est un garçon plein d'entrain, et seules ses sœurs sont d'un âge proche du sien. Mais ce jour-là j'ai croisé Latimer au village et lui ai demandé de me parler de vous. Je crains qu'il n'ait répondu que vous étiez difficile, arrogant, et peu digne de confiance. Je ne voulais pas de cela pour mon fils. Depuis, je me suis avisé du contraire, mais à l'époque je n'avais aucune raison de douter de sa bonne foi. Chacun est libre de ses opinions, bien entendu. Pourtant, je trouve toujours cela étrange.

Moi aussi, cela me paraissait bizarre.

Mais, temporairement, j'étais parvenu à concrétiser en partie mon rêve d'enfant : vivre un moment à Silvermoor, même si je n'en avais pas choisi le moyen. On m'apportait mes repas, je recevais les meilleurs soins, dans un environnement luxueux. Je regardais le temps changer par une haute fenêtre encadrée de rideaux bleus et, pour la première fois de ma vie, j'avais le loisir de penser des heures entières. À ce qui importait à mes yeux, à ce que je croyais ou ne croyais plus. Je suis revenu sur bon nombre d'opinions forgées au feu d'une jeunesse de déception. Avoir frôlé la mort, constaté l'amour que me portait mon père et savoir que des perspectives s'ouvraient à moi me permettait de tempérer. Mes rêves et projets sont restés les mêmes ; il était miraculeux que j'aie l'occasion de les mettre à nouveau en œuvre. J'en éprouvais de la reconnaissance chaque jour.

M'man me rendait visite toutes les semaines. Au début, parcourir les couloirs de Silvermoor l'avait troublée autant que si elle avait marché sur la Lune. Elle s'y est cependant habituée peu à peu, et s'est même liée d'amitié avec Mrs Roundsby. Bien sûr, mes huit frères et sœurs ne pouvaient pas tous l'accompagner en même temps, mais elle est venue deux fois avec ma chère petite Connie, qui m'a chanté une jolie chanson, une fois avec Alfie et Ernest, et une autre avec Mercy. P'pa n'est pas venu du tout.

Mr Cedric et miss Coralie sont passés tous deux faire ma connaissance. Grâce aux lettres de Josie j'avais l'impression de les connaître déjà, et je les ai remerciés pour leur gentillesse envers elle. Miss Coralie est restée un peu, me serrant la main au moment de partir et me disant qu'elle espérait me voir plus souvent. Cedric s'est attardé et nous avons parlé mines, rêves et ambitions.

— Vous n'aviez nul besoin de vous fêler les côtes pour moi, m'a-t-il fait observer. J'espérais vous rencontrer un jour à Silvermoor, mais vous êtes trop serviable, mon cher.

Il était drôle et m'a fait rire plusieurs fois avant de se rendre compte que ça me faisait très mal. Puis j'ai remarqué que, sous son charme enjoué, il était futé et consciencieux. En raison de son très jeune âge, je n'ai pas eu l'impression qu'il pourrait m'aider, mais c'était le genre de personne bonne à connaître. Je l'ai remercié du fond du cœur d'être descendu sous terre pour me sauver la vie.

Pourtant, ce que je préférais par-dessus tout, c'était voir Josie. Parfois, son travail l'occupait tant qu'elle pouvait à peine s'asseoir une heure à mon chevet. D'autres fois, les Honeycroft passant la journée en famille, elle restait avec moi des heures entières.

Elle avait changé à bien des égards, mais, pour ce qui comptait le plus, elle restait l'amie fidèle que j'avais toujours connue. Elle était moins agitée par la colère comme par l'enthousiasme, plus stable et plus gracieuse. Elle avait de nouveaux sujets de conversation : concerts de musique classique et parfaits au citron, un mets plus délicat que je ne pouvais l'imaginer, et parlait d'épargner en vue de l'avenir. En revanche, sa vivacité et son insolence, sa curiosité et son humour n'avaient pas bougé d'un iota. Non plus que son affection pour moi. Je m'étais pourtant demandé si l'amélioration de sa condition estomperait son attachement, mais rien de tel ne s'était produit et en réalité j'aurais dû m'en douter.

Plus d'une fois j'ai eu envie de l'embrasser au cours de cette étrange convalescence. Je ne l'ai pas fait parce que cela m'aurait coupé le souffle, une chose fort douloureuse quand on a des côtes cassées. Ensuite, notre amitié comptait trop à mes yeux pour la mettre en péril. Je l'avais embrassée bien des années plus tôt, et elle n'en avait pas reparlé. Elle préférait peut-être considérer ce baiser comme un coup de tête.

Parler était mieux qu'échanger des lettres. Je l'imaginais beaucoup plus facilement debout à sa fenêtre le matin, ou se baladant dans les rues d'York embaumant le chocolat tandis que les cloches valsaient tels des rubans. Je pouvais constater son bonheur par moi-même. Cela me réchauffait le cœur comme rien d'autre. Ma Josie était charmante, et sa vie était charmante, et c'était ainsi que les choses devaient être.

En contrepartie, je lui ai raconté tout ce que je n'avais pas pu lui confier quand mon papier à lettres m'avait été confisqué – enfin presque tout. J'ai très peu parlé du fait que son père m'avait battu, et rien révélé de ce qu'il m'avait dit pendant qu'il le faisait. Je ne voyais pas en quoi ça pouvait aider Josie. Mais je lui ai raconté tout le reste. Quel luxe de discuter des heures durant jour après jour !

Je lui ai parlé de la mort de papy, et de mamie qui faiblissait. Je lui ai raconté ma visite nocturne à Manus et lui ai révélé son identité. Son ahurissement était délicieux. Je lui ai relaté cette histoire extraordinaire, et elle m'a posé les questions mêmes que je m'étais posées et auxquelles je n'avais toujours aucune réponse. Et je lui ai expliqué que les paroles de Manus m'avaient amené à tout revoir sous un autre angle, à la suite de quoi j'avais pris la résolution soudaine et inébranlable de partir en quête de mon destin.

— J'y tiens encore, Josie, lui ai-je confié. J'arrête d'attendre. Même si c'est difficile.

Elle a pris ma main et je me suis efforcé d'ignorer l'étrange frisson qui a parcouru mon corps à son contact.

— Je suis contente pour toi, a-t-elle répondu. Il y aura des risques, bien sûr, et des moments difficiles, mais qu'est-ce que ça représente pour une personne qui a vécu une vie comme la tienne ? Maintenant, tu peux utiliser ta force et ton courage pour faire quelque chose qui te plaît.

Elle a penché la tête et l'a posée sur ma main. J'ai tendu péniblement l'autre afin de toucher sa brillante chevelure cuivrée.

— Oh, Tommy, t'as pas idée de ce que j'ai ressenti quand t'étais coincé au fond. Promets-moi que tu changeras jamais d'avis ! Promets-moi que t'y retourneras jamais, même pour ton père.

C'était une promesse facile à faire.

41

Tommy

Octobre 1902

La semaine suivante, Josie m'a apporté un album de souvenirs que miss Coralie avait trouvé dans la bibliothèque. Lorsqu'elle a feuilleté les pages de ce gros volume encombrant, des fleurs séchées et des tickets de concert vieux de cinquante ans en sont tombés comme les fantômes d'une époque plus clémente. Elle m'a montré un vieil article de journal datant de 1891, soigneusement collé. C'était un compte rendu des funérailles de Manus. Sur la photo qui l'accompagnait figurait un corbillard en verre couvert de zibeline. Il était tiré par quatre chevaux noirs portant un frontail orné de plumes d'autruche également noires. D'inquiétantes silhouettes à chapeau haut et voile de crêpe flanquaient le corbillard et une grande foule s'était rassemblée pour l'occasion.

J'ai frémi. Un enterrement ! Si j'y avais réfléchi, je me serais dit qu'il y en avait forcément eu un. Mais, face à la preuve que Winthrop Barridge avait pu concevoir ce pompeux événement public tout en sachant son fils bien vivant, je me suis demandé si cet homme était tout à fait humain. Imaginer que tout le monde ait pu croire le corps inerte de mon ami dans ce véhicule en verre était affreux. Et cela touchait Josie autant que moi.

Après être restés plus longtemps que prévu, les Honeycroft ont fini par rentrer à York, emportant Josie. Sans Walter, le dernier mois de ma convalescence aurait été ennuyeux. J'avais repris mes esprits et retrouvé le moral ; mon corps en revanche restait à la traîne. Le médecin m'exhortait au repos, à ne faire aucun effort physique et à attendre la guérison complète. Je ne pouvais pas me permettre de me montrer impatient mais j'avais l'habitude de mener une vie active. L'indolence, agréable pendant un temps, a vite perdu de son intérêt. J'avais des projets à mettre en œuvre, une seconde chance à saisir ! J'en avais vraiment assez de rester allongé.

Mais Walter me rendait visite tous les soirs pour me montrer ses leçons. Désormais âgé de douze ans, c'était un jeune garçon plus charmant que jamais. Walter n'appréciait pas davantage les études que lors de notre conversation du Nouvel An, des années plus tôt ; c'est pour moi qu'il apportait ses livres à mon chevet. Il a commencé par m'expliquer des choses ; jouer les précepteurs semblait lui plaire et peut-être cela l'aidait-il à digérer ses leçons lui aussi. Puis je me suis aperçu que je pouvais l'aider sur les points qu'il trouvait difficiles en me basant sur ce qu'il m'avait montré et ce que j'en avais compris ; bref, je l'ai rapidement dépassé.

Ensuite il a suggéré que je me joigne à lui pour ses leçons avec son précepteur. Ses parents étaient prêts à tout pour l'encourager à travailler. Je ne suis pas certain que le précepteur ait particulièrement apprécié cette mesure. Les cours devaient avoir lieu dans ma chambre, où je me languissais comme une jouvencelle sur des oreillers blancs comme neige. Mais j'ai eu recours à mon astuce habituelle consistant à poser toutes les questions qui me passaient par la tête, et la réticence de Mr Farthing a disparu au gré des débats, ce qui a attiré Walter lui-même et lui a permis de développer son apprentissage.

Walter était un camarade de classe débonnaire et plein d'entrain. Le précepteur était exigeant, et cela me stimulait. J'ai lu davantage ce mois-là que dans toute ma vie : philosophie, histoire, économie, religion. Le comte est revenu me voir : il avait eu d'excellents échos à mon sujet de la part de Mr Farthing et m'a demandé ce que je penserais d'une bourse. J'ignorais de quoi il s'agissait.

Lorsqu'il m'a expliqué qu'une bourse permettait d'obtenir une éducation gratuite pour les personnes aptes aux études mais disposant de faibles moyens financiers, comme moi, j'ai eu envie de pleurer. C'était exactement ce que j'avais espéré de Mr Latimer à l'âge de douze ans tout en ignorant l'existence de ce dispositif. Il devait pourtant connaître ce genre de chose mais ne m'en avait rien dit. En conséquence de quoi des années de ma vie avaient sombré dans l'obscurité. Mais c'était le passé. Je ne devais me préoccuper que de ce qui m'attendait.

Une fois que l'idée a germé, je n'ai pas pu m'empêcher d'en parler à Mr Farthing. Il a soupiré : cela nécessiterait de ma part une quantité colossale de travail pour une faible chance d'atteindre le niveau. Peut-être une autre année, a-t-il dit. Nous étions en octobre et les examens n'auraient pas lieu avant le mois de mai suivant. Je travaillerais dur, ai-je promis, et si je pouvais commencer tout de suite… J'avais déjà perdu trop de temps. Il a cédé et sa réticence a même commencé à se teinter d'enthousiasme.

Bien entendu je ne pouvais pas rester tout ce temps dans la chambre d'amis de Silvermoor. J'avais assez abusé de la générosité du comte. Par une journée brumeuse où les feuilles orangées tourbillonnaient dans l'air gris, mes côtes enfin guéries, je me suis habillé et je suis parti. Sans aller loin. Je me suis arrêté chez une certaine Mrs Murphy, une veuve qui possédait un minuscule cottage sur le domaine et avait une chambre libre. En échange du gîte et du couvert, j'ai travaillé à la terre et aux écuries l'automne et l'hiver de cette année-là ainsi que la moitié de l'année suivante.

Ces tâches me fatiguaient, surtout après deux mois d'inactivité, mais sans commune mesure avec le labeur au fond. Le travail avait beau être physique et les journées encore plus longues, je les passais au grand jour. Je respirais l'air pur, m'occupais d'animaux, j'écoutais le chant des oiseaux et observais le changement des saisons. Cela m'apaisait et les exigences du travail ne me dérangeaient pas. Peut-être était-ce là la clé : le degré d'adéquation au travail, à quelle intensité on devait repousser sa nature pour l'accomplir. Nous sommes ce que nous sommes ; impossible de lutter contre le tempérament, me disais-je en ratissant le foin et en déblayant le fumier. Voilà pourquoi il est important de choisir.

J'ai rendu visite à ma famille et je leur ai dit qu'ils ne me verraient pas durant un moment parce que je passerais mon temps libre à étudier.

— Une bourse ? a répété m'man sans comprendre.

— Qu'est-ce que c'est ? a demandé Ernest.

— Bon sang de bonsoir ! a grogné mon père comme si ma perfidie ne finirait jamais.

Chaque soir, chaque samedi après-midi et chaque dimanche, mon cerveau était mis au défi comme jamais. Je passais de longues heures à lire et à résoudre des problèmes. Je prenais des leçons avec Mr Farthing pendant que Walter sortait chevaucher Jolitrot. Je lui ai promis de le dédommager dès que je le pourrais. Il s'est contenté de renifler. J'ai passé des examens blancs concoctés par Farthing auxquels j'échouais lamentablement. Puis moins éhontément. Puis à un cheveu près jusqu'à un jour ne plus échouer du tout.

— Eh bien, je suppose que vous avez peut-être une chance, a déclaré Farthing. Je n'imaginais pas que vous iriez si loin en si peu de temps.

Mais j'ai secoué la tête.

— Ça ne suffit pas, ai-je dit.

Je dévorais des pommes par dizaines pour prendre des forces, et l'odeur de pomme m'enveloppait comme celle de l'humidité et du charbon autrefois. Quand le soleil brillait, je travaillais dans un coin de champ où paissaient les chevaux. Quand il pleuvait ou que le vent soufflait sur mes pages, je travaillais dans les écuries.

Et quand la nuit tombait je travaillais dans ma chambre chez Mrs Murphy, dans la petite flaque de lumière émise par ma lampe. Encore parfois saisi d'effroi à l'idée que la lumière puisse s'éteindre.

42

Tommy

Mars 1903

Les mois ont passé. Une nouvelle année a commencé. Les examens pour obtenir une bourse d'étude approchaient, et mon corps avait complètement guéri. Mes pensées se tournaient de plus en plus souvent vers Manus ; il fallait que j'aille le voir, je le savais. Ayant un jour été envoyé faire une course à Steepley, j'en ai profité pour glisser un mot dans les chaînes de la grille. Le geste m'a procuré un léger frisson. Ce sinistre subterfuge, revenir sur les sentiers de Heston, me donnait l'impression de retrouver ma vie d'avant, mes inquiétudes passées et les réconforts volés. Mais non, me suis-je dit pour me rassurer, cette époque est révolue.

Quoi qu'il en soit, partir de là m'a soulagé, trop conscient que j'étais du risque pris à laisser un message, et surtout à m'aventurer sur ces terres. Mais j'avais besoin de revoir Manus. J'étais dévoré par la curiosité et je voulais lui dire à quel point notre dernière conversation m'avait affecté.

Bien que je ne sois plus celui qui avait sillonné ces sentiers de façon régulière et affronté avec arrogance les pièges de Paulson, je lui ai donc écrit que je repasserais à minuit cinq jours plus tard.

Cinq jours se sont écoulés, déplaisants et pleins de doute, une nouveauté pour moi. J'en ai tiré une leçon intéressante sur la vie : quand on n'a rien, on peut se permettre d'être négligent. Plus j'avais à perdre, plus j'avais à protéger. Toutefois, si nous ne nous étions vus que deux fois, je considérais Manus comme mon ami, et il se trouvait dans une situation inhabituelle.

Mon expédition n'a pas été vaine. Manus m'attendait dans la pénombre et, après une poignée de main brève et chaleureuse, il m'a hissé sur le dos d'Ebony, et nous avons trotté jusqu'aux écuries. Une fois encore, il avait apporté de quoi manger : du pain beurré, du fromage et une part de cake aux fruits. J'étais bien nourri chez Mrs Murphy, mais je n'avais pas encore perdu l'habitude d'avoir toujours faim, et une part de cake ne faisait de mal à personne.

— J'ai été tellement content de recevoir votre message ! a dit Manus. Je m'inquiétais à votre sujet depuis des mois. J'ai pensé que Paulson vous avait peut-être trouvé la dernière fois, après votre départ, ou qu'il y avait eu un accident à la mine.

— Il y en a eu un.

J'ai avalé mon dernier morceau de fromage et je me suis essuyé la bouche du revers de la main. Puis je lui ai raconté l'effondrement, mon sauvetage et ma convalescence.

— Je voulais vous écrire plus tôt pour vous l'expliquer, mais c'est moins évident pour moi de sortir la nuit…

En effet, j'avais à présent du mal à m'éveiller la nuit. Peut-être parce que j'avais un lit à moi, ou en raison des longues heures passées à l'air pur, ou peut-être étais-je simplement épuisé par mes cinq dernières années et me faudrait-il un bon moment pour récupérer. De plus, braconner avec p'pa était une chose. Sortir en douce de la maison d'une logeuse respectable en était une autre.

— Vous l'avez échappé belle ! s'est écrié Manus. Je me réjouis que vous alliez bien. Merci de vous être souvenu de moi, Tommy.

— De m'être souvenu de vous ? Oh, m'sieur, si vous saviez…

J'ai tenté de lui faire comprendre combien j'avais été touché par la gentillesse qu'il m'avait témoignée malgré les risques qu'il encourait. Et combien je lui savais gré de m'avoir poussé à réfléchir à ma vie sous un autre angle.

— Ce que vous m'avez dit la dernière fois qu'on s'est vus, m'sieur, sur les raisons qui vous poussaient à rester ici, ça m'a aidé à voir quel chemin suivre. C'était l'impulsion dont j'avais besoin pour quitter la mine… Je vous le répète : si jamais je peux vous donner un coup de main, faites appel à moi.

— Mon cher Tommy, je suis ravi qu'admettre ma faiblesse se soit avéré d'une aide si précieuse pour vous ! a-t-il dit avec un sourire plein d'autodérision.

— M'sieur, comment votre père a pu vous enfermer de cette façon ? Vous êtes très différents l'un de l'autre, c'est vrai, mais simuler votre mort ? Ce doit être un homme vraiment terrible !

— Oh oui, Tommy. Le plus terrible qui soit. Hormis mes centres d'intérêt et mes opinions politiques, autre chose causait le désespoir de ma famille. Je vous en aurais bien parlé avant, mais c'est très douloureux. Et raconter mon histoire me fatigue beaucoup. Je n'ai pas l'habitude d'avoir une personne de confiance ; je reste silencieux et à l'abri des regards depuis des années.

— Je comprends. Certaines confidences ne doivent pas être bousculées.

— Très juste. Eh bien, Tommy, je suis tombé amoureux de la fille d'un mineur d'Arden, Helen. Une jeune fille ordinaire, venue d'une famille ordinaire, comme votre Josie. Je n'avais jamais rien vu de si beau. Je ne parle pas de sa beauté, même si elle était belle, mais de sa capacité à illuminer le monde comme les étoiles. Elle était douce et bonne et elle m'aimait… Sa mère a eu vent de notre histoire et en a parlé à mon père. Il a été si atterré par ce choix inconvenant à ses yeux qu'il y a vu la preuve de ma déficience mentale. Helen et moi avons été séparés et je suis devenu extrêmement mélancolique…

Son visage s'est empreint d'une telle angoisse que je l'ai saisi par le bras.

— M'sieur, vous êtes là, maintenant, c'est fini. Vous êtes avec un ami.

Il s'est secoué et a levé la main pour caresser Equinox. J'ai songé que ce rituel devait éloigner la douleur.

— Vous avez raison. Merci, Tommy. Quand j'ai appris que Helen s'était mariée et installée à Suffolk, les choses ont empiré. C'est mon père qui a tout arrangé, je le sais. Mais le médecin m'a diagnostiqué une grande fragilité mentale. Si de tels symptômes sont monnaie courante chez les femmes, créatures à l'équilibre délicat, chez un homme, ils sont le signe d'un naturel faible et d'un esprit instable. Mon père avait donc soudain une nouvelle raison de se plaindre de son héritier : j'étais malade et je pouvais transmettre mon affection à nos descendants. J'étais le maillon faible de la puissante lignée des Barridge, celui qui risquait de renverser tout le clan.

— Oh, m'sieur…

— Je vous en prie, Tommy, appelez-moi Manus. « Monsieur »… ce n'est pas moi. Quoi qu'il en soit, je ne suis pas fou, je le sais. Mon intérêt pour la médecine se portait aussi sur la santé mentale. Non seulement ma mélancolie était compréhensible, mais il s'agissait aussi d'une réaction saine face à ma séparation d'avec la femme que j'aimais et à la cruauté de ma famille. Cependant, cela a fourni à mon père l'excuse dont il avait besoin pour prendre des mesures drastiques ; c'est la goutte d'eau qui a fait déborder le vase, comme on dit. Et me voilà tel que vous me trouvez.

J'ai inspiré longuement, réfléchissant à son récit stupéfiant. Ces nouvelles facettes de la cruauté de son père me donnaient envie de quitter cet endroit dangereux aussi vite que possible, mais à présent que j'étais là je pouvais aussi poser l'équivalent d'un mois entier de questions.

— M'sieur, je suis venu braconner ici une nuit, il y a des années de ça. Et je vous ai vu devant le manoir, sur le dos d'Equinox. Vous dansiez au clair de lune.

Impossible de comprendre ce que je voyais ; je vous ai pris pour un fantôme. Comment ? Qu'est-ce que… ?

— Ah, eh bien ça alors ! Vous m'avez vu avant même que nous ne nous rencontrions ! Vous étiez là sans que j'aie la moindre idée qu'un ami se tenait tout près. Avez-vous entendu parler de dressage, Tommy ? Non ? C'est une discipline équestre. D'aucuns diront qu'il s'agit de la plus haute, car elle requiert une harmonie absolue entre cheval et cavalier. Mon père, bien sûr, ne la considère pas du tout. Lui se sert des chevaux et des poneys pour transporter son charbon, sa calèche ou chasser le renard. C'est, à sa manière, un cavalier impressionnant, mais il compte seulement sur la force brute et la détermination. Le dressage est un art subtil, Tommy, je crois que vous, vous l'apprécieriez. C'est un poème en mouvement nécessitant un degré d'entraînement qui ne peut être atteint qu'à force de confiance, de patience et d'intuition.

— Et vous flottez vraiment ? ai-je demandé. Quand vous faites du dressage ?

Il a souri.

— Je suis heureux que ce soit ce que vous avez pensé. Cela ne donne cette impression que lorsque le cheval et son cavalier sont à l'unisson. Vous avez dû voir ce que certains appellent les « airs relevés ». En d'autres termes, des sauts, mais cela paraît moins romantique, n'est-ce pas ?

— Ça paraît magique. Comment vous avez découvert le dressage, si votre père ne s'y intéresse pas ?

— Ma tante Pheeney, la sœur de mon père, était une excellente écuyère ; elle m'a appris les bases quand j'étais tout jeune. Elle vivait en Écosse mais nous rendait visite l'été. Mon père était furieux qu'elle m'encourage à cette discipline. « Ne le rendez pas plus efféminé qu'il ne l'est déjà », lui a-t-il dit. Elle lui a répondu de façon très cinglante ; elle était la seule à ne pas avoir peur de lui. Elle est morte quand j'avais dix-huit ans et m'a légué ses livres, écrits par des experts tels qu'Antoine de Pluvinel ou La Guérinière. J'ai donc continué à étudier et à m'entraîner. Je m'entraîne encore la nuit, quand il n'y a personne pour me regarder ou me huer.

Son indicible solitude m'a frappé. Je savais trop bien ce que ça faisait de se sentir différent. Mais moi, au moins, j'avais vécu dans une famille animée et bruyante. Chez nous, malgré les tensions, il y avait de l'affection et de la camaraderie. Mon instruction avait été de courte durée, mais elle avait eu lieu dans une salle de classe pleine d'autres enfants. Et même au fond de la mine j'avais fait partie d'une communauté, même si j'y trouvais beaucoup à redire. Manus, lui, avait étudié la médecine seul. Après avoir perdu sa tante, il avait étudié le dressage seul. Il ne faisait plus partie de sa famille. Il vivait seul. Il chevauchait la nuit. Il devait être terriblement isolé.

— M'sieur… Manus, si je peux me permettre, je m'inquiète pour vous. Vous comptez vivre comme ça combien de temps ? Ce n'est pas une vie. Vous êtes si seul !

Il a semblé mal à l'aise.

— J'ai l'habitude, a-t-il répondu. Et peut-être suis-je mieux ainsi. Ma propre famille me trouvait insupportable. Et je n'ai été caché qu'à l'âge de vingt-deux ans ; j'en connais assez sur le monde pour savoir que les gens voient d'un très mauvais œil les excentriques et les parias. J'ai mes chevaux, les bois et les étoiles. Ce sont mes amis et mon réconfort. Cela me suffit.

Il était presque convaincant. J'ai froncé les sourcils.

— Ça ne suffit pas. Faites-moi confiance, je vous comprends mieux que vous ne pouvez l'imaginer. Moi non plus je n'étais jamais assez bien pour mon père, parce que je suis différent, parce qu'il ne comprend pas ce qui m'enthousiasme. Je sais ce que ça fait de se sentir à part. Pendant des années, j'ai cru que je serais toujours seul au fond de mon cœur. Et puis j'ai rencontré Josie. Et puis j'ai rencontré miss Embry. Et puis j'ai rencontré Walter. Et puis je vous ai rencontré vous. Ce serait pareil pour vous. Les chevaux, les arbres et les étoiles, c'est très bien, c'est très beau, mais ce ne sont pas des gens. Et les gens ont besoin de gens.

À mon grand désarroi, il s'est penché en avant, les coudes sur les genoux, et il a enfoui son visage blême et émacié dans ses mains pâles et minces. Equinox l'a poussé du nez et a trépigné. Quel imbécile ! J'avais mis le doigt sur le point sensible, fragile, caché de sa personnalité, et c'était trop pour lui. J'étais un vrai goujat, un pauvre gars des mines. Josie s'y serait tellement mieux prise !

— Je suis désolé, vraiment, ai-je bredouillé et, à défaut d'autre chose, je lui ai rempli son verre.

Il a secoué la tête.

— Vous n'avez rien fait de mal, Tommy. C'est juste que vous avez mis dans le mille. Vous percevez le fond de mon cœur. Je vous l'ai déjà dit : je suis un lâche. Mais, même si j'avais du courage, comment pourrais-je m'y prendre ? En dehors du fait que je suis censé être mort, comment pourrais-je avoir envie de retrouver ce monde où l'amour peut être contrarié, où les gens chassent les autres espèces pour le plaisir et s'en prennent à leurs semblables pour des raisons absurdes ? Tommy, seul un fou voudrait prendre part à une telle mascarade.

— Ce n'est pas la cruauté qui manque dans ce monde, en effet. Mais il y a aussi de la beauté et de la gentillesse… Et il n'y a pas de mal à avoir peur. J'avais peur dans les mines. J'ai eu peur en venant ici ce soir. Ça ne veut pas dire qu'il ne faut rien faire.

Il m'a dévisagé d'un air pitoyable.

— Je le sais. Mais… j'ai trente-quatre ans. Comment recommencer de zéro alors que je suis à la moitié de ma vie ? Par quel nom me ferais-je appeler ? Où irais-je ? Quelle vie me conviendrait alors que je ne suis pas même supposé être vivant ?

— Je n'ai pas de réponse à ces questions. Mais vous devez vous promettre de leur trouver une solution. Tant que vous y travaillez… eh bien, c'est déjà ça. On ne résoudra pas tout ce soir, ai-je ajouté d'une voix douce. Vous avez besoin d'un plan et de moyens. Et surtout d'amis, vous pouvez compter sur Josie et moi, pour peu qu'on puisse vous aider. Et sur miss Embry ; je suis sûr qu'elle vous aiderait aussi.

Il a attrapé mes mains.

— Tommy, arrêtez, c'est un supplice. Mais je vous remercie de m'avoir sorti de la sidération dans laquelle je vis depuis qu'on m'a condamné à cette existence solitaire. Merci de m'avoir montré ce qu'elle a d'intenable.

— J'arrête. Et je vous demande pardon d'avoir dépassé les bornes. Maintenant que j'ai échappé aux mines, je veux que tout le monde soit heureux.

Changeons de sujet. J'ai une nouvelle à vous annoncer, Manus. Je prépare des examens pour obtenir une bourse pour une école du Derbyshire, la Westonbury Academy.

— Westonbury ? Je la connais ! Mon cousin Aloysius y a étudié. Oh, Tommy, une bourse ! Ce serait formidable pour vous.

— Si je ne l'obtiens pas, ce ne sera pas par manque d'efforts. De toute façon, je ne peux pas continuer à besogner à Silvermoor jusqu'à la fin de mes jours. Si je n'entre pas à Westonbury, je devrai aller à York ou à Leeds trouver un moyen de m'en tirer. Je ne resterai pas indéfiniment dans le coin. Mais, alors, comment je ferai pour vous écrire ? Je ne peux tout de même pas envoyer mes lettres ici, adressées à Manus Barridge ?

— Effectivement, nous devrons trouver une solution avant votre départ.

Le caractère incertain de l'avenir a rendu nos adieux difficiles. Nous sommes retournés au portail sur le dos d'Ebony plongés dans nos pensées.

— Vous ne commencerez vos études à Westonbury qu'au mois de septembre, a fait remarquer Manus. Nous avons donc du temps devant nous, et nous pourrons continuer à échanger des messages à la grille.

— Si je vais à Westonbury, ai-je objecté en rejoignant le sentier.

Je l'ai regardé à travers les barreaux ; c'était comme regarder un prisonnier dans sa cellule.

— Oh, vous irez, a-t-il répondu d'un ton assuré. Je n'ai aucun doute là-dessus.

43

Tommy

Juin 1903

Manus avait raison. J'ai réussi tous mes examens haut la main. L'après-midi de mon dix-huitième anniversaire, la lettre portant les armoiries de Westonbury est arrivée chez Mrs Murphy. La joie qui m'a envahi me donnait l'impression d'avoir bu du champagne. Non, c'était plus grisant que de la joie ; c'était de la fierté. Une vraie fierté. La première chose que j'ai faite a été d'écrire à Josie pour l'en informer. Elle devait venir à Silvermoor la semaine suivante, mais cette nouvelle ne pouvait pas attendre. Je me suis rendu au manoir pour supplier un domestique de poster ma lettre avec le courrier de la famille, puis j'ai demandé à être escorté jusqu'à la salle de classe, où je l'ai annoncé à Mr Farthing et à Walter.

Walter a explosé de joie ; je crois qu'il s'attribuait le mérite de ma réussite puisque, brièvement, j'avais été son protégé. Mr Farthing m'a pris des mains la lettre de Westonbury d'un air neutre et l'a lue minutieusement.

— Un résultat impressionnant, a-t-il fini par déclarer. Très impressionnant. Je dois avouer, Tommy, que je ne vous pensais pas capable d'y arriver. Bravo.

Plus tard ce jour-là, le comte m'a envoyé chercher. Je n'avais pas l'habitude de lui rendre visite le soir. Mais les longues nuits monotones passées à étudier étaient terminées pour l'instant. Les examens étaient derrière moi. Je découvrais la liberté. Il m'a reçu dans la bibliothèque avec Walter et les chiens, m'a félicité chaleureusement et a insisté pour que nous levions un verre de cognac à ma réussite, ce que j'ai trouvé très bienveillant de sa part.

— Écrivez-nous, Tommy, pour nous dire comment vous vous en tirez, m'a-t-il enjoint. Vous êtes un ami de la famille, à présent.

J'en suis resté bouche bée ; j'avais donc parcouru du chemin sans m'en apercevoir. J'ai hoché la tête et je lui ai serré la main, mais Walter ne s'est pas montré aussi réservé.

— Je suppose que vous pensez désormais qu'il fait un ami convenable, papa, a-t-il dit avec ironie. Ça n'a pas toujours été le cas, vous savez.

J'ai senti mes joues s'empourprer.

— Je m'en souviens, a répliqué le comte. Mais j'ai appris que Tommy n'était pas un jeune homme ordinaire. Or l'une des caractéristiques de l'homme, Walter, est qu'il peut admettre ses torts et rectifier le tir. J'espère que vous ne l'oublierez pas.

— Oui, papa, mais moi je l'ai su dès le début, n'est-ce pas ?

— Faire preuve de magnanimité dans la victoire est une autre qualité importante… a souligné le comte.

J'ai souri.

Ces dernières semaines avant d'aller à l'école ont été précieuses. Et brèves aussi – jamais le temps n'était passé si vite. La semaine avant mon départ, je suis allé à Grindley voir ma famille, pour qui Mrs Roundsby m'avait fait la surprise de me confier un panier. Elle gardait un bon souvenir de ma mère lorsqu'elle était venue à mon chevet.

— Il y a de la confiture de prunes, du gâteau au chocolat et de la génoise, a-t-elle énuméré. Du poulet rôti, un sac de pommes de terre, un chou du potager, des carottes et un morceau de ce bon fromage. J'ajouterai une bouteille de vin de groseille si vous arrivez à tout porter.

— J'y arriverai.

Je lui ai décoché un grand sourire et j'ai déposé un baiser sur sa joue. Ma famille n'avait jamais eu droit à ce genre de chose !

Je suis parti à pied tôt le matin, le cœur léger. Toutes ces années, je n'avais jamais imaginé emprunter un jour ces sentiers en tant qu'étudiant boursier, muni de délicieuses provisions dont m'man et les autres se délecteraient pendant des semaines.

Je suis arrivé au beau milieu d'une bourrasque de tâches familières. P'pa était déjà parti travailler. Jimmy et John s'apprêtaient à sortir avec leur gamelle et leur casquette. Les voir partir m'a fait mal, mais ils paraissaient plutôt enjoués.

— On revient tout à l'heure, m'ont-ils dit en me donnant une tape sur le bras et en jetant un coup d'œil gourmand dans le panier. Tu pourras nous annoncer ta fameuse nouvelle à ce moment-là.

Je me suis assis près du feu, j'ai écossé des pois pour m'man, compté des pinces à linge et enroulé des pelotes de laine. M'man n'aimait pas voir les gens se tourner les pouces. Pendant que j'accomplissais ces tâches, nous avons parlé du passé et de l'avenir, et elle m'a posé sur l'école des millions de questions auxquelles je n'ai pas pu répondre.

Mamie était pâle et frêle comme un spectre. Elle donnait l'impression de s'être repliée sur elle-même aussi complètement que possible, cherchant peut-être papy aux tréfonds de son âme. Je savais que je ne la reverrais pas. Pendant un instant, cela m'a ôté l'envie de partir. Mais, comme si elle avait lu dans mes pensées, elle s'est penchée vers moi et m'a pris la main. La sienne n'avait plus de force ; ses yeux, si.

— Mon petit Tommy, a-t-elle chuchoté. Tu m'as donné un bon souvenir à emporter. Une bonne nouvelle à raconter à papy.

Il aurait été inutile de la faire taire, et irrespectueux aussi. Elle s'en allait et elle en avait envie.

— Quand tu le verras tu lui diras que je l'aime, ai-je répondu. Et toi aussi, je t'aime, mamie.

Elle a souri et tapoté ma main ; la sienne m'a fait penser à une petite patte de campagnol.

— T'es un brave garçon, mon petit Tommy.

Comme il se doit, Connie m'a demandé de l'emmener au ruisseau, en souvenir du bon vieux temps. Elle pêchait très bien à présent et nous a rapidement attrapé un bon dîner. Assise sur la berge, elle chantait. Je jure qu'elle chantait pour attirer les poissons. Elle avait onze ans et papotait sans malice de ses amis, de ses rêves et de ses espoirs. Je lui souhaitais tout ce qu'il y avait de meilleur au monde, mais ces choses avaient peu de chances de lui arriver sans mon aide ; une autre raison de bien travailler à l'école et d'être à la hauteur de mes folles ambitions.

Nous avons regagné la maison et j'ai joué aux osselets avec Ernest et Alfred assis sur le tapis. P'pa, Jimmy et John sont rentrés du travail. Ils ont pris leur bain chacun leur tour avant de nous rejoindre. Georgie est venu lui aussi, accompagné d'Agnes. P'pa a englouti son dîner comme si la nourriture commençait à passer de mode, jetant à peine un coup d'œil au panier que m'man avait gardé intact pour que chacun puisse le voir dans toute sa gloire avant qu'il soit démantibulé et sagement rangé ailleurs. Tous mes frères et sœurs étaient aux anges. Pas mon père.

— Je dois aller voir Bulford, a-t-il déclaré juste après le repas.

Puis il a disparu.

Je l'ai regardé partir, consterné.

— Est-ce qu'il va revenir ? ai-je demandé.

M'man a eu l'air agacé.

— J'en sais rien, a-t-elle répondu.

Elle avait sans doute rêvé autant que moi d'une soirée en famille autour du feu. Mais la simple idée de mon départ pour une aventure comme jamais personne n'en avait connu dans notre famille n'empêcherait pas p'pa de rester lui-même.

Nous nous sommes assis au salon jusqu'à ce que les ombres de ce soir d'été s'engouffrent à l'intérieur et alors j'ai su qu'il était temps de rentrer. Je ne me rappelais pas avoir passé meilleure soirée. Mercy jouait de l'harmonium, Connie chantait, Mary fronçait les sourcils. Les petits avaient veillé plus tard que d'habitude et mamie s'était endormie. J'ai contemplé notre petite maison, longuement et avec tendresse. Certes, elle était ridiculement petite pour tant d'occupants. Certes, elle ne nous appartiendrait que tant que les hommes de notre famille travailleraient à la mine. Malgré tout elle regorgeait d'amour.

J'étais furieux que mon père se soit absenté à un tel moment. N'était-il pas fier de moi ? N'avait-il rien à me dire avant mon départ pour le Derbyshire ? Mais, lorsque mon regard s'est posé sur la cuisine et sur le panier de Mrs Roundsby, j'ai vu un filet de fumée s'élever derrière la vitre et j'ai compris.

J'ai pris congé et je suis sorti dans notre petite cour. P'pa était là, tout seul, assis sur le muret, en train de tirer sur sa pipe. J'ai secoué la tête. Moi, je n'aurais jamais pu passer de cette manière la dernière soirée avec mon fils, mais mon père et moi étions différents à presque tous les égards.

— P'pa.

Il a levé la tête, le visage adouci par les nuages de fumée de sa pipe.

— P'pa, qu'est-ce que tu fais dehors, espèce de tête de mule ?

— On peut pas prendre une minute pour se détendre et fumer la pipe après une journée de travail ?

— Si, mais ça fait combien de temps que tu fumes ? Une heure ? Deux ? Je dois partir bientôt, tu sais.

Je me suis assis à côté de lui sur le muret, passant mes jambes par-dessus de sorte que nous étions en quinconce, comme toujours.

— Eh bien ! a-t-il lâché avec éloquence.

— Oui, ai-je répondu de la même manière.

Et nous sommes restés assis là.

Au bout d'une éternité, alors que je pensais vraiment que nous n'aurions pas de conversation ce soir-là, il a pris la parole.

— Quand est-ce que tu t'en vas ?

— Après-demain.

J'étais presque certain qu'il le savait déjà.

— Ta mère croit que tu rentreras nous voir à Noël. Je lui ai répondu de pas vendre la peau de l'ours. Je lui ai dit qu'y avait de fortes chances que tu rentres plus, maintenant.

— M'man a raison.

Et tu ne me connais pas du tout, ai-je ajouté en silence. Mais ce n'est pas nouveau.

— Ce jour-là, au fond… je voulais pas que tu me quittes, a-t-il dit d'une voix si douce que j'avais peine à l'entendre. Et voilà que tu me quittes quand même.

Alors c'était ça. Je savais que son amour n'avait rien d'égoïste – après tout, il avait risqué sa vie pour sauver la mienne. C'était simplement qu'il avait une vision du monde si étroite, si rigide qu'il considérait mon départ comme une mort.

— Ça n'a rien à voir, ai-je rétorqué, toujours calme.

Je doutais de jamais m'emporter de nouveau contre p'pa. Il s'était passé des choses beaucoup trop importantes pour ça.

— Je ne fais que quitter la maison, le village. Je ne vais pas disparaître. Je vous rendrai visite. J'écrirai à Connie et elle pourra vous lire les lettres. Et, un jour, j'arrangerai les choses pour nous tous, tu verras. Avant que tu ne me poses la question : non, je ne sais pas comment. Non, je n'ai pas réponse à tout. Non, je n'ai pas pris le melon. Et oui, je crois que je suis unique.

— Pas la peine que j'ouvre la bouche, alors ?

— Eh bien, on ne peut pas dire que tu parlais beaucoup, avant, p'pa.

J'ai saisi un éclair d'hilarité dans son regard. Pour la première fois de ma vie.

— J'aurais aimé que tu restes. Ou, du moins, j'aurais aimé que tu sois satisfait de rester ici, comme nous autres. Mais tu l'es pas et tu le seras jamais parce que t'es si foutrement différent, et dans ce cas je suppose que…

Il a poussé un gros soupir.

— Oui, c'est mieux comme ça, ai-je poursuivi. Tu sais, p'pa, avant je faisais semblant que tu n'étais pas mon vrai père. Je faisais semblant que c'était le comte…

P'pa a gloussé.

— Ta mère aurait quelque chose à redire à cette histoire.

J'ai souri.

— Oh oui ! Maintenant, je suis tellement content que ce soit toi mon père et personne d'autre ! Quand j'étais coincé au fond ce jour-là, c'est à toi que je pensais. Je suis reconnaissant d'avoir été sauvé parce que ça m'a donné l'occasion de te le dire. Mais tu n'es jamais venu me voir à Silvermoor et tu te caches de moi depuis. On restera toujours un mystère l'un pour l'autre, p'pa. Pourtant tu m'as façonné. Nos prises de bec ont fait de moi celui que je suis. Et je ne connais pas meilleur homme que toi. Tu es courageux et fort, et tu as plus de conviction que n'importe qui d'autre.

Si je peux t'arriver à la cheville, je serai fier de moi, même si je dois m'y prendre différemment.

Et voilà. Tout ce que j'avais sur le cœur depuis mon dernier jour au fond sortait enfin au grand jour. J'avais enfin accepté notre relation, avec ses bons et ses mauvais côtés.

P'pa a tiré sur sa pipe une ou deux fois, puis a balayé du regard notre petite rue déserte et morne comme si c'était l'endroit le plus fascinant au monde.

— Eh ben vas-y, tu ferais mieux de retourner voir ta mère.

44
Tommy

Au cours des mois précédant mon départ pour Westonbury, Manus et moi avions poursuivi notre amitié par messages interposés, grâce aux épaisses chaînes enroulées autour de la grille. Continuer à m'introduire sur les terres des Barridge présentait un trop gros risque pour moi alors que la chance de ma vie était au rendez-vous.

Nous échangions des mots environ une fois par semaine – je l'encourageais à planifier son propre avenir, et il me félicitait d'avoir été accepté à Westonbury. Nous nous racontions nos journées peu rocambolesques, et chacun s'habituait à recevoir le soutien de l'autre. Petit à petit, notre amitié se resserrait, bien qu'elle ait été intense dès le début : Josie et moi qui avions pris la fuite, Manus qui se cachait, la terreur qui nous avait tous frappés, Manus qui nous avait porté secours de façon désintéressée… il y avait de quoi lier une amitié hors du commun.

C'est en comptant les jours qui restaient avant mon départ que j'ai fini par mieux comprendre sa réticence à quitter Heston. Toute ma vie j'avais rêvé d'intégrer une école comme Westonbury, et à présent que ce rêve se réalisait je me rendais compte à quel point concrétiser ses désirs les plus chers pouvait s'avérer terrifiant. J'ignorais ce qui m'attendait, comment j'allais m'en tirer… Pas un détail de ma vie quotidienne ne serait semblable à ce que j'avais connu jusque-là, et, même si c'était exactement ce que je m'efforçais d'atteindre, j'ai été stupéfait de découvrir que j'avais presque aussi peur que lors de mon premier jour au fond. Mon environnement – les villages, les voix familières, même les carreaux des mines – me paraissait précieux pour la simple raison que je le connaissais.

La nuit précédant mon départ pour le Yorkshire, j'ai retrouvé Manus devant la grille. Ainsi, nous pouvions nous voir sans que je pose le pied à Heston et sans que Manus le quitte. Nous savions que nous ne faisions que suivre la loi à la lettre, fermant délibérément les yeux sur ses sous-entendus. Nous restions vigilants afin que Manus puisse se glisser derrière les arbres et que je puisse filer sur le sentier au premier signe de danger. Quand un hibou est descendu en piqué tout près de nos têtes, les yeux rivés sur un petit animal qui détalait, nous avons sursauté, et Ebony a rué. Je crois que le hibou lui a effleuré les oreilles.

Admiratif, j'ai regardé Manus le calmer. À cet instant, Ebony était une vraie bête sauvage, ses sabots fouettaient l'air, et ses yeux roulaient dans leurs orbites, alors que Manus était le calme et la compétence incarnés. Face à un animal puissant et impétueux, il ne montrait pas la moindre crainte. Pourtant, dès qu'il s'agissait de prendre le contrôle de sa propre vie, il n'était plus qu'une ombre.

— Vous allez me manquer, mon ami, a-t-il chuchoté par la grille une fois le silence retombé.

— Je serai de retour à Noël. Et nous nous écrirons.

— Oui. Nous nous écrirons.

Car nous avions conçu un système. Manus avait accepté que je révèle notre secret à miss Embry, et c'est à elle que j'enverrais les lettres destinées à mon ami. Quand elle sortirait se promener, elle dissimulerait ma lettre entre les grosses chaînes de la grille à Heston, veillant à ce que ne dépasse pas le moindre bout de blanc qui pourrait être trempé par la pluie ou repéré par un gardien. Elle récupérerait les lettres que Manus laisserait pour moi au même endroit puis me les enverrait à Westonbury. Une correspondance sporadique, certes, mais ce serait mieux que rien.

Seule miss Embry pourrait s'en charger, car j'avais confiance en très peu de personnes. Josie ne se rendait pas à Silvermoor assez souvent pour nous servir de messagère et, de toute façon, je ne voulais pas qu'elle s'approche de Paulson. Walter était trop jeune pour être mêlé à ce genre de chose. Miss Embry en savait un peu sur la vie et le monde, et elle aurait fait n'importe quoi pour Josie et moi. C'était sans doute une solution démente, mais elle nous apportait un certain réconfort.

— Je vous ai apporté ceci, a murmuré Manus en sortant de sa poche un livre relié de cuir. Je sais que vous avez lu votre content de livres au cours des derniers mois et je ne souhaite pas vous détourner de vos études, mais j'avais envie de vous offrir quelque chose. Celui-ci était mon préféré quand j'étais enfant et, à dire vrai, il compte encore beaucoup à mes yeux. Emportez-le à Westonbury pour vous tenir compagnie, même si vous n'avez pas le temps de le lire.

Je l'ai remercié du fond du cœur et nous nous sommes serré la main à travers les barreaux, puis je suis retourné à Silvermoor au pas de course. Quand j'ai eu regagné ma chambre dans le cottage de Mrs Murphy, j'ai allumé la lampe et examiné mon cadeau. *Le Livre de la jungle*, de Kipling. Un petit frisson m'a parcouru. L'Inde ! Les jungles, les panthères, les rivières et les loups ! Miss Embry en avait un exemplaire que j'avais espéré lui emprunter, mais je n'en avais pas encore eu l'occasion. À présent, j'avais le mien, au cuir doux et aux pages patinées par l'usage. Je l'ai ouvert et j'y ai vu une inscription au stylo à plume :

Pour Tommy Green
Puissent vos aventures être nombreuses et magiques.
Avec toute ma reconnaissance,
Votre ami sincère,
JMB

TROISIÈME PARTIE

45

Josie

Septembre 1903

Je vivais à York depuis près de dix-huit mois quand la tragédie s'est abattue sur Arden. Contre toute attente, cette tragédie n'avait rien à voir avec les mines. Les mines continuaient à tourner, les mineurs à se traîner, les familles à en baver. Quand la mort est venue, elle s'est insinuée en douce et a emporté ma sœur Tansy.

J'ai reçu un mot de Martha m'informant que Tansy souffrait d'une maladie incurable, et miss Coralie m'a renvoyée là-bas sur-le-champ. Je dis « renvoyée là-bas » plutôt que « renvoyée chez moi » parce qu'à Arden je n'avais plus l'impression d'être chez moi. Je n'y étais jamais retournée. J'avais retrouvé Martha à plusieurs reprises quand les Honeycroft venaient à Silvermoor. Une ou deux fois, elle était accompagnée de Tansy, petite fée dansante aux cheveux de soleil. Mais je n'avais jamais remis les pieds au village.

Lorsque la calèche des Honeycroft est entrée dans Arden, plusieurs personnes que j'avais connues toute ma vie se sont arrêtées pour me regarder, bouche bée, comme si j'étais une princesse perse. Constater combien le village était miteux, exigu et sale m'a consternée. Comment avais-je pu trouver ça normal ? Là se trouvait l'école. Là le sentier qu'empruntaient Bert et mon père chaque matin quand ils se rendaient à Drammel Depth. Là se trouvait le bout de ma rue. J'ai posé les yeux sur chacun de ces repères, m'efforçant de ressentir de la nostalgie, mais je n'ai senti qu'une peur étrange marteler ma poitrine et y enfoncer des clous. En toute autre circonstance, j'aurais fait demi-tour et détalé.

Hors de question de rester coincée là, me suis-je dit avec fermeté. À défaut d'autre garantie, je comptais sur le fait que mes employeurs attendaient mon retour une semaine plus tard. Inutile d'être superstitieuse. Quoi qu'il en soit, me laisser un temps donné pour régler des affaires quand ces affaires avaient trait à la mort à venir de ma sœur n'avait rien de réconfortant. D'après Martha, Tansy ne survivrait pas plus de trois jours.

La calèche m'a déposée au bout de la rue. La dernière fois que je m'étais trouvée là, j'avais fui avec Tommy au beau milieu de la nuit. Mes cheveux avaient été coupés ras, mon cœur brisé et, peu après, je m'étais foulé la cheville en tombant dans le tunnel à Heston. Tant de choses avaient changé depuis. Pourtant, en marchant le long de cette route, je redevenais la jeune Josie d'Arden, celle qui se sentait mal à l'aise et avait peur de rentrer chez elle. Je ne me rendais pas compte à l'époque à quel point cela m'effrayait. À l'époque, ce sentiment de sombrer, d'étouffer me paraissait normal.

J'ai frappé à la porte, un geste étrange. Ma mère a ouvert et m'a dévisagée longuement avec une grimace amère. Je me suis demandé si elle allait me laisser entrer. Puis elle s'est écartée et j'ai vu mon père et Bert en train de fumer près du feu. Mon père a levé les yeux et hoché la tête.

— Comment va, Josie ? a-t-il lancé sur un ton inexpressif.

Bert s'est approché pour me serrer dans ses bras.

— Je suis vraiment content de te voir, a-t-il chuchoté dans mes cheveux.

Il avait vingt et un ans à présent, un vrai jeune homme. Des rides d'inquiétude cernaient déjà ses yeux et striaient son front. J'ai posé mes mains de chaque côté de son visage.

— Oh, Bert, ai-je murmuré, m'apercevant qu'il me manquait.

C'est alors que j'ai entendu des pas rapides. Martha a dévalé l'escalier et s'est jetée dans mes bras.

— Tu es là, tu es là ! a-t-elle haleté.

J'ai compris à sa voix qu'elle m'avait attendue avec impatience.

— Oh, Josie !

Elle a fondu en larmes. Je l'ai serrée fort dans mes bras.

— Je suis là, Martha. Ma pauvre chérie, quelle calamité… Alors, elle est où ?

— Dans la chambre. On peut pas la bouger. On dort tous en bas pour qu'elle se repose et m'man et moi on s'assoit avec elle à tour de rôle pendant la nuit.

— Je peux la voir ?

— Bien sûr, viens.

J'ai lâché mon sac et jeté mon manteau sur le dossier d'une chaise. Ni m'man ni p'pa n'ont fait mine de les prendre ou de me souhaiter la bienvenue. J'ai suivi Martha, et Bert nous a accompagnées.

Tansy avait la typhoïde. Personne ne savait comment elle l'avait attrapée ; elle semblait être un cas isolé. Mais le médecin avait expliqué qu'on pouvait être porteur de la bactérie sans le moindre symptôme. Tansy n'allait jamais nulle part excepté à l'école ; il était donc raisonnable de supposer qu'il y avait, parmi les autres enfants du village, un porteur asymptomatique. Une petite bombe à retardement susceptible de propager la maladie et la mort à n'importe quel moment.

Le magnifique visage de ma sœur cadette était tout rouge et, quand Martha a replié la couverture, j'ai vu que des taches roses recouvraient son torse blanc, pareilles à des motifs floraux sur un rideau. Elle dormait, agitée, la respiration rauque, mais quand elle a entendu ma voix elle a ouvert les yeux.

— Josie ? a-t-elle susurré. Je suis contente que tu sois de retour. Tu m'as tellement manqué !

— Tu m'as manqué aussi, mon cœur.

Je l'ai serrée dans mes bras, sans me soucier en cet instant des risques pour ma santé ni des précautions à prendre.

— Tu m'as manqué, ma petite fée !

Elle a gloussé, comme toujours quand je l'appelais ainsi, puis elle m'a demandé de lui parler d'York. Je lui ai donc décrit les vitrines scintillantes des magasins, le champ de courses vert pomme et les usines de chocolat qui enveloppaient la ville entière de l'odeur du sucre, et elle a fini par se rendormir. Nous sommes restés tous trois assis là des heures, jusqu'à ce que la nuit tombe.

— Je suis content de t'avoir vue, Josie, a dit Bert dans la pénombre. Je travaille de jour demain. Je te verrai pas, à moins que tu sois encore là le soir.

— Je serai là, lui ai-je promis.

Enfin, lorsque les chouettes ont commencé à ululer au-dessus du village et que le clair de lune a caressé la petite chambre, Martha s'est assoupie sur mon épaule. Bert l'a réveillée puis nous a fait signe de le suivre dans l'escalier.

— Elle est très fatiguée, m'a-t-il confié à voix basse tandis qu'elle descendait derrière nous d'un pas trébuchant. Elle bosse encore au jour et elle veille Tansy presque toutes les nuits.

— Je vais rester avec Tansy cette nuit, ai-je proposé au moment où nous avons rejoint la lueur des lampes et du feu de cheminée dans la pièce du rez-de-chaussée. Ça permettra à m'man et à Martha de se reposer.

— Tu restes pas ici, a déclaré m'man d'une voix basse mais déterminée, du fond de son fauteuil.

— M'man ! s'est écrié Bert, abasourdi.

— Non, je suis sérieuse. Elle a quitté cette maison et elle est partie une fois pour toutes. Pas question qu'elle revienne quand ça lui chante.

— Mais m'man ! Elle est là pour Tansy ! Elle a fait tout le trajet depuis York. Il faut qu'elle reste, c'est chez elle ici !

— Non, c'est pas chez elle. Est-ce qu'elle a pensé à Tansy ou à nous une seule seconde quand elle s'est enfuie en pleine nuit avec son gars de Grindley ? Et on l'a pas revue depuis. Non, je veux pas d'une fille comme ça sous mon toit.

— M'man, ai-je rétorqué avec lassitude. Je suis pas une fille comme ça, je suis moi, c'est tout. Et même si ça te plaît pas, même si moi je te plais pas, laisse-moi rester pour que je puisse vous aider. On va perdre Tansy. Laisse-moi vous aider.

— On s'est très bien débrouillés sans toi jusqu'à maintenant, a-t-elle riposté. Je vais pas t'empêcher de voir ta sœur alors qu'il lui reste que quelques jours à vivre, mais tu dormiras pas ici un point c'est tout. Allez, va-t'en !

— M'man, a protesté Martha. Où est-ce qu'elle va aller ? Je veux qu'elle reste ici. C'est ma sœur à moi aussi. Et puis j'ai besoin de dormir.

Mais le visage de ma mère est resté complètement fermé. Je me suis empressée de trouver une solution.

— C'est bon, Martha, je vais rester chez miss Embry. Je suis sûre que m'man veillera cette nuit pour te laisser dormir, et je reviendrai demain matin.

— Mais je devrai aller travailler ! Je te verrai pas !

— Je passerai tôt. Je te verrai avant que tu partes et je viendrai te voir au boulot aussi, si j'ai cinq minutes. T'inquiète pas, repose-toi. Je serai là au saut du lit.

J'ai ramassé mes affaires, serré Bert et Martha dans mes bras et redescendu la rue noire comme du charbon. À dire vrai, je n'étais pas mécontente de ne pas passer une nuit de plus sous ce toit. Me retrouver seule avec Bert et Martha au chevet de Tansy m'avait paru réconfortant comme être en famille. Mais dès l'instant où j'avais regagné la pièce où mon père m'avait taillé les cheveux et où j'avais cuit des centaines de malheureuses miches de pain sous l'œil critique de ma mère, je m'étais sentie en danger et toute petite.

J'ai frappé à la porte du magasin et j'ai attendu un bon moment avant de voir la lueur d'une bougie vaciller à l'intérieur. La voix de miss Embry m'est parvenue, prudente, de l'autre côté de la porte :

— Qui est là ?

— C'est moi, Josie, ai-je répondu.

Une vive exclamation et un cliquetis de verrou.

— Josie ! Entrez donc !

Elle a tendu les bras vers moi mais j'ai secoué la tête.

— J'ai serré Tansy contre moi, Dulcie. Avant tout, je dois prendre un bain et laver mes vêtements. Je suis vraiment désolée de venir chez vous sans prévenir, mais… Est-ce que je peux passer la nuit ici ? Quelques nuits, pour être exacte. Ma mère ne veut pas de moi là-bas.

— Oh, seigneur ! a-t-elle soupiré en refermant la porte derrière moi. Même dans un moment comme celui-ci ? Comment peut-on être aussi aigrie ? Bien sûr que vous pouvez rester, Josie. Suivez-moi. Je vais vous chercher des serviettes et des sels de bain et vous faire chauffer de l'eau. Avez-vous une chemise de nuit ? Des vêtements propres pour demain ? Alors nous nous débrouillerons parfaitement bien.

Une heure plus tard, j'étais bouillie, récurée et assez salubre à mon goût pour me soumettre aux embrassades de ma chère amie.

— Vous avez fait tant de choses pour moi, chère Dulcie, ai-je murmuré quand elle m'a relâchée. Et voilà que vous m'aidez encore une fois à sortir d'une situation embarrassante causée par ma famille.

Elle a souri tristement.

— Oh, Josie, en d'autres circonstances il aurait été si réjouissant de vous avoir ici avec moi. Vous devez avoir le cœur brisé. Pauvre petite Tansy, une si belle enfant ! J'ai pleuré en apprenant la nouvelle.

— Je sais, ai-je dit dans un soupir. J'ai du mal à le croire. Je veux pas le croire, bien sûr. Pourquoi a-t-il fallu que ça lui arrive ? Je voulais les faire venir un jour, Martha et elle, et qu'elles restent avec moi à York. Je voulais qu'elles aient une vie meilleure. Et maintenant Tansy va mourir en n'ayant jamais rien connu d'autre qu'Arden et j'ai peur que Martha ne parte jamais. Vous savez combien elle est bonne et loyale. Je parie qu'elle aura de la peine pour m'man, qu'elle se dira qu'elle peut pas la quitter et qu'elle sera coincée ici pour toujours.

— J'ai l'impression qu'elle est déjà coincée ici. Et le jeune homme qu'elle fréquentait ? N'étaient-ils pas fiancés ?

J'ai poussé un nouveau soupir. Décidément, depuis mon retour je ne faisais que soupirer.

— Oh que si, elle est fiancée ! Mais vous savez… j'espérais quand même que…

Je n'avais pas une très haute opinion de Luke Stevens, le galant en question. Il était assez beau mais sensible comme un troll. Martha était un merle aux yeux pétillants et je l'imaginais foulée aux pieds. Allait-elle vraiment épouser ce grand dadais ? Le moment paraissait mal choisi pour lui poser la question.

Dulcie a serré ma main et m'a invitée au salon.

— Asseyez-vous, Josie, je vais chercher de quoi manger. Au moins n'aurons-nous pas à surveiller l'heure ce soir ; vous ne devrez pas rentrer chez vous en courant comme dans le temps. Un maigre réconfort, sans doute, mais nous pourrons nous détendre et je m'occuperai bien de vous.

C'était bel et bien un réconfort. Puisque je devais passer du temps à Arden, au moins cet endroit était-il paisible. Si Tansy devait mourir, seule l'affection véritable agirait tel un baume à la blessure. J'ai balayé du regard la pièce faiblement éclairée, le dos de ces chers livres sur les étagères, les boules duveteuses formées par la lumière des lampes suspendues dans les coins. Plus jeune, j'avais passé des heures assise ici, me repaissant d'histoires et de bonnes conversations, redoutant le moment où je devrais partir. Comment donc avais-je pu être satisfaite de mes douze premières années ? L'ignorance est un don de Dieu, ai-je conclu, jusqu'au jour où elle prend fin.

Dulcie a reparu avec des sandwichs, du gâteau et de la limonade sur un plateau, ainsi qu'un petit verre de xérès pour chacune.

— De quoi nous réchauffer, a-t-elle annoncé en déposant mon verre sur la table à côté de moi. À présent, parlons jusqu'à nous endormir de tout ce que nos cœurs ont besoin de partager.

Et c'est ce que nous avons fait, jusque tard dans la nuit. J'ai tout de même tenu la promesse faite à Martha et je suis retournée à mon ancien chez-moi tôt le lendemain matin ; le réveilleur des mineurs m'avait tirée du sommeil en frappant à la fenêtre de la maison voisine. J'ai passé une demi-heure avec Martha tandis qu'elle prenait son petit déjeuner. P'pa et Bert étaient déjà partis et m'man est restée en haut avec Tansy.

La journée allait être longue, seule à la maison avec ma mère pour veiller ma sœur.

J'ai accompagné Martha au travail, puis je suis rentrée en traînant des pieds. M'man et moi avons réussi je ne sais comment à tenir toute la journée en nous asseyant par tranches d'une heure chacune notre tour au chevet de Tansy. Cette mesure simple et inviolable nous a évité d'avoir à parler. Assise auprès de Tansy, j'entendais m'man s'attaquer aux corvées au rez-de-chaussée : marteler des miches, malmener l'essoreuse, entrechoquer la vaisselle… Quand elle veillait à son tour, je ne supportais pas d'être à la maison. Je montais à la fosse d'un pas rapide pour voir Martha, bien qu'elle ne soit pas autorisée à papoter. J'allais déjeuner chez Dulcie. Je suis passée saluer un ou deux voisins qui seraient heureux de me voir et n'ai pas pris la peine de rendre visite aux autres. Quand enfin Martha rentrait, puis les hommes, les choses devenaient un peu plus faciles jusqu'à la tombée de la nuit. Puis le jour suivant le même programme se répétait.

46

Josie

Les journées étaient si tendues et si tristes que je veillais tard chaque soir en compagnie de Dulcie. En dépit du bon sens sans doute, puisque j'étais de plus en plus fatiguée, mais j'en avais besoin ; cela me fortifiait contre l'animosité de m'man et mon désespoir absolu face au destin de ma petite sœur.

Chaque jour me paraissait interminable, pourtant la mort de Tansy est arrivée comme prévu, très vite. Le quatrième jour après mon arrivée à Arden elle s'est éteinte, seulement quelques heures après la date prédite par le médecin. Martha travaillait et m'man était sortie en coup de vent chercher quelques courses ; il n'y avait donc que Tansy et moi à la maison quand elle a expiré. Je lui tenais la main. Elle a ouvert les yeux et m'a souri – un sourire si courageux pour une si petite fille.

— Oh, Tansy, ai-je dit, soudain frappée par la certitude que le moment était venu. Pas encore, ma petite chérie !

Mais Tansy, qui n'avait pas prononcé un mot depuis plus d'un jour, a entrouvert ses lèvres desséchées.

— Il le faut, ma Josie. Mais t'inquiète pas, ça ira mieux au royaume des fées, a-t-elle chuchoté, faisant référence à notre vieille plaisanterie pour m'assurer qu'elle n'avait pas peur.

J'ai déposé un baiser sur son front et je lui ai dit que je l'adorerais toujours, et plus encore. Elle a hoché la tête et refermé les yeux, et un instant plus tard elle était partie. Je ne pouvais plus bouger. J'ai retenu ma respiration quand elle a cessé de respirer, refusant de l'accepter, attendant que sa poitrine étroite se soulève et s'abaisse de nouveau comme si c'était une fausse alerte. Mais elle ne respirait plus et j'ai fini par laisser échapper un hoquet et par poser la tête sur son ventre.

Néanmoins, j'étais contente que m'man ne soit pas là, ce qui m'a permis de passer un peu de temps seule et de pleurer à chaudes larmes. Ma pauvre petite sœur ! Elle n'avait jamais eu l'occasion de s'épanouir et ne l'aurait jamais. Elle ne verrait jamais de ville ni de mer ni de belle robe. Sans elle, mon monde était plus sombre. Je l'avais très peu vue ces derniers temps, mais on emporte son chez-soi partout où on va, qu'il soit splendide ou décevant, telle une silhouette qui réside en nous et nous dicte comment agencer notre vie. Pour moi, Tansy et Martha étaient la meilleure partie de cette silhouette.

Je ne rentrais jamais à York sans espérer que Tansy m'y rejoigne un jour afin que je lui montre tout ce que j'aimais là-bas et que je voie son visage illuminé par la joie. Mais peut-être se trouvait-elle dans un monde meilleur encore. Dans son dernier souffle, elle avait parlé du royaume des fées. C'était la langue des sœurs ; je lui avais toujours dit qu'elle y avait sa place. Avait-elle cherché à me rassurer ou aperçu quelque iridescence merveilleuse ? J'espérais que les fées viendraient en légions arc-en-ciel s'occuper d'elle.

Au bout d'un certain temps, m'man est revenue et je me suis demandé ce que j'allais lui dire. Je redoutais sa réaction. Serait-elle fâchée contre moi ? Allait-elle pleurer et gémir ? Je n'étais pas certaine de supporter de la voir en détresse. J'ai embrassé Tansy une dernière fois, puis j'ai pris une profonde inspiration, redressé les épaules et descendu l'escalier.

Je n'ai pas eu besoin de parler. M'man n'a eu qu'à voir mon visage marbré de rose et blanc pour comprendre.

— Alors elle est partie ?

J'ai hoché la tête.

— Oh, m'man !

Un éclair de désespoir a traversé son regard comme si la vie l'avait trahie une fois de trop. Pendant un bref instant, moins qu'un instant, j'ai cru qu'elle allait me prendre dans ses bras. Mais elle m'a tourné le dos et a entrepris de poser ses maigres achats sur la table de la cuisine.

— Eh ben, t'as fait ta part du boulot, a-t-elle lâché. Tu peux partir, maintenant. Allez, commence pas, on te tiendra informée pour l'enterrement, t'inquiète pas.

Je me suis demandé combien de temps il lui faudrait avant de monter à l'étage voir ce petit corps immobile. Mais ça ne regardait qu'elle.

— Envoie quelqu'un me chercher si je peux faire quoi que ce soit pour toi.

Elle a continué à s'affairer et je suis partie.

Je me suis rendue à Hepzibah avertir Martha. Le porion a accepté qu'elle rentre à la maison et conserve son travail, même si elle perdait sa journée de salaire. Après quoi je suis allée à Drammel Depth, où j'ai trouvé le responsable administratif ; je lui ai demandé de transmettre un message à mon père et à Bert. Martha m'a suivie, hébétée, puis nous avons regagné le village.

Devant le portail, Martha a pleuré dans mes bras. J'avais très envie de l'interroger au sujet de Luke Stevens, de la supplier de partir à York avec moi, mais je savais qu'elle ne voudrait pas penser à cela maintenant.

— Viens me voir chez miss Embry quand tu en as envie. Elle dit qu'elle est toujours ravie de t'accueillir, me suis-je contentée de dire.

En la regardant entrer d'un pas traînant dans cette triste maisonnette, j'ai eu le cœur serré. Au moins, m'man ne serait-elle pas seule. Sans parler de réconfort, s'il y avait quelqu'un dont elle apprécierait la présence, ce serait Martha.

L'enterrement a eu lieu trois jours plus tard. Alors que je me dirigeais vers l'église avec Dulcie, il m'a semblé impossible de repartir le lendemain ; cette tragédie m'avait engloutie. Et pourtant pourquoi rester ?

Nous avons chanté des cantiques autour d'un minuscule tombeau. M'man et p'pa se tenaient côte à côte sans me regarder. Cela dit, ils ne regardaient personne. Alice était là avec Fred. Elle avait les cheveux plus dorés que jamais, mais elle devenait rondouillette, c'était inévitable. Luke Stevens avait passé son bras charnu autour de Martha, penchant la tête vers la sienne à intervalles réguliers et jetant des coups d'œil à la cantonade comme s'il défiait quiconque de s'approcher de son bien. Ou peut-être me montrais-je trop critique. Si Tommy s'était trouvé auprès de moi à cet instant, j'aurais voulu qu'il m'enlace, j'aurais voulu me réfugier dans ses bras. Sans doute était-ce ce qu'éprouvait Martha. D'ailleurs, Luke était présent ; avait-il réorganisé son emploi du temps, renoncé à une journée de salaire ? Il se pouvait qu'il soit plus attentionné qu'il n'en avait l'air.

La terre sombre a plu sur le cercueil et la foule s'est dispersée. Nous sommes rentrés sans Tansy. Notre petit ange était parti. À dix ans seulement.

47

Josie

Je m'étais toujours interrogée sur le fait que m'man, qui n'avait pas une once de poésie dans le sang et avait beaucoup moins d'estime pour la beauté que pour le bouillon cube ou le bleu de lavage, ait pu donner à ses filles d'assez beaux prénoms. « Alice » et « Martha » étaient plutôt courants, mais charmants d'après moi. « Josephine » n'étant pas un prénom villageois, je n'avais aucune idée d'où provenait le mien. Quant à « Tansy », aussi joli et doré que ma petite sœur, il évoquait un magnifique tableau et signifiait aussi « immortelle ». Je me souviens d'avoir appris avec stupéfaction que m'man en connaissait la signification et l'avait délibérément choisi. Il était splendide, quoique tristement ironique au vu des circonstances.

J'avais conclu de ces choix que ma mère avait tout de même une âme, un peu de douceur et de fantaisie pliées en tout petits morceaux dans quelque recoin inaccessible de son être. Le jour de l'enterrement m'a convaincue une fois pour toutes du contraire.

J'ai quitté le cimetière avec Dulcie secouée de sanglots irrépressibles. C'était une perte immense, un déchirement insupportable. Luke avait lâché le bras de Martha et marchait avec Fred, le mari d'Alice, tandis que Martha, Alice, Bert et mes parents avançaient ensemble, formant un triste groupe. J'ai couru après eux et Dulcie est partie de son côté. Martha et Bert m'ont prise dans leurs bras. Alice m'a embrassée sur la joue et a serré ma main dans la sienne. P'pa lui-même m'a donné une brève accolade.

— Oh, Josie, a-t-il dit d'une voix mal assurée. Qui aurait cru qu'on vivrait un jour pareil ?

Puis tous ont poursuivi leur chemin pendant que, à ma grande surprise, m'man restait en arrière pour marcher avec moi. J'ai ralenti le pas, heureuse que nous puissions partager ne serait-ce qu'un petit moment et désireuse, après le choc de cette journée, d'oublier les souffrances passées.

— Oh, m'man. Ça me fend le cœur. Elle était si belle, si gentille ! Je dois rentrer demain, mais si je peux faire quoi que ce soit pour t'aider, j'espère que tu penseras à moi. Je suis encore ta fille, même si je vis ailleurs.

Elle s'est arrêtée net et la foule en deuil nous a contournées.

— Oui, a-t-elle rétorqué d'une voix glaciale. T'es ma fille. Je l'oublierai jamais.

Je l'ai regardée sans comprendre. À l'entendre, ce n'était pas une bonne chose.

— Eh bien… m'man… on peut pas s'entendre ? Ou au moins… être gentilles l'une envers l'autre ? Les malheurs sont derrière nous.

— Non, le malheur est juste devant moi. Le malheur est un souvenir vivant, sous mes yeux, chaque fois que je te vois. C'est pour ça que je les ai laissés passer devant. Moi qui suis ta mère, Josie, j'ai une chose à te demander : va-t'en et reviens jamais. Je veux plus te voir.

Je me faisais l'impression d'une enfant effrayée.

— M'man ? T'es pas sérieuse ! Pourquoi tu me détestes tant ? Je te déteste pas, moi, même si on a eu nos difficultés. T'es ma mère !

— Oui, a-t-elle répété. Je suis ta mère. Mais Sam Westgate est pas ton père et t'es la honte de la famille. T'es une bâtarde ! Tu me tortures avec tes cheveux roux et tes grandes manières. Et ça s'arrange pas avec le temps, ça fait qu'empirer. Alors tu t'en vas demain et tu reviens jamais, tu m'entends ?

Des galaxies s'éloignaient en tournoyant, des nations s'écroulaient, des étoiles prenaient feu dans les cieux… Toutes sortes de choses vastes et insondables se déchaînaient dans mon esprit. Rien n'était plus énorme que ça.

— M'man ?

Ma voix me parvenait de très loin. J'ai tendu le bras vers elle pour reprendre mon équilibre mais elle s'est écartée de moi. J'ai failli tomber ; heureusement un passant m'a rattrapée.

— C'est le chagrin qui te donne le vertige, pauvre petite, a-t-il dit avant de repartir respectueusement une fois assuré que je tiendrais debout.

— M'man, pour l'amour de Dieu, raconte pas des choses pareilles ! l'ai-je implorée à voix basse. Si c'est vrai, t'as choisi un drôle de moment pour me le dire !

— Un peu, que c'est vrai, a-t-elle répondu sur un ton indifférent.

— Mais… Mais… c'est impossible ! P'pa est forcément… mon père. Forcément. Sinon, qui… ?

— T'occupe pas. Il voudrait pas que tu le saches, crois-moi. Sam a fait de son mieux, il t'a élevée et t'a donné un toit, même si tu lui as tout jeté à la figure ! Mais il a pas pu se résoudre à t'aimer. On peut pas lui reprocher, vu qu'il sait. On peut le reprocher à personne, vu qui t'es ! T'as jamais eu ta place ici, Josie. Tu voulais partir et t'es partie. Alors rends-nous service et remets plus les pieds ici. Laisse-moi faire semblant que t'as jamais existé. C'est le seul rêve que j'aie jamais eu !

Sur ce, elle s'est éloignée à grands pas et j'ai regardé les derniers membres de ma petite famille disparaître au loin sans moi. Tansy était partie. P'pa n'était pas mon père. M'man me reniait. Seuls restaient deux sœurs et un frère. Je me suis aperçue que je me tenais près du buisson où m'man avait caché mon tablier ce jour lointain où j'étais arrivée en retard au mariage d'Alice. Elle m'avait giflée, peignée violemment et entraînée vers l'église. Mais, ensuite, grâce à Tommy, il y avait eu des jacinthes des bois. Tommy, qui aujourd'hui étudiait loin d'ici. On aurait dit qu'il s'agissait des aventures d'enfance d'une autre fille. Je n'étais plus Josie Westgate d'Arden.

48

Josie

J'ignore comment je suis retournée au magasin. J'avais les jambes en coton. Je ne sais pas qui m'a parlé en chemin, mais si j'ai réagi de façon étrange on a dû attribuer ça à cette triste journée. Dulcie attendait mon retour, et j'ai franchi la porte ouverte d'un pas titubant.

— Oh, Dulcie ! me suis-je écriée. C'est pire. C'est pire que tout !

Elle m'a donné du xérès et enveloppée dans une couverture même si la journée était chaude.

— Est-ce au sujet de Tansy ? s'est-elle enquis, mais j'ai secoué la tête.

Je n'ai rien pu ajouter pendant près d'une heure.

Dulcie allait et venait, me laissant prendre le temps tout en vérifiant constamment que j'allais bien. Elle s'affairait autour du petit salon afin que je ne me sente pas seule, sans pour autant me poser une seule question. J'ai regardé dans le vide pendant un long moment puis, enfin, j'ai repris mes esprits.

— Dulcie ? ai-je dit, et elle s'est précipitée à mon côté. Dulcie, je suis… une bâtarde.

— Je vous demande pardon, ma chère ?

— C'est vrai. M'man vient de me l'annoncer. Je suis une bâtarde. Je ne suis pas l'enfant de mon père.

Je l'ai dévisagée, terrifiée. Me détesterait-elle aussi ?

— Ah… a-t-elle répondu avec lenteur. Eh bien, cela explique beaucoup de choses, n'est-ce pas ?

Et elle avait raison. Une fois passé l'effet de surprise, nous avons discuté de toute cette histoire et cherché à la comprendre ensemble. Je me suis vite rendu compte qu'en pratique rien n'avait changé. Ça n'avait jamais été le grand amour entre mes parents et moi. Alice ne me faisait ni chaud ni froid. Martha et Bert ne m'en mépriseraient pas pour autant. Tommy non plus. Dulcie non plus. Et, bâtarde ou pas, Westgate ou quelque autre nom inconnu, j'avais, comme m'man l'avait souligné, réussi à partir. Voir mon identité remise en question, apprendre que je n'étais pas celle que j'avais toujours cru être m'avait ébranlée, bien entendu. Mais mon père n'avait jamais fait grand-chose pour moi et je ne l'avais jamais considéré comme un pilier.

Je n'avais pas la moindre idée de la façon dont j'étais venue au monde. Si j'avais été l'aînée, il aurait été simple de se représenter une première amourette qui aurait tourné au vinaigre et p'pa débarquant et acceptant d'épouser m'man et de me faire passer pour sa propre fille. Mais j'étais le quatrième enfant ! L'avant-dernière, juste avant Tansy ! Je n'imaginais pas m'man faire des infidélités et tout risquer au nom de l'amour. Je ne l'imaginais pas enflammée par la passion. Ni manquer d'esprit pratique au point de penser qu'une aventure finirait bien. Je ne voulais pas croire que j'étais le fruit d'un acte de violence, bien que cela puisse expliquer son comportement envers moi. Mais, si tel avait été le cas, les premières années après ce terrible événement auraient été les pires. Or l'antipathie que me vouait ma mère s'était aggravée avec le temps.

Peut-être avais-je commencé à ressembler de plus en plus à mon père en grandissant. J'espérais que non ! Je ne voulais pas que d'autres remarquent une ressemblance alors que j'étais encore dans l'ignorance. Dulcie et moi nous sommes creusé la cervelle ce soir-là, mais je ne ressemblais à personne ! Personne au village et personne en dehors. Seuls mes cheveux pouvaient me mettre sur la piste de quelqu'un d'autre. J'avais exactement les mêmes cheveux que miss Coralie. Le comte, son oncle, était un don Juan notoire avec un faible pour les jeunes villageoises. Se pouvait-il qu'il soit mon père ? Ou un membre de sa famille, porteur lui aussi de cheveux roux ?

— Mon Dieu ! me suis-je exclamée en me jetant sur le sofa après avoir arpenté la pièce pendant un bon moment.

Dulcie m'a tendu un autre xérès.

— Tommy et moi avons passé notre enfance à imaginer qu'il était un rejeton illégitime du comte. Me dites pas que depuis tout ce temps le rejeton c'était moi ?

Elle a écarté les mains, aussi perplexe que moi.

— Les cheveux ne sont pas probants, Josie. À d'autres égards, vous ne ressemblez pas du tout à miss Coralie.

— En effet, ai-je admis, c'est bien dommage. Mon Dieu, et si m'man en parle à quelqu'un d'autre ? Et si

Coralie et moi sommes vraiment parentes ? Elle regrettera peut-être de m'avoir embauchée. Oh, Dulcie, je supporterais pas qu'elle me déteste ; je l'aime. Mais si elle devait découvrir une sœur ou une cousine cachée, elle voudrait pas que ce soit une fille d'ici, vous croyez pas ?

— Josie, je pense que vous oubliez tout ce que vous savez d'elle ! Si tel est vraiment le cas, je peine à imaginer que miss Honeycroft ait des préjugés à votre encontre. Après tout ce qu'elle a fait pour vous ? Non. Et je doute que votre mère en souffle mot à quiconque. Elle s'attirerait plus d'ennuis qu'à vous. Mais, ainsi, en vous en parlant à vous et à vous seule, eh bien…

Elle n'a pas terminé sa phrase et a paru fâchée. Elle avait raison. M'man avait réussi à me contrarier et à me torturer, et ça lui suffisait.

— Je hais ce village, Josie, a repris Dulcie à mon grand étonnement. Je me suis efforcée d'y être heureuse pour mon oncle, pour maintenir sa boutique, pour l'empêcher de tomber dans l'oubli, seulement rien ne pousse ici. Les affaires ont commencé à marcher mieux quand le Nouvel-Arden a été construit, mais désormais elles stagnent. Elles ne sont pas florissantes mais ne périclitent pas non plus. Si je tiens à conserver tel quel l'Emporium Embry je peux sans doute continuer ainsi jusqu'à la fin de mes jours. En revanche, je ne ferai jamais de gros bénéfices et ne parviendrai pas à développer ce commerce. Je ne me marierai pas et n'aurai jamais de véritables amis lorsque vous serez repartie…

Elle s'est interrompue, essoufflée. Puis elle a ajouté :

— Je serai entourée de gens résignés et tristes comme vos voisins et de gens aigris et mécontents comme votre mère. Et je leur vendrai de la farine jusqu'à la fin des temps.

Je ne me doutais pas que Dulcie puisse s'interroger sur sa place dans le village, elle paraissait toujours si posée et constante. Mais, bien évidemment, cela n'avait rien de surprenant. Elle n'était pas vieille. Elle était intelligente, pleine de vie et cultivée. Et elle était belle, même si les horribles jumeaux Barridge avaient affirmé le contraire. Jamais elle ne s'épanouirait ici.

— Alors qu'est-ce que vous allez faire ?

J'étais soulagée de parler des malheurs d'autrui et de mettre les miens de côté jusqu'à la fin de la soirée. Ceux de Dulcie pouvaient fort bien aboutir à un heureux dénouement ; les miens ne me quitteraient jamais. M'man avait agi de façon malveillante en ne me révélant qu'une information tronquée avant de me chasser. Cela contaminerait ma vie entière et me pousserait à me poser des questions pour l'éternité, à m'inquiéter pour l'éternité. Malgré tout, je suis partie le lendemain de meilleure humeur que je ne l'aurais cru possible la veille. Après tout, je quittais Arden. En soi, c'était déjà réconfortant. Mais il y avait d'autres raisons. Martha était passée tôt le matin pour me faire les plus doux des adieux. Comme j'ignorais encore si je voulais l'ennuyer avec ce que m'man m'avait révélé et qu'elle devait se dépêcher de se rendre au travail, je ne lui en ai rien dit. J'ai en revanche évoqué le fait que Luke m'avait paru très attentionné lors des funérailles. J'ai pensé qu'il s'agissait là d'une façon d'aborder le sujet avec beaucoup de tact. Cela me permettait de lui demander si tout allait bien sans qu'elle me prenne pour une sœur indiscrète ou désapprobatrice. Elle a répondu qu'elle m'écrirait. Je suis donc partie en espérant qu'elle doutait un peu au fond d'elle puisqu'un simple « oui » aurait sans doute suffi.

J'étais aussi surexcitée, car Dulcie m'avait confié une mission : tandis que nous attendions devant le magasin que Norman vienne me chercher en calèche afin de me ramener à la maison, elle m'avait demandé de me tenir à l'affût d'éventuelles opportunités qui se présenteraient pour elle à York.

— À York ? ai-je répété, ravie. Je pensais que si vous partiez d'ici vous retourneriez à Leeds.

— Non, très chère, je préfère ne pas revenir en arrière mais aller de l'avant. J'aime beaucoup York, comme vous le savez ; et, après avoir passé du temps avec vous cette dernière semaine, je me suis rappelé combien il est agréable d'avoir une amie dans les parages. Une raison de plus d'aimer York…

— Je vais ratisser les boutiques et les commerces à la minute où j'arriverai, lui ai-je promis. Si vous vivez là-bas vous aussi, qu'est-ce qu'on va s'amuser ! Il manque que vous pour que ce soit l'endroit parfait. Et Tommy. Et Martha…

— Alors il nous faudra trouver un moyen de les faire venir tous deux en temps utile, a-t-elle rétorqué d'un air pétillant. Nous ferons croître la population rien qu'avec nos proches.

— Vous pensez qu'il vous faudrait combien de temps pour vendre ce magasin et déménager ? me suis-je enquis.

— Pas trop longtemps, je l'espère. Quand je suis arrivée, deux autres personnes désiraient acheter le fonds de commerce. Vous pouvez être sûre que, lorsque les gens ont appris qu'une femme reprenait les rênes, les acheteurs – tous des hommes – ont surgi comme par enchantement.

— Mais si c'est différent cette fois-ci combien de temps attendrez-vous ? Est-ce que vous dépendez d'un acheteur ?

À présent qu'elle m'avait mis cette idée dans la tête, j'avais hâte qu'elle se concrétise.

— Je suppose que oui. Mais ne voyons pas les choses en noir, Josie. Je suis certaine que tout arrivera en temps voulu.

J'ai quitté Arden dans un bruit de ferraille, assise à côté de Norman sur la banquette avant de la calèche. Il faisait gris et venteux, le soleil et la pluie s'abattant de façon intermittente et imprévisible, mais je n'avais pas envie de rester seule avec mes pensées au cas où elles se tourneraient de nouveau vers Tansy et m'man. Je préférais m'exposer au mauvais temps et être cahotée dans le vent vivifiant. J'ai regardé avec grand plaisir Arden disparaître tel un point de repère du passé.

Lorsque nous sommes passés devant Hepzibah, l'immense carreau de mine se dressait au-dessus de nous comme une gorgone prête à frapper, et j'ai parcouru des yeux la foule de travailleurs au jour pour apercevoir Martha ; en vain. Il m'était pénible d'abandonner ma sœur au lavoir à charbon. Mais, au moment où nous laissions pour de bon le village derrière nous, un arc-en-ciel double est apparu soudainement. Les couleurs intenses flamboyaient dans le ciel gris.

— Regardez ! Un bon présage !

J'ai pointé l'arc du doigt et Norman a levé la tête.

— Ça vous ferait pas de mal, a-t-il dit. Je suis navré pour votre sœur, Josie.

— Merci, Norman.

49

Tommy

Automne 1903

Mes premières semaines à Westonbury ont été difficiles. Plus d'une fois, je me suis souvenu de ce que Mr Latimer m'avait dit, bien des années auparavant : « Ici, vous êtes un élève modèle ; là-bas, vous ne seriez rien du tout… » Et plus d'une fois j'allais me demander si en fin de compte il n'avait pas vu juste.

J'étais arrivé par une fraîche journée de septembre, conduit grâce au comte par Matthias, et je contemplais, émerveillé et effrayé, un grand bâtiment d'un gris jacobéen. Illuminé par un soleil automnal et entrelacé d'ombres froides, il était enjambé par un arc-en-ciel et environné de feuilles mortes.

— J'aimerais pas être à votre place, a fait remarquer Matthias en s'éloignant, me laissant seul à l'entrée des garçons.

Je n'avais pas l'impression d'être au bon endroit : je n'étais pas un garçon, j'avais dix-huit ans, j'étais grand et fort pour mon âge et je travaillais depuis plus de six ans. Si seulement Josie m'avait accompagné ! Westonbury n'avait rien de déplaisant, mais je n'y avais pas un seul ami. Pourtant, j'ai vite appris à connaître les lieux.

À l'intérieur, le bâtiment était un labyrinthe de longs couloirs sans charme, parés d'une succession de cadres hideux et peintures à l'huile représentant d'anciens élèves ayant connu le succès et la gloire. Les premiers temps, j'ai regretté l'absence de Rogue et de Flinty, mais peu à peu j'ai appris à me repérer à l'aide de ces portraits. La porte de la salle de maths était la deuxième après le replet rose au foulard bleu. Le réfectoire se trouvait à gauche du type anguleux à la cane et à l'épagneul. Chaque fois que je passais devant moustache bouclée aux petits yeux méchants, je savais que j'étais dans de mauvais draps, ce tableau-là étant accroché juste à côté du bureau du directeur.

Dans ce monde étrange et nouveau, mon petit coin se réduisait à un lit dans un dortoir abritant en tout huit garçons, les autres ayant trois ans de moins que moi. Les hautes fenêtres de cette pièce lumineuse donnaient sur la pelouse de l'entrée.

Les leçons n'étaient pas difficiles à suivre. Cependant, quand il s'agissait de lever la main et de répondre aux questions, les autres garçons faisaient preuve d'une telle sophistication que cela m'inhibait. S'il m'arrivait de donner la bonne réponse, eux ajoutaient toujours un commentaire ou une référence à autre chose, et cela, on ne me l'avait jamais enseigné. Eux semblaient tisser une tapisserie de connaissances quand je ne disposais que de quelques fils ici et là. Les autres avaient une vision globale d'un monde que je ne faisais qu'entrapercevoir.

Mes semblables, les mineurs, m'avaient souvent expliqué pour quelles bonnes raisons je ne devais pas nourrir d'ambitions puisque je n'avais pas ma place ailleurs. À présent que je poursuivais mes études, voilà que mes camarades m'expliquaient à leur tour pour quelles bonnes raisons ils pensaient exactement la même chose.

J'ai entendu des « Je dois dire, mon vieux, que vous avez eu de très bons résultats pour entrer ici, mais n'aurait-il pas mieux valu rester dans un environnement plus familier ? », des « Tommy Green a passé la moitié de sa vie à manier une pelle à charbon, vous imaginez ? Dieu sait ce qui a pu l'amener à croire qu'il ferait bonne impression ici ! » ou encore des « Vous n'avez rien à faire ici, Green, et aucune bourse ne me convaincra du contraire ».

J'ai été poussé par deux fois à la bagarre, remportée par deux fois dans les quatre secondes. Ces rixes m'ont attiré des tas d'ennuis avec le personnel, mais ont mis fin aux provocations des garçons une bonne fois pour toutes. Avoir des amis me manquait quand même, bien entendu.

Je suis ici pour mon avenir, ne cessais-je de me répéter, en silence et avec passion. Je suis ici pour apprendre. Pour trouver un moyen de devenir un homme riche, de faciliter les choses à ma famille et d'apporter ma petite contribution au monde. Je ne suis pas ici pour les amis ni le plaisir.

Noël scintillait au loin telle une étoile, marquant la fin de mon premier trimestre. J'avais espéré rentrer triomphalement chez moi, armé d'histoires d'examens réussis haut la main, de prix remportés, peut-être même de la promesse d'un travail après mes études pour mon extraordinaire potentiel. Mais, jusqu'à présent, je ne pouvais me vanter de rien de tel et je commençais même à me demander si je ne devenais pas plus stupide au fil des semaines.

C'était très décevant, bien sûr. Je me sentais mal à l'aise à l'idée d'expliquer à mon père que je tenais à peine le coup. J'étais persuadé qu'il faudrait au bas mot un triomphe de ma part pour qu'il accepte enfin mon choix. Mais, quand je me sentais désenchanté, je pensais à tous ceux qui m'avaient aidé à arriver jusque-là. Miss Embry, Manus, Walter, Mr Farthing, le comte… même mon père, qui m'avait appris à rester en vie au fond assez longtemps pour entrer à Westonbury.

Mon plus grand plaisir, je le tirais des lettres que je recevais de chez moi. Néanmoins, toutes les nouvelles n'étaient pas bonnes. À Grindley, mamie s'en était allée rejoindre papy. Les larmes de Connie avaient laissé de grandes taches sur sa lettre et j'aurais voulu être auprès de ma famille et présent à l'enterrement. Mais le règlement de l'école s'y opposait et de toute façon je n'avais pas les moyens de voyager. C'était la première fois mais pas la dernière que je regrettais de n'avoir pas gagné à Silvermoor un salaire à la place du gîte et du couvert.

J'ai aussi appris la mort de Tansy, la sœur de Josie, bien que celle-ci ne m'ait écrit qu'après les faits, une fois de retour à York, ne voulant pas perturber mes premières semaines d'école. Je m'en voulais de ne pas avoir été là pour elle, mais me consolais à l'idée que miss Embry l'avait hébergée pendant cette terrible épreuve. Apprendre qu'elle n'avait pas pu passer la nuit chez ses parents m'a fait dresser les cheveux sur la tête.

Et il y a pire, disait-elle. *Une chose que je ne pourrai te raconter qu'en personne. T'inquiète pas, je suis pas malade ni quoi que ce soit, je te le jure. Mais j'ai appris une nouvelle choquante que je peux pas t'expliquer par écrit.*

Je me suis retenu de déverser dans ma lettre suivante un déluge de questions ; quel aurait été l'intérêt ?

Manus avait encore du mal à prendre une décision. Son tempérament ne l'aidait pas beaucoup : il rêvait de parcourir le monde tout en craignant de quitter ce qui lui était familier. Ses désirs contradictoires le maintenaient dans une impasse.

J'avais hâte de rentrer et de les voir tous, mais je devais d'abord préparer mes examens. Si je m'en acquittais bien, cela me redonnerait foi en mes ambitions et j'aurais de bonnes nouvelles à annoncer à mon retour. J'avais tellement envie de réussir ! Je me suis donc appliqué, travaillant plus dur que jamais. J'ai écrit moins de lettres à mes amis et concentré mes efforts sur ce but unique. Une semaine avant la fin du trimestre, les résultats ont été annoncés : j'étais troisième en partant de la fin.

50

Tommy

Hiver 1903

Noël a été à double tranchant. D'un côté, ç'a été l'un des plus beaux moments de ma vie. De l'autre, je savais que tout le monde me manquerait deux fois plus quand je partirais.

J'ai passé deux jours complets chez moi avec ma famille, puis j'ai reçu un mot de Josie m'invitant à prendre le thé dans la bibliothèque de Silvermoor. J'ai couru sur tout le chemin qui séparait la maison du manoir, riant tout haut de cette situation improbable. Cinq ans plus tôt, quand battus par le vent Josie et moi arpentions les sentiers entre nos deux humbles villages, si on nous avait dit qu'elle me recevrait un jour dans un tel endroit et me servirait du thé dans une théière en argent, nous aurions ri comme des fous.

Après des retrouvailles enthousiastes et mon émerveillement à me gorger de friandises de Noël dans cette maison somptueuse, Josie a vite remarqué que quelque chose me préoccupait. Je ne voulais pas me plaindre mais, au bout de dix minutes, elle m'a tiré les vers du nez : j'avais encore près de deux semaines devant moi, mais je redoutais déjà de repartir à Westonbury. Je l'ai admis honteusement.

— On a toujours su que les débuts seraient difficiles, a déclaré Josie, la bouche pleine de tartelette de Noël. Grindley est pas du tout fait pour toi, mais là-bas tu sais qui tu es. L'école, c'est un pas dans la bonne direction, mais c'est nouveau alors que les autres ont des années d'apprentissage d'avance sur toi. Du coup, encore une fois, te voilà différent.

J'ai hoché la tête, arrosant ma part de tarte de beurre au cognac.

— Ressentir la même chose alors que ma vie est si différente me fait mal au cœur.

— C'est normal. Mais tu vas terminer tes études ; il te reste seulement cinq trimestres. Après quoi tu partiras vivre ta vie comme tu l'entends. Et alors tu pourras te féliciter d'être passé par là. Westonbury est pas plus fait pour toi que Grindley. Tu rêves pas d'aller à Westonbury, tu rêves de recevoir une éducation. Et Westonbury est l'endroit idéal pour ça.

Elle avait raison. Et elle m'a suffisamment remonté le moral pour que je n'aborde plus le sujet de tout le séjour. Du côté de Josie, en revanche, il y avait matière à discuter. Elle m'a raconté ce qu'elle avait remarqué à propos de Martha et de Luke, et je l'ai rassurée comme j'ai pu, donc pas très bien. Les hommes comme lui n'étaient pas rares chez nous, et, comme on dit, Martha aurait pu tomber sur pire. J'ai rappelé à Josie que sa sœur était plus intelligente que bien d'autres filles ; elle éviterait les situations susceptibles de la rendre malheureuse. Josie a hoché la tête, reniflé, puis m'a parlé des derniers jours de Tansy. J'ai fini par lui poser la grande question : quelle était la chose terrible qu'elle ne pouvait me dire qu'en personne ?

Elle m'a tout raconté. Mes vieux soupçons, confirmés par la principale intéressée. Alors je lui ai répété ce qu'avait dit son père le soir où il m'avait battu.

— Je ne t'en ai jamais parlé parce que je ne voulais pas t'inquiéter, lui ai-je expliqué. Mais maintenant tu es au courant. Je pense que c'est vrai, Josie. Du moins ton père le croit.

— Oh oui, c'est vrai, a-t-elle rétorqué avec amertume. Ça explique pourquoi m'man a toujours été si dure avec moi, pourquoi ils voulaient m'envoyer à Drammel Depth alors que j'aurais pu faire autre chose. À ton avis, c'est qui, Tommy ? Tu crois que je suis le fruit d'une des petites escapades du comte ? Ou la fille d'un inconnu pour qui ma mère a eu le béguin quand elle en pouvait plus ou qu'elle s'ennuyait avec p'pa… avec Sam ?

— Je n'en sais rien, ai-je répondu avec sincérité. Je ne sais pas si tes cheveux constituent un véritable indice. Ça peut être juste une coïncidence et ça m'étonnerait qu'on le sache un jour. Après tout, je ne vois pas à qui on pourrait demander…

— Exactement. À personne. J'ose pas gâcher mes relations avec miss Coralie, ni avec le comte, d'ailleurs. Silvermoor représente une grande partie de mon travail et de la vie de Coralie. Mais je suis à peu près sûre que c'est jamais venu à l'esprit ni de l'un ni de l'autre, et je parie un million de livres que m'man me le dira pas. Je me poserai la question jusqu'à la fin de mes jours.

— Peut-être qu'un jour tu ne te la poseras plus parce que ça n'aura plus d'importance. Moi, ça m'est égal de savoir qui sont tes parents. Tu n'as jamais vraiment été une Westgate, ni même la moitié d'une. Tu es Josie, ma Josie, ma meilleure amie. Peu importe d'où tu viens, tu es plus toi que tous ceux que je connais… et il n'y a que ça qui compte, en fait.

Elle a souri.

— Merci, mon Tommy, a-t-elle répondu d'une voix douce.

J'aurais voulu en dire plus. Elle était si jolie, assise là à la lueur du feu, à engloutir ses tartelettes comme si elle ne mangeait pas trois vrais repas par jour. Et la voir me rendait heureux. Mais comme je l'avais dit elle était ma meilleure amie, et nous avions été séparés si longtemps que j'en devenais sans doute sentimental… Elle était mon amie. Il ne fallait pas confondre. Elle avait trop d'importance à mes yeux pour que je gâche tout.

Aimer être en sa présence, aimer son apparence, aimer l'écouter, aimer le fait qu'elle me comprenne, aimer emmagasiner des idées pour en discuter avec elle… Cela revenait-il à… l'aimer, elle ? Ou était-ce simplement de l'amitié ? Une chose ne faisait aucun doute : je chérirais chaque minute des deux semaines que nous allions passer ensemble.

J'étais hébergé dans ma famille, ce qui me paraissait à la fois étrange et réconfortant. Étrange d'être de retour, bien sûr, et pas tout à fait plaisant de rester dans ce village regorgeant de souvenirs difficiles. Pourtant, comme toujours, il y avait dans notre petite maison de l'amour et des taquineries, et je me réjouissais de me retrouver parmi les miens. Mamie et papy n'étant plus de ce monde, on m'a donné leur vieux lit qui se repliait sous l'escalier. Jimmy et Alfie s'en servaient avant mon arrivée, et je répugnais à les en expulser, mais ils ont affirmé que dormir à l'étage le temps des fêtes ne les dérangeait pas.

— De toute façon, John est marié, maintenant, et c'est lui qui pétait le plus et qui donnait le plus de coups de pied, a déclaré Alfie. Alors ça pourrait être pire.

P'pa et moi étions plus cordiaux que jamais l'un envers l'autre ; j'avais peine à le croire.

— T'as commencé à gagner de l'argent ? a-t-il voulu savoir.

— Non.

— Premier de la classe ?

— Non.

— Tu sors du lot à l'école ? Tu gagnes des prix ?

— Pas encore, p'pa.

— Ah, d'accord. Constance, passe-moi la sauce.

M'man avait fait des réserves histoire d'avoir de bons petits plats en plus à mon retour, et Mrs Roundsby avait envoyé un petit panier de Noël. Alfie disait qu'il fêterait mon retour rien que pour cette raison. La joie de Connie, aussi pure et éclatante qu'un ruisseau de montagne, était contagieuse. Ceux de mes frères qui étaient mariés allaient et venaient entre chez eux et la maison, me tapant dans le dos et me demandant comment se passaient mes études. Mercy aussi était mariée, et heureuse. Elle m'a offert une écharpe qu'elle m'avait tricotée ; je lui ai promis de la conserver précieusement. Contre toute attente, la santé d'Ernest semblait s'améliorer et, même s'il travaillait désormais à Crooked Ash, il ne me semblait pas que son état ait empiré depuis mon départ.

Presque chaque jour, je passais à Silvermoor. Les Honeycroft s'y trouvaient pour toute la durée des fêtes, leur père et leur tante les ayant rejoints d'York pour quatre jours. Et, donc, Josie était là aussi. De même que Norman, le valet de pied de Cedric Honeycroft.

Je ne peux pas dire que je ne l'aimais pas. Je savais que Josie et lui étaient amis, et il était tel qu'elle l'avait décrit : un gars honnête, franc, travailleur et sans prétention, hormis son goût pour la bonne musique et la belle architecture. Loin d'être un imbécile, donc, et désireux de partager ses centres d'intérêt avec Josie. Très désireux. Non, ce qui ne me plaisait pas chez lui était sa façon de la regarder. Je voyais qu'il la vénérait.

Quand j'ai évoqué le sujet, Josie a éclaté de rire.

— Norman est fiancé ! Je te l'ai dit ! Il va épouser Sally l'été prochain et je suis invitée au mariage. Je l'ai rencontrée en octobre, on s'est bien entendues. Tu crois tout de même pas qu'elle chercherait à devenir mon amie si elle pensait que son fiancé avait des vues sur moi, si ?

— Et toi, tu aimerais qu'il en soit autrement ? n'ai-je pas pu m'empêcher de lui demander. Tu préférerais qu'il soit libre ?

Elle m'a dévisagé comme si j'étais devenu fou à lier.

— On dirait qu'ils t'apprennent pas grand-chose à l'école. Jamais je penserais à Norman de cette façon-là. Comment tu peux croire une chose pareille ?

— Eh bien, tu es en âge d'y penser et tu es très jolie, Josie. Ma question n'est pas si idiote, si ?

Elle m'a regardé d'un air de dire que je ferais mieux d'arrêter les frais et de changer de sujet. C'est donc ce que j'ai fait, même si je ne comprenais pas son agacement. Josie pouvait me soutenir mordicus que Norman la considérait comme une amie et allait épouser Sally, j'étais sûr que c'était faux.

51

Tommy

Entre Josie, Walter, les Honeycroft et ma famille, je n'ai pas vu Manus avant une bonne semaine. Nous nous sommes donné rendez-vous comme à l'ordinaire et, le 28 décembre, je me suis éclipsé tard le soir pendant que les autres dormaient. C'était une nuit de décembre idéale, la terre dormait à poings fermés telle une princesse enchantée. La lune formait une courbe mince comme du fil. Mes pas résonnaient, nets et limpides, malgré mon désir de discrétion ; les sentiers étaient empreints de l'obscurité et du froid de cette si puissante période de l'année où les humains savent qu'il vaut mieux éviter d'être dehors. La plupart d'entre nous le savent. Comme toujours, Tommy Green de Grindley faisait exception.

Manus m'attendait. Nous avons échangé une brève poignée de main, puis il m'a hissé sur le dos d'Ebony et nous sommes partis au trot. Je ne l'avais pas vu depuis des mois ; une simple conversation à travers la grille ne suffirait pas. Sa chevelure déjà longue l'était un peu plus mais son visage pâle n'avait pas changé, et son foulard et ses manches amples étaient plus blancs que jamais. Une fois à l'abri des écuries, il m'a serré dans ses bras comme un frère. Fidèle à ses habitudes, il avait préparé un petit festin ainsi qu'un sac en toile contenant du pudding de Noël, une bouteille de cognac, une miche de pain et une tranche de pâté de canard.

— Pour votre famille, a-t-il annoncé.

— Mon cher ami, c'est si gentil de votre part ! me suis-je exclamé en jetant un coup d'œil dans le sac et en reniflant l'odeur riche du pâté. Mais comment je vais expliquer ça ?

— Dites-leur que vous avez braconné, a-t-il répondu avec un grand sourire.

Grâce au service postal de miss Embry, nous étions plus ou moins au courant de l'actualité de chacun, et avons donc pu nous consacrer à l'élaboration de projets. Pour l'heure, les miens étaient encore vagues, les dix-huit mois qu'il me restait à passer à Westonbury me séparant d'eux telle une barrière. À ma grande frustration, ceux de Manus étaient vagues aussi, et j'ai eu envie de pleurer en apprenant qu'il avait passé Noël seul à Heston, un jour semblable aux autres si ce n'est qu'il avait dû aller chercher ses propres repas, les domestiques étant en congé.

— Mais cela ne me dérange pas, m'a-t-il assuré. Je préfère aller chercher mon repas que me le faire servir.

— Là n'est pas la question ! me suis-je emporté. Et votre famille, alors ? Elle ne vous rend jamais visite ? Est-ce qu'elle sait que vous êtes en vie, d'ailleurs ?

Il a poussé un soupir. Au clair de lune, ses cheveux étaient aussi argentés que la crinière d'Equinox.

— Ils le savent tous. Maman, Jocelyn, Willard, les filles…

— Et ils ne sont jamais venus vous rendre visite, même à Noël ?

— Non. Les filles en ont certainement envie. Mais elles craignent d'en parler et on ne le leur permettrait pas.

— Et votre mère ?

— Elle est aussi dure et inflexible que mon père. Ils sont faits l'un pour l'autre.

Une famille pareille me paraissait inconcevable.

— Je n'arrive pas à croire qu'ils vous laissent dans une telle solitude.

— Je me demande parfois si mon isolement n'est pas plus pénible pour vous que pour moi, Tommy.

Peut-être avait-il raison. Je me battais depuis si longtemps pour quitter cet endroit que je ne pouvais plus vivre sans lutte et j'avais simplement passé le flambeau à quelqu'un d'autre. Pourtant, voir ses doigts s'entrelacer et se décroiser quand nous parlions de sa famille, puis s'immobiliser et se détendre quand nous riions et discutions de sujets divers ; savoir que, jour après jour, nuit après nuit, il errait dans cette immense demeure, ce vaste domaine sans jamais une âme à qui parler… Je me sentais seul à Westonbury, certes, mais l'échelle et le contexte étaient fort différents pour lui. Comment ne pas lui souhaiter une vie meilleure ?

— C'est si gentil à vous d'être venu, Tommy. Je ne saurais vous exprimer l'étendue de ma gratitude. Mais, maintenant que vous avez tant à perdre, je crois que vous devriez arrêter. Un endroit comme Westonbury, un avenir prometteur… ne mettez pas cela en péril pour m'offrir quelques heures en votre compagnie.

Entrer à Heston par effraction me déplaisait, en effet. Lorsque ses hectares interdits représentaient encore tout ce que j'aspirais à voir d'un autre monde que le mien, je me fichais des conséquences. Mais à présent c'était différent.

— Pour être honnête, je ressens la même chose. Si Paulson m'attrapait maintenant que je ne braconne plus, ce serait d'une féroce ironie. Il me ferait arrêter pour effraction or je dois réussir, Manus. Pour moi, mais surtout pour aider ma famille – je le leur ai promis – et pour vous aider vous. Quant à Josie, on est seulement amis, bien sûr, mais…

— Je comprends. Je comprends parfaitement, a-t-il répondu avec un air entendu qui m'a fait rougir et changer de tactique.

— D'un autre côté, ai-je repris, si vous partiez d'ici, je n'aurais plus besoin de prendre le risque. Et ce sera forcément mieux ailleurs.

Son visage s'est refermé avec l'obstination des hommes craintifs.

— Je suis désolé, Tommy, a-t-il protesté sur un ton catégorique. Pour l'instant, je vais bien. J'aimerais tout de même partir un jour, mais, en attendant, peut-être vaut-il mieux que vous ne reveniez pas. Vous pouvez continuer à m'écrire ; notre correspondance m'apporte déjà plus que je n'aurais espéré.

J'ai poussé un soupir.

— De toute façon, le comte a eu la gentillesse de m'envoyer sa calèche cette fois-ci, mais il n'a pas évoqué Pâques et je doute qu'il m'invite à chaque période de vacances. La décision ne sera donc certainement pas de mon ressort.

— Alors profitons au mieux du temps que nous passons ensemble ce soir, a conclu Manus.

Il m'a resservi du porto et demandé des nouvelles de Walter. Il avait toujours porté grand intérêt à son homologue, cet ami issu d'une famille charbonnière si différente de la sienne. Walter avait enfin une nouvelle monture, Aubaine, un grand gris, car ses jambes poussaient comme des oignons. Enfin une monture capable de sauter comme il en avait toujours rêvé. L'autre nouvelle concernait Mr Farthing, qui partait et serait remplacé par un nouveau professeur. Cette nouvelle me touchait plus que Walter : pour lui, un précepteur n'était qu'un mal nécessaire. Moi, en revanche, l'idée de Silvermoor sans ce professeur bourru qui avait tant fait pour moi me peinait.

— Il déménage à Liverpool pour se rapprocher de sa mère malade, ai-je expliqué à Manus. Au printemps, donc, Walter aura un nouvel enseignant. J'espère que cette personne sera sympathique : Walter est le garçon le plus adorable que je connaisse, mais ce n'est pas un élève né. Il doit apprendre tout ce qui n'a pas trait aux chevaux.

— Je crois qu'il me plairait bien, a fait observer Manus.

— C'est dommage que vous ne puissiez pas être son précepteur. Vous sauriez le pousser à apprendre en lui promettant de partager vos secrets d'équitation.

Il a ri, et nous avons parlé de ma famille et de mes amis jusqu'à ce que le ciel changeant nous indique que j'étais resté trop longtemps.

— Je dois partir ! me suis-je écrié en me levant précipitamment. P'pa sera déjà réveillé pour partir au travail. Dieu sait ce qu'il pensera s'il constate mon absence !

Manus m'a ramené à la grille en un clin d'œil.

— Nous ne nous reverrons sans doute pas avant un bon bout de temps, a-t-il dit tristement. Merci encore pour tout ce que vous avez fait pour moi, Tommy.

— Promettez-moi que vous n'avez pas baissé les bras, l'ai-je imploré. Promettez-moi que vous continuerez à chercher un moyen de sortir d'ici. Vous méritez mieux que ça, Manus, vous méritez plus de bonheur. Et ce n'est pas un adieu. Je m'absente quelques mois, mais vous serez certainement parti l'été prochain et nous pourrons nous retrouver… quelque part ?

— J'en suis certain, a-t-il répondu pour affirmer sans y croire ce que j'avais envie d'entendre.

Alors que je me dépêchais de rentrer chez moi, j'ai été saisi par un terrible pressentiment : sans doute ne chercherait-il jamais à avoir une vie meilleure. Il se croyait en sécurité à Heston, à juste titre peut-être. Mais une vie bien vécue n'était pas qu'une question de sécurité, et Manus Barridge en était l'illustration même. Comment pouvais-je l'aider ? J'avais déjà fait l'impossible : j'étais sur le point d'accomplir mes propres rêves. Mais je n'avais toujours ni pouvoir ni influence dans le monde.

Le temps a filé. Bientôt, il a fallu faire mes adieux : à Dulcie, qui avait passé Noël avec sa famille à Leeds mais nous avait rendu visite, à Josie et moi, à son retour à Arden ; à ma famille, à Walter, au comte et aux Honeycroft. Quel étrange assortiment de proches j'avais dans le sud du Yorkshire ! Pourtant chacun d'eux m'était cher.

Josie m'a accompagné à la voiture des Sedgewick et, une fois que j'ai eu pris place à l'intérieur, m'a serré les mains par la fenêtre. Nous nous sommes regardés droit dans les yeux, conscients que ce dernier échange allait devoir nous sustenter pour un long moment. J'ai eu l'impression que, malgré ces deux semaines passées à parler sans interruption, elle voulait m'en dire plus.

Le comte avait beau être très courtois, il n'avait toujours pas évoqué d'autre visite et bien sûr je ne pouvais pas le lui demander. Il avait certainement des questions plus urgentes à régler que de savoir ce que je ferais trois mois plus tard ; des rumeurs circulaient à propos d'une grève qui se préparait, chose qui n'était pas arrivée dans une mine des Sedgewick depuis plus de cinquante ans. Pourtant, plus les Barridge portaient de coups bas à leurs hommes, plus les Sedgewick passaient pour de meilleurs maîtres, et j'avais la certitude que cette grève n'aurait pas lieu.

La voiture a démarré avec un soubresaut. Les mains de Josie ont glissé des miennes et je suis parti. Par la vitre, j'ai regardé les sentiers sinueux, les collines aux pentes douces et les cruels carreaux de mine du sud du Yorkshire se dissoudre dans un linceul de pluie.

52

Josie

Printemps 1904

Le printemps a mis beaucoup de temps à arriver cette année-là. La vie à York était globalement agréable. Pourtant, quelque chose me pesait, au-delà de la question de ma filiation, sujet d'anxiété pour moi. Gravenagh House m'offrait la vie la plus heureuse qui soit, et miss Coralie restait un employeur de rêve. Les allers-retours entre York et Silvermoor me plaisaient toujours. Pourquoi ressentais-je donc une insatisfaction croissante ? Le mois de février se traînait, apportant avec lui mon dix-huitième anniversaire.

Au cours des soirées d'un bleu morne, après de longues réflexions, je me suis rendu compte que ce n'était pas mon sort qui me chiffonnait mais celui des autres. Étrangement, être la seule à être heureuse apportait son lot de solitude. Je voulais aussi le bonheur de tous ceux que j'aimais. Mais tous étaient coincés.

Tommy, bien sûr, poursuivait ses études et resterait à l'école pendant plus d'un an encore. Rien d'inattendu, pourtant depuis mon anniversaire je devenais de plus en plus morose. Il vivait loin et sa situation le préoccupait toujours ; il était incapable de penser à l'amour. D'ailleurs, pourquoi y aurait-il pensé ? Il avait encore tant de choses à faire ! Et, quand il serait enfin prêt, penserait-il à moi ? J'étais sous son nez depuis si longtemps ! Il tenait beaucoup à moi mais, le nombre de nos baisers ne s'élevant qu'à deux, je doutais qu'il ressente pour moi ne serait-ce que le centième de ce que je ressentais pour lui, sans quoi il n'aurait pas pu se retenir.

J'avais conscience que mon apparence s'était améliorée, sans pour autant m'imaginer être la plus belle fille du Yorkshire. Tommy, lui, était beau – en toute objectivité. Il avait toujours été charmant malgré un physique étrange devenu plus harmonieux. Il aurait dix-neuf ans cette année. Ce n'était plus un rêveur, il allait de l'avant dans le monde réel. Cela lui donnait un air résolu et ambitieux, l'imprégnait d'une lumière et d'une détermination qui le rendaient très… enfin, moi, je le trouvais très attirant et je voyais que les domestiques de Silvermoor le pensaient elles aussi. Tommy ne se rendait compte de rien, bien entendu. Je ne savais pas s'il fallait m'en réjouir ou hurler. Il était toujours si absorbé en lui-même. Évidemment, j'aurais détesté qu'il soit comme le comte, captivé par toutes les jolies filles qui passaient. Mais, s'il avait pu se laisser aller un peu à l'amour et au désir, et me les réserver à moi…

Il avait semblé un peu jaloux de Norman, et cela seul me rassurait. C'était ridicule : comment s'enticher de Norman ? Sally l'avait fait, bien sûr, et tant mieux pour elle ; à chacun sa chacune. Mais Tommy était mon chacun et était-il assez idiot pour ne pas s'en apercevoir ? Non. Alors que devais-je en conclure ? Quand il aurait fini ses études et partirait travailler, aurais-je ma place dans sa nouvelle vie, et pas seulement par correspondance ?

Dulcie, qui n'avait pas trouvé d'acheteur pour son magasin, passait la saison grise à se languir à Arden, où faciliter la correspondance entre Manus et Tommy semblait être sa seule distraction. Manus ne valait pas mieux. D'après Tommy, il se plaignait encore de ses tourments et de sa solitude, mais ne cherchait pas à s'en sortir. Sans doute ce qui me peinait le plus était-il que Martha était toujours à Arden, et toujours fiancée à Luke. Ils prévoyaient de se marier à Pâques.

Elle espérait que je viendrais, tout en se rendant compte que ce serait difficile pour moi. *Je sais qu'il s'est passé quelque chose entre toi et m'man*, m'avait-elle écrit. *Mais je peux pas me marier sans toi et puis tu verras Dulcie…*

Je ne savais comment répondre à cette demande, préférant encore devoir croiser m'man que voir Martha s'enchaîner à une vie pareille. Mais sa lettre ne disait pas que Luke se montrait cruel ni qu'elle doutait au fond de son cœur. Elle ne parlait pas de son cœur. Si la vie à Arden n'avait rien de sentimental, Martha, elle, était tendre et aimante, et je m'inquiétais pour elle. J'ai fini par lui promettre de venir, que faire d'autre ?

Mars a fini par chasser février. Des jonquilles fleurissaient dans les jardins et le long des murs de la ville. La pluie et le soleil se crachaient dessus comme des chats, et je ne savais jamais quoi porter quand je sortais.

Mon nouveau chapeau de paille, parfait pour le printemps avec son bord parsemé de petites fleurs jaunes et blanches, ne résistait pas à la pluie. Je continuais donc à porter, à contrecœur, mon chapeau d'hiver.

Puis, enfin, il s'est passé quelque chose. Une chose si inattendue que j'ignorais comment l'écrire à Tommy. Alors que je rentrais chez moi par un après-midi venteux, j'ai vu Norman courir vers moi.

— Josie ! Bonjour ! m'a-t-il appelée, l'air fiévreux et excité.

— Bonjour, Norman. Tout va bien ? Est-ce qu'il est arrivé quelque chose à Cedric ?

— Cedric ? Oh non, il va bien, tout va bien. C'est juste que… je dois vous parler. Vous voulez bien faire un tour du champ de courses avec moi ? J'ai apporté un parapluie au cas où il pleuvrait, vu que vous portez votre joli chapeau de paille… Tenez, laissez-moi prendre vos sacs…

Sur ce, il a attrapé le sac de livres et celui de joli linon lilas que miss Coralie m'avait demandé d'acheter et, à leur place, m'a fourré dans les mains un parapluie usé.

— Je serais ravie de me promener avec vous, Norman, mais je devrais peut-être porter d'abord ces sacs à l'intérieur. Miss Coralie m'attend.

— Pas avant une demi-heure, a-t-il rétorqué.

J'ai consulté ma montre. Il avait raison. Mais depuis quand connaissait-il mon emploi du temps ? Depuis quand remarquait-il mes couvre-chefs ?

Marchant d'un même pas, nous nous sommes dirigés vers le Knavesmire. C'était une belle journée et Norman était mon ami. C'était un endroit charmant pour une promenade. Pourtant, quelque chose clochait et j'ai vite compris de quoi il retournait.

— Josie, ça peut vous paraître soudain et j'en suis désolé, mais vous avez peut-être deviné. J'aurais dû le faire depuis longtemps… Vous voulez m'épouser ? m'a demandé Norman dès que nous avons été à l'écart des autres promeneurs. Oh ! a-t-il ajouté en tombant à genoux sous un châtaignier en fleur.

J'ai pensé qu'il plaisantait et je suis restée plantée là à le regarder avant de comprendre : il ne plaisantait pas. Tommy avait raison : il m'aimait. Norman n'était pas du genre à demander la main des filles pour s'amuser ni à rompre des fiançailles sur un coup de tête. Il souffrait, et j'avais beaucoup de peine pour lui. Pauvre Norman ! Et voilà que son genou était couvert de boue.

— Et Sally, alors ? ai-je demandé d'une toute petite voix pendant que je me remettais de la surprise, quoique là ne soit pas la question, du moins de mon point de vue.

— Oh, je sais, s'est-il empressé de répondre. Ça m'attriste beaucoup, vraiment. Je l'aimerai toujours un peu. Pas comme je vous aime vous, Josie, mais comme un morceau de ma jeunesse, comme une sœur… Vous, Josie, vous êtes mon avenir, en tout cas j'aimerais que vous le soyez. Je l'espère. Dites-moi que vous l'êtes, je vous en prie…

— Mais, mais… comment elle réagirait ? ai-je chuchoté. Ça la bouleverserait.

Vraiment, je m'agaçais : je ne voulais pas qu'il croie que Sally était ma seule objection, mais je ne trouvais pas le courage de lui briser le cœur sans le ménager un peu.

— Elle a eu beaucoup de chagrin, a-t-il admis en baissant la tête. C'était vraiment très difficile. Elle a pleuré et j'ai eu de la peine, mais c'est une fille raisonnable. Elle voyait bien qu'il y avait rien à faire.

— Vous lui avez déjà dit ? Qu'est-ce que vous lui avez dit, exactement ?

— Eh bien, ce que je ressens pour vous, bien sûr, et que j'allais vous poser la question. Je me suis pas fait d'idées, Josie, je vous promets. C'est juste que j'espérais…

Son genou s'enfonçait dans la boue, comme sous le poids de cet espoir.

— Oh, Norman, levez-vous !

Je me suis secouée et l'ai tiré par le coude. Je trouverais le temps de digérer cette histoire plus tard, et m'apercevrais que j'avais blessé un ami cher. Peut-être même regretterais-je ma réponse ; Norman aurait fait un mari merveilleux et je ne croulais pas sous les demandes en mariage. Mais, pour l'instant, il me fallait mettre cela de côté : ma réponse instinctive était claire et sincère.

— Vous êtes en train de vous salir. Levez-vous.

J'ai commencé à marcher et il m'a suivie.

— Cher Norman, je suis vraiment désolée, mais je peux pas vous épouser.

Voilà, c'était dit.

— Je suis flattée… stupéfaite ! J'ai une si grande estime pour vous. Mais je peux pas… Je ressens pas la même chose pour vous. Vous êtes un homme très bon, mais vous êtes pas fait pour moi.

Si vous aviez vu sa tête ! Je me suis tue. Briser ainsi les rêves d'un autre était affreux.

— J'ai peut-être eu tort d'être votre amie, ai-je ajouté, le visage brûlant. J'avais pas l'intention de vous donner de faux espoirs. Notre relation me convenait bien et j'ai jamais pensé une seconde que… J'aurais dû.

— Non, a-t-il dit d'une voix rauque en me prenant la main. Vous avez rien fait de mal. Je savais qu'il y avait aucune garantie. Je le savais, mais il fallait que je vous demande. Vous illumineriez mes jours en vous tenant auprès de moi. Mais vous ressentez pas la même chose et c'est comme ça. Je vais pas insister. Vous me pardonnez de vous avoir posé cette question ?

— Bien sûr, ai-je murmuré.

Il a passé ma main sous son bras, et nous avons décrit en silence une lente boucle lugubre autour du Knavesmire. Je n'osais pas lui demander à quoi il pensait ou ce qu'il adviendrait de notre relation. Bientôt, nous serions de retour à la maison, où il vaquerait à ses tâches et redeviendrait le Norman d'autrefois, alors que pour lui tout aurait changé. Il avait rompu avec Sally à cause de ses sentiments pour moi et j'ai gémi intérieurement : se réconcilieraient-ils un jour ? Comment pourrait-elle lui pardonner à présent ? De toute façon, il était probablement trop honnête pour le lui demander.

— Merci, Josie, a-t-il dit une fois de retour à Gravenagh House.

Il a repris son parapluie, m'a rendu mes courses et est descendu au vestiaire. Je suis restée dans l'entrée un long moment, nauséeuse, puis je suis allée dans le salon, où Coralie regardait par la fenêtre.

— Voici le linon pour votre robe de Pâques, miss Coralie, ai-je annoncé d'une toute petite voix. Et les livres que vous vouliez, ceux de chez Coulson.

Elle s'est retournée.

— Je suppose que Norman vous a demandé votre main ?

J'ai hoché la tête, le visage brûlant. Tout le monde s'en était-il douté excepté moi ?

— Et vous avez refusé.

J'ai de nouveau hoché la tête ; mes yeux me picotaient. Elle m'a adressé un regard plein de compassion.

— Pauvre Josie. C'est dur, n'est-ce pas ? Pauvre Norman aussi, bien sûr. Enfin, c'était inévitable.

— Ah bon, miss ? Vraiment ? Moi j'ai rien vu venir ! Je savais pas qu'il avait ces… pensées. Ah, si seulement je m'en étais rendu compte à temps pour l'arrêter… Si seulement il avait pas…

— Mais il l'a fait, ma chère, et nous devons nous occuper de ce qui a eu lieu et non de ce que nous aurions souhaité. Vous n'avez rien fait de mal, Josie.

Cette nuit-là, je me suis assise pour répondre à Tommy. Je n'avais ni le cœur de lui raconter ce qui venait de se produire ni de lui mentir par omission. Il lui faudrait attendre que je sache comment en parler. Dans mon lit, je me suis tournée et retournée et j'ai passé la pire nuit dont je me souvienne.

Puis je me suis réveillée en sursaut et redressée, haletante, après un mauvais rêve. Un bruit résonnait, régulier. *Tchac, tchac, tchac !* Il y avait quelqu'un à la porte d'entrée !

J'ai sauté du lit et allumé ma lampe d'une main tremblante. La petite horloge sur le manteau de la cheminée indiquait 4 heures du matin. Drôle d'heure pour une visite ! La maisonnée s'éveillait à 6 heures. J'ai enfilé une robe de chambre et suis allée sur le palier ; Coralie et Cedric y étaient eux aussi ; à l'étage inférieur, leur père était enveloppé dans un peignoir à motif cachemire.

— Je m'en occupe, a-t-il déclaré en levant la tête.

Norman est apparu en bas. Avait-il passé la nuit dans le vestiaire ?

— Je m'en occupe, a répété Mr Honeycroft. Tout va bien, Norman.

En levant brièvement les yeux, Norman m'a aperçue puis il a disparu.

Mr Honeycroft a déverrouillé la porte et poussé un cri de surprise.

— Juste ciel ! Qui êtes-vous ?

Coralie, Cedric et moi nous sommes penchés par-dessus la balustrade comme le public au poulailler. Là, nous avons vu une jeune femme aux cheveux sombres et décoiffés, trempés par la pluie d'une folle nuit de mars.

— Pardon, m'sieur, a-t-elle sangloté. Je suis vraiment désolée de vous embêter. Je sais que c'est pas une heure. Mais je vous en prie, est-ce que je peux voir ma sœur Josie ?

53

Josie

J'ai dévalé l'escalier comme une créature des airs. Mr Honeycroft avait fait entrer ma sœur et refermé la porte. Frissonnante, elle se tenait dans une flaque d'eau de pluie. Avant même de l'étreindre, je l'ai examinée de la tête aux pieds à la recherche de blessures mais n'en ai vu aucune.

— Tu vas bien, Martha ? Tu as mal quelque part ? ai-je demandé pour en avoir la certitude.

— Non, en tout cas pas de bleus ni de coupures. N'aie pas peur de me prendre dans tes bras, quoique je sois trempée…

— Peu importe ! me suis-je exclamée en me jetant à son cou. Oh, je suis tellement contente de te voir, Martha ! Je sais pas quel est le problème mais tu as bien fait de venir.

— Ma chère Josie, a murmuré Coralie, laissez Martha se sécher et se changer. Il ne faut pas qu'elle attrape froid.

— Bien sûr !

Martha est devenue blanche comme un linge en voyant Coralie, reconnaissable à sa chevelure rousse et rebelle dont les boucles s'échappaient d'une tresse. Martha n'avait encore jamais vu de lady. Elle a fait une révérence comme si ses jambes se dérobaient sous elle. Mon humble et modeste sœur n'aurait jamais fait irruption ainsi dans la maison d'un inconnu si elle avait eu le choix. Elle paraissait morte de honte.

— T'inquiète pas, Martha, ai-je dit. C'est miss Coralie, dont je t'ai tellement parlé. Elle est d'une gentillesse absolue, alors sois pas gênée.

Mais Martha en avait perdu sa langue.

— Emmenez votre sœur à votre chambre et séchez-la, Josie, a suggéré Coralie. Vous savez où sont les serviettes. Puis descendez au séjour afin qu'elle puisse se réchauffer. Je vais demander à Norman d'allumer un feu, et Mrs Crane vous apportera de quoi manger et boire. Prenez tout votre temps pour parler, ne vous préoccupez pas de vos tâches ce matin. Et, bien sûr, vous pouvez rester ici aussi longtemps que vous en aurez besoin, ma chère, a-t-elle ajouté à l'intention de Martha. Ne vous inquiétez pas pour nous.

— Viens.

J'ai mené ma naïade fanée au pied de l'escalier, où elle s'est arrêtée pour lever la tête, émerveillée. À côté de Silvermoor, ce n'était pas une grande maison, il n'y avait que trois étages. Mais par rapport à notre petit coron d'Arden, c'était un palace.

J'ai pris Martha par la main et je l'ai entraînée vers ma petite mansarde. Il faisait froid à présent que l'excitation était retombée, et je ruisselais d'avoir serré ma sœur dans mes bras. J'ai déboutonné son manteau brun et lui ai lancé des serviettes et des vêtements afin qu'elle se réchauffe auprès du feu le plus vite possible. Tandis qu'elle se séchait et frottait ses cheveux, j'ai enfilé mon habituelle robe de travail gris et blanc. Je préférais m'affairer à mes tâches dès que j'aurais tiré au clair cette histoire.

Quelques instants plus tard, nous étions assises devant la cheminée du salon avec de grosses chopes de jus de pomme chaud aux épices et des bols de porridge au miel. Seuls les cheveux de Martha étaient encore mouillés, mais ils commençaient à sécher eux aussi. Elle portait ma robe d'hiver bleu marine et j'avais, par excès de prudence, enveloppé ses épaules d'un châle.

Une fois qu'elle a eu mangé et bu, elle m'a regardée avec un immense soulagement.

— J'ai réussi, s'est-elle étonnée, je suis là ! Oh, Josie, je m'en veux d'avoir débarqué ici dans un état pareil. J'espère qu'ils me croient pas si mal élevée, j'en mourrais de honte. S'il avait pas plu autant j'aurais attendu dehors jusqu'à une heure plus raisonnable, mais j'avais trop froid et trop peur.

— Et moi je t'aurais grondée. Tu as bien fait, Martha. Maintenant que tu as repris tes esprits, tu vas voir comment sont les Honeycroft. Ils penseront pas de mal de toi.

— Oui, je le vois bien, a-t-elle admis d'un air pensif. C'est vraiment gentil de leur part de nous laisser du temps en tête à tête. Mais je peux pas rester ici pour toujours et je peux pas non plus rentrer à la maison… Josie, qu'est-ce que je vais faire ?

— Pourquoi tu me racontes pas ce qui s'est passé avant de t'inquiéter de la suite ? Vite, parce que je suis en train de m'imaginer toutes sortes d'horreurs.

— Eh bien, il fallait que je parte. J'ai dit à Luke que je l'épouserais pas. Il était furieux, Josie. Il a répondu que je l'avais ridiculisé. Que j'étais une garce qui savait pas ce qu'elle voulait et qu'il ferait tout pour me rendre la vie infernale.

— En d'autres termes, il a montré son vrai visage, hein ? Ça me surprend pas, Martha, mais pourquoi tu as changé d'avis ? Dans ta dernière lettre, tu parlais que de ton mariage, à ma grande consternation. Je croyais que c'était ce que tu voulais.

— Mais oui, au début ! J'en avais tellement envie ! Je le trouvais beau et élégant et je pensais que c'était le gars le plus intéressant que je puisse me dégoter. Il était adorable aussi, les premiers temps – il m'apportait des fleurs quand on se promenait ensemble, il disait que j'étais jolie, ce genre de chose. Je croyais que tout irait bien. Et même, j'avais jamais pensé à quitter Arden, jamais j'aurais cru pouvoir partir. Mais on se fréquentait depuis un an à peine quand il a commencé à se comporter comme si j'étais une enquiquineuse. Il a raconté à ses amis que je passais mon temps à le critiquer et à le suivre partout. Il levait les yeux au ciel chaque fois que j'ouvrais la bouche et soudain avec lui je me sentais stupide, Josie, et ennuyeuse et insignifiante. J'avais pas envie de ressentir ça. Je pensais qu'il voulait plus m'épouser, mais il disait que si ! Pourquoi, alors qu'il me trouvait agaçante ?

— Parce que tu es une fille sage, Martha, et que s'il t'épousait pas il obtiendrait pas ce qu'il voulait.

Et parce que tu es très jolie, alors t'étais un beau parti. Il pensait pas au bonheur, Martha, juste à se satisfaire et à faire ses preuves au village.

Martha a froncé les sourcils et remonté la couverture.

— Bref, a-t-elle continué. Quand les gens ont appris que je l'avais laissé tomber ç'a été le début de la fin. Tu sais comment ils sont. La mère de Luke est venue me passer un savon devant notre porte. Et que j'étais pas assez bien pour son fils, et qu'est-ce que je me croyais le droit de refuser la meilleure proposition de ma vie, et que je devenais aussi bêcheuse que ma sœur et que je me donnais des airs…

Elle s'est interrompue, inquiète, comme si ce que Millie Stevens pensait de moi m'importait le moins du monde.

— Ah, c'était affreux, Josie ! Les voisins se penchaient aux fenêtres et s'attroupaient dans la rue pour écouter. J'ai répondu que j'étais désolée, que je l'aimais pas et que je le rendrais pas heureux ; c'est tout ce que j'ai trouvé à dire. Mais tu connais Arden… l'amour et le bonheur ont guère d'importance, là-bas.

— Et où étaient nos chers parents pendant ce temps ?

— P'pa était assis près du feu, en silence, et m'man se tenait pas loin, hors de vue, les bras croisés sur la poitrine. Pour finir, elle s'est approchée de la porte et elle a fait : « Ça suffit, maintenant, madame Stevens. Vous avez dit ce que vous aviez à dire. Vous avez pas tort, mais ça suffit. Je vais lui mettre du plomb dans la tête. » Mrs Stevens a répondu que maintenant Luke voudrait plus de moi même si je rampais à ses pieds, et m'man lui a claqué la porte au nez. Et là m'man s'en est prise à moi, Josie. Qu'est-ce qu'elle était fâchée !

Elle m'avait jamais frappée avant. Elle a dit que je l'avais déçue…

— Et ça s'est passé quand ?

C'était arrivé l'avant-veille. Martha avait parlé à Luke à son retour du travail, sa mère avait lancé son attaque ce soir-là, et m'man avait poursuivi son œuvre une bonne partie de la nuit. Le lendemain matin, Martha était partie travailler comme d'habitude et personne n'avait voulu lui adresser la parole.

En pareille situation, les villages aiment prendre parti, et Arden ne faisait pas exception à la règle. Luke était issu d'une vieille famille d'Arden, il était beau et il n'y avait pas dans son cerveau une seule idée qui ne lui vienne de ses ancêtres. En d'autres termes, il avait de bonnes vieilles valeurs traditionnelles. En renonçant à l'occasion de s'unir à lui pour toujours, Martha avait laissé entendre qu'elle en attendait davantage et avait renvoyé aux autres leurs propres choix à la figure. Plusieurs jeunes femmes qui travaillaient avec elle au jour en pinçaient pour Luke et avaient envié ses fiançailles. Et voilà qu'elle affirmait être trop bien pour lui !

Le village tout entier avait donc pris parti pour Luke ; c'était lui la victime, le brave gars fidèle, et Martha l'insensible bourrelle des cœurs contaminée par sa sœur subversive. Qui d'autre voudrait d'elle à présent qu'elle s'était montrée inconstante ? Elle resterait à la maison avec m'man jusqu'à la fin de ses jours. Et m'man était du même avis que les autres, ce qu'elle avait clairement formulé ce jour-là à grand renfort de « J'ai honte de toi », « Tu me dégoûtes », « Tu te crois supérieure, hein… », et autres classiques. Épuisée par sa journée,

Martha n'avait rien pu faire que s'asseoir à table et pleurer.

Une heure ou deux plus tard, un autre Stevens frappait à la porte. Seulement, cette fois, c'était Luke et non sa mère, et il voulait récupérer Martha.

— Je le dirai qu'une fois, avait-il annoncé, mais j'espère que t'as eu le temps d'y réfléchir et que tu t'es rendu compte que c'était une erreur. Je veux bien te reprendre, Martha, parce que j'ai promis que je te prendrais pour épouse. Mais je te ferai ravaler tes idioties quand on sera mariés.

Malgré cette déchirante déclaration d'amour, Martha a de nouveau répondu non et m'man a poussé un cri de fureur.

— Sors d'ici ! Sors de chez moi, sale ingrate ! a-t-elle hurlé. Allez, va-t'en, c'est pas pour ça que je t'ai élevée. Mais qu'est-ce que j'ai fait pour avoir des filles pareilles ? Tansy qui est morte, Josie qui aurait jamais dû naître et maintenant toi ! Va-t'en !

D'après Martha, m'man était hystérique. Elle n'avait donc pas eu d'autre choix qu'attraper son manteau et partir. Luke, furieux, avait disparu dans la nuit. Bien sûr, Martha s'était rendue tout droit à l'Emporium, pensant passer la nuit chez Dulcie puis lui emprunter de l'argent pour me rejoindre à York le lendemain. Mais Dulcie n'était pas là, et Martha l'avait attendue deux heures en vain.

— Elle était où ? me suis-je enquis, piquée par la curiosité.

Martha a haussé les épaules.

— J'en ai aucune idée. Bref, j'ai attendu et attendu, le vent hurlait, la pluie crachait et j'ai cru que j'allais attraper la mort tellement il faisait froid, alors je suis entrée dans l'église et j'ai pensé à Bert, mais je savais que ça plairait pas à Frannie. Tout ce qui l'intéresse, elle, c'est de se faire bien voir du village, et maintenant qu'elle attend un autre bébé elle est mal lunée.

— Et Alice ? ai-je plaisanté.

Martha a poussé un grognement. Avec les années, Alice était devenue encore plus vaniteuse et antipathique.

— Le pasteur m'a accueillie, bien sûr, mais pour me faire la morale et m'expliquer que les femmes doivent se laisser guider par leurs parents et par les hommes, sans bousculer l'ordre établi… Après quoi il m'a dit combien je l'avais déçu alors qu'il avait toujours cru que j'étais une fille modeste, humble et raisonnable… Et je me suis aperçue que je voulais pas être modeste, humble et raisonnable comme il l'entendait… pas si ça implique d'obéir pour le restant de mes jours !

J'ai applaudi en silence, un grand sourire aux lèvres. Enfin.

Le pasteur avait ensuite quitté la pièce pour laisser à Martha le temps de réfléchir. Vingt et une heures avaient sonné à l'horloge : si elle courait, elle pourrait prendre le dernier coche en direction du nord. Il y avait des pièces sur le bureau ; elle avait griffonné à la hâte un billet à ordre, s'était emparée de l'argent puis avait pris ses jambes à son cou. Le coche avait dû s'arrêter à Askham, car l'un des chevaux venait de perdre un fer, puis elle avait marché jusqu'à York dans cette épouvantable nuit hurlante.

J'ai senti un poids immense quitter mes épaules à l'idée de la savoir là, ses longs cheveux sombres adoucis par la chaleur du feu, son visage reprenant des couleurs. Je ne craignais pas qu'elle change d'avis et rentre à la maison. Elle était calme et sûre d'elle, et de toute façon ç'aurait été impossible. Elle avait coupé les ponts avec Arden, de façon plus radicale encore que moi. J'avais fui un avenir au fond de la mine tandis que Martha la douce, la bonne, la raisonnable avait non seulement brisé le cœur de Luke mais volé le pasteur. Jamais je n'avais ressenti une telle fierté !

54

Tommy

Tandis que l'hiver laissait place au printemps de mauvaise grâce, il me semblait de moins en moins probable de rentrer chez moi à Pâques. Parmi ceux qui avaient les moyens de mettre cela en œuvre, nul n'en avait donné le moindre signe, et je n'avais pas l'intention de quémander. Rentrer à la maison serait un plaisir, pas une nécessité, et je ne pensais pas avoir mérité ce plaisir. Être à Westonbury était déjà beaucoup.

Mais, en mars, une lettre de Josie m'a poussé à changer d'avis : rentrer chez moi s'avérait en fin de compte une absolue nécessité. Ce maudit Norman avait fait sa demande en mariage ! À Josie ! Mon sang s'est mis à bouillir dans mes veines comme si on m'avait mis à cuire dans une marmite sur un fourneau. Cette espèce de domestique sournois et mielleux ! Ma Josie ? Bien entendu, elle ne m'appartenait pas, pas officiellement. Je n'avais aucun droit sur elle, car je ne lui avais pas demandé sa main. Mais comment aurais-je pu la lui demander alors que j'étais sans le sou et en plein milieu de mes études ? Je ne lui avais même pas déclaré mes sentiments parce que j'avais peur.

Face à la page maudite, un million de pensées bouillonnaient en moi, et j'ai compris mieux que jamais combien l'idée de Josie et l'espoir de la voir façonnaient mes journées. Son amitié m'était indiciblement précieuse, elle faisait partie de moi comme mes bras et mes jambes ou mon amour d'apprendre. Pourtant, je ne pouvais nier que cette amitié avait évolué en une chose plus puissante, malgré notre jeunesse et mon inachèvement. La vie sans elle m'était inimaginable, bien qu'il me soit tout aussi impossible d'être près d'elle sans ressentir ces sentiments nouveaux. S'ils lui déplaisaient, si elle ne les partageait pas, ma vie serait terne, privée de couleur et de lumière, comme couverte à nouveau de poussière de charbon.

Josie occupait un bon poste depuis un certain temps déjà. Elle gagnait un salaire décent alors que j'étais encore un écolier. Bien qu'elle soit plus jeune que moi, elle allait de l'avant dans le grand jeu de la vie. Que Norman lui ait demandé de l'épouser était tout à fait raisonnable (abstraction faite de sa pauvre fiancée, bien sûr). Il était fort probable que d'autres feraient de même. Et si elle disait oui à l'un d'eux avant que je sorte d'ici et que je puisse prendre place à son côté ? Une pensée terrifiante m'a traversé l'esprit : et si elle l'avait déjà fait ? Stupéfié par cette nouvelle, je n'avais pas lu la lettre jusqu'au bout ; j'avais présupposé de sa réponse sans même l'avoir lue. En toute hâte, j'ai défroissé la feuille et repris ma lecture.

J'ai refusé, bien sûr, avait-elle écrit. *Je ne ressens pas ce genre de chose pour Norman et ne le ressentirai jamais. Le pauvre Norman a quitté Gravenagh House dans la semaine. Il a dit qu'il ne supportait pas d'être près de moi sachant que je ne partageais pas ses sentiments, et il est trop gentil pour espérer que je démissionnerai. Alors il est parti, et ça me rend triste que notre joyeuse petite maisonnée ait changé à cause de moi. Je ne cherchais pas à lui faire de mal, pourtant qu'est-ce que j'aurais pu faire d'autre ? Son amitié me manque, mais l'amitié n'est pas de l'amour. L'amitié est une part importante de l'amour mais l'amour est plus grand. Tu vois, Tommy, je suis une femme, maintenant, et je passe du temps à réfléchir à ces questions.*

J'ai poussé un immense soupir de soulagement. *J'ai refusé, bien sûr.* Bien sûr. Et Norman était parti. Il avait tiré sa révérence, laissé Josie vivre sa vie. Peut-être sa propre existence était-elle terne et poussiéreuse à présent. Pauvre Norman ! Je n'aurais pu affirmer en toute honnêteté que ma compassion l'emportait sur mon soulagement. Je l'avais échappé belle.

Pourtant, au fil des jours qui ont suivi, je me suis surpris à examiner de près le reste du paragraphe. *L'amitié n'est pas de l'amour... L'amour est plus grand... Tu vois, Tommy, je suis une femme, maintenant...*

Essayait-elle de me dire quelque chose ? Si oui, quoi ? Ma pire crainte était qu'elle cherche à me prévenir, qu'elle me dise que je ne devais pas espérer, que nous étions amis, certes, mais que l'amitié ne suffisait pas. Ou… une lueur d'espoir… était-ce à cause de moi qu'elle faisait des comparaisons pareilles ? Norman n'avait été qu'un ami à ses yeux. Pouvais-je espérer que c'était moi, cette chose plus grande encore ?

Il fallait lui poser la question, mais cette idée me terrifiait plus encore qu'une semaine au fond sans lumière. Je devais surmonter ce besoin peu viril de me réfugier dans cet espoir ténu et ce désir inexprimé. Il fallait que je sache, d'une façon ou d'une autre. Si elle aussi caressait des espoirs, elle méritait de savoir que je ressentais la même chose. Sinon, mieux valait que je sache dès à présent, avant que ces sentiments ne s'ancrent encore davantage. Voilà ce que je me disais, même si je les savais déjà profondément enracinés. Pour moi, aucun retour en arrière n'était possible.

J'ai pensé à écrire une lettre. Cette option présentait beaucoup d'avantages. Je pouvais le faire tout de suite. Je pouvais déverser tout ce que j'avais à dire, et le perfectionner, évitant ainsi bourdes et balbutiements. Je pouvais mettre à nu mon âme tout entière sans avoir à voir son visage se décomposer ni à apprendre, comme Norman, que nous n'étions que des amis. De plus, ce serait une approche courtoise : elle aurait le temps de formuler sa réponse sans avoir à faire face à mes pitoyables espoirs.

Mais je ne pouvais pas écrire. C'était une solution pâle et lointaine, or mon amour n'avait rien de pâle ni de lointain. Je devais être auprès d'elle, observer son visage, affronter le moment où j'aurais tout à perdre ou tout à gagner. Et – lueur d'espoir –, si elle répondait oui, comme j'avais envie de l'entendre en personne ! Comme j'avais envie de la prendre dans mes bras, de voir son visage s'illuminer, de la regarder saisir le bonheur qu'elle m'apporterait également ! Je devais attendre. Patienter. Et prier qu'elle ne donne pas entre-temps son cœur à un autre, une pensée si horrible qu'en fin de compte j'ai failli lui écrire la lettre.

Mes espoirs de rentrer à Pâques s'étaient éteints. Même si je trouvais le moyen de revenir en été il faudrait encore attendre trois mois. Et, si jamais je restais coincé à Westonbury jusqu'à la fin de mes études, je ne verrais pas Josie pendant plus de quinze mois. Intolérable. Au cours d'une si longue période, il semblait impossible que personne ne mette le grappin sur une femme si charmante, si unique en son genre. Même si, évidemment, ce serait son cœur à elle qui déciderait. Si elle m'aimait, elle rejetterait cent prétendants. Ça, je le savais, parce que, moi, la déesse Diane en personne aurait pu se jeter à mes pieds pour y déposer la lune que j'aurais choisi Josie quand même.

55

Tommy

J'avais raison : je ne suis pas rentré à Pâques. Ces deux longues semaines, je les ai passées isolé à Westonbury, sans cours ni compagnie. J'avais la chance d'être à l'école, d'avoir accès à une magnifique bibliothèque, d'avoir le temps de travailler sans distraction à mes objectifs de toujours. Mais j'étais un homme comme les autres, et il me tardait de voir un visage plein d'intérêt, de partager un fou rire, d'échanger des rêves et des idées. Cicéron, Descartes et Hérodote, quoique stimulants, étaient des compagnons silencieux, confinés aux pages de mes livres. Mon plus grand réconfort résidait dans les lettres qui m'arrivaient du Yorkshire. Souvenirs vivants de ce qui avait stimulé ma présence à Westonbury, elles me liaient à mon désir le plus cher.

Josie m'annonçait des nouvelles intéressantes. Plus de demandes en mariage, Dieu merci, mais sa sœur Martha était arrivée à York par une nuit noire et orageuse, et Josie était heureuse qu'elle soit là. Cela me faisait plaisir à moi aussi ; j'aimais l'idée qu'une personne qu'elle aime vive près d'elle et j'avais toujours trouvé Martha trop bonne et trop charmante pour Arden. Elle avait passé chez les Honeycroft deux semaines que miss Coralie avait employées à se renseigner pour, ainsi qu'elle en avait l'habitude, faire apparaître une solution comme par magie. Désormais, Martha occupait un poste de seconde de cuisine chez une vieille dame fortunée.

Elle vit à moins de dix minutes de Gravenagh House ! avait écrit Josie avec exultation. *Elle dit que comparé à la vie chez m'man son travail est une partie de plaisir. Quand elle était encore ici, Mrs Crane lui a montré comment préparer quelques plats plus raffinés que ce qu'on peut trouver à Arden, mais en dehors de ça elle avait déjà toutes les qualifications requises ! Alors elle peut dire merci à m'man !*

Par ailleurs, il semblait enfin y avoir du nouveau du côté de Manus. Tel un cheval inquiet se préparant à sauter un obstacle, il s'apprêtait somme toute à quitter Heston. Miss Embry et lui entretenaient désormais leur propre correspondance. Elle aussi l'avait encouragé à s'échapper de son étrange et fantomatique prison et à s'inventer une vie suivant ses propres conditions. Soit les supplications d'une femme avaient réussi là où j'avais échoué, soit le moment était venu et Manus était prêt, mais il avait commencé à joindre à ses lettres de l'argent, son « fonds d'évasion », disait-il.

Miss Embry le conservera pour moi, expliquait-il dans l'une de ses missives. *Je ne possède pas grand-chose, mais ne serait-il pas terrible de devoir partir soudainement sans l'avoir avec moi ? Je n'ai aucun moyen de savoir quand ni comment l'occasion se présentera.*

Sa lettre suivante parlait d'un autre plan plus étonnant encore.

Tout mon argent est à présent entre les mains de cette brave miss Embry, écrivait-il. *Cela ne suffira pas à commencer une nouvelle vie, comme elle me l'a fait remarquer, mais je ne volerai pas, même si d'aucuns diront que l'on me doit tout ce que peut valoir Heston, et plus encore. Cependant, je me suis souvenu que vous m'aviez parlé de cette habitude qu'ont les villageois d'investir leur argent dans des biens matériels...*

Effectivement, à Noël, pour je ne sais quelle raison je lui avais raconté que les mineurs s'offraient un petit filet de sécurité dans un monde dangereux. Si une famille, même pauvre, avait plusieurs fils et donc plusieurs salaires, on se débrouillait parfois pour en mettre un peu de côté jusqu'à pouvoir acheter quelque chose pour la maison : une pendule, un instrument de musique, des chandeliers en laiton. Nous ne faisions pas confiance aux banques. Les banques étaient dirigées par des gentlemen et fréquentées par des gentlemen. Nous préférions conserver ce que nous avions gagné là où nous pouvions le voir et le toucher. Puis, quand un homme prenait sa retraite et devait rendre sa maison, il pouvait emporter ces biens et les revendre. C'était notre version d'une pension. Et cela avait semblé inspirer Manus.

D'un point de vue légal et moral, m'expliquait-il, *je peux prétendre à plusieurs de ces objets : une montre de gousset, une tabatière ancienne de grande valeur, des boutons de manchette en onyx... J'ai pris plaisir à les rassembler, par deux ou trois, et à les cacher dans les buissons en face de la grille, de l'autre côté du sentier. De là, miss Embry les récupère et les garde, eux aussi, afin que je les vende quand je serai enfin libre. Mon fonds s'accroît...*

Cette nouvelle m'a empli d'horreur. Je regrettais d'avoir demandé à Dulcie de s'impliquer dans nos manigances à présent qu'elle se retrouvait à fouiller les sous-bois et à transporter par la campagne des biens aristocratiques dans la poche de sa jupe. Et si Paulson lui tombait dessus alors qu'elle empochait une montre en or ? Il l'enverrait devant les magistrats et comment se défendrait-elle alors ? En expliquant qu'ils lui avaient été confiés par un mort ? C'était insensé.

Je leur ai aussitôt écrit à tous deux afin de souligner quels dangers ils encouraient et de leur dire d'arrêter. Miss Embry a répondu avec courtoisie qu'elle était adulte et tout à fait consciente des risques. Elle avait choisi de défendre la cause de Manus qui, heureusement, lui, a fait preuve de bon sens.

Jamais je ne ferais courir de risques à miss Embry, m'a-t-il écrit. *Même pour tous les chevaux de l'école d'équitation espagnole. Je me rends compte à présent que nous nous sommes laissé emporter par nos intrigues et en avons perdu de vue les dangers. Rassurez-vous, Tommy, à l'avenir je ne cacherai plus l'ombre d'une épingle de cravate en or.*

Soulagé, je me suis replongé dans Cicéron avec une tasse de cacao. Ces missives si surprenantes rendaient mes journées plus supportables que prévu, et ces vacances solitaires avaient leurs avantages. J'avais fait bon usage de mon temps pour élargir mes lectures et me bâtir un réseau plus vaste de connaissances. Grâce à cela je pouvais enfin citer des sources et créer des recoupements, comme les autres. Je me suis ainsi attiré les éloges de mes maîtres, et même un peu d'admiration de la part de certains garçons. Surtout, j'ai commencé à voir chaque bribe d'information comme une partie d'un tout, et apprendre est redevenu excitant.

Quand l'heure est venue de passer les examens de fin d'année, je suis arrivé premier de la classe, ex æquo avec un autre garçon. Nous avons reçu chacun un recueil relié de cuir des pièces de Shakespeare dans lequel le directeur avait inscrit un petit mot. Je l'ai posé sur ma table de chevet à côté de mon Kipling. Enfin j'avançais ! Enfin quelque chose à raconter à mon père !

Néanmoins, quand le trimestre a pris fin et que l'été s'est ouvert devant moi, deux longs mois et demi, je n'ai pu m'empêcher de soupirer. J'avais espéré pouvoir travailler quelques heures ici et là dans les jardins de l'école au cours du dernier trimestre et gagner un peu d'argent pour me rendre en coche à Silvermoor au mois de juin. Mais j'avais vite abandonné cette idée. Selon Mr Talbot, le maître d'internat, les boursiers n'avaient pas le droit de travailler tant qu'ils étaient à Westonbury ; l'école se pliait à des normes rigoureuses et n'autorisait aucune distraction.

C'est ainsi que je me suis retrouvé plus fauché que jamais, prêt à affronter une nouvelle veillée solitaire face à l'autel du savoir. Je n'ai jamais cessé de me réjouir de toutes les ressources qui étaient à ma disposition ; je regrettais seulement de ne pas avoir un peu de compagnie. Et, bien sûr, il y avait Josie… J'entamais parfois une lettre pour lui expliquer ce que je ressentais pour elle, mais aucun mot ne pouvait rien exprimer de tel. Mon amour était trop viscéral, trop réel.

J'ai commencé à explorer le contenu de la bibliothèque scolaire suivant un programme que j'avais moi-même élaboré, et à lire aussi pour le plaisir, cette fois par curiosité : sur les capitales européennes et les temples du Moyen-Orient, sur les sites de la Grèce antique, les cerisiers en fleur et les divinités bouddhiques du Japon. J'ai dévoré *Le Livre de la jungle* pour la seconde fois et, de nouveau, les Indes se sont insinuées dans mon esprit comme une liane, un cobra, comme le fleuve Brahmapoutre. Je faisais chaque jour trois fois le tour du domaine pour entretenir mon corps et mon esprit. J'ai bavardé avec les domestiques quand ils voulaient bien me supporter et pris le thé avec Mr Talbot dans son bureau une fois par semaine pour changer d'air. Un mois s'est écoulé ; je comptais les jours.

Puis, au retour d'une promenade, apercevant une voiture familière dans l'allée, je me suis demandé si mon isolement me donnait des visions. C'était la petite calèche bleu marine des Sedgewick, et Matthias me saluait de son siège. Y avait-il un problème ? Je me suis mis à courir mais Matthias a ouvert la portière et Lord Walter est sorti précipitamment : son immense sourire m'a rassuré, il n'avait pas de mauvaise nouvelle à m'annoncer.

— Que diable… ? me suis-je écrié. Est-ce que je rêve ? Ça fait une trotte pour une simple visite !

— En effet, mon vieux Tommy, a-t-il lancé en me tendant la main pour s'essayer à un salut viril avant d'y renoncer et de me serrer dans ses bras.

J'ai répondu par une grosse accolade qui nous a fait perdre l'équilibre et fait rire comme des frères.

— Mais nous ne sommes pas là pour vous rendre visite ! Nous venons vous chercher !

Je l'ai relâché.

— Vraiment ? Comment ça ?

Je me suis tourné vers Matthias et lui ai serré la main.

— C'est vrai, m'a-t-il assuré. Monsieur m'a envoyé vous chercher et le jeune lord tenait à venir. Nous vous ramenons à la maison aujourd'hui même. J'espère que ça vous convient, a-t-il ajouté.

— Ça me convient ! ai-je répondu en riant. Je n'ai pas d'autres projets. Je serai prêt dans dix minutes. Mais vous aimeriez peut-être vous reposer et vous rafraîchir un peu avant que nous ne repartions ?

— Oh oui, a dit Matthias tandis que Walter sautait comme un cabri.

— Puis-je voir votre chambre pendant que Matthias se repose ? Je n'ai pas besoin de repos, moi. Je suis trop excité.

— Oui, moi aussi !

Je les ai menés à l'office, où j'ai pu convaincre la cuisinière de laisser Matthias s'asseoir un instant pour boire du thé et manger des œufs durs et du cake aux fruits. Le cake a convaincu Walter de s'asseoir avec lui pendant que j'allais trouver le maître d'internat afin qu'il valide mon absence.

Talbot a accepté sans hésiter.

— Je suis d'accord, a-t-il déclaré. Un emploi rémunéré, non, mais des vacances, oui. Profitez-en, Green, vous avez travaillé dur.

Walter n'a pas arrêté de jacasser pendant que je faisais mes bagages.

— Vous dormez avec sept autres garçons ? s'est-il exclamé, horrifié. Et tous les lits dans une seule pièce ? Comment supportez-vous une chose pareille ? Je suis tellement content d'être éduqué à domicile ! Jamais je n'aurais cru dire cela, mais papa a parfois de bonnes idées…

— Chez moi, monsieur, je dormais dans un seul lit avec tous mes frères. Ce n'était pas très confortable, mais nous n'avions pas assez de place. De ce point de vue, je suis donc mieux loti ici.

Il a frémi.

— Savez-vous où je suis censé loger ? lui ai-je demandé.

Je ne m'attendais pas à être accueilli à Silvermoor, mais j'espérais que mon séjour serait long, et l'idée de dormir des semaines entières avec mes frères ne me tentait guère.

— Le nouveau locataire de Mrs Murphy est parti, a expliqué Walter, et mon père a payé pour que vous puissiez occuper la chambre les six prochaines semaines. Comme au bon vieux temps. Cela vous plairait-il, Tommy ?

— Cela me plaît beaucoup, je vous l'assure.

C'était vrai. Ça me paraissait la solution idéale : plus confortable que Grindley, plus convenable que de rester au manoir, mais assez près pour pouvoir voir Josie et Walter chaque fois qu'ils seraient disponibles et rendre visite à ma famille chaque jour si je le souhaitais.

— Est-ce que tout le monde va bien, monsieur ?

— Mince alors, appelez-moi Walter ! Nous en avons déjà discuté. Je suis votre ami, pas votre… votre maître ! Oui, tout le monde va bien. Ma sœur Flora est presque fiancée à un gentleman du nom de Devon Ashcroft. Il n'est pas drôle du tout. Ma sœur Elizabeth n'a jamais été drôle, et ça n'a pas changé. Mais le petit Humphrey, lui, grandit bien. Nous avons inventé un jeu de sorcier avec les taupinières du jardin… Mais je suis content que vous veniez, Tommy. Nous allons nous amuser comme des fous, n'est-ce pas ?

J'ai songé tout à coup que je verrais Josie d'un jour à l'autre – peut-être même dès le soir. J'aurais enfin l'occasion de lui dire tout ce que j'avais sur le cœur, en personne. Et, soudain, je ne me suis pas senti à la hauteur et me suis laissé choir sur le bord du lit. De toute façon, je n'avais pas besoin de me déclarer tout de suite. Six semaines, avait dit Walter. Nous pouvions très bien passer quelques jours insouciants, comme à notre habitude, avant que je ne m'engage dans quelque chose qui risquait d'ébranler ma vie entière.

— Et comment se fait-il que Matthias et vous soyez là ? M'avez-vous envoyé une lettre que je n'aurais pas reçue ?

— Oh non, c'est Josie qui a eu l'idée de vous faire la surprise. Elle a affirmé que ça vous plairait et que jamais vous ne refuseriez de rentrer avec nous. C'est drôle, Tommy. Un jour, sans crier gare, papa a dit : « Mais où est donc Tommy Green en ce moment ? Westonbury a dû fermer ses portes pour les grandes vacances. Pourquoi n'est-il pas encore venu nous voir ? » Franchement, Tommy, papa fait parfois preuve d'une telle naïveté !

J'ai failli m'étouffer de rire face à son air de supériorité.

— J'ai dû lui expliquer la situation. « Papa, lui ai-je dit. Comprenez que Tommy n'a pas les moyens de rentrer. Il est coincé dans le Derbyshire, où il était déjà coincé pendant les vacances de Pâques. Vous savez, tout le monde ne peut pas aller et venir à loisir ! »

— Mon Dieu, et qu'a répondu votre père ?

— Eh bien, il a reconnu qu'il s'était montré négligent et qu'il enverrait Matthias dès qu'une calèche serait libre. J'ai demandé à l'accompagner et il a accepté. Et ensuite il a dit… Oh ! J'avais oublié. Je dois vous donner ceci, Tommy.

Il a fouillé dans sa poche et m'a donné cinq shillings dans une petite pochette en tissu.

— Ce sera plus agréable d'avoir un peu d'argent à vous, Tommy, n'est-ce pas ?

— Absolument. Il faudra que je remercie votre père. Je ne mérite pas tout ce qu'il fait pour moi.

Avec de l'argent en poche, six semaines de vacances dans le Yorkshire et la fin soudaine de mon existence monastique, il m'a semblé qu'une rafale de richesses se déversait sur ma tête. J'ai bouclé mes bagages en quelques minutes.

— Venez, Walter, ai-je conclu en balayant la pièce du regard. Rentrons à la maison.

56

Josie

Été 1904

Je courais à la fenêtre toutes les trente secondes mais l'allée restait déserte. J'avais beau savoir qu'ils ne seraient pas là avant le dîner, je ne pouvais pas m'empêcher de vérifier. Je n'aurais pas supporté de manquer ce premier moment, de manquer une seule seconde. Tommy arrivait !

Ma vie avait changé du tout au tout depuis que Martha m'avait rejointe à York. Elle ne se tournait pas les pouces chez la vieille dame de Fossgate, mais nous pouvions nous retrouver le dimanche après-midi, et il était agréable de savoir que je pouvais la croiser par hasard quand je vaquais à mes occupations. Elle était heureuse et s'était adaptée à la vie en ville comme un canard à l'eau. J'ai pu lui confier la nature de mes sentiments pour Tommy et ç'a été un immense soulagement. Mais celui-ci me manquait terriblement. Il faisait partie de moi et était trop loin. Je me surprenais parfois à verser de grosses larmes venues d'un endroit insondable de mon être. Elles surgissaient non seulement à l'idée de son absence, mais aussi de son existence et de mes sentiments à son égard.

Quand les Honeycroft ont préparé leurs bagages en vue de passer un mois à Silvermoor, ma joie de me rendre au manoir a été ternie par l'idée de Tommy cloîtré à l'école. Je pensais ne pas le voir de tout l'été et commençais à me demander si je le verrais au cours de l'année. Mais voilà qu'en fin de compte il arrivait et je ne me maîtrisais plus.

Plongée dans un roman qui la captivait, miss Coralie était calmement assise à tourner les pages pendant que je m'affairais autour d'elle, renversant son coupe-papier nacré sur son secrétaire, trébuchant sur une paire de chaussures. De temps à autre, elle levait les yeux de sa page et me regardait sans rien dire, les sourcils haussés.

J'avais passé la journée à m'agiter, dans un état de surexcitation. Je devenais complètement idiote : j'avais brûlé la popeline à rayures bleues de miss Coralie en la repassant, fait tomber une de ses boucles d'oreilles en cristal et rampé sous le lit pour aller la chercher. Mais je n'avais pas vu Tommy depuis six mois.

— Ne feriez-vous pas mieux d'aller dîner ? m'a demandé Coralie quand la cloche a sonné le repas des domestiques.

Je l'ai regardée avec un désespoir muet : du sous-sol je n'entendrais jamais la calèche.

Elle a levé les yeux au ciel.

— Ou peut-être préféreriez-vous manger un sandwich ou deux en ma compagnie au salon ?

— Oh, merci, miss ! ai-je haleté.

Je pourrais jurer qu'elle m'a décoché un clin d'œil.

57

Tommy

Quel bonheur de voir les kilomètres qui me séparaient de chez moi disparaître sous les roues du coche. Par « chez moi », bien sûr, j'entendais « Josie ».

— Donc elle est à Silvermoor en ce moment même ? Elle sera là quand nous arriverons ? ne cessais-je de demander au pauvre Walter qui me donnait chaque fois la même réponse.

— Oui, Tommy. Josie est à Silvermoor. Aujourd'hui et pour les semaines à venir. Vous la verrez ce soir, répétait-il patiemment.

Walter me semblait avoir dix-neuf ans et moi huit.

Sur presque tout le trajet, il n'a pas arrêté de parler de ses problèmes de riche. Son nouveau poney commençait à refuser les obstacles. Ce n'était jamais arrivé et il ne le comprenait pas. Le comte avait reçu seize candidatures pour le poste de précepteur mais n'avait voulu faire passer aucun entretien d'embauche. Walter craignait que son père ne l'envoie à l'école si aucun candidat ne satisfaisait à ses exigences.

En traversant Grindley, j'ai regardé par la fenêtre avec une sorte de fascination sinistre. Je n'étais pas attaché à ce village, mais j'y avais passé mon enfance et, pour cette raison, il me semblait mériter un certain respect. Il m'avait façonné. Tel le charbon, j'avais été comprimé jusqu'à former Tommy le rêveur, l'érudit, l'excentrique. Une révolution à moi tout seul, comme je l'avais dit un jour à Josie.

Lorsque nous sommes passés en cahotant devant le carreau de mine, j'ai vu la cage s'ouvrir et une dizaine d'hommes las en sortir. J'ai frémi. Nous avons poursuivi notre chemin et longé les rangées de maisonnettes lugubres. Une silhouette familière quittait le village : mon frère Jimmy. Il a levé les yeux et j'ai agité frénétiquement les bras. Il ne m'a pas rendu mon salut. Je me suis demandé s'il m'avait vu. Puis il a tourné les talons et foncé vers le village et j'ai souri : il rentrait à la maison dire aux autres que Tommy arrivait à Silvermoor dans une calèche luxueuse. Oh, ça ferait un sacré bazar ! Tous se demanderaient si j'étais devenu trop bien pour eux, si j'avais décidé d'aller à Silvermoor sans les prévenir. Il faudrait que j'aille les voir le soir même pour leur expliquer.

Mais nous avons enfin atteint le domaine de Silvermoor et quitté le sentier pour emprunter la vaste allée bordée de chênes qui projetait ses ombres mouchetées sur la voiture. Bientôt, nous nous sommes arrêtés devant la porte d'entrée. Walter a bondi de la calèche. Les chiens se sont rués hors de la maison, dévalant les marches et s'élançant sur le gravier. Puis Josie est sortie en courant, quelques secondes seulement après eux, comme si elle avait guetté notre arrivée. J'ai aperçu ses bottines noires à boutons quand elle a remonté sa robe à rayures gris et blanc et s'est jetée dans mes bras.

— Oh, Tommy ! a-t-elle crié. Enfin, tu es là ! Je commençais à croire que j'avais rêvé !

J'ai ri comme un idiot, transporté par son accueil chaleureux.

— Je suis là pour de vrai, Josie, ai-je répondu, le nez dans ses cheveux. C'est tellement bon de te voir.

J'ai laissé mes bras se glisser derrière son dos. Elle était si fine ! Cependant elle n'était pas maigre ; je sentais les rondeurs douces de sa poitrine contre la mienne, et mes mains effleuraient la courbe de ses hanches. Je brûlais d'envie de les faire descendre mais me suis retenu. En revanche j'ai eu du mal à la relâcher. Notre étreinte s'est approfondie et adoucie, passant d'effrénée et triomphante à paisible et éternelle. Toute ma vie, toutes les épreuves et aventures paraissaient n'avoir eu pour but que de m'amener à cet instant.

— Tommy ! a crié Walter. Lâchez-la ! Venez, je veux vous montrer Aubaine ! Et regardez, père est là ! Oh, Cedric, bonjour ! Coralie, j'ai passé un moment formidable. J'ai vu le dortoir de Tommy. Il doit le partager avec sept autres garçons… !

Walter s'est entêté à me traîner jusqu'à l'écurie avant de me laisser parler aux autres, de boire un thé ou autre, mais cela ne me dérangeait pas ; il était agréable de se dégourdir les jambes après le voyage.

Enfin, j'ai eu le droit de prendre le thé au salon et de me soumettre aux questions de la famille. Comme toujours, lady Amelia était introuvable ; lady Flora, elle, nous a rejoints, ayant décidé de s'intéresser à ce jeune homme insolite avec lequel son petit frère s'était lié d'amitié. C'était une jeune fille magnifique et cordiale, mais je ne la connaissais pas aussi bien que les autres et sa présence m'inhibait. Les plus jeunes sont entrés en catimini puis, lassés, sont repartis tout aussi furtivement. Cedric est resté brièvement. Il avait une réunion à Grindley.

— Content de vous revoir, Tommy, a-t-il dit en me serrant la main juste avant de repartir. Avez-vous prévu quelque chose pour votre séjour à Silvermoor ?

— Non, monsieur. C'est déjà une telle surprise de me retrouver ici ! La seule chose qui compte est de voir tous ceux que j'aime.

— Je ne doute pas que vous saurez occuper agréablement votre temps. J'ai cependant une proposition à vous faire. Pourrons-nous discuter en privé une fois que vous serez installé ?

J'ai jeté un coup d'œil à Josie mais, à son visage, j'ai compris qu'elle n'avait aucune idée de ce dont il s'agissait. La curiosité brûlait dans ses beaux yeux sombres.

— J'en serais ravi, monsieur. Je reste à votre disposition.

Le comte entrait et sortait, il voulait s'asseoir et discuter, puis se souvenait d'un message à envoyer en urgence ou de quelque note qu'il lui fallait prendre. Il semblait à la fois sincèrement désireux de me parler et terriblement distrait. Pour finir, il s'est assis et est resté un moment. Seules miss Coralie et Josie étaient encore présentes. Josie reprisait une charlotte, mais nous savions tous que c'était elle que je venais voir et que le reste n'était qu'un moyen d'y parvenir.

— Alors, Tommy, a dit le comte, fatigué et pâle, parlez-moi de l'école et de vos projets. Comment s'est passée votre première année ?

Je lui ai raconté les débuts difficiles, les hauts et bas de mes espoirs, les vacances de Pâques seul à Westonbury et mon triomphe final aux examens de fin d'année. Quelle joie de pouvoir lui annoncer que l'année s'était bouclée d'heureuse façon !

— J'aimerais vous remercier chaleureusement, monsieur. Rien de tout cela n'aurait été possible sans vous. Si vous ne m'aviez pas accueilli quand j'étais blessé, je n'aurais jamais rencontré Mr Farthing, qui ne m'aurait pas formé, et je n'aurais pas eu vent de la bourse d'études. Vous m'avez écrit une lettre de recommandation, vous m'avez fourni un moyen de transport, vous m'avez donné accès à un monde d'opportunités et je ne l'oublierai jamais. Merci de m'avoir permis de rentrer cet été. Et pour les cinq shillings que Walt… que monsieur m'a donnés. Vous avez été si généreux envers moi !

— Je vous en prie. Je n'ai pas fait grand-chose, je vous assure. À vrai dire, je vous ai complètement oublié à Pâques. C'est impardonnable. Vous avez aidé mon fils autant que nous vous avons aidé, et il est toujours exaltant de voir un jeune homme affronter sa condition par sa soif d'apprendre. Ah, Farthing, a-t-il soupiré. C'était un bon précepteur. Quel dommage qu'il ait dû nous quitter ! Je ne lui ai toujours pas trouvé de remplaçant, vous savez.

— Monsieur m'en a parlé, en effet. Je suis sûr que vous trouverez quelqu'un. C'est un excellent poste.

— J'espère que vous avez raison. J'ai déjà assez de soucis comme ça.

— En effet vous avez l'air préoccupé, monsieur. Rien de grave, j'espère ?

— Ce sont les mines, Tommy, m'a expliqué Coralie. Il y a de l'orage dans l'air et des rumeurs de grève. Mon oncle tente de maîtriser la situation, mais il a du pain sur la planche. Si Cedric souhaite vous parler, je ne m'étonnerais pas que cela ait un rapport avec la situation.

— Qu'est-il arrivé, monsieur ? Je ne suis pas au courant.

— Les gens de chez Tysen sont en train de détruire les nouvelles fosses, a-t-il rétorqué avec amertume. Alors qu'ils traitent déjà leurs hommes comme des esclaves et que Barridge n'a pas besoin qu'on l'encourage à réduire les coûts et augmenter les bénéfices par n'importe quel moyen. À mon avis, dans un environnement pareil on ne peut arriver qu'à la révolution et aux émeutes, mais ils campent sur leurs positions. Bande d'imbéciles à courte vue !

— Je ne peux pas dire que cela me surprenne, monsieur, et c'est une bonne chose que vous vous en préoccupiez. Pourtant, je vous demande pardon, monsieur, mais en quoi cela vous affecte-t-il ? Rien n'a changé à Grindley, si ? Les hommes ont toujours aimé travailler pour vous.

— Ah, où ai-je la tête ? J'en oublie le plus important. Les hommes d'Arden et du Nouvel-Arden, et de Steepley aussi, se sont unis afin de se battre pour des salaires encore plus élevés que ceux que je paie moi. Je ne peux pas leur en vouloir : s'ils doivent risquer leur emploi, autant que cela en vaille la peine. Ils ont donc fait pression sur les travailleurs de Grindley, qui ont fini par se joindre à eux. Cela nous pendait au nez. La moitié des vôtres, Tommy, ont résisté, y compris votre père, avançant que j'étais un bon maître, que les salaires et conditions de travail étaient justes, et qu'il n'était pas utile de faire de vagues. S'ils regrettaient ce qui se passait à Arden, ils estimaient que c'était le combat d'Arden et non de Grindley. L'autre moitié était en faveur de tout ce qui pouvait mener à une augmentation de salaire, et c'est elle qui l'a emporté. Désormais, trois communautés, quatre si l'on compte séparément Arden et le Nouvel-Arden, se sont alliées pour exiger des salaires plus élevés. Ainsi, les Sedgewick, les Barridge, les Spackles – les propriétaires des mines de Steepley – et les gens de chez Tysen sont mis à rude épreuve. Nous répondons tous de façon différente mais les mineurs, eux, se serrent les coudes. Nous devons convenir d'une réponse unanime, sans quoi il y aura une grève à Grindley pour la première fois en cinquante-six ans. La production s'arrêtera net, or nous avons des contrats à remplir. S'il ne s'agissait que de Grindley, je pourrais m'en charger. Et Spackles est un homme plutôt raisonnable. Mais je ne vois vraiment pas comment atteindre un consensus avec quelqu'un comme Winthrop Barridge…

— Je vois, ai-je soufflé.

C'était une nouvelle incroyable. Pendant que je me cloîtrais dans ma tour d'ivoire, le monde qui m'avait vu naître continuait à tourner, et en quelques mois il était parvenu à l'orée d'un changement inimaginable. Moi qui connaissais la capacité des mineurs à supporter l'intolérable pour conserver coûte que coûte leur salaire, je n'osais imaginer à quelles extrémités Tysen et les Barridge avaient dû les pousser pour en arriver là.

— Quoi qu'il en soit, Tommy, vous n'êtes pas venu ici pour parler grève et politique, a conclu le comte en se frappant les cuisses. Vous êtes venu vous reposer après avoir travaillé dur et réalisé des progrès admirables. Je vous laisse pour l'instant mais j'espère vous revoir souvent avant votre retour à l'école.

— Je l'espère aussi, monsieur.

Il est ressorti, sous le regard pensif de miss Coralie.

— C'est vraiment dommage, s'est-elle désolée. Il a toujours fait de son mieux pour ses hommes. Oh, je sais qu'ils sont lésés, Tommy, croyez-moi. Mais il a fait beaucoup d'efforts et voilà qu'on le jette à bas lui aussi. Les autres villages pensent que l'influence d'un gérant plus ouvert d'esprit serait bénéfique à leur cause, c'est pourquoi ils ont incité Grindley à se joindre à eux. Mais en réalité mon oncle n'a pas plus d'influence sur Winthrop Barridge que n'importe quel quidam.

Elle a poussé un soupir.

— Enfin, vous avez mieux à faire que penser à ces choses-là, n'est-ce pas, Tommy ? a-t-elle repris. Josie, pourquoi ne l'emmèneriez-vous pas se promener sur le domaine pendant une petite heure ? Vous devez avoir beaucoup de choses à vous raconter.

— Merci, miss, a répondu Josie avec réserve en posant la charlotte. Je finirai ça plus tard, je n'en ai plus pour longtemps.

Peu après, nous traversions les bois sombres, écoutant roucouler les pigeons et respirant à pleins poumons le parfum d'ail sauvage qui faisait gargouiller mon estomac. Quel plaisir d'être seul avec elle en plein air, dans cet environnement paisible ! La tête me tournait d'avoir entendu toutes ces nouvelles et vu tant de visages familiers après si longtemps.

Pendant des semaines, je m'étais promis de lui dire que je l'aimais dès que nous nous retrouverions en tête à tête… Mais quelque chose m'en a empêché. Nous n'avions qu'une heure devant nous. Non qu'il lui faille une heure pour me briser le cœur si c'était là ce qui m'attendait. Mais, si sa réponse était bonne… j'aurais envie de l'embrasser, de pleurer et former des projets, et il me faudrait plus de temps. Et puis Josie n'arrêtait pas de parler de la grève, m'exposant le point de vue d'Arden tel que le lui avait relaté miss Embry. Cette nouvelle importante touchait nos familles. Même si Josie ne voyait plus la sienne, il lui aurait été impossible de ne pas s'y intéresser. Peut-être valait-il mieux s'occuper de ce problème et parler d'amour à un moment plus opportun ? Ou peut-être étais-je juste un lâche.

Quelle heure merveilleuse… Revoir Josie, l'entendre rire, regarder son visage s'illuminer, partager nos réflexions sur le vif sans déplier une lettre vieille de deux jours était un luxe. Et nous avions des jours et des semaines devant nous. Quand Josie a pris congé devant l'entrée des domestiques, j'ai eu envie de l'embrasser mais je me suis contenté de serrer sa main dans la mienne.

— Alors bonne nuit, Tommy, a-t-elle dit, les yeux pétillants. À demain.

— À demain, Josie. Comme c'est bon de pouvoir dire ça !

Pendant un instant elle a hésité, et j'ai hésité, mais nous sommes partis chacun de notre côté, comme les amis chastes que nous étions.

58

Tommy

Ce soir-là, après m'être installé chez Mrs Murphy et y avoir pris un bon repas, je me suis rendu à pied à Grindley. Ne voulant pas arriver les mains vides, j'ai demandé des restes à Mrs Roundsby. Elle a trouvé quelques miches de pain encore tièdes, cuites du jour, et un bocal de miel produit à Silvermoor.

Quand je suis entré, m'man a poussé un cri et s'est jetée à mon cou.

— Oh, Tommy ! Qu'est-ce que t'es élégant ! C'est si bon de te voir !

Mes sœurs se sont affectueusement attroupées autour de moi avec des baisers et des sourires, et mes frères ont hoché la tête et m'ont tapé dans le dos.

— Alors, t'as pas oublié ta famille, hein ? a lancé p'pa. T'es pas trop chic pour t'encanailler avec des gens comme nous ?

— Non, p'pa, ai-je répondu en levant les yeux au plafond.

La plupart d'entre eux étant présents, je leur ai raconté ma stupéfaction à voir la calèche arriver sans prévenir à Westonbury.

— Ils m'ont donc emmené et je suis venu vous voir dès le premier soir, ai-je conclu, insistant sur ce dernier détail.

— C'est formidable, a dit m'man. Vraiment formidable !

Mon frère George est entré avec Agnes. De toute évidence ils n'avaient pas eu vent de mon arrivée et ont été fort surpris, et ainsi s'est poursuivie la soirée.

Je ne suis resté que deux heures, sachant qu'ils auraient besoin d'une bonne nuit de sommeil avant leur journée du lendemain à la mine. Nous avons brièvement échangé les dernières nouvelles, puis j'ai interrogé p'pa sur la grève.

— C'est une mauvaise idée, a-t-il affirmé. Ce qui se passe à Arden, c'est une honte, et effectivement il faut qu'ils agissent. Mais c'est pas notre combat. Les Sedgewick nous ont jamais maltraités. Ça va mal finir, j'en suis sûr.

P'pa et mes frères bâillaient et m'man s'assoupissait elle aussi quand je me suis apprêté à partir, même si les filles auraient aimé que je reste plus longtemps. J'ai promis de revenir le lendemain. Mais je n'étais pas fatigué. Malgré tout ce qui s'était passé ce jour-là, je me sentais euphorique et heureux. J'avais envie de marcher et de laisser mes pensées et mes impressions décanter. Sans vraiment réfléchir, je me suis dirigé vers Arden. Combien de fois avais-je fait cela par le passé ? De jour, dans l'espoir de voir Josie, et aussi à la faveur de la nuit noire, afin de braconner pour p'pa ou rendre visite à Manus. Comme la vie avait changé ! Comme je m'en savais gré !

Il était 22 heures. Un rêve de lumière rosâtre et doux s'attardait dans le ciel gris où une nuée de choucas tournoyaient, silhouettes franches et vives claquetant dans le silence du soir. Lorsque je regardais par-dessus mon épaule, je voyais s'éteindre une à une dans la pénombre les lampes de Grindley. Devant moi, les sentiers étaient pleins de poussière de fée et, un instant, ils m'ont paru magiques, prometteurs, avant que je ne me rappelle qu'ils ne menaient pas là où je voulais aller. J'ai marché, marché, songeant à Josie, à la maison et aux semaines de loisir qui m'attendaient. J'allais donner deux ou trois de mes cinq shillings à p'pa, c'était décidé. Je ne lui donnerais pas tout ; j'en aurais besoin à Noël pour rentrer, mais ce serait tellement agréable d'apporter enfin une contribution après tous mes beaux discours !

Je me suis demandé distraitement si j'allais tomber sur miss Embry venue récupérer des lettres de Manus. J'espérais que oui. Ainsi, je pourrais sans doute la sonder au sujet de Josie. J'avais des sœurs et je savais que les femmes parlaient entre elles. Peut-être me donnerait-elle de l'espoir ou ménagerait-elle ma déception. Mais je me doutais que je ne la croiserais pas par hasard et je n'irais pas à Arden. J'aurais dû griffonner un message pour Manus avant de sortir ; je ne pensais pas que mes pas m'emmèneraient si loin.

À l'approche du portail de Heston, j'ai ralenti l'allure. Toutes ces années à spéculer avec Josie sur cette famille, sur cette grande demeure vide ! Ces longues années que Manus avait passées enfermé. Bien qu'il n'y ait pas trace de Paulson ni de ses chiens, mon cœur a commencé à s'emballer par simple habitude. Je me suis surpris à avancer furtivement plutôt qu'à grandes enjambées. On appelait ça la « démarche du braconnier », comme si chaque pas devait être de velours.

À ma stupéfaction, j'ai aperçu un homme derrière la grille, silencieux lui aussi, qui triturait les cadenas et les chaînes. Il portait des vêtements sombres mais ses cheveux étaient plus blancs que jamais ; dressée derrière lui, une imposante silhouette sombre émettait de petits bruits prudents.

— Manus ! ai-je chuchoté, ravi.

Terrifié, il s'est retourné puis, d'un mouvement rapide, a plongé dans les buissons de son côté du portail.

— Manus, c'est moi, Tommy ! ai-je soufflé, craignant qu'il ne s'enfuie et que nous n'ayons pas l'occasion de discuter. Je ne pensais pas vous voir ce soir ! Vous voulez bien me laisser entrer ?

— Tommy ? a lancé une voix étranglée de derrière les fougères.

— Oui, c'est moi ! Tout va bien, Manus, ce n'est que moi !

J'avais oublié à quel point sa vie avait fait de lui un être inquiet aux nerfs à fleur de peau. Son émergence des sous-bois a été précédée d'un long bruissement, et il s'est approché lentement de la grille, comme s'il s'attendait à une supercherie. Je me suis avancé pour qu'il puisse me voir.

— Ah, Tommy ! a-t-il dit avec un soupir de soulagement. C'est vraiment vous. Formidable ! Quelle merveilleuse surprise ! Voulez-vous entrer prendre un verre ?

Il a tendu ses mains tremblantes vers les chaînes.

J'ai failli accepter, en souvenir du bon vieux temps, mais je me suis ravisé en pensant à Josie. J'avais trop à perdre – tout ce que j'avais déjà et tout ce que je n'avais pas encore.

— Non, Manus. Je ne voudrais pas me faire prendre à Heston. Vous voyez… enfin, c'est Josie…

Il a souri ; à la lumière du lever de lune il avait un air angélique.

— Mais oui, bien sûr, a-t-il répondu. J'ai toujours su que vous y viendriez, Tommy. Êtes-vous fiancés ?

— Non ! Justement. Je ne lui en ai jamais parlé, Manus. Elle ignore ce que je ressens. Je ne sais pas si elle éprouve la même chose ou si ça va me briser le cœur. Mais je dois lui dire. Je ne l'ai pas vue depuis six longs mois et je ne peux pas attendre davantage. Ce n'est pas le moment de me faire arrêter.

— Tout à fait, a murmuré mon ami en déverrouillant enfin la grille et en m'attirant à l'intérieur. Alors asseyons-nous simplement ici et parlons à voix basse. La nuit est chaude, nous serons à l'aise.

Je me suis exécuté. Après avoir échangé une accolade, nous nous sommes installés sur deux touffes d'herbe souples. Ebony est venu me dire bonjour et mâchonner mes cheveux. Il devait être près de 23 heures mais il ne faisait pas froid du tout.

— Le comte m'a envoyé chercher aujourd'hui sans prévenir, lui ai-je expliqué, et me voilà soudain ici pour six semaines.

Les yeux de Manus ont pétillé.

— Oh, Tommy, j'espère vraiment vous revoir, même ici, dans ces conditions. Nos conversations m'ont manqué. La solitude peut s'avérer… eh bien, à vrai dire, elle devient écrasante. Parfois, elle m'empêche même de réfléchir.

— J'en ai fait l'expérience brièvement à Westonbury et c'était déjà assez pénible. Manus, je serai là pendant six semaines. Il n'y a aucune raison que nous ne nous retrouvions pas ailleurs, si seulement vous vouliez bien partir.

J'ai été atterré de remarquer la même posture défensive aux épaules voûtées, aux traits raidis.

— Ce n'est pas si simple, a-t-il murmuré comme si souvent auparavant.

Je n'ai pas pu cacher ma déception.

— Enfin, Manus, je croyais que les choses bougeaient ! Vous avez enfin votre fonds d'évasion, et miss Embry. Je pensais que le moment était venu. Vous avez eu tellement de temps pour réfléchir à un plan ! Depuis notre rencontre, ça fait trois ans.

Mais il a paru si triste que j'ai regretté de m'être emporté.

— Je sais que je vous déçois beaucoup, Tommy. Je suis purement et simplement un être pitoyable. Laissez-moi tenter de vous expliquer… La solitude, comme je vous l'ai dit, m'empêche d'avoir les idées claires. Et la peur est si profondément ancrée ! Dix ans, c'est long, et on m'a désarmé à bien des égards. J'ai oublié un si grand nombre de choses – le charme, la logique, parler de la pluie et du beau temps – bien qu'à la vérité je n'aie jamais été très doué pour cela. J'essaie de m'imaginer entrant dans le monde réel, abordant une logeuse pour trouver un hébergement, posant ma candidature dans une banque, et cela me paraît impossible. Manus Barridge ne fait pas ce genre de chose. Manus

Barridge vit en secret à Heston Manor, confiné dans ses appartements. Il mène une vie entre les pages de sa bibliothèque privée de jour, et monte à cheval sur la pelouse de nuit.

— Oui, ai-je admis. Je vous comprends. C'est naturel de ressentir ça. Mais, mon cher ami, vous ne ressentirez jamais rien d'autre tant que vous resterez ici. Je suis persuadé qu'il faut d'abord laisser place au changement. Faites le premier pas, même si vous avez peur, et vous verrez les choses sous un tout autre angle. Vous vous en féliciterez, j'en ai la certitude.

— Miss Embry me dit à peu près la même chose. Vous êtes tous deux si intelligents et sages que je suis sûr que vous avez raison. Mais si j'en suis incapable, Tommy ? Je sais que vous avez fait le grand saut, pris un nouveau départ. Or si c'était si simple tout le monde le ferait, non ?

— Non, tout le monde n'en éprouve pas le besoin. Tout le monde n'a pas été coupé du monde et déclaré mort par son propre père. Vous en êtes capable, Manus, croyez-moi. Promettez-moi que vous le ferez avant la fin de la semaine. Pendant que je suis encore dans le coin et je pourrai sans doute vous aider.

Il a ri tout bas.

— Avant la fin de la semaine ? Je me demandais si j'y parviendrais avant la fin de l'année.

— Manus, non ! Vous ne pouvez pas rester ici des mois. Plus vous attendrez, plus ce sera difficile. Jetez-vous à l'eau.

— Alors avant la fin de votre séjour, a-t-il transigé. Que diriez-vous si je trouvais une solution et que je partais d'ici avant votre retour à Westonbury ?

— Eh bien, c'est toujours mieux que la fin de l'année, ai-je concédé.

Nous sommes passés à d'autres sujets : la grève qui menaçait ; mes études et Josie ; miss Embry, Ebony et Equinox. Nous avons discuté près d'une heure, et je songeais à partir quand Ebony a poussé un hennissement nerveux, comme un faible cri d'alarme. Nous nous sommes regardés, pétrifiés.

Des mois durant, nous nous étions retrouvés de façon sporadique dans l'écurie et n'avions jamais entendu de gardien de près ou de loin, hormis la toute première fois, quand Josie et moi nous étions cachés dans la paille avant de rencontrer Manus. Je n'avais pas oublié à quels dangers je m'exposais en me rendant à Heston, c'est pourquoi nous étions assis dans les buissons ! D'un autre côté, puisque toutes nos conversations paraissaient avoir eu lieu dans une bulle enchantée, j'avais fini par croire que notre amitié était protégée. Si nous n'entendions rien, ni voix, ni chiens, ni bruits de pas, Ebony continuait à frapper le sol du pied, doucement, nerveusement. Les chevaux devinent toujours ce genre de chose.

Je me suis levé et faufilé sans bruit par la grille. Manus s'est redressé lui aussi, puis il est resté à me regarder. J'ai alors pensé qu'il avait plus à perdre que moi. Je ne me trouvais plus sur la propriété, et si Paulson m'attrapait il ne pourrait pas m'accuser de braconnage : j'étais un étudiant, un ami des Sedgewick, je n'avais nul besoin de chasser le faisan à Heston. Ce serait déplaisant, sans nul doute, mais je m'en sortirais. Manus, en revanche, risquait de perdre toute chance de s'échapper. La grille serait condamnée, les mesures de surveillance redoubleraient, peut-être même le changerait-on d'endroit si on lui découvrait un ami. Planté là comme une statue, je me suis demandé pourquoi nous n'avions jamais concocté de plan pour parer à ce genre d'éventualité.

C'est alors que nous avons entendu un aboiement non loin de là. Les naseaux d'Ebony ont frémi et les pupilles de Manus se sont dilatées. J'ai avancé d'un pas et tiré la grille vers moi pour que l'on ne voie pas qu'elle était ouverte. Cependant, les chaînes pendaient, décrochées et inutiles. J'ai agité les mains pour dire à Manus de faire demi-tour et de commencer à rebrousser chemin. Après tout il avait le droit de se promener sur sa propriété. Pour ma part, j'ai reculé sur le sentier dans l'intention de retourner à Silvermoor d'un pas leste mais sans paraître coupable, si une telle chose était possible.

Pourtant, avant que j'aie eu le temps de me mettre en route, un raffut a retenti dans les buissons. Deux chiens ont jailli des ronces et projeté Manus à terre. Je me suis demandé où se trouvait le troisième. Ebony s'est cabré en hennissant et ses sabots noirs ont labouré l'air. Des mains puissantes m'ont attrapé par-derrière, me prenant au dépourvu et immobilisant mes bras dans mon dos. Et j'ai entendu grogner le troisième chien.

59

Josie

Je suis allée me coucher ce soir-là avec des étoiles plein la tête. Tommy était rentré. Ah, comme il m'avait tenue dans ses bras en descendant du coche ! Quelle merveille de me promener dans les bois avec lui, de lui parler plutôt que de lui écrire, d'entendre sa voix, de voir son visage ! Par moments, j'ai cru qu'il allait dire quelque chose… que j'allais dire quelque chose. Mais nous n'avons pas eu beaucoup de temps, et nous avions tant de choses à nous raconter, comme autrefois, et puis nous avions six semaines devant nous. Je me suis surprise à lui confier ce que je pensais de différents sujets, parce que je le pouvais.

Pourtant, à présent il faisait nuit, j'étais de nouveau seule et j'avais du mal à dormir, le sachant si près de moi. J'ai tenté de me raisonner alors que l'horloge sonnait minuit, puis 1 heure, puis 2… Comme c'était fâcheux ! J'aurais les yeux gonflés et la tête vaseuse le lendemain, moi qui voulais me montrer à Tommy sous mon meilleur jour. J'ai soufflé, remué, frappé mes oreillers et renoncé à 2 h 45. Je me suis levée et habillée rapidement, j'ai traversé la maison en silence et au pas de course et je suis sortie en pleine nuit. Kiki a tenu à m'accompagner, minuscule guerrière, pour me protéger dans la pénombre. J'ai mis une vingtaine de minutes à atteindre le cottage de Mrs Murphy par cette nuit de lune foisonnante de parfums estivaux. Le cri chevrotant d'une chouette me ravissait.

Heureusement, les deux chambres de la maisonnette étaient orientées à l'opposé l'une de l'autre, si bien que j'ai pu jeter de petits cailloux contre la fenêtre de Tommy sans craindre de réveiller la mauvaise personne. J'ai attendu, le cœur battant joyeusement, le moment où une silhouette sombre triturerait le loquet et où une tête aux boucles en pagaille se pencherait au-dehors. Qu'allais-je lui dire ? Je n'en avais pas la moindre idée. Peut-être lui dirais-je que je l'aimais – pourquoi attendre qu'il jette les dés ? Peut-être inventerais-je quelque excuse invraisemblable. Peut-être lui avouerais-je simplement que je ne pouvais pas attendre le matin pour le voir, ce qui était vrai.

Quoi qu'il en soit, je savais que ma présence là, dans l'intimité et l'immédiateté de cette nuit magnifique, était une bonne chose. J'ai attendu.

J'ai jeté d'autres petits cailloux, puis de plus gros, puis une grosse pierre qui a atteint sa cible avec un craquement qui ne m'a pas trop plu. Mon impatience avait pris le dessus. J'ai attendu. Toujours pas de Tommy.

Je me suis assise dans l'herbe et Kiki a sauté sur mes genoux.

— Il viendra pas, hein, petite ? ai-je murmuré.

Cette dernière pierre n'avait pas été subtile. Tommy n'avait pas le sommeil lourd au point de ne pas l'avoir entendue. Il n'était pas là. J'ai poussé un soupir. Peut-être avait-il tout bêtement décidé de passer la nuit avec sa famille à Grindley. Peut-être était-il à l'instant même bordé dans ce drôle de lit sous l'escalier. Bien à l'abri. Je l'espérais. Mais je craignais fort qu'il ne se soit trouvé une autre aventure.

60

Tommy

— De quel droit vous me retenez ? Je n'ai rien fait de mal ! me suis-je écrié. Laissez-moi partir tout de suite ! Je suis un ami de Rufus Sedgewick et je retourne à Silvermoor.

Un grognement dans mon oreille gauche.

— Un ami de Rufus Sedgewick, hein ? Bien sûr ! Et les invités de monsieur flânent sur les sentiers autour de Heston à minuit ? C'est vraiment une drôle de coutume, ça !

— Les sentiers sont publics ! ai-je craché. Les gens ont le droit de les emprunter comme bon leur semble ! Je ne suis pas entré par intrusion. Laissez-moi partir.

— Ah oui, et qui c'est qui va m'y obliger ?

— Paulson, lâchez-le !

Manus s'était relevé. Les chiens se sont assis, grognant, méfiants.

— Je ne sais pas ce que vous vous imaginez, mais vous avez tort, a-t-il poursuivi. Ce jeune homme est sorti faire une promenade nocturne. J'étais en train d'explorer le domaine avec Ebony et je n'avais pas réalisé que nous nous étions égarés si près de la lisière. Nous avons échangé quelques civilités et nous apprêtions à repartir chacun de notre côté. Vous ne croyez tout de même pas qu'il braconnait, si ? Regardez sa tenue. Écoutez-le parler. Ce n'est pas un mineur démuni !

— C'est pas non plus un invité du comte de Silvermoor, a déclaré Paulson en me faisant tourner pour m'examiner de plus près.

Ses yeux roulaient dans leurs orbites et une forte odeur de whisky émanait de lui. Ses soupçons étaient tenaces mais je doutais que ses sens soient affûtés.

— Je sais pas qui c'est et je m'en fiche. Mr Barridge serait pas content du tout. Y a quelque chose qui tourne pas rond et j'ai l'intention de découvrir ce que c'est.

Je l'ai observé à mon tour : son large visage rougeaud, son chapeau en tweed avec son cimier de plumes, son foulard roux. Il avait des yeux bleus et froids un peu fous, la cinquantaine passée. Il était massif et haletant. Je savais pouvoir lui damer le pion. Mais Manus, alors ? Sans oublier le chien…

— Votre vigilance est tout à votre honneur, ai-je fait remarquer, jouant les gentlemen. Je suis sûr que Mr Barridge en serait impressionné. Cependant, dans ce cas précis, vous faites fausse route. Relâchez-moi et nous n'en parlerons plus.

Il a éclaté de rire.

— Pauvre blanc-bec ! Quant à vous… a-t-il ajouté en se tournant vers Manus, allez pas croire que je vais garder ça pour moi. On va prendre des mesures, des mesures strictes.

— Mais pourquoi ?

Manus avait adopté un ton innocent, mais je voyais qu'il avait peur. Ses mains se tordaient de nouveau, formant des boucles vaines et silencieuses. Un second gardien avait rattrapé les chiens et les tenait, les yeux rivés sur Paulson, attendant ses instructions.

— Ce jeune homme ne sait rien… de personnel. Il a été très courtois mais pas curieux le moins du monde. Je suis certain qu'il a conscience qu'un grand nombre de personnes résident dans cette propriété pour s'occuper des chevaux, du domaine, etc.

— Absolument, ai-je renchéri. Ce qui se passe ici ne m'intéresse pas du tout. Je suis élève à Westonbury et mes études occupent amplement à mon esprit.

— Et je suppose que vous vous êtes jamais vus avant ce soir, a lancé Paulson sur un ton sarcastique.

— Jamais, a rétorqué Manus avec emphase, trop d'emphase. Bien, j'en ai assez, Paulson. Je vais me coucher. Bonsoir, jeune homme, je ne peux que vous présenter mes excuses.

Il a pris les rênes et commencé à mener Ebony vers le manoir. Le gardien et ses chiens l'ont regardé s'éloigner, sans chercher à le suivre.

J'ai retenu mon souffle. Partait-il vraiment ? Est-ce que tout irait bien pour lui ? Qu'allait-il m'arriver ? Je pouvais m'occuper de Paulson, mais trois chiens gros comme des veaux ? Tout en examinant les possibilités, j'ai regretté de n'avoir pas dit à Josie que je l'aimais. Même hors des mines la vie était précaire, les gens durs, le temps compté et imprévisible. Six semaines m'avaient paru une débauche de temps et à présent qui savait ce qui m'attendait ? J'aurais dû parler.

— C'est ça, rentrez chez vous, a grogné Paulson à l'intention de Manus.

Le manque de respect dont il faisait preuve envers l'homme qu'ils protégeaient tous m'a choqué.

— Je discuterai avec Mr Barridge demain. Quant à toi, a-t-il ajouté en me poussant rudement, tu ferais mieux de venir avec moi.

— Hors de question !

— Oh, je crois bien que si ! Au pied, Breaker !

Le chien a grogné plus fort et, corpulent et puissant, s'est planté au côté de son maître. J'ai pensé à Josie. Si je m'enfuyais, les chiens m'attaqueraient. Si j'acceptais de suivre Paulson, peut-être pourrais-je encore le convaincre de me relâcher. Mais mon sang bouillonnait dans mes veines. J'avais beau savoir qu'il fallait jouer la sagesse, j'étais désireux de me battre. Mes mains en tressaillaient d'envie.

— Comment vous vous appelez ? m'a-t-il demandé. Dites-le-moi et je mettrai peut-être la pédale douce.

Soudain, j'ai pensé à mon pauvre Flinty et j'ai ébauché un petit sourire.

— Al Crace, ai-je répondu distinctement. Al Crace, de Grindley.

Lui attirer des ennuis serait peu cher payé pour la mort de ce brave petit poney.

J'ai jeté un coup d'œil à Manus ; il était monté en selle. Ebony s'éloignait de nous, et les cheveux blancs de Manus disparaissaient entre les arbres.

— Al Crace ? a répété Paulson, dubitatif.

— Oui. Vous avez mon nom et je vous ai dit où je logeais. C'est déjà beaucoup de bonne volonté de ma part. Je vous recommande donc vivement de me laisser partir. Et surtout n'hésitez pas à passer demain à Silvermoor pour corroborer mes dires.

— Ah oui, « corroborer », tiens donc !

Il faisait partie de ces gens qui se méfient des mots qu'ils ne connaissent pas.

— Non, je crois que je vais vous emmener, monsieur Crace. Une nuit à la cave vous donnera le temps de réfléchir, aucun doute. Mr Barridge s'occupera de vous, vu que vous et la noblesse vous êtes si bons amis.

— Au fait, jeune homme ! a lancé la voix de Manus, au milieu des arbres. Concernant notre conversation de tout à l'heure, je crois après tout que vous avez raison…

De quoi parlait-il ?

— … il est temps de partir !

Il a fait faire demi-tour à Ebony et s'est rué sur la grille.

— Je sais que j'ai raison ! ai-je hurlé.

Cédant au tressaillement de mes mains, j'ai décoché un puissant coup de poing qui a produit un craquement plaisant sur le visage boursouflé de Paulson, l'envoyant au tapis. J'ai sauté sur la grille et l'ai ouverte en grand.

— Breaker ! a crié Paulson en se tordant de douleur.

Le chien a bondi. C'était comme se faire renverser par un taureau volant ; la bête était énorme. Ses mâchoires monstrueuses se sont refermées sur mon bras et j'ai mugi, donné des coups de poing et de pied, mais il était lourd, musclé et féroce. Paulson s'est relevé tant bien que mal et a armé son fusil alors qu'en contrepoint le battement régulier des sabots d'Ebony approchait. L'immense cheval était sur le sentier, poussant des cris perçants. Le chien m'a lâché en voyant cet imposant adversaire lui foncer dessus, et j'ai titubé jusqu'au flanc gauche d'Ebony. Je saignais abondamment.

— Paulson, rangez ça, à moins que vous n'ayez l'intention de me tirer dessus, a ordonné Manus.

Paulson l'a dévisagé avec insolence et a levé le fusil, braqué droit sur nous. Il en était capable ; ça ne m'aurait pas étonné qu'il le fasse.

Manus a tendu la main vers moi, mais mon bras était trop lacéré pour qu'il ose l'attraper convenablement. J'ai planté mon pied dans l'étrier et tenté de me hisser d'un bond, mais Breaker s'est jeté sur moi, refermant ses crocs sur ma cheville comme un piège en acier. La voix de mon père a résonné dans ma tête : « C'est notre limite. Si tu tiens à ta peau va pas plus loin, fiston. » Les limites n'avaient jamais été mon fort.

Ebony s'est écarté du dogue et, le pied à l'étrier, j'ai été traîné à la suite du cheval et hors des mâchoires de Breaker. J'ai failli tomber, mais Manus m'a attrapé et hissé en selle. La douleur et l'effort de grimper sur l'énorme monture m'ont arraché un rugissement. Pourtant j'ai réussi. Il n'a pas été facile de m'installer tandis que Breaker sautait et cherchait à mordre et qu'Ebony tournoyait et caracolait. Mais j'ai fini par me redresser, et Manus a hoché la tête quand il a senti mon poids se centrer.

— Venez, Tommy, a-t-il chuchoté. Il est temps de fuir.

Ebony s'est élancé sur le sentier, plus rapide et plus droit qu'une flèche. Paulson a tiré deux coups de fusil mais nous a manqués ; intentionnellement, ou non, je l'ignore. Ebony n'a même pas bronché. C'était un cheval d'une puissance telle qu'il semblait défier les dogues aussi bien que les balles.

Jamais je ne m'étais déplacé si vite. Le mouvement était tellement fluide que, même avec un seul pied à l'étrier et sans selle, rester assis ne posait pas de problème. Les chiens nous ont pourchassés mais nous les avons bientôt distancés. Nous avons cavalé à travers les sentiers et gravi Silvermoor Rise à toute allure. À notre gauche, j'ai aperçu la masse compacte et sombre d'Arden. À notre droite, la lisière de Heston, où Josie avait l'habitude de s'introduire en douce pour cueillir des jacinthes des bois. Ebony a galopé sans un seul faux pas. Nous avons dévalé l'autre versant et poursuivi notre course à ciel ouvert à travers la lande. Jamais je n'avais été si loin, hormis Westonbury, bien sûr. Enfin, nous nous sommes arrêtés.

La nuit était silencieuse. Ni chiens, ni coups de fusil, ni cris. Nous avions été plus rapides qu'eux.

— Et voilà, a déclaré Manus en mettant pied à terre. C'est fait. Je suis parti.

J'ai entrepris de descendre puis, me rappelant ma blessure, je me suis ravisé.

— Ce n'était pas exactement ce que j'avais en tête.

Nous nous sommes regardés dans la pénombre et nous sommes mis à rire. C'était une situation improbable et ridicule.

— Eh bien, miss Embry a votre argent, ai-je fait remarquer.

— Et vous devez retourner à Silvermoor. Dommage que vous ayez dit à Paulson que vous y résidiez. Il va vous y chercher, questionner tout le monde.

— Il ne m'a pas cru. Je lui ai aussi dit que je m'appelais Al Crace. Les Sedgewick pourront nier en toute bonne foi connaître un dénommé Crace.

— Bien joué.

Il s'est appuyé contre l'épaule d'Ebony.

— Que faire, que faire. Oh, Tommy ! Comment vais-je récupérer Equinox ?

— Je l'ignore. D'ailleurs, qu'allez-vous faire d'Ebony ? Un homme peut se cacher assez facilement, mais toi tu es énorme, hein, mon vieux ? ai-je murmuré en caressant le cheval, qui semblait apprécier.

— Commençons par le commencement, a tranché Manus. Il faut d'abord que je quitte la lande et que je vous ramène à Silvermoor… Je crois savoir quelle devra être notre première étape. Le reste suivra.

Il se montrait à la hauteur. Je l'avais bien dit : il avait plus peur enfermé loin des défis du monde que confronté à eux pour de bon. À moins que l'euphorie et le choc ne révèlent leurs effets plus tard.

61

Tommy

J'ai chevauché vers Silvermoor tôt le lendemain matin. Le soleil se levait et les brumes estivales se dissipaient ; le domaine était calme et silencieux. Je me trouvais dans l'écurie depuis quelques minutes à peine quand Josie est arrivée en courant.

— Tommy Green ! a-t-elle crié, furieuse. Tu étais passé où ? J'étais tellement inquiète ! Chaque fois que tu disparais j'ai peur qu'il t'arrive quelque chose ou que tu m'oublies, ou que ces fichus mastards te mettent en pièces… Mais, attends, tu saignes ! Tu t'es vraiment fait mettre en pièces par les chiens ! Attends, c'est Ebony ?

— C'est une longue histoire, ai-je répondu en m'approchant d'elle d'un pas trébuchant pour la prendre dans mes bras.

J'étais exténué. Encore une fois je l'avais échappé belle à Heston et j'avais passé la nuit à écumer la campagne. Je me suis affaissé contre Josie, j'ai laissé ma tête aller contre la sienne et, quoiqu'elle soit petite et mince, elle m'a retenu. Cette fois, j'avais l'impression de rentrer chez moi. J'avais appris ma leçon. Je n'attendrais pas une minute de plus.

— Je t'aime, Josie, ai-je annoncé les yeux clos, sa tête enfouie dans mon cou.

Ce n'était pas la déclaration que j'avais prévue – contempler son visage pour y lire la moindre réaction, exprimer la force de mon amour avec l'intensité de mon regard. J'avais juste besoin de le dire avant qu'il ne se passe quoi que ce soit d'autre. À cet instant, face au soulagement de la revoir, ce qu'elle allait me répondre n'avait presque aucune importance, il fallait seulement qu'elle le sache. Peut-être était-ce une bonne chose que les mots soient sortis ainsi, sincères et neutres.

— Tommy, a-t-elle rétorqué avec sévérité, je t'aime aussi, mais tu saignes et de toute évidence tu as des ennuis. De quoi tu as besoin ?

Son pragmatisme féminin refaisait surface. Et elle avait raison. Bientôt, les gens se réveilleraient et on ne devait pas me voir dans cet état. Je pourrais toujours raconter que je boitais parce que je m'étais tordu la cheville dans le noir, mais mon bras avait été mordu par un chien, c'était indéniable. Puisqu'il n'y avait aucun moyen de l'expliquer, je suis retourné en claudiquant vers le cottage avant que Mrs Murphy ne se lève. J'ai laissé la porte déverrouillée pour Josie, qui m'a rapporté du manoir des bandages et de l'acide phénique. Heureusement, les blessures se sont avérées faciles à nettoyer, et j'ai trempé les bandages dans le phénol avant d'envelopper étroitement mon pauvre bras mâchonné en serrant les dents contre la douleur.

— Bien, a lâché Josie quand elle a enfin eu terminé et que je me suis affalé, épuisé, sur mon lit étroit. Je veux savoir ce qui s'est passé, bien sûr, mais d'abord je dois te demander quelque chose. Tout à l'heure, quand tu as dit que tu m'aimais, c'était juste dans le feu de l'action, comme quand je t'ai confié que j'avais refusé de travailler pour miss Coralie et que tu m'as embrassée, ou alors c'était… Tommy, qu'est-ce que c'était, au juste ?

Elle avait le visage plus blême que jamais et je me suis aperçu qu'elle avait peur. J'ai soudain compris pourquoi ce baiser n'avait jamais été répété. J'avais toujours cru qu'elle ne voulait pas qu'il le soit, mais de toute évidence elle avait douté de ma sincérité. J'ai tendu mon bras valide et elle m'a pris la main. Je l'ai attirée à moi jusqu'à ce qu'elle s'assoie sur le lit à mes côtés. Le moment était enfin venu.

— Premièrement, ai-je commencé, ce baiser n'était pas dans le feu de l'action. Ce baiser était un sentiment à l'état pur. J'étais horrifié que tu aies manqué ta chance, mais ému que tu l'aies fait pour moi. Nous menions à l'époque une existence impossible et tu représentais ce que j'avais de plus précieux. Tu l'as toujours été, tu l'es toujours et tu le seras toujours. Depuis ce jour, je rêve de réitérer ce baiser, mais je craignais que tu n'en aies pas envie et je ne voulais pas compromettre notre amitié.

— Oh, a répondu Josie d'une toute petite voix.

— Deuxièmement, mon amitié pour toi s'est enflammée, Josie. Ça fait très longtemps que je veux t'en parler ; je ne voulais pas te l'écrire mais te l'avouer en face. Tu m'as dit un jour que l'amitié était une part importante de l'amour, mais que l'amour était plus grand encore. Mon amitié pour toi est encore là, si c'est tout ce que tu veux, jamais je ne te la retirerai.

Mais je ressens plus, tellement plus pour toi si tu… à moins que tu…

Mon éloquence a fini par se tarir, et j'ai contemplé son magnifique visage d'un air implorant.

— Oh, a-t-elle murmuré de nouveau. Oh, je suis tellement soulagée !

Elle paraissait timide et pleine d'incertitude.

— Alors… c'est ce que tu veux ? ai-je demandé pour vérifier.

— Plus que tout. Je pensais pouvoir attendre éternellement si seulement je le savais. Oh, Tommy, oui, c'est ce que je veux.

Elle a levé la main pour caresser ma pommette, ma joue, toucher mes lèvres. Elle l'a fait d'un air émerveillé, comme si j'étais un miracle assis là, devant elle. Il m'a fallu un moment pour digérer l'idée que tous mes espoirs n'avaient pas été anéantis, que tout ce que j'avais toujours désiré venait de se réaliser. Puis j'ai embrassé sa main et poursuivi :

— Je veux qu'on se marie un jour, Josie. Tu es d'accord ? J'ai passé ces derniers mois à l'école à attendre de t'en parler en personne et à craindre ta réaction. Et puis hier soir j'ai cru ne jamais te revoir, alors je n'ai pas pu attendre une minute de plus. Je t'aime. Tu es la lumière qui m'a permis de tenir toutes ces années sous terre, celle qui me permet de tenir à Westonbury, et je t'en remercie. Je veux partager chaque instant de ma vie avec toi, même si je n'ai pas encore la moindre chose à t'offrir. Enfin, à part deux shillings…

— Chut, a répondu Josie. Bien sûr que je veux t'épouser, qu'est-ce que tu crois ? J'avais peur aussi, Tommy… mais tout va bien maintenant. Oh…

Elle s'est rapprochée de moi et nous sommes restés un long moment enlacés, puis j'ai pris son visage dans mes mains et je l'ai embrassée. Pour la première fois, ce n'était ni précipité ni inattendu, ce n'était pas l'expression d'une émotion passagère ni d'une grande occasion. Nous savions tous deux ce qui allait arriver et nous le souhaitions du fond du cœur. Ses lèvres étaient douces et sucrées et, j'avais beau être fils de mineur, son baiser faisait de moi un prince. Je me suis écarté pour plonger mon regard dans ses yeux sombres, et mon sourire s'est répandu dans mon corps entier et l'a réchauffé. Des projets avec Josie. Une vie avec Josie. Cette étincelle vive et sans pareille toujours à mon côté, illuminant tout ce que nous allions voir et faire. Jamais personne sans doute ne s'était réjoui à ce point de ne pas avoir été mis en pièces par des chiens.

62

Josie

J'ai volé par-dessus l'herbe couverte de rosée jusqu'au manoir afin d'effectuer mes corvées matinales pour miss Coralie. J'ai été surprise de découvrir que mes chaussures et le bas de ma robe étaient mouillés tant j'avais la sensation d'être ailée. Tommy m'aimait. Après tout ce temps, je le savais enfin ! Nous allions nous marier, un jour, quand il aurait fini ses études. Je brûlais d'envie de le dire à miss Coralie, mais c'était encore trop frais. Ce nouveau « nous » n'avait qu'un instant de vie ; je voulais d'abord le chérir dans l'intimité de mon cœur.

Plus tard ce matin-là, j'avais du temps libre. Puisque Tommy ne pouvait pas marcher très loin, nous avons emprunté le poney de Walter pour nous rendre à Arden. Ebony aurait attiré l'attention.

Nous avons chevauché, mes bras autour de sa taille et la chaleur de son dos contre moi. Il m'en a dit un peu plus sur la nuit précédente. Manus et lui étaient allés à Arden et avaient pris le très gros risque d'attacher Ebony en périphérie du village. Il n'y avait pas d'autre solution. Si par malheur quelqu'un avait vu deux hommes traverser le bourg sur le dos d'un énorme cheval noir, la nouvelle se serait répandue comme une traînée de poudre.

Fort heureusement, miss Embry avait le sommeil léger, et ils l'avaient réveillée sans peine, tapis dans le petit jardin où Tommy avait déjà trouvé refuge des années plus tôt. À voix basse, ils lui avaient exposé la situation, et elle avait préféré demander à Manus de passer par la fenêtre plutôt que de lui ouvrir à une heure pareille la porte donnant sur la rue. Puis Tommy avait rejoint Ebony et était retourné à Silvermoor en faisant un grand détour ; hors de question pour lui d'emprunter de nouveau les sentiers cette nuit-là. Pas étonnant qu'il ne soit pas arrivé à Silvermoor avant l'aube !

Une fois à Arden, nous n'avons pas cherché à nous cacher. Personne ne tabasserait Tommy en plein jour, et nous estimions avoir suffisamment coupé les ponts avec cet endroit pour aller rendre visite à notre amie miss Embry si ça nous chantait. Nous l'avons trouvée derrière son comptoir, comme toujours.

Lorsqu'elle nous a vus, son regard s'est illuminé. Ah, quelle femme adorable ! Jamais je n'avais été si heureuse de voir mon amie.

— Je savais que vous viendriez me rendre visite, a-t-elle dit en s'empressant de nous serrer dans ses bras. Oh, Josie, quelle joie de vous voir, ma chère, et comme vous avez bonne mine ! Tommy, vous êtes devenu un vrai jeune homme ! Bienvenue chez vous, si l'on peut dire… Il vaut mieux que je ne ferme pas boutique avant l'heure du déjeuner, car je ne voudrais pas attirer les soupçons avec mon, euh… mon invité. Mais vous pouvez aller le voir ; je crois qu'il est réveillé.

Nous étions tiraillés entre l'envie de voir Manus et de nous attarder auprès de miss Embry, que nous n'avions pas vue depuis un moment. Après tout, nous avions d'importantes nouvelles à lui annoncer.

— Dulcie, nous avons quelque chose à vous dire ! ai-je éclaté, incapable de me contenir plus longtemps.

— C'est inutile, ma chère : cela saute aux yeux. Il s'agit de vous deux, n'est-ce pas ?

J'ai hoché la tête avec un grand sourire, sentant mon visage brûler. Cela m'était égal. Dulcie m'a de nouveau serrée dans ses bras. Elle a embrassé Tommy sur la joue.

— Je suis très heureuse pour vous, mes chers amis. Il ne pouvait en être autrement. Êtes-vous fiancés ?

— Oui ! ai-je répondu avec ravissement tandis que Tommy disait non.

Je l'ai regardé, stupéfaite. Nous étions tombés d'accord à peine trois heures plus tôt. Les hommes étaient-ils encore plus déroutants que je n'avais été amenée à le croire ?

— Nous allons nous marier, oui, a-t-il expliqué. Mais je veux lui demander sa main convenablement, avec une bague et un projet. Choses que je n'ai pas encore faites.

C'était Tommy tout craché, ça, de vouloir faire les choses dans les règles de l'art et de vouloir des fiançailles officielles. Je suis fiancée, je suis fiancée ! me répétais-je dans l'intimité de ma propre tête.

La cloche a sonné, et mon ancienne voisine d'en face, Mary Mallen, est entrée. Elle a sursauté en me voyant.

— Ça alors, on est devenue sacrément élégante, hein, Josie Westgate ? a-t-elle raillé en retroussant les lèvres comme si l'élégance était l'œuvre du diable.

— Bonjour, madame Mallen, ai-je répondu, fière de moi. J'espère que vous allez bien.

— Allez-y, mes amis, a dit Dulcie. Mettez-vous à l'aise et je vous rejoindrai dès que possible.

Manus était dans le salon, il mangeait des gâteaux à la crème et griffonnait fiévreusement sur un bloc-notes relié de cuir.

— Tommy ! s'est-il écrié en se levant d'un bond. Et… mais c'est Josie ! Quelle joie de vous revoir enfin ! Vous avez beaucoup changé depuis notre dernière rencontre.

Il a serré chaleureusement la main de Tommy et embrassé la mienne avec ses manières désuètes. Je n'en revenais pas de le revoir après tout ce temps.

— Tommy, quelle nuit, n'est-ce pas ? a-t-il lancé, les yeux brillants. Nous avons réussi ! Je suis enfin libre ! Je ne sais comment vous remercier. Mais comment allez-vous ? Et vos blessures ? Avez-vous eu d'autres ennuis ? Est-ce qu'Ebony va bien ? Comment vais-je récupérer Equinox ? Oh ! s'est-il repris en s'apercevant qu'il nous bombardait de questions. Désolé. Asseyons-nous. Un peu de gâteau ?

Tommy a secoué la tête tandis que je me servais. Il a répondu au mieux, puis lui a raconté sa folle chevauchée jusqu'à Silvermoor, son arrivée à l'aube et notre heureuse nouvelle.

— Ah, je suis ravi pour vous, a dit Manus. Pas étonnant que vous ayez si bonne mine, Tommy, malgré votre nuit horrifique. Et Josie vous êtes rayonnante. D'ailleurs… mon Dieu !

Il s'est interrompu et m'a dévisagée d'un air médusé.

— Quoi ? ai-je demandé en m'arrêtant au milieu d'une bouchée. J'ai de la crème sur le nez ?

— Pas du tout. Mais voulez-vous bien poser le gâteau un instant afin que je vous examine attentivement ?

— Qu'est-ce que vous avez, vous autres Barridge ? ai-je râlé. Quand j'ai rencontré vos frères il y a des années de ça, ils m'ont regardée comme si j'avais deux têtes, et voilà que vous faites pareil. Je sais que je ne suis pas la plus belle fille du Yorkshire, mais pour l'amour du ciel…

— Ce n'est pas ça, a répliqué Manus. Vous êtes assez jolie, croyez-moi. Très avenante, même. C'est juste que… enfin, ça alors ! Vous êtes le portrait craché de ma chère tante Pheeney.

63

Josie

Je n'entendais que le tic-tac de la pendule en acajou de Dulcie. Je me suis soudain sentie très calme. Ça ne durerait certainement pas.

J'ai fini par détourner les yeux de Tommy – il pensait la même chose que moi – pour les poser sur Manus.

— Votre tante Pheeney ? ai-je demandé d'une toute petite voix.

— Oui, la sœur de mon père. J'ai parlé d'elle à Tommy ; c'était une cavalière formidable, la seule parente qui se soit jamais intéressée à moi dans mon enfance.

— La sœur de votre père ? ai-je répété, regardant de nouveau Tommy.

Celui-ci s'est rapproché de moi et m'a pris la main.

— Oui, a répondu Manus, qui paraissait regretter l'avoir mentionnée. Je suis navré de vous avoir bouleversée, ma chère. C'était une femme charmante, la seule Barridge qui soit vraiment gentille, d'ailleurs, et très belle.

J'ai souri.

— Ce n'est pas la vanité qui me perturbe. Mon Dieu, je devrais me réjouir de ressembler à une personne aussi élégante. C'est juste que… est-ce que je peux vous confier quelque chose, monsieur ? Mais ça risque de vous choquer et je ne voudrais pas vous chambouler encore plus, vous avez déjà assez à faire en ce moment.

— Je ne suis plus à ça près… Et, pour l'amour du ciel, appelez-moi Manus, Josie.

— Très bien. Alors voilà : il y a quelques mois, j'ai appris que Sam Westgate n'était pas mon père. C'est ma mère qui me l'a avoué, mais elle n'a pas voulu me révéler le nom de mon vrai géniteur. Depuis, je me pose des questions et m'inquiète, ce qui était probablement son intention. Pourtant, elle a fait des remarques qui me portent à croire que ça pourrait être un aristocrate, ou en tout cas quelqu'un qui ne soit pas d'Arden. Tout ce temps, je me suis demandé s'il s'agissait du comte. Il a la réputation de courir les jupons, et sa nièce, mon employeur, a les mêmes cheveux roux flamme que moi. Mais la ressemblance s'arrête là, et ça me paraît plus qu'improbable, le comte et ma mère. Maintenant, je m'interroge… De quelle couleur étaient les cheveux de votre tante, Manus ?

— Roux, a-t-il répondu sur-le-champ. Un peu plus foncés que les vôtres, mais roux. Ce ne sont cependant pas vos cheveux qui m'ont interpellé, Josie, mais vos yeux, l'ossature de votre visage. Je vous assure, c'est troublant.

J'ai poussé un soupir, réexaminant nombre d'événements de mon passé – ma personne tout entière, d'ailleurs – à la lumière de cette nouvelle information.

J'étais un kaléidoscope bougeant et refaçonnant une image à chaque rotation. Atteindrais-je un jour une position fixe ?

— J'ai toujours pensé, ai-je énoncé avec lenteur, que vos frères se moquaient de moi. Je les ai vus il y a longtemps, ici, dans la boutique. Ils étaient venus voir Dulcie parce qu'elle venait d'arriver et qu'ils avaient entendu dire qu'elle était jolie. Ils se sont montrés très grossiers. Tous les deux m'ont regardée fixement et l'un a dit à l'autre : « Vous avez vu ? » J'ai cru qu'ils parlaient de ma tenue, mais peut-être qu'ils avaient déjà noté une ressemblance.

— C'est fort possible. La nuit où je vous ai rencontrée, je n'ai rien remarqué, mais vous aviez les cheveux ras, le visage gonflé d'avoir pleuré et il faisait sombre. Nous étions dans tous nos états et ne pensions qu'à vous mettre à l'abri. Aujourd'hui, en revanche, cela saute aux yeux.

— Ça paraît logique, Josie, a avancé Tommy, qui avait gardé le silence pendant tout ce temps. Tu as dit toi-même que ta mère n'était pas du genre à avoir une aventure. De plus, à ma connaissance, jamais le comte n'a courtisé une habitante d'Arden. Du reste, que serait-il allé faire là-bas ?

— Et ma mère n'a jamais mis les pieds ailleurs, ai-je ajouté. Il l'a sûrement forcée, alors ? Je n'imagine pas m'man se prendre de passion pour Winthrop Barridge, vraiment, vraiment pas. Pas étonnant qu'elle me déteste. Pauvre m'man. Je n'aurais pas cru dire ça un jour mais…

— Winthrop Barridge, a soupiré Tommy. Oh, Josie.

J'ai jeté un regard furtif à Manus. Il ne portait pas son père dans son cœur, mais c'était une hypothèse dure à avaler. À ma grande surprise, ses yeux brillaient. Il paraissait radieux.

— Josie, a-t-il dit à mi-voix, je suis profondément navré de ce qu'a dû subir votre mère. Seulement, je ne peux pas m'empêcher de penser… que c'est merveilleux !

— Pourquoi ?

— Parce que c'est mon père aussi, bien sûr ! Ce qui fait de vous ma sœur !

Les bras m'en sont tombés. Pourquoi n'y avais-je pas pensé ? Et pas seulement Manus, mais les jumeaux Barridge, les garçons et les filles… J'étais leur demi-sœur à tous.

— Mon Dieu, ai-je murmuré, serrant la main de Tommy assez fort pour l'écraser. Mon Dieu, Manus, vous êtes mon demi-frère !

— Oui ! s'est-il exclamé en se levant d'un bond. Oh, Josie, je suis si heureux !

Il m'a tirée à lui et s'est jeté à mon cou.

— Je me doute que ce doit être un choc pour vous, mais vous imaginez-vous ce que je ressens ? Toutes ces années banni de ma propre famille, tout ce temps à craindre ce qu'il adviendrait de moi dans le vaste monde… Et voilà qu'à peine libéré je découvre une sœur !

Le kaléidoscope s'est verrouillé avec un clic décisif. C'était vrai, je le savais. Tout devenait clair, tout. Les remarques narquoises de m'man affirmant que je me croyais exceptionnelle, différente, trop bien pour des gens comme eux alors que rien n'était moins vrai. J'avais toujours trouvé étrange qu'elle dise des choses pareilles à moi plutôt qu'à Alice, qui avait toujours eu une haute opinion d'elle-même. Ses persécutions avaient empiré au fil des ans, probablement à mesure que la ressemblance avec les Barridge devenait plus flagrante. Non seulement j'étais un douloureux rappel des événements, mais j'incarnais aussi la possibilité qu'on découvre son secret. Rebutée par l'idée d'être apparentée au vieux Winthrop, j'ai choisi de me concentrer sur ma tante, la merveilleuse Pheeney.

Cela expliquait aussi l'indifférence de p'pa à mon égard. Et cette remarque qu'il avait faite un jour au sujet des villageois qui avaient le mauvais goût de donner à leurs rejetons adultérins des prénoms aristocrates. Il lançait une pique à ma mère. Mais comme c'était typique d'elle de faire la seule petite chose en son pouvoir qui puisse déplaire à coup sûr à Winthrop Barridge ! J'étais presque fière d'elle. Je me suis empressée d'en parler à Tommy et à Manus.

— C'est mal vu, en effet, a dit Tommy. Tout le monde sait que ça arrive mais ils préfèrent fermer les yeux.

— Bien. Est-ce que « Josephine » est un prénom commun chez les Barridge, Manus ? Est-ce que « Pheeney » en était le diminutif ?

Il a hoché la tête, abasourdi.

— Oui. Elle ne s'en servait pas, disant que prononcer ce nom était comme parler la bouche pleine de plumes. On l'a donc toujours appelée Pheeney, et ça lui allait bien. J'avais presque oublié qu'elle se prénommait Josephine.

— Et moi, je ne pense pas avoir jamais su que c'était ton prénom à toi aussi, a ajouté Tommy en me fixant.

Je n'y avais jamais pensé. Je croyais que tu t'appelais Josie, tout simplement.

— J'ai toujours adoré le prénom « Josephine ». J'aurais aimé que mes parents m'appellent comme ça, mais ça ne collait pas à Arden. Mon Dieu, je ne ressemble pas seulement à votre tante, je porte aussi son nom !

— Notre tante, a corrigé Manus.

C'est alors que la porte s'est ouverte et Dulcie nous a rejoints. J'ai jeté un coup d'œil à l'horloge ; à ma stupéfaction, il était déjà midi. Il nous faudrait bientôt retourner à Silvermoor.

— J'ai fermé boutique, a annoncé Dulcie. Il est un peu tôt, mais je voulais passer un peu de temps avec vous. Tout va bien, Manus ? Se cacher ainsi n'est certainement pas agréable. J'espère que vous êtes à votre aise ici.

Elle a alors remarqué nos visages abasourdis.

— Quoi ? Que s'est-il passé ?

64

Tommy

Je ne pense pas avoir jamais été aussi stupéfait. Et ce, venant d'une personne ayant échappé à la mort et obtenu une bourse d'études malgré une scolarité très courte. J'avais appris à accepter l'inattendu en ce qui me concernait ; or en l'occurrence il s'agissait de Josie. J'espérais de tout cœur que ce serait une bonne chose pour elle – une réponse, enfin, un lien merveilleux avec Manus –, car assurément personne n'aurait voulu de Winthrop Barridge pour père.

Une fois miss Embry mise au courant nous avons abordé l'autre sujet brûlant : qu'allait-il advenir de Manus ? En réalité, il était devenu un autre homme. Une seule nuit sous le toit de miss Embry semblait l'avoir galvanisé.

— Des compagnons agréables, un foyer confortable, un aperçu du monde réel… Ce ne sont là que les prémices de ce qui m'a manqué, a-t-il déclaré en rassemblant les feuilles sur lesquelles il était en train d'écrire quand nous étions arrivés.

Il y avait estimé sa fortune, entre la petite somme que miss Embry avait gardée pour lui et les biens qu'il pouvait vendre, et avait rédigé une liste de possibilités s'offrant à lui avec ce capital. Certaines paraissaient sans doute un peu folles, mais dans sa situation aucune idée n'était vraiment mauvaise. Il avait également pesé le pour et le contre de chacune d'entre elles, et un thème récurrent en avait émergé : il avait passé assez de temps seul, sans amour. Il préférait, si possible, ne pas s'installer trop loin de l'endroit où vivaient miss Embry et Josie et où je revenais régulièrement. Bien sûr, recommencer sa vie dans les parages avait pour principal inconvénient la proximité de sa famille. D'un autre côté, c'était cela ou chercher refuge seul dans quelque ville ou pays anonyme ; aucun de nous n'était en mesure de l'accompagner.

— Dommage que vous ne puissiez pas être palefrenier à Silvermoor, a soupiré Josie. Vous y seriez à l'abri de votre famille, mais sans les conditions horribles dans lesquelles vous étiez caché à Heston. J'y suis régulièrement, et Dulcie pourrait venir nous rendre visite… Mais les écuries sont pleines – d'employés, j'entends, pas de chevaux. Et il n'y a aucun poste vacant à Gravenagh House.

— En effet, il ne peut pas être palefrenier à Silvermoor, ai-je fait remarquer, mais il y a autre chose.

— Oh ! s'est exclamée Josie, comprenant aussitôt ce que j'avais en tête. Oh oui !

— Le jeune lord Walter, vous vous souvenez de lui ? Il a besoin d'un précepteur, ai-je expliqué à la hâte à Dulcie. Le sien est parti, monsieur n'a pas réussi à trouver de remplaçant convenable et il a besoin de quelqu'un avant la fin de l'été, sans quoi Walter ira à l'école, ce dont il n'a pas envie.

— Mais c'est parfait ! s'est écriée Dulcie en battant des mains.

— J'en serai incapable, s'est empressé de répondre Manus.

— Oh que non ! ai-je insisté. Réfléchissez-y. Vous êtes très instruit, un gentleman. Vous seriez plus que capable de donner des cours particuliers à Walter. Silvermoor est un endroit merveilleux. Le comte est bon et juste. Walter est tout simplement adorable et en plus il raffole des chevaux. Ce n'est pas l'élève le plus assidu, mais il se débrouille quand il y met du sien. Manus ! Vous pourriez vivre dans une magnifique demeure, vous toucheriez un salaire et vous seriez libre ! Même si vous ne restiez qu'un an, vous pourriez décider de la marche à suivre d'un tout autre point de vue. D'ici là, j'aurais terminé mes études et nous pourrions peut-être nous lancer ensemble dans les affaires… C'est vrai, tout est possible. Et vous seriez hors d'atteinte de votre père – je ne crois pas qu'aucun Barridge ait mis les pieds à Silvermoor depuis vingt ans.

— Me cacher juste sous son nez… a résumé Manus. C'est une idée audacieuse, je vous l'accorde. Je ne suis pas sûr d'avoir l'endurance nécessaire, après avoir passé si longtemps seul, pour me retrouver entouré en permanence, travailler avec quelqu'un de l'âge de Walter. Je n'ai aucune expérience avec les enfants.

— Ne risquerait-il pas d'être reconnu ? s'est enquise Dulcie.

J'ai dévisagé Manus, démoralisé. Moi qui croyais que c'était un plan parfait !

— Je n'en suis pas certain, a-t-il répondu d'un air pensif. Je n'ai pas vu le comte de Silvermoor depuis mon plus jeune âge. Il ne faisait pas beaucoup attention à moi à l'époque. Mon père me tenait déjà éloigné autant que possible des gens avant même d'avoir simulé ma mort. Mon physique a beau être distinctif, il n'est pas très connu.

— Mais n'avez-vous pas dit que vous ressembliez à votre père ? ai-je demandé. Vous l'avez évoqué lors d'une de nos premières conversations.

— Oui, mais la couleur de mes cheveux et de mes yeux est tout l'inverse des siens. Il a les cheveux sombres et des yeux semblables à ceux de Josie. Je suis tel que vous me voyez.

Nous avons tous regardé ses cheveux très pâles, ses yeux bleus et sa peau plus blanche que blanche.

— C'est votre carnation qui attire l'attention et non l'ossature de votre visage, a admis Dulcie.

— Et les Honeycroft, ou les domestiques ? a voulu savoir Josie. Est-ce qu'ils risquent de vous reconnaître ?

— Pas les Honeycroft ; je ne les ai jamais vus. Les domestiques ? Eh bien, théoriquement, un employé de Silvermoor pourrait m'avoir vu il y a treize ans. Peut-être…

Nous nous sommes regardés. Nous voulions tous que cela fonctionne, pour le bien de Manus. Un but, un répit, de la compagnie, après treize années insanes. Ce n'était pas une solution sûre, ni non plus infaillible. Le bon sens aurait voulu qu'il aille ailleurs. Mais j'ignorais lequel d'entre nous pouvait être taxé de bon sens. De plus, les endroits les plus évidents – Newcastle ou Londres, par exemple – auraient eux aussi des liens avec une grande famille telle que les Barridge. Il ne serait vraiment en sécurité nulle part. Ici, comme il l'avait souligné, il se cacherait sous leur nez. Si l'expression existait bel et bien, on pouvait supposer qu'elle avait une chance de fonctionner.

— Comment s'y prendrait-on ? a demandé Dulcie. Nous pourrions dire que vous êtes mon cousin de Leeds, Manus, et que c'est ainsi que vous avez entendu parler de l'offre d'emploi. Mais aller jusqu'à Leeds pour poster les lettres nous ferait perdre du temps… Non, vous feriez mieux d'y aller en personne, de raconter que vous me rendiez visite quand j'ai évoqué le poste à pourvoir au détour d'une conversation…

— Attendez, attendez, ma chère miss Embry. Vous avancez beaucoup trop vite pour moi. Comment voulez-vous que je frappe à la porte de Silvermoor et que je réclame un travail ? De toute façon, je fais bien meilleure impression par courrier qu'en personne.

— Vous ferez très bonne impression, a rétorqué Dulcie. Le comte ne pourra pas vous dire non, et c'est le résultat que nous recherchons.

65

Tommy

Par conséquent, deux jours plus tard, assis avec Josie et miss Coralie dans un petit salon de Silvermoor, j'ai éprouvé une sensation étrange et déconcertante en voyant Dulcie remonter l'allée dans le cabriolet emprunté au porion de Hepzibah, Manus à son côté. Il semblait nerveux et bien apprêté. La journée de la veille avait été mise à profit : ils avaient quitté Arden avant l'aube et pris le train pour Leeds, afin que Manus puisse aller chez le coiffeur et s'acheter un nouveau costume qui ne soit pas démodé. Dulcie l'avait convaincu que, quoique attachante, son excentricité ne devait pas être mise en avant lors d'un entretien avec le comte. Ils étaient rentrés dans la journée, car à force d'aller et venir elle aurait du mal à cacher le fait qu'elle hébergeait un invité.

— Vous serez donc mon cousin, sans quoi nous provoquerons un véritable scandale, a gloussé Dulcie.

C'était une torture pour Josie et moi de feindre la plus parfaite ignorance quand Coralie a entendu le cabriolet et s'est approchée de la fenêtre.

— C'est la commerçante du village d'à côté, accompagnée d'un jeune homme fort pâle, a-t-elle annoncé. Pensez-vous qu'elle vienne vous voir, Josie ?

— Miss Embry ? a fait Josie d'un air innocent. Non, je n'ai pas prévu de la voir aujourd'hui. Et toi, Tommy ?

— Moi non plus.

— Eh bien, a dit miss Coralie, je suis sûre que Portis les fera entrer s'ils sont là pour l'un de nous.

Je me suis retenu de me lever d'un bond pour voir comment ils étaient reçus. Comment le comte réagirait-il à une visite surprise ? Plusieurs minutes se sont écoulées sans que nous ayons entendu repartir le cabriolet, ce qui laissait penser que Portis les avait accueillis. Attendaient-ils encore ou Manus était-il en train de parler au comte ? La tension était à son comble.

Josie s'affairait à son ouvrage. J'aurais aimé moi aussi occuper mes mains. Quand Cedric est entré et m'a proposé un xérès, j'ai accepté même si je n'aimais pas beaucoup ça, histoire d'avoir quelque chose à tenir.

— Vous vouliez me parler, monsieur, lui ai-je rappelé. Aimeriez-vous le faire tout de suite ou le remettre à plus tard?

— Maintenant me convient très bien, a-t-il répondu avec un grand sourire. Préférez-vous allez dans la bibliothèque ou rester ici ? Je ne vois pas d'objection à ce que ces dames entendent ce que j'ai à dire. D'ailleurs, j'en ai déjà discuté avec ma sœur.

J'ai jeté un coup d'œil à Josie et éclaté de rire. Si je l'obligeais à patienter avant de découvrir le mystère, elle me tuerait.

— Alors ici, monsieur, ce sera parfait.

Cedric n'avait pas oublié son projet de m'embaucher en tant que commis lorsqu'il entrerait en politique.

— Eh bien, je me lance enfin, a-t-il expliqué. Je sais que vous n'avez pas encore terminé vos études, mais j'ai appris que vous resteriez ici plus d'un mois et je me suis demandé si vous envisageriez de travailler pour moi à mi-temps pendant les semaines à venir. J'aide mon oncle à faire campagne pour que de meilleures conditions de travail dans les mines deviennent une obligation légale. À présent, avec la grève qui se prépare, je touche aussi un peu au journalisme, à la rédaction d'articles et de lettres dans divers journaux, voyez-vous ? Or j'aurais besoin de mieux comprendre la vie dans les mines. Je flâne souvent dans Grindley, certes, et les habitants tolèrent ma présence, mais je sais qu'ils ne se confieraient jamais tout à fait à moi. La mentalité du « eux contre nous » est trop profondément enracinée.

— Oui, nous sommes plutôt soudés, dans l'ensemble.

— Mais vous, Tommy, vous n'êtes pas… soudé. Et vous avez mené cette vie-là pendant des années. Voulez-vous combler mes lacunes à ce sujet ?

— Oui, monsieur, avec plaisir, mais vous n'avez pas besoin de m'embaucher pour ça. Je veux bien en discuter avec vous chaque fois que vous le voudrez.

— Merci, Tommy, c'est très gentil à vous ; je préférerais cependant une collaboration en bonne et due forme. Ainsi, je ne me sentirai pas coupable de vous mettre à contribution. J'aimerais aussi que vous relisiez certains des articles que j'ai écrits avant que je ne les envoie ; que vous les corrigiez si nécessaire. Je veux être sûr de dépeindre le tableau le plus précis qui soit. Et j'aimerais que vous assistiez aux réunions auxquelles participent les autres propriétaires de charbon et les mineurs. J'espère qu'ils m'écouteront plus volontiers si je suis accompagné de l'un des leurs.

— Ce serait avec plaisir, monsieur, même si je ne sais pas si je vous serai d'une grande aide. Mes parents me trouvent déjà étrange et certains pensent que je suis un traître parce que j'ai quitté cette vie. Je risque d'être un obstacle plus qu'une aide.

— Nous verrons bien, mais si vous êtes d'accord, Tommy, j'ai très envie d'essayer. Comme vous pouvez le constater, ce que j'ai à vous proposer est un poste à proprement parler. Ce travail est très important pour moi et, bien que je ne souhaite pas vous réquisitionner durant toutes vos vacances – quelques heures par semaine devraient suffire –, j'aimerais profiter au maximum de votre présence ici tant vous représentez une formidable ressource.

J'ai souri. Qu'une seule personne influente s'y intéresse et mon expérience au fond, dans l'obscurité stygienne, n'était plus une perte de temps mais prenait soudain de la valeur. Si cela permettait d'aider ceux qui viendraient après moi… Eh bien, après tout, peut-être y avait-il sous terre d'autres richesses que le charbon. Et Mr Talbot n'avait pas besoin de le savoir.

— Alors oui. Comment pourrais-je refuser ? Merci, monsieur, je serais ravi de travailler avec vous.

Et, bien sûr, de gagner tout salaire qu'il jugerait bon de me payer. Je ne voyais aucune raison d'exiger d'en connaître la somme puisque, comme je l'avais mentionné, je l'aurais fait gratuitement. Mais je savais qu'il ne le permettrait pas et je me voyais repartir en septembre avec de l'argent de poche, ce qui signifiait que je pourrais rentrer non seulement à Noël mais aussi à Pâques. Plus besoin d'attendre six longs mois pour revoir Josie !

— Je trouve cela formidable, a commenté miss Coralie. Je vous admire beaucoup, Cedric. Vous étiez un jeune homme indolent et porté sur les dames, et vous voilà un adulte qui va changer le monde.

Cedric a souri.

— Je ne suis pas sûr de changer grand-chose. Mais je m'y efforce.

— Merci, monsieur, pour tout ce que vous essayez de faire, a déclaré Josie. Merci au nom de mon frère Bert, qui travaille à la mine. Même si je me suis éloignée de ma famille, je redoute encore d'apprendre qu'il lui est arrivé quelque chose.

Nous avons levé nos verres de xérès à mon nouveau poste et, un peu plus tard, le cabriolet qui transportait Dulcie et Manus est reparti.

— Ils ont dû venir voir notre oncle, a dit miss Coralie, songeuse. Je me demande pourquoi.

— Moi aussi, a ajouté Josie en les regardant s'éloigner.

66

Tommy

S'est ensuivie une drôle de période, et par « drôle » je suppose que je veux dire qu'elle était heureuse. Pour moi, il n'y avait ni danger ni ennuis, et tous ceux que j'aimais se trouvaient tout près. Je voyais Josie chaque jour, ma famille très régulièrement, Dulcie une fois par semaine environ. Le plus étrange étant que Manus vivait à Silvermoor.

Il s'était présenté au comte sous le nom de Mr James, cousin de Dulcie. Son histoire restait simple : il avait été précepteur à Leeds, son emploi avait pris fin lorsque ses élèves avaient grandi, il était venu rendre visite à sa cousine, qui lui avait parlé du poste à Silvermoor.

La question des références n'avait même pas été soulevée. En rencontrant Manus en personne, le comte n'avait pu que constater son intelligence et ses qualités de gentleman. Les deux hommes avaient discuté littérature, mathématiques, histoire et chevaux. Ils avaient aussi parlé politique, et le comte avait été surpris que Manus comprenne si bien l'industrie minière.

— Il est difficile de ne pas s'y connaître un peu quand on vit dans le Yorkshire, avait expliqué Manus, et bien entendu c'était vrai.

Le comte avait envoyé chercher Walter, qu'il avait présenté à « Mr James ». Mes deux compères s'étaient entendus à merveille, et le comte avait reconnu que la passion de cet homme pour les chevaux était susceptible de conquérir son fils comme ses prédispositions intellectuelles de l'éduquer. Lorsqu'il avait raccompagné Manus à la porte, miss Embry l'attendait. Elle avait parlé des qualités de son cousin en termes si élogieux que sa bonne moralité avait été aussitôt établie. Je crois qu'entre la pression pour endiguer la grève et la difficulté de trouver un précepteur qui convienne un tant soit peu à Walter, le comte était bien décidé à ne pas laisser Manus lui filer entre les doigts.

— Quand pouvez-vous commencer ? avait-il demandé.

— La semaine prochaine ? avait suggéré Manus.

Et voilà le travail.

Le quotidien de Mr James de Leeds était facile. Il passait de longues heures avec son jeune élève mais, comme il n'y avait pas de leçons pendant les grandes vacances, ils se forgeaient simplement des liens d'amitié. Ils passaient beaucoup de temps à chevaucher sur les terres ou dans le champ le plus proche, où Manus entraînait Walter et Aubaine. Walter se réjouissait de découvrir combien son poney et lui-même progressaient.

Il était tout naturel que Mr James veuille voir sa « cousine », et Josie et moi étions surpris de la détermination avec laquelle Dulcie jouait son rôle dans l'histoire. Elle venait à Silvermoor plus souvent que lorsque

Josie seule s'y trouvait. Elle n'avait pas réussi à vendre l'Emporium. Après des mois à en faire la promotion, à écrire des lettres à toutes les personnes susceptibles de connaître des acquéreurs potentiels et à nettoyer la boutique deux fois plus que d'habitude afin qu'elle semble aussi attrayante que possible, elle avait perdu courage.

— Alors qu'ici, à Silvermoor, se trouvent mes trois amis les plus chers et que je sens que j'ai résolument tourné le dos à cet endroit, je commence à avoir l'impression de porter un fardeau, nous a-t-elle confié. Oh, mon cher oncle ! Je l'aimais, mais je regrette vivement d'avoir pris sa suite. Je voulais prouver que j'en étais capable… a-t-elle ajouté tristement. Enfin, je le suis et je l'ai fait, mais cela ne me rend pas heureuse.

Manus n'avait pas hésité bien longtemps avant de nous « rencontrer », Josie et moi, et nous avions noué ce qui aux yeux des autres semblait être une amitié instantanée. Josie et moi allions souvent regarder Manus et Walter pendant leurs cours d'équitation, et parfois le comte se joignait à nous.

— Un drôle de personnage, a-t-il fait remarquer un jour, mais c'est quelqu'un de bien, ça ne fait aucun doute. Quelle chance qu'il soit cavalier ; Walter lui mange dans la main. J'espère qu'il s'en tirera aussi bien dans la salle de classe l'automne venu.

— J'en suis sûr, monsieur, ai-je dit.

Et c'était vrai. La douceur de Manus, qui lui avait attiré la colère de son père, faisait de lui l'homme parfait pour travailler avec des chevaux – et Walter. Il ne forcerait pas le garçon à faire quoi que ce soit, mais l'encouragerait et attiserait son enthousiasme, ce qui l'aiderait au mieux à apprendre.

Ebony, dont la présence était restée inexpliquée plusieurs jours durant, était tout simplement le cheval de Mr James. Si quelqu'un avait remarqué qu'il était arrivé avant même que Mr James ait décroché son poste, personne ne l'avait relevé. De même, si quelqu'un s'étonnait qu'il ne possède qu'un seul costume et aucun livre, cela paraissait insignifiant comparé à cette transaction qui à l'évidence satisfaisait tout le monde.

Personne de Heston n'est venu me chercher à Silvermoor. J'ignore comment a pu se dérouler la conversation entre Paulson et Barridge, mais cela dit comment Barridge aurait-il pu se présenter chez son voisin aristocrate et l'accuser d'abriter son fils décédé ? Et quelles raisons auraient-ils eues de me poursuivre ? Je me trouvais sur le sentier, voilà tout. Ils ne pouvaient pas m'accuser de vol, puisque Manus s'était enfui sur son propre cheval et m'avait emmené avec lui. Ils espéraient sans doute que Manus était parti loin pour une nouvelle vie. J'ai appris en revanche que Paulson avait rendu visite à un Al Crace très perplexe. Il faisait noir la nuit où Paulson m'avait arrêté, et il avait bu ; Al a dû passer un mauvais quart d'heure avant que Paulson ne comprenne qu'il y avait erreur sur la personne.

Notre plan se déroulait donc mieux que nous ne l'avions espéré. Il était parfait dans les moindres détails, sauf un. Manus se faisait du souci pour Equinox. Il détestait être séparé de cette jument qui pendant des années avait été parmi ses deux seuls amis. Il s'inquiétait de ce qu'il adviendrait d'elle.

— Et si mon père la maltraitait pour se venger de moi ? Ou s'il l'emmenait à Alderway Chase et la faisait travailler jusqu'à épuisement ? Oh, l'idée m'en est insupportable, Tommy.

À moi aussi. Mais lequel d'entre nous pouvait s'aventurer à Heston pour la sauver ? Après l'évasion de Manus, les mesures de sécurité avaient dû tripler, voire plus encore. Je nous voyais mal rendre visite aux Barridge et leur dire : « Au fait, auriez-vous par hasard un cheval blanc à vendre ? » Nous nous sommes creusé les méninges, sans trouver de solution.

Le seul autre nuage à l'horizon était l'agitation des villageois. J'en entendais parler chaque fois que je rentrais chez moi. La grève commencerait à l'automne si les maîtres n'augmentaient pas les salaires dans tous les villages. Les histoires d'insolence envers les porions devenaient de plus en plus courantes, comme si les choses avaient déjà changé – le joug se soulevait et les bœufs renâclaient.

Le pasteur Tawney redoublait d'efforts pour inciter les gens à obéir, mais ils délaissaient l'église en faveur de réunions « secrètes » qui n'étaient un secret pour personne ; elles se tenaient dans le vieil abri où Grindley gardait autrefois ses pigeons voyageurs. P'pa ne voulait pas en entendre parler et, si personne n'osait le prendre à partie ouvertement, j'ai su par mes frères que les gens jasaient dans son dos, affirmant qu'il devenait trop indulgent depuis que le comte et moi étions si bons amis. P'pa s'en fichait. « Qu'ils viennent me le dire en face », déclarait-il si le sujet venait à être évoqué.

— Ça me plaît toujours pas, a-t-il fait observer un après-midi. Ils veulent que Grindley s'en mêle pour que le comte s'en mêle, je le vois bien. C'est le seul maître qui se préoccupe de ce qui nous arrive et le seul à avoir assez d'autorité – peut-être – pour changer les choses. Je dirais même que maintenant tout dépend de ton comte, Tommy. Tout dépend de lui.

— Et il le sent, ai-je dit. C'est un sacré poids pour lui. Il fera ce qu'il peut, p'pa, je le sais, mais n'oublie pas qui il doit affronter.

— Oui, Barridge, a marmonné p'pa d'un air morose. J'ai pas beaucoup d'espoir, mon grand. Dieu sait ce qui va se passer, où ça va nous mener. Mais quand même, a-t-il ajouté, s'égayant un bref instant, imagine que ça fonctionne ! Imagine qu'on obtienne tous de plus gros salaires… !

J'ai souri. La grève était comme une tempête qui s'approchait, un grondement menaçant à l'horizon. Un mauvais vent qui n'apportait rien de bon, un vent puissant aussi, puisqu'il avait le pouvoir de faire rêver un peu mon père.

67

Josie

Winthrop Barridge n'avait finalement pas décidé de laisser son fils s'évader sans rien faire. Nous nous en sommes rendu compte un matin quand Manus a déboulé sur Tommy et moi dans le bosquet, interrompant un moment d'intimité rare et précieux – et ne s'excusant pas le moins du monde. Cela ne me dérangeait pas trop. Nos baisers étaient aussi fougueux et doux que des églantines, et j'aurais pu m'y livrer la journée entière, mais nous savions tous deux où cela pouvait mener, et il devenait de plus en plus difficile de se retenir. Tommy devait terminer ses études et je ne devais pas me déshonorer ; Manus tombait donc probablement à point. Et puis, c'était mon frère. Je me réveillais chaque jour en me souvenant avec joie que j'avais un frère et un fiancé. Je n'étais plus une Westgate mais voilà que, comme par magie, j'avais une famille. Jamais je n'avais connu pareil bonheur.

Manus, haletant, brandissait un journal.

— Regardez ! s'est-il exclamé. Regardez !

Nous nous sommes redressés à la hâte, balayant d'un geste la mousse de nos vêtements et les feuilles de nos cheveux.

Il avait plié le journal, non pas à la page de quelque nouvelle dramatique, comme je l'aurais cru, mais à celle du bétail. J'ai froncé les sourcils. Désirait-il acheter une vache ? Puis Tommy a montré du doigt une annonce dans la rubrique équestre. Equinox était à vendre !

— Il compte me débusquer ! s'est indigné Manus. Il sait que je ne la laisserai pas aller dans un foyer quelconque. Il sait que si je suis dans les parages je verrai cette annonce, et il espère que cela me poussera à agir de façon imprudente.

— Eh bien, ne vous laissez pas pousser, alors, ai-je rétorqué en étudiant l'annonce. Vous avez trop à perdre. Au moins, on sait où elle est maintenant, et on peut échafauder un plan.

— Encore un plan, a fait remarquer Tommy.

— Oui, encore un, ai-je répondu avec un sourire. On dirait qu'on en concocte à la file, hein ? Tous plus improbables les uns que les autres. Mais on va sûrement trouver une solution, non ?

La réponse était simple et évidente : quelqu'un devait aller acheter Equinox. Mais qui ? C'était là que les choses se corsaient. Tommy ne pouvait pas s'en charger, de peur que Paulson le reconnaisse. Évidemment, il était hors de question que Manus y aille. Quant à moi, qui ressemblais de façon si frappante à tante Pheeney, je ne pouvais décemment pas aller le braver dans sa tanière non plus. Ne restait donc que Dulcie ; mais où la commerçante d'Arden trouverait-elle l'argent pour acheter un si beau cheval, et pour quoi faire, d'ailleurs ?

Cela posait problème. Or il n'y avait pas de temps à perdre : si quelqu'un achetait Equinox avant nous, elle serait perdue à jamais.

Pour finir, une seule solution subsistait : nous devions dévoiler notre secret à miss Coralie. Je lui ai parlé l'après-midi même. Malgré sa stupéfaction manifeste, elle s'est empressée d'arranger les choses, comme d'habitude. Elle est allée voir le comte et lui a annoncé qu'elle souhaitait acheter pour Walter une jument qu'elle avait vue dans le journal.

— C'est une monture idéale pour lui, s'est-elle enthousiasmée comme elle seule savait le faire. Regardez, mon oncle, cent quatre-vingt-trois centimètres au garrot. Walter n'en changerait pas de sitôt. Un cheval de dressage – parfait pour mettre en application ses compétences maintenant que Mr James l'aide si bien à progresser. Sans compter que le prix est raisonnable.

Bien sûr, le comte ne comprenait pas pourquoi elle s'intéressait soudain au passe-temps favori de son cousin ni pourquoi elle voulait lui offrir un cadeau extravagant deux mois après son anniversaire.

— Walter n'a pas besoin d'une nouvelle monture pour le moment, a-t-il objecté sur un ton désapprobateur. Aubaine lui convient encore parfaitement. Et puis pourquoi acheter un cheval par petite annonce ?

— Ce n'est pas n'importe quel cheval, a avancé mon employeur avec obstination. Les vendeurs sont les Barridge.

— Raison de plus pour s'abstenir, non ? Le vieux Winthrop l'a sûrement montée jusqu'à trépas. Et je ne suis pas sûr de vouloir avoir encore affaire à lui pour l'instant, j'en ai plus qu'assez de ces histoires de grève.

— À moins que cela ne vous aide. Interagir avec lui sur un tout autre sujet pourrait arranger les choses. Oh, mon oncle, promettez-moi de m'accompagner, je ne peux pas me rendre seule à Alderway Chase ! Je crains qu'ils ne me mangent toute crue. Comme vous le savez, Cedric est à Londres jusqu'à mardi, sans quoi je ne vous aurais jamais ennuyé. Nous devons agir tout de suite !

— Je n'en ai vraiment pas le temps, Coralie. N'y a-t-il donc personne d'autre pour vous accompagner ? Prenez Mr James, il connaît les chevaux, il saura vous conseiller.

— Oh non ! Pas lui ! s'est étranglée miss Coralie avant d'ajouter maladroitement qu'il était terriblement occupé.

— Moi aussi, je suis terriblement occupé, s'est plaint le comte en la fixant de ses yeux plissés.

Miss Coralie nous a confié par la suite qu'elle était sûre d'avoir fait une bourde, mais à son grand soulagement son oncle ne s'est pas appesanti sur le sujet.

— Je suis navré, a-t-il tranché. Je n'ai vraiment pas le temps.

— Oh, mon cher oncle, s'il vous plaît !

Trois jours plus tard, Equinox arrivait saine et sauve à Silvermoor.

68

Tommy

Entre ma famille, Manus, Josie, Dulcie et Cedric, les semaines à Silvermoor ont filé. Jamais le temps n'était passé si vite.

Mes « quelques heures par semaine » pour Cedric sont rapidement devenues beaucoup plus. J'étais désormais un commis à part entière : je rédigeais sa correspondance, considérable, je me chargeais de ses commissions, prenais des notes aux réunions. La situation traînait en longueur. Malgré les menaces des Barridge et les suppliques des Sedgewick, les mineurs continuaient à se mutiner, et la grève pointait le bout de son nez.

— Un dîner, a déclaré le comte un après-midi. Je vais organiser un dîner. Winthrop Barridge devient chaque jour un peu plus inflexible. Il scie la branche sur laquelle il est assis et je préférerais qu'il ne scie pas la nôtre aussi. Impossible de faire entendre raison à cet homme, mais il faut tenter le coup. Quitte à plonger, autant plonger en sachant que nous avons tout essayé. Nous inviterons les Spackles, les gens de chez Tysen, les Barridge – Winthrop amènera sans doute ses exécrables fils –, et nous les forcerons à rester boire du cognac jusqu'à avoir trouvé un plan d'action même s'il faut y passer la nuit.

— Quelle excellente idée, mon oncle ! a dit Cedric. J'inviterai un ou deux politiciens de ma connaissance afin d'élargir la perspective. Pourquoi n'écrirais-je pas une lettre à ce Gallois dont j'ai entendu parler, qui a résolu un problème similaire il y a un an environ ? Peut-être donnera-t-il du poids à notre argument ? Et Tommy doit venir… Nous leur montrerons ainsi un tableau si complet qu'il leur faudrait être aveugles pour ne pas percevoir notre désir de faire au mieux.

— D'accord, d'accord, a marmonné le comte en se levant pour quitter la pièce. Disons dans quinze jours ? Cela devrait nous laisser le temps de nous organiser et d'envoyer les invitations, mais je ne souhaite pas que les choses traînent davantage. Finissons-en.

Josie et moi nous sommes regardés, alarmés. Nous pensions à la même chose. Un dîner pour tout le monde, y compris Winthrop Barridge : quand nous avions encouragé Manus à venir à Silvermoor, nous étions sûrs que son père n'y mettrait jamais les pieds.

Au fil des jours, nous avons retrouvé notre calme. Ce ne serait que pour une soirée ; Manus n'aurait qu'à se tenir à l'écart. Il n'y avait aucune raison que le précepteur fasse une apparition au dîner. Et, si le comte insistait pour l'inviter, il tomberait tout bonnement malade. Ce serait simple comme bonjour.

Manus avait peur, naturellement. L'idée de se retrouver sous le même toit que son père suffisait à déchirer son voile de bonheur. Des souvenirs trop douloureux, des événements passés trop pénibles. Par un après-midi ensoleillé, Manus, Josie, Dulcie et moi avons donc improvisé un pique-nique d'urgence dans les bois.

Nous nous sommes installés sur une couverture brun clair que Josie avait dégotée et avons dégusté du poulet froid, des pommes de terre bouillies et du soda au gingembre. Josie était jolie comme un cœur dans une nouvelle robe rose que miss Coralie, cette amoureuse des couleurs, l'avait encouragée à acheter. Je n'avais pas vu Manus aussi bouleversé depuis un moment, et cela m'attristait. Dulcie était étrangement élégante, une fleur blanche glissée dans ses cheveux sombres et un collier de perles éclatant à son cou. Je ne l'avais encore jamais vue avec des perles. À Arden, les occasions d'en porter étaient rares.

Elle s'est montrée catégorique, comme à son habitude.

— Personnellement, je ne m'inquiéterais pas pour cela, a-t-elle dit à Manus. Vous ne le verrez sans doute pas. Et, si vous le voyez, qu'est-ce que cela peut faire ? D'ordinaire, les fils aînés qui déçoivent, discréditent ou déshonorent leur père d'une façon ou d'une autre craignent d'être déshérités. En ce qui vous concerne, c'est déjà le cas. Qu'est-ce que votre père peut vous faire de plus à présent que vous êtes mort ?

Elle avait raison, mais Manus n'en était pas plus rassuré.

— Il peut gâcher tout ce que j'ai bâti ici. Raconter au comte que je suis dégénéré, irrémédiablement imparfait, que je possède un côté diabolique, toutes sortes de choses qu'il avait l'habitude de me dire. Le comte le croira peut-être. Au mieux, il saura que je lui ai menti et me congédiera. Je détesterais partir d'ici en butte aux soupçons. J'aime Walter. J'aime Silvermoor.

— Mais vous oubliez qu'il ne peut pas vous démasquer sans se démasquer lui-même, est intervenue Josie. C'est lui qui vous a déclaré mort et qui vous a caché. Il a bien plus à perdre que vous, Manus. Vous devriez y aller, à ce dîner, juste pour qu'il vous voie, et pour voir sa tête. Il suera comme un bœuf.

C'est alors que nous avons réalisé que Winthrop Barridge était son père à elle aussi. La chose paraissait si improbable et nous en avions connaissance depuis si peu de temps qu'elle était facile à oublier. Le père de Josie, qui ignorait sans doute son existence, et qu'elle n'avait jamais vu, venait dîner à Silvermoor.

— Je compte bien lui jeter un coup d'œil, moi, a-t-elle poursuivi. Je vais demander à Ally, la bonne, de se faire porter pâle. Et je ferai le service à sa place. Je veux assister à ce dîner. Je veux voir ce Barridge.

— Est-ce bien judicieux ? a demandé Manus. La ressemblance… il risque de la remarquer.

Elle a haussé les épaules.

— Je m'en fiche. Pourquoi ses erreurs ne reviendraient-elles pas le hanter ?

— Saurez-vous faire le service ? l'a interrogée Dulcie. Pareil événement requiert des usages fort spécifiques. Vous n'avez jamais accompli ce genre de travail, si ?

Josie a grogné.

— Je sais poser des patates sur une assiette aussi bien que le premier venu. Coralie sera là, Cedric sera là, mon père sera là et Tommy sera là. Vous croyez que je vais rater ça ? Oh non. J'y serai, n'en doutez pas !

Nous n'en doutions pas.

69

Josie

Je me suis réveillée le matin du dîner avec des crampes d'estomac. J'avais beau jouer les braves, j'allais voir Winthrop Barridge – mon père – pour la première fois de ma vie. En soi, c'était déjà intimidant. Ajoutez à cela sa réputation d'homme le plus cruel de cinq comtés ; j'ignorais comment j'allais garder mon sang-froid.

Je voulais que Tommy me prenne dans ses bras et me dise que tout irait bien, mais nous ne nous verrions probablement pas ce jour-là. Miss Coralie avait besoin de moi ; Cedric et le comte avaient besoin de Tommy. Nous avions passé beaucoup de temps ensemble au cours de l'été. Les Honeycroft et le comte avaient été indulgents et nous le savions. Ce n'était qu'une journée et ça n'aurait eu aucune importance si ce n'avait été la plus capitale de ma vie.

Je me suis attelée, morose, à mes tâches matinales, barbouillée et inquiète. J'avais soudoyé Ally (avec de l'argent et la promesse d'orner sa vieille charlotte avant dimanche, jour où elle devait rencontrer son nouvel amoureux), afin qu'elle feigne ce soir-là d'avoir attrapé une grippe intestinale. À ce rythme, ce serait moi qui finirais alitée.

La maisonnée était en pleine effervescence, et si je n'ai pas aperçu Tommy j'ai vu Manus – mon frère ! Cette idée m'attendrissait et me faisait sourire. Comme savoir que je n'avais aucun lien de parenté avec Coralie ; notre relation harmonieuse ne serait pas gâchée.

Depuis que Manus vivait à Silvermoor, il avait meilleure mine. Sa peau avait perdu sa pâleur de clair de lune et acquis un semblant de hâle estival. Par contraste, ses cheveux paraissaient plus blancs que jamais, mais ça lui allait bien. Ses tics nerveux ne s'étaient pas manifestés depuis un bon moment ; il se montrait toujours détendu et confiant en compagnie des chevaux. Si ses vêtements démodés l'avaient vieilli, à présent, dans ses nouveaux habits, il faisait son âge : trente-cinq ans. Et il arborait un sourire spontané qui changeait plus que tout son apparence. Dans l'ensemble, il s'avérait bel homme. Et Dulcie l'avait remarqué, ce qui suscitait chez moi des pensées espiègles.

Ce jour-là, en revanche, Manus était si blanc qu'il en paraissait malade. Mais sa mine reflétait fort bien mon humeur.

— Josie, a-t-il murmuré quand nous nous sommes croisés dans les escaliers. Vous êtes si pâle.

— Alors on est deux, ai-je répliqué en riant. Vous ressemblez au fantôme que vous êtes censé être. Et vous n'allez même pas le voir ! Oh, Manus, dans quoi me suis-je embarquée ? Je ne peux pas passer toute la soirée avec lui dans cette pièce, sachant qui il est, sachant ce qu'il vous a fait, ce qu'il a fait à ma mère. J'ai envie de dire à Ally de tout annuler, mais s'il venait ici sans que je puisse le voir je le regretterais, j'en suis sûre.

— Vous allez y arriver, Josie, m'a-t-il assuré. Vous êtes la personne la plus courageuse que je connaisse. Je n'oublierai jamais la nuit où je vous ai rencontrée. Si quelqu'un m'avait dit alors que vous étiez ma sœur, cela m'aurait tellement réconforté ! Peut-être même serais-je parti beaucoup plus tôt. En tout cas, je suis fier de vous.

Mes yeux se sont emplis de larmes. Aucun membre de ma famille excepté Martha n'avait jamais eu foi en moi. Mon frère Bert était gentil, mais différent. Il ne réfléchissait guère et ne disait pas grand-chose. Le fait que Manus voie quelque chose d'admirable en moi me réchauffait le cœur et me donnait le sentiment d'être valorisée. Ma mère, elle, m'accusait de me prendre pour quelqu'un d'exceptionnel, chose que je niais désespérément. Eh bien, peut-être étais-je vraiment quelqu'un d'exceptionnel. Peut-être avais-je envie de le devenir.

J'ai tenu jusqu'au soir je ne sais trop comment. Le temps ne passait pas. À 17 heures, Ally et moi nous sommes faufilées dans la bibliothèque pour passer en revue notre plan. Elle irait se coucher, j'irais voir Mrs Roundsby pour lui annoncer qu'Ally était malade et lui proposer de prendre sa place. Par souci de réalisme, je m'occuperais aussi de ses tâches le lendemain et me porterais volontaire pour monter la voir régulièrement afin que les autres ne constatent pas qu'elle était bien portante. Elle reprendrait courageusement ses fonctions le surlendemain, en n'oubliant pas de bâiller souvent et d'être prise de quelques vertiges. J'ornerais ensuite son chapeau de boutons d'or en satin dont elle avait une folle envie.

Alors que je détaillais les deux prochains jours pour la dixième fois, elle a perdu patience.

— D'accord, Josie, d'accord ! s'est-elle exclamée. Oubliez ma grippe intestinale, vous me filez la migraine ! Je vais me coucher, maintenant. Vous pouvez prévenir Mrs Roundsby quand il vous plaira. Je sais ce qu'il faut faire.

La porte de la bibliothèque était entrouverte. Juste à cet instant, nous avons entendu des voix dans le couloir : le comte et Portis.

— Franchement, Portis, le moment est vraiment mal choisi, protestait le comte. Un jour comme aujourd'hui ! Ne pouvez-vous pas lui dire de revenir demain ?

— J'aimerais bien, monsieur. D'ailleurs, je l'ai fait. Mais il affirme que ça ne peut pas attendre. Nous nous sommes pris le bec, sans quoi je ne vous aurais pas ennuyé. Pour résumer, monsieur, je n'arrive pas à me débarrasser de lui.

— Bon, d'accord, Portis, faites-le entrer dans la bibliothèque. Je lui accorderai dix minutes, pas plus.

— Très bien, monsieur.

— La bibliothèque ! s'est écriée Ally en décampant comme un écureuil pris en chasse.

Elle a disparu alors que j'entendais encore les pas du comte se rapprocher.

J'aurais dû suivre son exemple, mais ma curiosité lamentable a pris le dessus. J'ai hésité un instant de trop. Je n'avais aucune raison de me trouver dans cette pièce et ne voulais pas inventer une explication boiteuse pour éveiller les soupçons juste avant le dîner.

C'est du moins ce que je me suis dit pour justifier le comportement choquant dont j'ai fait preuve ensuite : je me suis glissée derrière les longs rideaux et me suis assise sur le rebord de la fenêtre, aussi immobile que possible. Je l'ai regretté aussitôt. Espionner le comte, qui avait toujours été si bienveillant envers moi, était une chose affreuse. Mais il était trop tard ; il se servait un verre dans la bibliothèque et jurait dans sa barbe. Il n'était donc pas de très bonne humeur. Je ne devais pas bouger.

Quelques instants plus tard, Portis a fait entrer ce visiteur inopportun, et le comte l'a salué laconiquement.

— Comment allez-vous ? Vous tombez fort mal, mais Portis m'a dit qu'il s'agissait d'une urgence. Soyez bref, je vous prie.

— Je suis désolé de passer à l'improviste, monsieur, a répondu une voix que je ne reconnaissais pas. C'est une chose qui me tracasse depuis un moment et ça ne peut plus attendre.

Le comte a poussé un soupir et ne lui a pas proposé à boire.

— Voilà des années que ça me fait comme une épine dans le pied, a poursuivi l'autre. Il fallait que je vous en parle mais je ne savais pas comment… Ce n'est pas facile, monsieur.

— Et pourtant l'inspiration vous est venue précisément aujourd'hui, l'a raillé le comte.

J'ai pris le visiteur en pitié, mais ce qu'il a dit ensuite a dissipé ma compassion à son égard.

— Je ne supporterai pas plus longtemps la façon dont vous favorisez Tommy Green. Vous l'avez traité différemment des autres, vous l'avez envoyé à l'école…

Vous croyez que c'est votre fils ? Tout le village en parle ! Et voilà qu'il passe l'été à Silvermoor, travaille au côté de votre neveu comme un gentleman. Or ce n'en est pas un ! Il n'est qu'un fils de mineur ordinaire au sang noir de charbon.

J'en suis restée bouche bée. Qui était cet homme qui parlait de mon Tommy avec tant de haine ? Qui se souciait assez de son été pour aborder le sujet avec le comte dans sa propre demeure ? Je mourais d'envie d'entrouvrir le rideau pour connaître l'identité de cette personne qui ne parlait pas comme un mineur, mais je n'osais pas. Le comte se montrait indulgent envers Tommy et moi parce qu'il nous faisait confiance, et malgré ces libertés inusuelles qu'il nous accordait les barrières d'usage étaient maintenues. Avec Cedric et Coralie, qui appartenaient à la nouvelle génération, les choses étaient différentes. Mais le comte restait le comte, et il n'aurait pas voulu que j'entende cette conversation.

— Si je comprends bien, a-t-il grondé à voix basse, vous avez pris l'initiative de venir me voir chez moi, sans y avoir été invité, en ce jour, le plus chargé et le plus important de l'année, afin de me dire que ma façon de traiter un jeune protégé vous déplaît ? Trouvez-vous convenable d'avoir un avis sur la manière dont je dirige mon foyer et de le partager avec moi ? Vous débarquez avec des commérages à dormir debout comme quoi je croirais qu'il s'agit de mon fils ? Qu'est-ce qui vous prend, mon vieux ? Votre subsistance ne vous importe-t-elle donc pas ?

Sa subsistance ? L'homme dépendait donc du comte, malgré son langage instruit. Était-ce le pasteur ?

— Monsieur, je ne vous ai pas tout dit.

— Et je ne souhaite pas en entendre davantage ! Vous êtes venu dénigrer Tommy. Vous avez toujours dit du mal de lui – et à tort. Ce n'est pas là le comportement d'un gentleman. Pour l'amour du ciel, mon vieux, avez-vous perdu la tête ? En quoi ce que je fais ou pas pour Tommy Green vous importe-t-il ? En quoi cela vous concerne-t-il ?

— En rien, monsieur, en rien.

L'homme marmonnait, vexé.

— C'est juste qu'il ne mérite pas vos faveurs…

— Latimer !

J'ai failli sursauter. Latimer ! Le maître d'école ! Ah, je comprenais tout à présent ! Et je devinais ce qui allait suivre.

— Mettez-vous ça dans le crâne, a poursuivi le comte : votre opinion sur Tommy Green ne m'intéresse pas. Je n'ai à me justifier devant personne, et encore moins devant vous, mais puisque nous avons cette étrange conversation laissez-moi vous assurer que je ne crois en rien qu'il soit mon fils et ne l'ai jamais cru. Je soutiens Tommy parce que c'est un jeune homme extraordinaire, intelligent, ambitieux, déterminé, sans pour autant être impitoyable. Il ne poursuit pas ses rêves aux dépens des autres, pas plus qu'il ne les évince…

— Ce n'est pas ça !

Mes yeux se sont écarquillés tandis que Latimer élevait la voix pour se faire entendre.

— Il ne mérite pas votre faveur ; moi si. Ce n'est pas votre fils ; moi si.

Voilà. Je le savais. À côté, être la fille de Winthrop Barridge paraissait anodin. J'avais envie de glousser tant j'étais nerveuse.

— Je vous demande pardon ? a rétorqué le comte, plus menaçant que jamais.

— C'est vrai. Je voulais vous en parler dès que je l'ai appris, mais j'en étais incapable. Et, en effet, c'est aujourd'hui que j'en ai trouvé le courage. Faites quelque chose pour moi comme vous le faites pour Tommy. Je suis votre fils. Je le mérite.

— Vous mentez. Vous êtes un fauteur de troubles jaloux et mesquin. Sortez, Latimer. Rentrez chez vous, faites vos valises et ne vous attendez pas à recevoir une lettre de recommandation.

J'étais sous le choc. L'instituteur était insupportable, mais de là à le chasser sans moyen de subsistance ?

— Ce ne sont pas des mensonges, monsieur. Ma mère s'appelait Kitty Makepeace. La fille de Makepeace, le boulanger du village. Vous l'avez rencontrée un jour par hasard, à Harrogate. Elle était très belle. Vous l'avez reconnue et avez engagé la conversation, puis une chose en a entraîné une autre, monsieur. Je suis navré d'évoquer un sujet aussi délicat, mais quand elle s'est aperçue qu'elle attendait un enfant sa vie a été finie. Son père n'a plus voulu entendre parler d'elle. La boulangerie a fermé et il a déménagé. Elle ne vous a jamais embêté, jamais rien demandé, monsieur. Elle m'a élevé à Leeds et ne m'a parlé de mon père que sur son lit de mort. Quand j'ai eu vent d'un poste vacant à l'école de Grindley, je l'ai accepté pour me rapprocher de vous, pensant que vous devineriez que j'étais votre fils. Mais tel n'a pas été le cas. En me montrant patient, ai-je cru, respectueux de votre famille, le moment viendrait. Si je travaillais dur et bien, je mériterais votre respect. Mais vous n'avez jamais rien remarqué. Alors que Tommy Green remportait des prix, attirait votre attention, obtenait votre indulgence. Eh bien ça ne va plus se passer comme ça. J'exige que vous me reconnaissiez, père.

Je devais avoir les yeux comme des soucoupes. Ça alors ! Imaginez un peu si je débitais un discours pareil au vieux Barridge ! Laissez-moi rire ! Un long silence a suivi et j'ai retenu mon souffle. On aurait entendu une mouche voler dans cette bibliothèque.

Enfin, le comte a pris la parole.

— Eh bien. Vous avez dit ce que vous aviez à dire et vous vous êtes soulagé d'un poids. Vous devez partir à présent, car j'ai des affaires urgentes à régler ce soir.

— Dois-je toujours faire mes valises, monsieur ?

— Pas aujourd'hui.

— Et devrai-je revenir demain, monsieur ? Ou vendredi ?

— Vous ne remettrez plus jamais les pieds dans cette maison. Je viendrai vous chercher quand je serai prêt. Ne parlez de cela à personne.

C'était brutal. Mais la noblesse n'aimait rien moins que se voir reprocher ses imperfections. Connaissant la réputation du comte, Latimer n'était certainement pas le seul, tant s'en faut. Mais il était le seul à se tenir debout là, à en parler au comte.

— Alors au revoir, a lancé Latimer avec une dignité qui m'a impressionnée.

J'ai entendu la porte s'ouvrir, se refermer, puis le silence.

Allez, partez ! ai-je supplié le comte en pensée, espérant qu'il ne resterait pas dans la bibliothèque pour une heure ou deux d'introspection. Hormis ma crainte que Mrs Roundsby aille chercher Ally et que mon plan ne tombe à l'eau, je commençais à avoir une crampe. J'ai entendu le grincement du cuir : le comte s'était affalé dans un fauteuil.

— Mince alors ! a-t-il juré. Seigneur Dieu, par tous les diables !

Je me suis mordu la lèvre. Il a laissé échapper un grognement bruyant et furieux.

— Bon sang ! a-t-il marmonné. Latimer. Il a fallu que ce soit lui ! Dommage que ce ne soit pas Tommy, en effet !

J'ai enduré quelques grognements supplémentaires ainsi que des jurons extraordinaires que je n'avais encore jamais entendus. Le fauteuil a grincé de nouveau, et j'ai reconnu le tintement d'une carafe. M'est alors parvenu le soupir pensif qui suit un verre avalé d'un trait puis, enfin, des pas, et la porte. Il était parti.

70

Tommy

Une heure avant le grand dîner, je me suis retrouvé dans la salle à manger à passer en revue avec Cedric des tactiques de dernière minute pendant que le comte réorganisait le plan de table et rendait folle Mrs Roundsby. Il était anormalement sec avec tout le monde. L'importance de la soirée devait lui peser.

Josie était là elle aussi ; elle suivait une formation accélérée dans l'art du service à table pour les grandes occasions. Elle avait troqué sa robe à rayures gris et blanc contre l'uniforme noir et le tablier blanc de la domestique, et ses cheveux flamme étaient rentrés dans une coiffe blanche. Une mèche s'en échappait déjà.

Enfin, la table était disposée à la perfection. Josie avait été envoyée en cuisine. Lady Amelia a fait son entrée. Moi qui avais passé tellement de temps à Silvermoor, je ne l'avais jamais vue qu'à des événements publics. Je me souvenais de la première fois, lorsque j'avais cinq ans. Elle était aussi magnifique ce soir qu'à l'époque. Plus âgée, bien entendu, mais cela ne changeait rien.

Ses cheveux pâles étaient coiffés en tresses et en torsades, et ornés d'une fleur bordeaux assortie à une robe dont le tissu brillant rehaussait les couleurs de son visage.

— Allons, Rufus, a-t-elle dit d'une voix grave et douce qui m'a fait penser aux naïades et aux forêts elfiques. Vos invités vont arriver et vous ne serez pas habillé.

— *Nos* invités, ma chère, a-t-il rectifié. Oui, vous avez raison. J'y vais. Cedric, en avez-vous terminé avec moi ?

— Oui, mon oncle. Bonsoir, tante Amelia, vous êtes superbe. Vous souvenez-vous de Tommy Green ? Il a été mon bras droit ces dernières semaines.

Elle m'a regardé et j'en ai été ébloui. Elle avait des étoiles dans les yeux, de vraies étoiles. Comment le comte pouvait-il lui être infidèle ? Pourtant, tandis qu'elle me dévisageait, ces étoiles se sont durcies comme du silex.

— Ah, oui, le fils du mineur, a-t-elle commenté avec indifférence. Bonsoir.

Pour moi, le charme était rompu. Elle me prenait pour le fils du comte. Comme nombre d'autres personnes, probablement. Ma présence ici était incroyable ; la mauvaise explication semblait donc la seule possible. J'ai poussé un soupir.

— Une femme remarquable, a fait observer Cedric en la regardant quitter la pièce. Mais elle peut être un peu… froide. Mon pauvre oncle ! Ce n'était pas un mariage d'amour. Bref, elle a raison : nous devons nous habiller, Tommy. Allons-y !

J'ai couru au cottage enfiler le smoking noir avec nœud papillon que Cedric m'avait prêté. J'ai aplati mes cheveux avec de l'eau et un peu de pommade, également fournie par Cedric. Mes boucles s'insurgeaient de cette contrainte, mais pour une fois je paraissais respectable. D'ailleurs, j'avais l'air d'un gentleman. J'étais nerveux, même s'il n'y avait aucune raison de l'être. C'était au comte et à Cedric d'influencer les gens. Moi, j'étais là seulement parce que Cedric était généreux et tenait à me faire participer après le travail que j'avais fourni pour lui. Je parlerais de la pluie et du beau temps, je resterais en retrait ; quelle que soit l'issue, je n'en serais pas affecté. Ma famille, elle, le serait, et le comte aussi, mais moi je retournerais à Westonbury le mois suivant, après quoi je partirais chercher un poste où je voudrais et, une chose était sûre : il n'aurait rien à voir avec le charbon.

Pourtant, j'étais bel et bien nerveux, car je n'avais jamais participé à ce genre de réception. Que penseraient-ils de moi, ces riches qui s'imagineraient sans doute eux aussi que j'étais le fils du comte ? La soirée s'avérerait peut-être gênante. Enfin, j'avais promis d'y assister et je tiendrais parole. Je devais être là pour Josie aussi ; ce soir, nous allions voir Winthrop Barridge pour la première fois. J'ai pris une grande inspiration et traversé la pelouse en direction de la maison.

Les invités étaient déjà assemblés au salon pour l'apéritif. J'ai hésité sur le seuil, intimidé par le grand nombre de smokings. On aurait dit une nuée de choucas, tandis que les femmes se tenaient à l'écart tel un bouquet de fleurs. Cedric s'est détaché du groupe pour me faire entrer et me présenter. Il y avait trois hommes de chez Tysen : Mr Tysen lui-même, le fondateur de la société, Mr Wickleton, l'associé qui avait eu le triste honneur de donner son nom à la nouvelle fosse, et Mr Hallow, un autre associé. Trois individus très haut placés à un seul et même dîner. Ils prenaient la chose au sérieux et avaient l'intention d'être entendus.

Il y avait Mr Spackles, de Steepley, et Mr Howells, le Gallois qu'avait invité Cedric pour avoir fait face à une situation similaire dans les vallées du sud du pays de Galles. Hormis Mr Howells, tous avaient amené leur femme. Le comte était là, bien sûr, et lady Amelia, lady Flora et miss Coralie. Mais nulle trace de Josie ni des Barridge.

Ne parvenant pas à me défaire d'une sensation de menace dans l'air, j'avais hâte que la soirée se termine. Le comte jetait fréquemment un œil à sa montre, et je voyais que le gros retard des Barridge l'agaçait. D'ailleurs, il semblait encore considérablement tendu, comme si la moindre chose risquait de déclencher sa colère. On aurait dit le grisou tapi au fond de la mine.

Winthrop Barridge et ses deux fils sont arrivés juste au moment où nous passions à table. Un tel retard était d'une impolitesse rare ; j'ai cru que le comte se fendrait d'une remarque acerbe. Mais le savoir-vivre était plus fort. Il les a salués avec courtoisie, a fait les présentations et leur a indiqué leur place. Ses manières ne laissaient rien à désirer ; à moins de le connaître, personne n'aurait pu deviner son agitation.

Fasciné, j'ai regardé les nouveaux venus. Une tribu de sorciers. Aucune femme ne les accompagnait ; ni Mrs Barridge ni les sœurs Barridge. Comme Manus, ils étaient tous grands et élancés. Ils portaient de lourds manteaux sombres par-dessus leur tenue de soirée malgré la température clémente. Tous avaient un nez crochu et des cheveux noirs et raides coiffés en arrière qui dégageaient un front fier. Les jumeaux étaient identiques. Me sachant incapable de les différencier, j'espérais que Jocelyn resterait en permanence à la droite de Willard. Même si j'ai aussitôt compris, à leur regard indifférent et méprisant, que je ne discuterais pas avec eux.

Le père – le père de Josie – était une véritable hachette. Ses pommettes étaient acérées, son nez aquilin. Il avait une présence indéniable, bien qu'il ne soit ni beau ni charmant. À côté de lui, le comte – beau, poli, charismatique – s'effaçait comme si la noirceur de l'un absorbait la couleur de l'autre.

Le plus frappant était les yeux de Barridge. Des yeux sombres comme de l'obsidienne, comme une nuit sans étoiles, comme ceux de Josie, ai-je pensé, sous le choc. Exactement comme ceux de Josie, mais sans leur danse de questions, de joie et de chaleur. Ceux de Barridge étaient aussi froids et plats que le fond d'un puits. Et j'en comprenais d'autant mieux Manus. N'importe quel fils aurait trouvé difficile de tenir tête à un père autocrate – j'étais bien placé pour le savoir. Cet homme-là sortait complètement du lot. C'était une force, la gravité, apte à plier et à influencer par sa seule présence. Nous ne sortirons pas vainqueurs ce soir, ai-je songé en le regardant.

Fort heureusement, on m'avait placé à côté de lady Flora pour le dîner. Au moins me retrouvais-je avec quelqu'un que je connaissais un peu. À ma droite se trouvait la grande et sculpturale Mrs Wickleton, qui semblait se désintéresser des festivités. Placée en face de moi, miss Coralie m'a décoché un clin d'œil une fois tout le monde assis.

Le comte a porté un toast, souhaitant la bienvenue à ses invités et évoquant l'époque changeante et le besoin d'harmonie, de solutions créatives et de nouvelles approches. Me sentant motivé, j'ai risqué un coup d'œil à Winthrop Barridge. Motivation aussitôt refroidie. Ses deux fils avaient les mêmes yeux sombres, mais les leurs luisaient comme du charbon quand ceux de leur père étaient inexpressifs et ombreux. Eux ressemblaient à des bêtes sauvages guettant leur proie. D'où venait cette famille diabolique ? Avait-elle jailli des profondeurs de la Terre, des veines de charbon elles-mêmes ? Étaient-ils les démons que j'avais imaginés quand je travaillais dans les galeries ?

On a annoncé l'entrée : soupe de céleri et menthe, estivale et élégante. Tout à coup, voilà que Josie se trouvait à mon côté, me servant comme si elle avait fait cela toute sa vie.

— Merci, ai-je murmuré.

— De rien, monsieur, a-t-elle murmuré en retour.

Elle a avancé le long de la table, et je l'ai regardée arriver à hauteur de ses demi-frères et de son père. Ils l'ont ignorée, bien entendu, et une fois tous les bols remplis elle a pris place dans un coin de la pièce avec Portis et une autre domestique. Elle paraissait réservée et professionnelle, mais je savais qu'elle engrangeait chaque mot et chaque détail.

Les invités ont parlé poliment de la pluie et du beau temps pendant une dizaine de minutes avant que l'un des fils Barridge – Jocelyn, de ce côté-là, je crois ? – ne soulève la question du jour.

— Alors, Sedgewick, que va-t-on faire au sujet de cette grève ? a-t-il demandé comme si le comte était un porion ou un responsable administratif. Vous ne pensez tout de même plus que nous devions céder et augmenter les salaires, si ?

Face à ce ton insolent, une onde de choc tangible a parcouru la table. Son père n'a cherché ni à le retenir ni à le réprimander. Je songeais à Paulson, toujours flanqué de ses chiens féroces. La configuration me paraissait similaire.

J'ai vu un muscle tressaillir sous l'œil du comte, mais sa voix était légère et assurée.

— À vrai dire, si, jeune Jocelyn, a-t-il rétorqué.

J'ai souri. L'insolence se heurtait à la condescendance. Un partout.

— J'y ai réfléchi longuement. Le fait est qu'ils n'ont pas tort.

Il a commencé à énumérer les arguments que nous avions répétés toute la semaine. Il n'y avait pas eu d'augmentation de salaire dans les mines locales depuis quinze ans. En conséquence de quoi plusieurs fosses du sud du Yorkshire, y compris Hepzibah, Drammel Depth et Wickleton, faisaient partie de celles qui payaient le moins bien de Grande-Bretagne.

— Si nous acceptons, a-t-il poursuivi, nous ne créerons pas de précédent regrettable, non plus que nous ne nous engagerons dans quelque stratégie inédite. Nous ne ferons qu'aligner nos rémunérations sur le reste du pays. Personne ici ne peut nier que notre main-d'œuvre constitue notre pilier. Nous avons longtemps attiré les meilleurs employés, les plus forts, les moins chicaneurs…

— Pff ! a soufflé Barridge senior. Ils veulent faire la grève. Moi j'appelle cela chicaner, Sedgewick. Mais peut-être avons-nous une acception différente du mot.

— … les moins chicaneurs, a repris le comte sans se laisser démonter. Nous avons connu une période de calme inhabituel dans notre industrie puisqu'il y a fort longtemps que nous n'avons pas eu affaire à un soulèvement. Par conséquent, il faut y réfléchir avec la plus grande prudence. Nos hommes ne sont pas des agitateurs qui se rebiffent au moindre grief imaginaire. Ils effectuent un travail essentiel pour un salaire inférieur à la norme de l'industrie. Redressons le tort. C'est simple.

— Impossible ! est intervenu Wickleton. Songez un peu aux conséquences sur nos bénéfices.

— Ils diminueraient, a répliqué le comte en haussant les épaules. Mais songez aux conséquences d'une grève si nous ne pouvons plus extraire notre propre charbon ni honorer nos commandes, si nous perdons des contrats…

— Il faut la jouer au culot, a déclaré paresseusement Winthrop Barridge. Nous sommes des hommes. Nous ne devons pas être à la merci d'un gang de voyous mal léchés. Vous parlez comme une femme, Sedgewick.

Cette fois, la surprise générale a été audible. Il avait insulté d'une traite le comte et toutes les femmes présentes. Et nous n'en étions qu'à l'entrée. Tout le monde se posait la même question : comment répondre à une telle offense ?

Le comte était charmant. Il était le charme incarné.

— Si parler comme une femme signifie réagir avec prudence et prévoyance, si cela signifie avoir l'intelligence de tirer les leçons de décennies d'expérience, si cela signifie avoir la sagesse de ne pas se tirer une balle dans le pied, alors je vous remercie de ce compliment, a-t-il riposté avec un sourire. Tout comme les femmes inestimables qui dînent avec nous ce soir, j'espère que mon grossier entêtement masculin a été tempéré par de plus belles qualités. Les hommes présents ici ne sont pas de jeunes blancs-becs – enfin, la plupart d'entre nous, a-t-il ajouté en adressant un sourire dédaigneux aux jumeaux Barridge. Nous sommes tournés vers l'avenir en vue d'accomplir une chose qui dépasse nos seules préoccupations égoïstes. Prenons donc une décision audacieuse ensemble et évitons le désastre.

— Bien dit ! a lancé Mr Spackles. Je suis d'accord, Sedgewick. Il nous faut faire front ensemble et tomber d'accord. Assurer la pérennité de nos mines et tant que nous y sommes agir dans l'intérêt général. Où est le mal, Barridge ? Bon sang, ils ne demandent qu'un seul shilling !

— Où est le mal ? Où est le mal ? Je vais vous le dire, moi ! Nous n'extrayons pas le charbon pour être en bonne santé. Nous l'extrayons pour gagner de l'argent. Nous avons une main-d'œuvre immense. « Un seul shilling » multiplié par tous les mineurs que nous employons cela fait beaucoup de shillings, Spackles. C'est prohibitif, impossible. Ils ont de la chance d'avoir un travail, tous autant qu'ils sont. À l'époque, ils le savaient. Maintenant ils se font des idées, sans doute parce qu'ils ont eu vent de l'indulgence dont on fait preuve chez Sedgewick. Oh oui, Sedgewick, les mesures de sécurité, l'argent pour les veuves et les fêtes lors de grandes occasions… C'est vous qui leur avez mis des idées en tête, et voilà qu'elles se propagent. Et maintenant, nous avons une mutinerie sur les bras. Enfin, eux appellent cela une mutinerie, pour moi c'est une guerre !

Un brouhaha a éclaté, et tout le monde s'est tourné vers son voisin pour grommeler des opinions sans les exposer à Barridge ou au comte. J'ai levé les yeux vers Josie pour la première fois. Les siens étaient écarquillés et incrédules : cet homme-là était son père ?

— La guerre ? s'est écrié le comte. Barridge, voyons, est-ce que vous vous entendez ? Prenons un peu de recul. Nous sommes des employeurs et nous tentons d'adopter une ligne de conduite qui convienne à la fois à nos employés et à nous-mêmes, voilà tout. Nous ne sommes pas les dirigeants de la nation…

— Non, l'a interrompu Barridge. Peut-être cherchez-vous une solution qui convienne à tout le monde, mais moi non. C'est à moi que je veux qu'elle convienne. Car nous sommes bel et bien les dirigeants de la nation. Que serait la Grande-Bretagne sans nous ? Notre économie, nos chemins de fer, notre industrie d'export ? Nous sommes les dieux de cette société !

— Des dieux ! s'est exclamé Cedric, les yeux brûlants de colère. Ce que vous pouvez être grandiloquent ! Comment pouvez-vous camper sur ces certitudes victoriennes alors que le monde change autour de nous ? L'industrie est fragile. Le tissu du pouvoir menace de se déchirer ! J'ai de mauvaises nouvelles pour vous, Barridge, et voici les faits : nous ne sommes pas des dieux. Nous sommes des hommes, avec les défauts et les faiblesses des hommes. Nous nous sommes réunis ce soir afin de veiller les uns sur les autres et de ne pas être victimes de notre propre aveuglement. Afin d'aboutir ensemble à une ligne de conduite qui unisse nos plus grandes sagesses. Mais vous êtes sourd et aveugle à tout sauf à vous-même.

— Bravo, a clamé distinctement miss Coralie. Bien dit, Cedric.

Josie avait le visage empourpré.

— Ah, voilà le jeune blanc-bec dont vous parliez, Sedgewick, l'a raillé Barridge. J'entends de l'idéalisme, de la naïveté, j'entends le dangereux libéralisme qui va ruiner toutes nos compagnies. Mais nul bon sens.

— Ruiner nos compagnies ? Barridge, nous sommes tous ici des hommes riches. Nous sommes plus que riches. Si nous ne pouvons pas supporter une baisse temporaire de nos bénéfices, c'est que nous avons très mal géré nos fortunes.

— Sedgewick, nous valons mieux que ces hommes. Il est important de maintenir nos standards et nos modes de vie. Un compromis comme celui que vous proposez est contraire à l'ordre des choses. Je vous dis que je ne céderai pas. Payez vos employés plus cher si vous le souhaitez, cela vous regarde. Mais moi non, et cela me regarde.

Il s'est levé et a jeté sa serviette dans son assiette. J'ai regardé Josie. Avait-il l'intention de partir ?

— Et vous allez voir, je crois, que Tysen est du même avis que moi, a-t-il ajouté.

Mais les trois représentants de Tysen paraissaient peu sûrs d'eux. S'ils avaient été du même avis à leur arrivée, ils s'étaient ravisés face à la logique convaincante du comte et au soutien de Cedric et de Spackles. Ils n'ont rien dit.

— Pourtant, comme vous le savez, Barridge, a rétorqué le comte à mi-voix, il est inutile que je paie davantage mes employés si vous ne faites pas de même. Ils se mettront en grève malgré tout. À présent ils se serrent les coudes pour la première fois de mémoire d'homme, vos employés et les miens, ceux de Tysen et de Spackles. Persistez et vous causerez notre chute à tous.

— Soit.

— Monsieur Barridge, voulez-vous vous asseoir et savourer le rôti d'agneau qui arrive ? a demandé lady Amelia de sa voix apaisante. Peut-être devrions-nous remettre cette discussion à plus tard et profiter du dîner. Josie, donnez une serviette propre à Mr Barridge, je vous prie.

Josie s'est précipitée vers une table où étaient posés du linge, des verres et des couverts propres et a pris une serviette blanche pour son père.

— Monsieur, a-t-elle dit d'une toute petite voix en la lui tendant.

Il s'en est emparé sans même la regarder, debout comme s'il hésitait à partir, tandis que les chiens de garde jumeaux l'observaient avec attention. Josie l'observait elle aussi, examinant de près chaque détail de son visage. Vus côte à côte, ils se ressemblaient de façon frappante. J'ai balayé la table du regard pour voir si quelqu'un d'autre avait remarqué, mais bien sûr il se déroulait des drames plus importants.

— Josie ! a lancé lady Amelia d'un ton sec, et Josie a repris ses esprits dans un sursaut, puis rejoint sa place dans le coin de la pièce.

Le rôti a été apporté, et les domestiques se sont affairés à poursuivre le service. Winthrop Barridge, toujours debout, le regard noir, n'a consenti à s'asseoir que face à une assiette d'agneau parfumé. Il a mâché d'un air obstiné et, jusqu'au dessert, seules quelques banalités ont été échangées, fondant comme un sorbet au citron pour rafraîchir le palais.

Mais, lorsque l'omelette norvégienne a été servie, Barridge est revenu à la charge. Alors que Mrs Henrietta Tysen racontait que sa fille aînée avait si bien chanté dans un concert régional, il l'a interrompue au beau milieu d'une phrase comme si les quarante dernières minutes n'avaient pas eu lieu.

— Alors dites-moi, Sedgewick, a-t-il lâché. Comment comptez-vous payer ce salaire excédentaire, exactement ? Vous gérez sans aucun doute votre fortune avec la plus grande sagesse si vous parvenez à financer une telle augmentation annuelle sans en ressentir la morsure.

C'est là que le comte a perdu patience.

— Bon Dieu ! a-t-il mugi en frappant la table du poing, ce qui a fait sursauter les invités et tinter les couverts. En voilà, des manières, Barridge ! Une dame était en train de parler. Veuillez excuser notre irritable compagnon, madame Tysen, a-t-il ajouté en aparté avant de focaliser de nouveau son attention sur Barridge. L'intérêt de cet exercice n'est pas de nous éviter une morsure : une morsure ne nous tuera pas !

— Alors comment vous y prendrez-vous ? a insisté Barridge, inflexible.

— Si besoin est, je vendrai les diamants de mes filles ! a rugi le comte, à bout.

Tout le monde a paru surpris, surtout lady Flora, qui a levé machinalement la main à sa gorge, où scintillait un magnifique ras-de-cou.

— Pour l'amour de Dieu ! a poursuivi le comte. Ma femme et mes filles portent à elles seules plus d'argent ce soir que n'en gagnent en un an ces hommes qui risquent chaque jour leur vie et celle de leurs fils ! Même en donnant tous nos diamants nous resterions riches et d'ici un an nos fortunes augmenteraient de plus belle, et nous pourrions en acheter de nouveaux.

— Vous faites de petites folies, monsieur, a rétorqué Barridge, amusé. Ma femme et mes filles ne portent pas de diamants.

Personne n'en doutait. Sa femme et ses filles portaient sans nul doute des vêtements de deuil. Elles n'avaient aucune raison de scintiller ni de briller.

Puis lady Flora a fait une chose qui m'a amené à comprendre pourquoi j'avais toujours aimé les Sedgewick et pourquoi j'aspirais à leur ressembler.

— Tenez, père, a-t-elle dit en détachant son collier. Vos propos sont parfaitement sensés.

Elle a tendu le bras et laissé tomber les diamants à côté de l'assiette de son père.

— Un beau geste, a ricané Barridge. Je suppose que vous donnerez vos belles robes aux villageoises, maintenant. Et votre prochain bon repas de rôti d'agneau pendant que vous-même souperez de pain et de fromage.

— Une fois de temps en temps, peut-être, a répondu lady Flora avec un haussement d'épaules.

Enfin, Tysen a pris la parole :

— Je suis d'accord avec Sedgewick, Barridge. Je ne pensais pas l'être, mais il a raison ; le pire nous attend si nous nous obstinons. Une augmentation de salaire serait un investissement au même titre que la construction d'un nouveau bureau ou l'ouverture d'une nouvelle mine. Ainsi vont les affaires. Accordons-leur cette augmentation et qu'on en finisse.

Barridge s'est contenté de secouer la tête, les lèvres pincées.

— Oh, mais il n'en fera rien ! s'est exclamé Spackles. C'est un homme dur et cruel. Si, Barridge, nous le savons tous. Le comté entier le sait. Nous savons tous que vous vous souciez de vos hommes comme d'une guigne. Vous préféreriez voir l'ensemble de vos employés et chacun d'entre nous en enfer plutôt que de descendre du haut piédestal où vous avez grimpé. Vous n'en avez cure !

— Messieurs, a déclaré le comte d'un ton ferme tout en se levant. La soirée dégénère. Ces dames n'ont nul besoin de subir notre colère. Retirons-nous au salon et mettons un terme civilisé à notre débat devant un verre de cognac et un cigare. Mesdames, veuillez nous excuser et régalez-vous de votre dessert.

71

Josie

Les hommes se sont levés et les femmes ont paru soulagées. Je n'aurais pas pu bouger pour tout le chocolat d'York. J'ai regardé sortir les hommes sans quitter mon père des yeux ; ce serait sans doute la dernière fois que je le verrais.

Puis, au moment où Willard Barridge est passé devant moi il s'est arrêté net et, d'un geste, a coupé la route à son jumeau.

— Dites donc, Joss, regardez-moi ça ! s'est-il écrié.

J'avais de nouveau treize ans, debout dans la boutique de Dulcie, un sac de farine dans les mains. Jocelyn Barridge s'est immobilisé pour me regarder, et tout le monde a fait de même.

— Elle me rappelle quelqu'un, a-t-il dit. Qui est-ce, Will ?

— Je me suis posé la question toute la soirée. J'ai passé en revue les domestiques, mais ce n'est pas cela. Regardez mieux.

Jocelyn s'est avancé. J'étais rouge comme une tomate, mais j'ai levé le menton aussi haut que possible. Néanmoins je me recroquevillais intérieurement. N'importe qui en aurait fait autant à la vue de ce grand corbeau menaçant. Soudain, sans un mot, Tommy s'est retrouvé à mon côté.

— Mais oui ! s'est exclamé Jocelyn. N'est-elle pas le portrait craché de tante Pheeney ?

— Suffit ! est intervenu Cedric. Vous n'avez pas le droit d'examiner ainsi notre personnel. Je ne le tolérerai pas. Venez, Josie, si vous le souhaitez, vous pouvez vous retirer.

Mais Winthrop Barridge s'est arrêté à son tour.

— Josie ? a-t-il interrogé. Vous portez le même prénom que ma sœur ? Qui êtes-vous, jeune fille ? Qui est votre mère ?

Je voulais lui répondre… Oh, j'en brûlais d'envie ! Mais c'était impossible. Cet homme m'avait changé la langue en pierre.

— Barridge ! s'est écrié le comte. Laissez cette jeune fille tranquille. Venez au salon afin de résoudre le problème qui nous occupe ou sortez de chez moi.

Barridge m'a de nouveau dévisagée longuement avant de tourner les talons.

— Peu importe, a-t-il décrété. Allons, Will, Joss. Il est temps de partir. Il n'y aura pas d'accord ce soir.

Ils ont quitté la pièce, Willard jetant un coup d'œil par-dessus son épaule, un mélange désagréable de curiosité et d'aversion sur le visage. Tommy se tenait encore à mon côté pour leur faire comprendre que je n'étais pas seule au monde. Miss Coralie observait la scène les yeux écarquillés.

Enfin, ils sont partis. Cedric s'est tourné vers nous et a hoché la tête, indiquant par là que Tommy resterait avec moi. Mais alors mes jambes ont retrouvé leurs forces et ma langue s'est déliée. C'était effectivement la dernière fois que je verrais mon père, et je ne pouvais pas le laisser partir dans ces conditions. Hors de question qu'il m'ignore, m'inspecte, puis s'en aille et que je reste là comme une souris terrifiée. Je n'étais pas Manus. Il ne m'avait pas intimidée depuis la naissance, moi. Je suis sortie de la pièce et me suis rendue dans le vestibule, où les Barridge réclamaient leurs manteaux et d'où les hommes de chez Tysen et Spackles étaient en train de passer au salon. J'ai marché droit sur Winthrop Barridge pour m'adresser à lui, Tommy sur les talons.

— Oui, monsieur, je porte le prénom de votre sœur. Ma mère est Maggie Westgate et je viens d'apprendre, à ma grande déception, que vous étiez mon père. Mais vous avez raison sur un point : peu importe.

Ma voix avait jailli, forte et cinglante, ce qui me rendait heureuse.

Le silence est tombé sur le vestibule. Les autres se sont empressés d'entrer au salon mais n'ont pas refermé la porte. Le scandale était un délice. Une enfant illégitime de Barridge lui avait servi la soupe ! Le comte a haussé les sourcils.

— Alors quoi ? s'est récrié Barridge. Vous avez réussi votre vie. Vous avez des employeurs influents et vous souhaitez sans doute à présent faire valoir vos droits, m'extorquer de l'argent. Eh bien, vous n'aurez rien.

— Quelle perspicacité, monsieur ! Comme vous comprenez bien la nature humaine ! l'ai-je raillé. Non, je n'attends rien de vous. Vous me dégoûtez. Sachez simplement que je suis au courant et que je n'ai pas peur de vous. Je suis ravie de n'avoir jamais eu affaire à vous et j'ai l'intention de continuer ainsi.

J'ai tourné les talons et commencé à me diriger vers l'escalier avec beaucoup de dignité. Derrière moi, le comte a pris la parole.

— Il faut que vous sachiez, Barridge, que Josie est un membre important de cette maisonnée. J'aimerais que vous me promettiez que ni vous ni vos fils ne lui causerez jamais d'ennuis. Elle est sous mon entière protection.

J'ai souri et me suis mise à grimper les marches.

— Quelles paroles percutantes, a répondu Barridge d'une voix traînante. Je ne vous promets rien, Sedgewick. Vous avez mis ma patience à rude épreuve ce soir. Que m'importe qu'une de mes erreurs vive sous votre toit ? Que m'importe que mes hommes fassent la grève et les vôtres avec ? J'ai une jolie fortune, je peux attendre patiemment ce qui se profile à l'horizon sans plier ni rien concéder. Si ce pays bénéficie d'une hiérarchie, ce n'est pas pour rien. Vous semblez avoir oublié l'ordre des choses. Je suis Winthrop Barridge. Personne ne peut m'atteindre.

— Vraiment ? a lancé le comte, et j'ai remarqué un changement dans le ton de sa voix, comme s'il avait soudain découvert la carte gagnante.

Comme s'il savait que tout était en son pouvoir et que le prochain jeté de dés causerait la chute de son adversaire. Je me suis arrêtée au milieu de l'escalier et me suis retournée. La porte du salon s'était ouverte un peu plus. Les autres écoutaient.

— Personne ne peut vous atteindre ?

— Personne, a dit Barridge. Je vous souhaite le bonsoir.

— Pas même un scandale qui vous fermerait toutes les portes du pays ? Pas même la révélation d'un secret qui vous présenterait sous le pire jour possible et provoquerait la ruine de votre famille entière ? Vous savez, Barridge, plus personne ne ferait affaire avec vous si l'on savait que votre enfant vit incognito sous mon toit.

Barridge lui a décoché un regard méprisant.

— Ça m'est égal ! a-t-il articulé avec lenteur comme s'il s'adressait à un idiot. Ça m'est égal qu'elle travaille ici et que l'on sache que j'ai engendré un ou deux bâtards. Je ne suis pas le premier et ne serai pas le dernier. Cette enfant ne représente aucune menace pour moi.

— Non, en effet, a admis le comte, mais je ne parle pas de Josie. Je parle de votre fils.

La porte de la salle à manger s'est entrouverte elle aussi, et j'ai vu lady Flora et miss Coralie épier la scène. Barridge a froncé les sourcils.

— De quoi diable parlez-vous ? s'est-il emporté en jetant un coup d'œil à Tommy comme s'il craignait que lui aussi soit son rejeton.

— Je parle de votre fils légitime, votre héritier, celui dont vous avez feint la mort et gardé l'existence secrète depuis tant d'années, a répondu le comte.

Je n'en revenais pas. Le comte était au courant pour Manus ?

Mes demi-frères rôdaient, le sang-froid mis à mal.

— Je parle de votre fils aîné, James Barridge, que vous avez gardé caché Dieu sait où pendant dix ans et qui vit actuellement chez moi et se fait passer pour le précepteur de mon fils.

Ah, quelle merveille ! On aurait entendu une mouche voler. Un hoquet de surprise nous est parvenu de la salle à manger et les dames en ont émergé en silence. Mr Spackles est apparu lui aussi dans le vestibule. Barridge a regardé autour de lui tous ces gens qui écoutaient et voulaient qu'il capitule. Il paraissait réfléchir aux conséquences de cette révélation sur sa réputation. Puis il a ri.

— La pression liée à la gestion de vos mines vous brouille l'esprit, Sedgewick, a-t-il déclaré. J'en suis navré, mais tout le monde n'est pas taillé pour affronter les moments difficiles. Vous vous trompez. Mon fils est mort.

— Au contraire, a répliqué le comte. Il instruit mon fils et se fait appeler Mr James. Un père qui simule la mort de son propre fils et héritier et le tient enfermé pendant plus d'une décennie, cela ne court pas les rues. Si cela se savait, le scandale serait sans précédent. Un certain nombre de personnes ont entendu ce soir la vérité, et je dirais qu'il y a des chances que votre secret s'ébruite. Néanmoins, je suis sûr qu'ici tout le monde serait prêt à garder le silence si vous cessiez de vous entêter à nous mener à la grève.

— J'ai toujours su que la mort de ce garçon était louche, a dit Spackles en s'avançant. Comment diable vous y êtes-vous pris, Barridge ? Où avez-vous tenu enfermé ce pauvre jeune homme durant toutes ces années ? Et comment diantre a-t-il atterri ici ?

— Il le gardait à Heston Manor, ai-je expliqué avec un joli sourire en redescendant l'escalier.

Une sortie pleine de dignité était une chose, mais je ne pouvais pas manquer une telle occasion.

— Personne n'avait le droit d'entrer sur la propriété et il devait rester à l'intérieur toute la journée. Personne n'a posé les yeux sur lui pendant très longtemps. Mais il s'est évadé il y a quelques semaines et il est venu ici vivre sa vie.

— C'est vous qui l'avez aidé ? a grogné Barridge en me fusillant du regard.

— Bien sûr. C'est mon frère.

Barridge s'est tourné vers ses fils.

— Rentrez, leur a-t-il ordonné.

— Mais… père… a bégayé Jocelyn.

— Si ce qu'ils disent est vrai… l'a interrompu Willard.

De toute évidence, il songeait à son héritage.

— Rentrez ! a répété Barridge d'une voix glaciale.

Ils sont partis. Puis Barridge s'est tourné vers le comte :

— Parlons en privé.

— La bibliothèque fera l'affaire, a proposé le comte. Josie, Tommy, venez.

— En privé, j'ai dit, a grondé Barridge.

— Moi, monsieur ? s'est étonné Tommy.

— Si Josie est au courant, je ne doute pas que vous aussi. Il est temps de tirer les choses au clair. Cedric, voulez-vous bien monter demander à Mr James de me rejoindre dans la bibliothèque ? Présentez-lui mes excuses pour le dérangement.

Cedric a grimpé les marches quatre à quatre.

— Messieurs, je suis navré de vous laisser, a annoncé le comte à ses invités avides de curiosité. Servez-vous un verre de ce qui vous fera plaisir, je vous en prie, et je vous rejoindrai bientôt.

C'est ainsi que Tommy et moi nous sommes retrouvés, encore une fois, dans la bibliothèque du comte. Avec le comte et Winthrop Barridge, qui la jouait encore au culot.

— Je n'en crois pas un mot, a-t-il lancé avec désinvolture. C'est une histoire absurde. Jamais personne n'y croira. Il s'agit de toute évidence de quelque procédé visant à me plier à votre volonté. Cela ne fonctionnera pas.

À cet instant précis, la porte s'est ouverte, et Manus est entré dans la bibliothèque. En apercevant le vieux Winthrop, il s'est décomposé. Et notre père a paru voir un fantôme, ce qui d'une certaine manière était le cas.

72

Tommy

— Une fortune si vous partez d'ici et que vous ne revenez jamais, s'est empressé de proposer Barridge.

Ses paroles ont flotté un moment dans la pièce, puis Manus a rétorqué :

— Je n'ai nul besoin d'une fortune, père. Je ne veux rien de vous.

— Je ne suis pas de votre avis, est intervenu le comte. C'est votre droit de naissance. En vous tuant, votre père vous a privé de votre héritage. Réfléchissez-y à deux fois et assurez-vous de réclamer ce dont vous avez besoin. Je ne vous suggère pas de lui voler l'intégralité de sa fortune, mais vous ne parviendrez pas à mener une vie convenable avec un salaire de précepteur.

— Je n'en sais rien, a chuchoté Manus. Quel est le montant approprié en pareille situation ? Combien d'hommes acceptent un paiement de la part de leur père pour continuer à feindre d'être morts ?

— Je ne saurais le dire, a répondu le comte. Qu'en pensez-vous, Barridge ?

Barridge était aussi pâle que son fils.

— Cinq mille livres, a-t-il proposé. Cinq mille livres pour quitter l'Angleterre et ne plus jamais utiliser le nom Barridge.

— Dix, a contré le comte amicalement.

— Très bien, dix.

— Et huit cents pour Josie, a ajouté le comte.

— Huit cents pour la fille, a répété Barridge comme un automate.

Josie m'a regardé ; ses yeux noirs dansaient.

— Et vous accorderez à vos mineurs l'augmentation de salaire dont nous avons discuté et tuerez cette grève dans l'œuf.

— Oui.

— Merveilleux. Quand vous serez parti, je dirai aux autres que vous avez changé d'avis. Ils seront ravis. Cela vous vaudra énormément de sympathie – ce qui n'a pas de prix. Je crois qu'à terme vous en tirerez satisfaction. Alors, avez-vous votre chéquier sur vous ? Voici un stylo, mon cher ami.

Barridge s'est affalé sur une chaise devant le bureau et a rempli un chèque que le comte a examiné avant de le tendre à Manus. Manus est resté là, le chèque à la main, sans un mot. Barridge a regardé Josie.

— Votre nom, jeune fille ? Votre nom de famille ?

Josie a hésité. Elle ne se considérait plus comme une Westgate et n'allait évidemment pas adopter le nom de Barridge.

— Green, ai-je répondu. Elle le sera bientôt, ai-je ajouté en m'adressant au comte et à Manus.

Barridge a grommelé dans sa barbe et griffonné un second chèque.

— Alors nous en avons fini, a-t-il conclu en le tendant à Josie d'un geste brusque.

— Attendez ! s'est exclamé Manus, tremblant. J'ai besoin d'une dernière chose, père.

— Que le diable vous emporte ! Je vous ai donné l'argent. C'est de l'extorsion. Je pourrais vous faire arrêter !

— Ça n'a rien de matériel, a expliqué Manus. Je ne vous demanderai pas davantage d'argent ni ne révélerai le secret ou ne vous causerai d'ennuis. Je resterai aussi mort que vous le souhaitez, je vous le jure. Mais il y a une promesse dont je dois m'assurer.

— Laquelle ?

— Je veux voir mes sœurs. Violet et Ivy, j'entends. Et, après mon départ, elles doivent être autorisées à correspondre avec moi. Nous devons avoir le droit de maintenir des liens et je pense qu'elles se montreront aussi obligeantes et discrètes que moi en échange de connaître leur frère et un peu de liberté.

De violentes émotions tordaient les traits de Barridge tels des serpents. Il n'avait cure que ses filles soient heureuses ou libres, ça sautait aux yeux. Pourtant, pour quelle raison aurait-il pu le leur interdire ? Sa manière sournoise et cruelle de diriger sa maisonnée apparaissait aux yeux de tous. Et un homme méchant acculé n'était pas beau à voir.

— Une exigence fort modeste, a commenté lord Sedgewick. Il vous laisse vous en tirer à bon compte, Barridge. J'imagine que vous accepterez sans me contraindre à aller voir la police quant à la résurrection de votre premier-né ?

— Très bien. Elles pourront passer à Silvermoor lundi.

— Et m'écrire ensuite ?

— Très bien.

— Formidable ! Je vous souhaite à présent bonne route, mon vieux, a dit le comte avant d'appeler Portis. Demain, vous informerez vos hommes de votre décision, puis vous mettrez en place l'augmentation des salaires. Disons qu'elle prendra effet fin septembre ? Il ne serait guère judicieux de les laisser décider de tout, n'est-ce pas ? Il faut faire les choses selon nos propres conditions. Ah, Portis, Mr Barridge ici présent s'apprête à partir. Voulez-vous bien l'accompagner à sa voiture ? Bonsoir, Barridge. Dînons de nouveau ensemble un de ces jours.

Winthrop Barridge s'est arrêté sur le seuil de la bibliothèque, le regard noir.

— Je vous maudis, Sedgewick, a-t-il craché d'une voix épaissie par la haine. Je vous maudis jusqu'aux confins de l'enfer pour l'éternité.

Ses pommettes acérées creusaient ses joues, et ses yeux étaient plus noirs que Crooked Ash. De nouveau j'ai vu en lui un démon, un être surnaturel et tordu, et j'ai frémi. Mais le comte s'est contenté de rire.

Une fois Barridge parti, sans même avoir jeté un dernier regard à l'un ou l'autre de ses enfants, j'ai ri moi aussi. Je n'avais jamais autant aimé le comte. J'espérais qu'avec l'âge j'acquerrais ne serait-ce qu'un dixième de son flegme et de son esprit. Josie s'est mise à rire aussi, mais Manus restait immobile comme une statue.

— Oh, merci monsieur, a soupiré Josie en lui tendant la main.

Le comte a hésité avant de la serrer dans la sienne.

— Merci pour ce que vous avez fait pour nous deux ce soir. Je ne m'y attendais pas du tout.

— Je vous en prie. Je me suis rendu compte tout récemment qu'un homme avait des responsabilités envers ses enfants légitimes comme envers ceux qu'il avait engendrés en dehors des liens du mariage. Le droit chemin n'est parfois ni facile ni désirable, mais à ce sujet il est clair. James ? Ou devrais-je dire Barridge ? Non, vous ne devez plus jamais utiliser ce nom, n'est-ce pas ? Puis-je vous appeler Manus ?

Manus a hoché la tête.

— Tout va bien, mon jeune ami ? Me suis-je laissé emporter ? Souhaitiez-vous dire autre chose à votre père ?

— Non, rien. C'est seulement que… j'ai du mal à croire à ce qui vient de se passer. Depuis des années je redoutais de poser à nouveau les yeux sur lui. Je le craignais. Et maintenant que c'est arrivé et qu'il est parti me voilà plus riche de dix mille livres ? Monsieur, je n'aurais jamais réussi une chose pareille à moi seul. Ce que vous avez fait pour moi… Vous auriez très bien pu me mettre à la porte en apprenant que je vous avais menti, qui j'étais vraiment.

— Lorsque j'ai compris qui vous étiez, je n'en ai eu que plus de compassion à votre égard. Quant à vos mensonges, eh bien, si je vous prie de ne pas recommencer, je comprends aussi que la situation était peu orthodoxe. Mais je suis surtout peiné à l'idée que Walter perde son précepteur. Il vous idolâtre et vous vous débrouillez merveilleusement bien avec lui.

— Si cela vous convient, monsieur, j'aimerais rester un an de plus. Mon père souhaite me voir partir au plus vite, mais j'étais sincère quand je lui ai dit que je ne lui causerais pas d'ennuis. Je vivrai ici aussi discrètement que ces dernières semaines. J'aime beaucoup Walter moi aussi et je ne suis pas pressé de le quitter. Et, quoi que mon avenir me réserve, j'aimerais que Tommy et Josie en fassent partie. Si cela ne vous paraît pas trop étrange, monsieur, je pourrais rester jusqu'à ce que Tommy quitte l'école avant de décider de la suite.

— Pas plus étrange que de vous voir feindre d'être une autre personne et de feindre moi-même de ne pas le savoir.

Oh, mais c'était formidable ! Encore un an à Westonbury, après quoi j'épouserais Josie et je me lancerais dans les affaires avec Manus, et mon monde serait… tout ce que je souhaitais qu'il soit.

— Monsieur, comment avez-vous découvert mon identité ? s'est enquis Manus. Et pourquoi ne pas m'avoir confronté à ce sujet ?

Le comte s'est mis à rire.

— J'avais la tête ailleurs quand vous êtes arrivé, Manus, suffisamment pour croire que vous étiez bel et bien le cousin de la commerçante et ne pas prendre la peine de confirmer vos dires. Mais quelque chose ne cessait de me turlupiner. Plusieurs quelque chose, en réalité. Votre façon d'être, trop contrite et réservée pour un précepteur de jeune garçon. Votre apparence, à la fois très inhabituelle et très familière. Pendant des semaines, je ne suis pas parvenu à mettre le doigt dessus. Vos liens d'amitié avec Tommy et Josie… du jour au lendemain. Et puis ma nièce qui décidait soudain d'acheter le cheval des Barridge mais refusait catégoriquement que vous alliez à Alderway. C'est là que j'ai eu le déclic. C'est là que j'ai compris pourquoi vous ne me paraissiez pas étranger ; vous me faisiez penser à votre père depuis le début. Physiquement seulement, Dieu merci.

« J'ai donc su qu'il y avait une intrigue et que ces deux-là et miss Embry, et aussi ma nièce, y étaient mêlés d'une certaine façon. Pourquoi ne vous en ai-je pas parlé ? Pour deux raisons. Premièrement, j'étais trop préoccupé ; je n'avais pas besoin de problèmes supplémentaires. Et deuxièmement je me doutais que vous vous avéreriez un atout si jamais la situation avec votre père menait à une impasse. Je ne l'aurais pas joué de la sorte si je n'en avais pas eu besoin. Mais c'était le cas. Et je crois que tout a fini par s'arranger pour le mieux.

N'est-ce pas ? J'ai pensé à mon père et à mes frères, qui gagneraient chacun un shilling de plus par semaine. La tranquillité s'installerait de nouveau dans la petite maison. L'hiver ne serait pas aussi dur pour eux cette année. Et quand j'aurais fini mes études je les aiderais encore plus.

— Quant à vous deux… a repris le comte en se tournant vers Josie et moi, je veux savoir quel rôle vous avez joué dans cette histoire. Mais j'ai laissé mes invités languir dans deux pièces différentes. Je vais donc terminer la soirée et conclure cette affaire. Demain, en revanche, je veux que vous me racontiez tout, s'il vous plaît. Tommy, est-ce que vous venez ou est-ce que vous restez ?

— J'aimerais rester ici, monsieur. À moins que Mr Honeycroft n'ait besoin de moi.

— Je suis sûr que cela ne dérangera pas Cedric. Faites comme chez vous. À demain, donc.

— Bonne nuit, monsieur, avons-nous murmuré à l'unisson avant que la porte se referme derrière lui.

Livrés à nous-mêmes, nous nous sommes regardés, ébahis. L'avenir, pour chacun d'entre nous, semblait tout à coup très différent.

ÉPILOGUE

Tommy

Été 1905

Onze mois plus tard, je suis retourné au manoir de Silvermoor. J'avais réussi haut la main mes examens de fin d'année, dont j'étais sorti premier de la classe. Cette année à Westonbury avait été très différente de la première. Avoir la certitude de l'amour de Josie et savoir que nous serions ensemble lorsque je quitterais l'école avaient tout changé. J'avais plus de raisons que jamais de travailler dur afin d'obtenir les qualifications nécessaires à bien gagner ma vie et avoir quelque chose à lui offrir : cette jeune fille était à la tête de huit cents livres !

Le jour du départ, j'ai bouclé ma valise et contemplé une dernière fois mon dortoir, serré la main des maîtres et de plusieurs garçons ; je resterais même en contact avec deux d'entre eux. En privé, j'ai fait part à l'école de mes remerciements sincères. Bien que je n'aie pas toujours porté Westonbury dans mon cœur, l'établissement m'avait donné l'éducation dont j'avais toujours rêvé et les ressources pour trouver un travail qui correspondrait à mes prédispositions et me rendrait heureux. Je ne savais pas encore de quoi il s'agirait, mais ce serait quelque chose de merveilleux, dans un endroit merveilleux. Josie, Manus et moi nous étions écrit bon nombre de lettres à ce sujet, rêvant des lieux que nous aimerions visiter.

J'ai eu l'impression que le voyage ne durait qu'un instant ; ma calèche remontait déjà la large allée de Silvermoor. Walter s'est précipité à ma rencontre. Il avait désormais quinze ans ; s'il était né dans une famille différente, il aurait travaillé à la mine. Il commençait à ressembler à un jeune homme, et nous avons échangé une poignée de main fraternelle. Puis son père est apparu, m'invitant à boire un verre de porto dans son bureau. Il m'a félicité pour mes résultats et m'a donné deux cents livres.

— Pour vous aider à démarrer dans la voie que vous choisirez d'emprunter, m'a-t-il expliqué. Je suis fier de vous, Tommy.

Le soir, Josie et les Honeycroft sont revenus de Sheffield, où ils avaient passé deux jours à rendre visite à de proches parents des Honeycroft. Josie m'est tombée dans les bras comme si elle ne m'avait pas vu depuis des années.

— Plus jamais, ai-je murmuré en serrant son corps chaud et mince. Nous ne serons plus jamais séparés, Josie. À partir de maintenant, nous vivrons ensemble toutes nos aventures !

— Ensemble, a-t-elle soupiré avant de déposer un baiser dans mon cou, me faisant oublier un instant où je me trouvais.

Une semaine plus tard, nous nous mariions dans une petite chapelle sur le domaine de Silvermoor. C'était une belle journée de juin. J'avais l'interdiction formelle de jeter ne serait-ce qu'un coup d'œil à Josie avant la cérémonie, qui devait avoir lieu à midi et serait suivie d'un pique-nique sur la pelouse. Ma famille entière était présente. M'man et p'pa, toutes mes sœurs et même tous mes frères. P'pa avait parlé à Bulford et insisté pour qu'ils aient tous une journée de congé ; ça ne le dérangeait même pas qu'ils perdent un jour de paie. À la fin de l'été précédent, j'avais divisé l'argent que m'avait payé Cedric et j'en avais donné la moitié à mon père.

— Avant même que t'aies fini l'école, avait-il fait remarquer sur un ton légèrement méfiant. T'es plein de surprises, toi, hein ?

J'avais pris cela comme un remerciement.

Ils sont entrés dans la petite chapelle, aussi miteux et magnifiques qu'un vieux livre de prédilection ou un jouet adoré. M'man et mes sœurs portaient de nouvelles charlottes ornées de façon improbable – pour Grindley en tout cas : elles arboraient des fleurs en satin et des rubans brillants aux couleurs estivales : violet, vert émeraude, jaune pâle. Josie avait acheté quatre charlottes simples et bon marché à York et les avait décorées elle-même. Je n'avais jamais vu les femmes de ma famille si crânement vêtues.

Mon père m'a serré la main avec un visage de marbre, comme si le mariage était une sinistre affaire.

— Tu sais qu'on restera toujours en contact, n'est-ce pas ? ai-je demandé. Que je serai toujours un Green ?

— Oui, mon garçon, a-t-il soupiré. On le sait.

M'man m'a serré dans ses bras si longtemps que j'ai cru qu'elle ne me lâcherait jamais.

— Oh, mon petit ! a-t-elle murmuré. Premier de ta classe, et voilà que tu te maries ! Je suis si fière que je pourrais éclater. T'es très élégant, Tommy, j'ai jamais vu un jeune homme aussi beau.

J'avais dépensé l'autre moitié de mon salaire dans un beau costume gris, que je portais le jour de mon mariage avec une cravate de soie verte et une pochette de poitrine assortie. Josie avait insisté sur le vert, affirmant qu'il allait avec mes yeux. Il me semblait avoir plutôt fière allure, mais quand Josie est arrivée au bras de Cedric le long du chemin semé de marguerites, je me suis demandé ce qu'elle me trouvait. Ses cheveux flamme, bouffants et bouclés, rivalisaient avec ceux de miss Coralie. Ils étaient entrelacés de rubans crème ; elle ne portait rien d'autre sur la tête. Sa peau était pâle et éclatante, ses yeux sombres paisiblement joyeux. Sa robe avait la couleur chaleureuse et riche de la crème. La jupe droite, au tissu doux et simple, descendait au-dessus de ses bottines. Mais il y avait des dizaines de minuscules boutons cousus le long de son dos, et les manches étaient ornées de rubans assortis à sa coiffure. Elle portait un délicat pendentif en diamant en forme de marguerite – son cadeau de mariage de la part de Coralie.

J'ai eu de la peine pour elle quand elle s'est arrêtée devant la porte de la chapelle. Toute ma famille était là – ça grouillait de Green – tandis que Josie n'avait que sa sœur Martha et son mari, Edward, que j'avais rencontré à plusieurs reprises et qui était fait pour elle. Savoir sa sœur heureuse apportait à Josie une immense tranquillité d'esprit tandis qu'elle faisait des projets pour notre propre avenir. Leur frère Bert avait voulu venir mais devait travailler ce jour-là. Alice n'était pas venue non plus, probablement agacée à l'idée que sa demi-sœur rouquine et guère prometteuse se marie à Silvermoor alors qu'elle n'avait eu droit qu'à l'église d'Arden.

Mais Josie regardait autour d'elle en souriant. De son côté se trouvaient également son frère Manus, sa chère Dulcie, dont la main gantée était glissée sous le bras de Manus et, bien entendu, miss Coralie. Après avoir accompagné Josie dans la chapelle, Cedric a pris place à côté de sa sœur. Il y avait deux autres personnes du côté de la mariée : Violet et Ivy Barridge, qui avaient ce jour-là échappé aux griffes de leur père afin de voir se marier leur demi-sœur, dont elles avaient tant entendu parler dans les lettres de leur frère.

Tous les Sedgewick étaient présents, à l'exception de lady Amelia, qui se trouvait sur le continent. Le comte avait fini par reconnaître Latimer comme son fils. Lady Amelia, qui ne voulait pas en entendre parler, voyageait désormais plus de six mois par an. Il y avait un nouveau professeur à Grindley : une femme ! Latimer avait déménagé à Leeds, à une distance respectueuse de la famille Sedgewick, où le comte lui avait trouvé un bel appartement et passait un après-midi par mois à faire sa connaissance. On racontait qu'il n'appréciait pas ces après-midi, mais qu'il avait la ferme intention de bien agir. On pouvait espérer que Latimer était plus heureux à présent.

Le mariage a été célébré par le pasteur Tawney, qui paraissait extrêmement dérouté par mon changement de situation. J'espérais ne pas provoquer chez lui de crise de conscience religieuse.

Puis la cérémonie a pris fin et Josie était ma femme. Quel moment formidable, iridescent comme une bulle de savon ! J'aurais pu y rester pour l'éternité mais tout le reste a commencé. Nous sommes sortis sous le soleil, au milieu d'une pluie de riz et de pétales de roses. La vieille cloche en bronze a carillonné comme si elle désirait colporter la bonne nouvelle jusqu'à la cathédrale d'York. Amis et famille nous ont étreints et félicités en riant. Tous sauf ma petite sœur Connie, désormais âgée de treize ans, qui se tenait timidement à l'écart de la foule, mélancolique.

— Mais qu'est-ce qui t'arrive, Connie ? ai-je chuchoté en la prenant à part.

— Oh, Tommy ! a-t-elle gémi les larmes aux yeux et la lèvre tremblante. Je suis très contente pour toi. Mais tu vas partir, maintenant, encore plus loin que Derby, et tu vas tellement me manquer ! Et…

— Et quoi ?

— Eh ben…

Elle a baissé la voix, coupable.

— J'aime pas beaucoup Grindley. Je veux pas rester ici à laver du charbon ni devenir une femme de mineur. Je veux faire quelque chose de… merveilleux ! Mais p'pa dit que c'est des âneries et que je me fais des idées.

J'ai souri.

— Je suis content de te l'entendre dire.

— Ah bon… Pourquoi ?

— Parce que Josie et moi avons une idée dont nous aimerions te parler. Tu sais que nous avons l'intention de partir, peut-être loin d'ici, dans un monde complètement différent ?

— Oui.

— Et tu sais que nous allons voyager avec Manus et que nous commencerons une nouvelle vie tous ensemble.

Elle a reniflé.

— Eh bien, nous espérions que tu voudrais nous accompagner.

Elle m'a dévisagé comme si une deuxième tête m'avait poussé.

— Si tu préfères rester, nous comprendrons. On ne peut pas savoir ce que l'avenir nous réserve et tu es un peu jeune pour quitter tes parents. Mais si tu viens je veillerai à ce que tu aies une bonne éducation et je m'occuperai de toi, tu peux en être sûre. Tu verras le vaste monde, ma puce. Tu pourras faire et devenir ce que tu veux.

— Même chanter ?

— Même chanter.

— Est-ce que je pourrais avoir… est-ce que je pourrais avoir… des cours de chant ?

On aurait dit qu'elle me demandait des ailes. Ce qui était le cas, d'une certaine façon.

— Absolument.

— Oh, Tommy ! J'adorerais venir. Mais p'pa me laissera jamais.

— Je lui ai déjà parlé. Je lui ai dit que nous te poserions la question.

— Et il t'a pas tué ?!

— Pas encore.

— Oh, Tommy !

Je l'ai serrée dans mes bras et suis retourné auprès de Josie.

Les invités emboîtaient le pas au comte en direction du pique-nique. Soudain, Josie s'est arrêtée et j'ai suivi son regard. Une silhouette silencieuse vêtue de sombre nous observait de l'autre côté de la palissade. En voyant de qui il s'agissait, j'ai entrepris de poursuivre mon chemin afin de laisser à Josie un peu d'intimité, mais elle m'a attrapé par la main.

— Non, Tommy, viens avec moi.

Nous avons donc traversé la pelouse et nous sommes trouvés face à face, de part et d'autre de la palissade, avec Maggie Westgate.

— Bonjour, m'man, a dit Josie.

Sa mère a soupiré.

— Fallait que je vienne voir, j'imagine, a-t-elle déclaré d'un ton traînant comme pour conclure un monologue intérieur.

— Je suis contente de te voir, a repris Josie. Tu ne veux pas entrer ? Tu peux te joindre à nous pour le banquet.

— Non, a renâclé Maggie, c'est pas pour les gens comme moi, là-bas.

— Mais si, a répondu Josie avec la plus grande gentillesse. Les fêtes, c'est pour tout le monde, m'man.

— S'il vous plaît, madame Westgate, ai-je renchéri. Nous serions ravis de vous avoir avec nous.

Mais Maggie a secoué la tête, retranchée derrière une barrière infranchissable. J'avais connu des personnes comme elle toute ma vie et je ressentais de la compassion à son égard, pour tout ce qui la retenait et dont la grille en fer était une métaphore.

— Je sais qui est mon père, a murmuré Josie. Je suis désolée, m'man, je suis vraiment désolée. C'est un méchant homme, je comprends pourquoi tu me détestes.

— Oh ! Josie ! a hoqueté Maggie comme s'il devenait soudain trop difficile de se cramponner à toute une vie de furie.

Elle a paru se décourager ; sa colère envolée, il ne restait plus grand-chose d'elle. Les sillons raides et aigris ont disparu de son visage et, un instant, je ne l'ai plus reconnue.

— On part bientôt à l'étranger, a poursuivi Josie. On ne sait pas encore où on va s'installer. Je suppose que tu ne voudras pas que je t'écrive, mais si jamais tu as besoin de moi tu peux passer par Silvermoor. J'aimerais que tu saches que je ne te garde pas rancune.

Josie a passé la main entre les barreaux. Elle m'a paru rester ainsi un long moment puis, à ma stupéfaction, et sans aucun doute à celle de Josie aussi, Maggie l'a prise dans sa propre main rendue calleuse par le travail, et l'a serrée.

— Alors au revoir, a-t-elle dit avant de s'éloigner.

Nous l'avons regardée disparaître entre les arbres.

Des heures plus tard, après les festivités – qui comprenaient des feux d'artifice, bien sûr – et le départ des invités, Josie et moi sommes restés assis dehors à profiter de la soirée estivale. Au bout d'un moment, Manus nous a rejoints. Il s'est affalé sur le banc d'ornement à côté du nôtre et a poussé un gros soupir de satisfaction en levant les yeux vers le ciel lilas et les premières étoiles. Je reconnaissais à peine en lui la silhouette fantomatique aperçue pour la première fois à Heston. Il avait la peau hâlée, ses cheveux blancs étaient coupés court et tombaient en bataille sur son front et il s'était laissé pousser la moustache. Ses yeux brillaient de malice et il paraissait détendu et plein d'espoir.

— Eh bien, a-t-il dit en se penchant en arrière pour s'étirer. Je suis un homme riche, fort d'une impressionnante expérience dans le domaine du préceptorat et du domptage de chevaux. Vous êtes de jeunes mariés et possédez mille livres à vous deux. Josie occupe un très bon poste depuis des années et c'est une dame cultivée et raffinée. Tommy a reçu une éducation de premier ordre et le monde lui appartient. Avons-nous encore l'intention de partir tous ensemble dans quelque contrée reculée ?

J'ai baissé les yeux vers Josie, dont au crépuscule le visage paraissait satisfait et les yeux pleins de rêves.

— Oui, a-t-elle répondu.

— Mon Dieu, oui ! ai-je ajouté. J'ai passé toute ma vie dans une galerie puis une salle de classe. Maintenant, j'ai envie de fouler une terre étrange. De vivre mes rêves. De vivre dans un lieu qui ne soit pas enveloppé en permanence de poussière.

— Et êtes-vous certains de vouloir encore vous lancer dans ces aventures avec moi ? s'est enquis Manus. Vous êtes un jeune couple et peut-être souhaitez-vous être seuls et romantiques ? Ne vous sentez pas obligés de me prendre sous votre aile ; je ne suis plus le même homme qu'il y a un an. Je me débrouillerai très bien.

— On n'en doute pas une seconde, a répliqué Josie, mais c'est ce qu'on veut. On prépare ce projet depuis longtemps. Vous êtes mon frère et vous en faites partie. Vous en ferez toujours partie. Connie vient aussi. On va s'amuser comme des fous !

— Alors autant ajouter une dernière personne à l'équipe, a proposé Manus avec un sourire.

— Qui ça ? ai-je demandé bien que j'aie ma petite idée.

— Dulcie, évidemment ! a soupiré joyeusement Josie. Oui, Manus. Bien sûr, Dulcie doit venir !

Nous nous sommes tus et avons regardé le ciel s'assombrir, passant du bleu pastel à l'indigo, et les étoiles devenir froides et blanches au-dessus des bois et des pelouses de Silvermoor.

— Alors, où allons-nous ? a lancé Josie. Londres ? Paris ? Rome ?

— Plus loin, a suggéré Manus. New York, ou Istanbul.

— J'y ai réfléchi moi aussi, ai-je dit, et je crois avoir trouvé l'endroit idéal.

Ils m'ont regardé d'un air inquisiteur. Il y avait tant d'endroits que je rêvais de voir ! Mais je savais exactement par où il nous fallait commencer. Je l'avais toujours su.

— Que pensez-vous des Indes ?

REMERCIEMENTS

Je tiens tout d'abord à remercier mon fabuleux agent, Eugenie Furniss, pour tout le travail qu'elle a fourni et, surtout, pour avoir semé en moi la graine de l'inspiration : « Quelqu'un devrait écrire un roman qui se déroule dans le bassin houiller du sud du Yorkshire », a-t-elle dit un jour, il y a longtemps ! Après plusieurs années de réflexion et de gestation, j'en suis venue à la même conclusion, et *Les Secrets de Silvermoor* en est le résultat. Non seulement je suis fière de ce livre, mais il m'a aussi permis de mieux apprécier le travail de mon grand-père Len et de redoubler de respect pour son courage.

Ça n'a pas été un livre facile à écrire. Il était très difficile de passer si longtemps sous terre, ne serait-ce que psychiquement, et j'ai dû faire énormément de recherches puisque je ne connaissais ni le lieu, ni la période, ni l'industrie. Un énorme merci à Bev et Paul Rogers pour notre fantastique semaine de recherche dans le Yorkshire. Votre enthousiasme, votre soutien et vos encouragements m'ont été précieux ; je n'imaginais pas que faire des recherches pouvait être aussi amusant.

À tous mes amis d'York, qui m'ont accompagnée lors de voyages de recherche, merci pour votre fabuleuse hospitalité et votre amitié. Vous êtes tous merveilleux. Et merci au National Coal Mining Museum et à Beamish, the Living Museum of the North, de m'avoir fourni des ressources inestimables.

Comme toujours, merci à mes amis du pays de Galles et de Londres, qui savent me convaincre de quitter de temps à autre mon bureau et me rappellent à la vraie vie, plus particulièrement Rosie Stanbridge, Ludwig Esser, Marjorie et Dale Hawthorne, Donna Piper, Lisa Mears, Lucy Davies, Ann Davies, Patsy Rodgers, Kathryn Taussig, Liane-Louise Smith… Vous savoir là fait toute la différence.

Je me dois de remercier tout particulièrement mon groupe d'amis auteurs. Le soutien et l'amitié d'autres auteurs sont vraiment précieux – j'ai même écrit un article à ce sujet ! J'apprécie votre empathie et vos conseils. Grâce à la légende qu'est Twitter et à la sociabilité de l'industrie de l'édition, il serait impossible d'énumérer tous les formidables écrivains qui ont eu sur moi un impact fort, mais je tiens à remercier Rebecca John, Lucinda Riley, Gill Paul, Rosanna Ley, Rachel Hore et Louisa Treger et à leur témoigner mon amitié pour leurs conversations littéraires dans les moments éprouvants comme dans les bons !

Merci comme toujours à l'équipe de Quercus. Cela fait désormais cinq ans et chacune de ces années m'est chère. Merci à mon éditrice, Emma Capron, pour son travail et son soutien. Et merci à Lorraine Green, la meilleure correctrice du monde. Ainsi qu'aux formidables équipes de vente, de promotion, de marketing et de droits qui accompagnent mon expérience éditoriale. Vous êtes tous remarquables.

Enfin et surtout, merci à mes merveilleux parents, qui m'ont encouragée tout au long d'une nouvelle année et d'un nouveau projet. Merci de tout cœur de m'avoir lue, écoutée, soutenue, et d'être aussi investis dans mon métier. Et merci à mon extraordinaire compagnon, Phil, qui m'a remonté le moral quand Tommy était coincé dans la galerie et qui a tout transformé. Je vous aime tous énormément.

Cet ouvrage a été composé et mis en page
par FACOMPO, Lisieux

Imprimé en France par
CPI Brodard & Taupin
en mars 2024
N° d'impression : 3056261

#lisez engagé !
www.lisez.com
Pour plus d'information :
Imprimé sur du papier issu de forêts gérées durablement.

Pocket – 92 avenue de France, 75013 PARIS

S34015/01